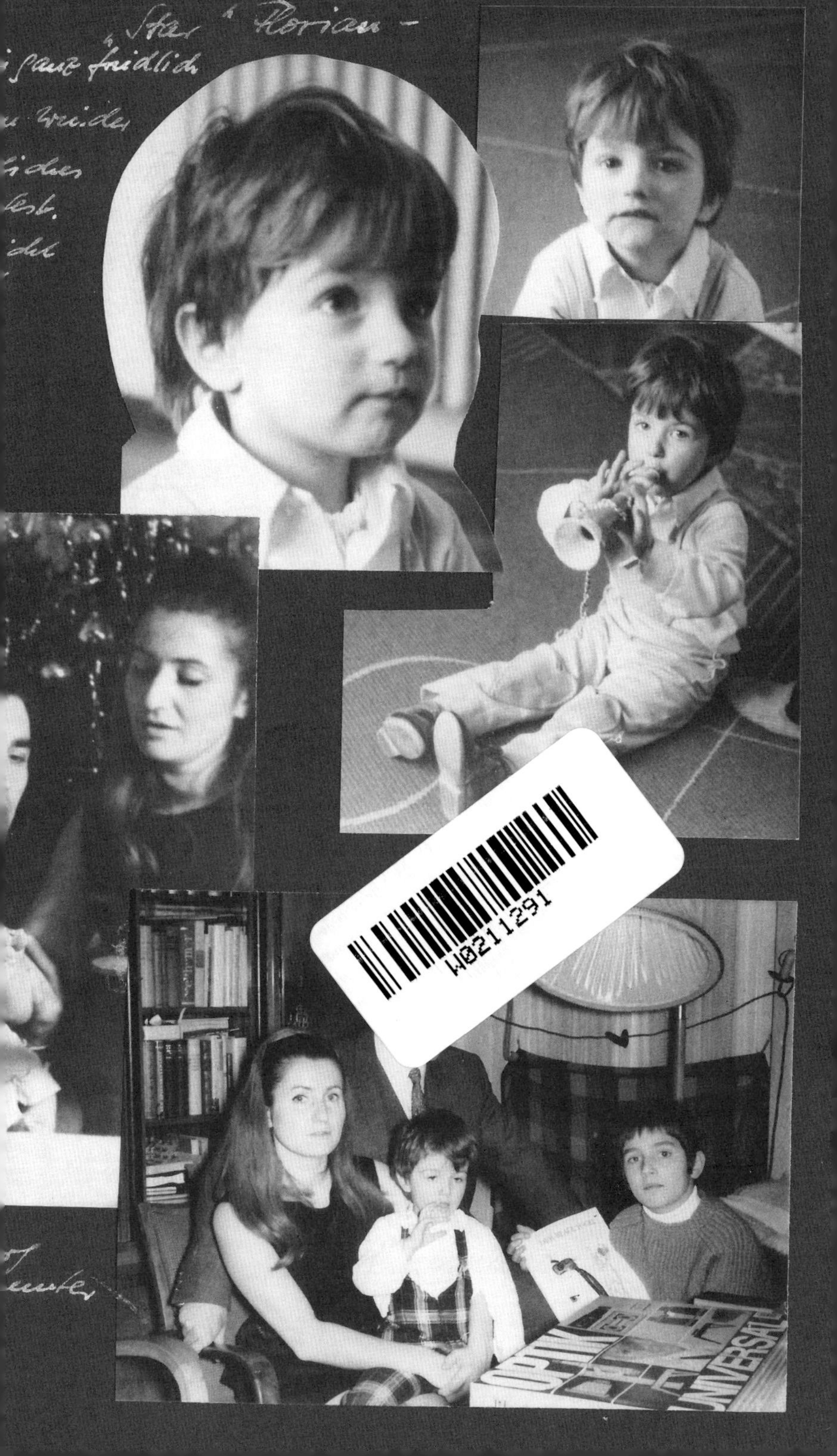
„Star" Florian –
OPTIK
UNIVERSAL

BRIGITTE REIMANN

Post vom schwarzen Schaf

aufbau

BRIGITTE
REIMANN

Post vom schwarzen Schaf

Geschwisterbriefe

Herausgegeben
von Heide Hampel
und Angela Drescher

aufbau

Mit 35 Abbildungen

Der Stammbaum der Familie Reimann befindet sich auf der Innenseite des Schutzumschlags.

MIX
Papier aus verantwortungsvollen Quellen
FSC® C083411

ISBN 978-3-351-03736-9

Aufbau ist eine Marke der Aufbau Verlag GmbH & Co. KG

1. Auflage 2018

Einbandgestaltung zero-media.net, München
Satz und Reproduktion LVD GmbH, Berlin
Druck und Binden CPI books GmbH, Leck, Germany
Printed in Germany

www.aufbau-verlag.de

»Die beste Familie der Welt«

»Wir haben es nicht bereut, Großfamilie geworden zu sein, wenn es auch manchmal nicht leicht war. Jetzt sind wir sogar ein wenig stolz darauf. Der Bankfachmann sagt dazu: Das (in Kindern) angelegte Kapital zahlt sich aus, wenn auch nicht materiell, so doch ideell«, schreibt Willi Reimann Anfang 1966 im »Familienrundschrieb«, als er erfährt, dass ein viertes Enkelkind erwartet wird.

Elisabeth und Willi Reimann haben vier Kinder: Brigitte ist die Älteste, im Sommer 1933 geboren; Heiligabend 1934 folgte Ludwig, den alle Lutz nennen; 1941 Ulrich (Ulli), der am gleichen Tag wie Brigitte Geburtstag hat. Zehn Jahre jünger als Brigitte ist Dorothea (Dorli).

Als der Vater im Spätherbst 1947 aus der Kriegsgefangenschaft zurückkehrt, müssen sich die Kinder erst wieder an ihn gewöhnen. Kurz darauf erkrankt Brigitte an Kinderlähmung. Sie verbringt Monate im Krankenhaus und wird lebenslang etwas hinken.

Die Familie lebt in Burg bei Magdeburg in einem unauffälligen Zweifamilienhaus mit Garten. Das Elternhaus in der Neuendorfer Straße wird für die Geschwister der emotionale Mittelpunkt ihres Lebens bleiben, und es wird in die Literatur eingehen, aber das kann man zu Beginn des Jahres 1960 noch nicht wissen. Ahnen kann man es schon.

Jedes der Reimann-Geschwister hat besondere Talente: Ludwig macht in Rostock die letzten Prüfungen zum Schiffbauingenieur, Ulrich ist freiwillig zur Armee gegangen, weil er danach bessere Studienmöglichkeiten hat, er wird Schiffselektrotechnik studieren. Dorothea näht viel, hat ein Gefühl für Stoffe und einfach Geschmack. Brigittes Begabung ist am ausgeprägtesten. Bisher hat sie mit einigem Erfolg – und bewundert von den Geschwistern – drei Bücher veröffentlicht. Mit ihrem zweiten Ehemann, dem Schriftsteller Siegfried Pitschmann, ist sie gerade nach Hoyerswerda in ihre erste eigene Wohnung gezogen. Sie wollen »an der Basis«, genauer im Kombinat Schwarze Pumpe, neue Erfahrungen sammeln.

So ist es in dem bisher so turbulenten Elternhaus ruhig geworden. Aber die Reimanns hängen aneinander, wenn ihnen eines gemeinsam ist, dann ist es Familiensinn. So wird sich Willi Reimann ausbitten, dass ihm die Kinder regelmäßig schreiben, damit er daraus für alle jenen »Familienrundschrieb« zusammenstellen kann.

Im Januar 1960 jedoch wartet man erst einmal auf das erste Enkelkind.

1960

1 An die Eltern

Hoy., am 3. 2. 60

Liebe Mutti, lieber Vati, liebe Familie,

[…] Einen schönen Gruß an Gretchen[1]! Sie muß froh und glücklich sein, daß sie ein Baby haben darf, und wir beneiden sie sehr. Hoffentlich ist Lutz rechtzeitig aus Rostock zurück. Er wird sich schwerlich noch auf seine Prüfungen konzentrieren können – eine scheußliche Situation, wenn man bedenkt, was von diesen letzten Prüfungen abhängt. Wir haben auch mächtigen Appetit auf ein Baby […]

Eure Brigitte […]

2 Von Ulrich Reimann

Schwerin, den 6. 2. 1960

Liebe Brigitte, lieber Daniel[2],

[…] Wenn ich daran denke welche Angst wir vor dem Beginn des neuen Ausbildungsjahres [hatten], so muß ich heute *beinahe* lachen. Es wird eben auch hier längst nicht so heiß gegessen wie gekocht. Natürlich gibt es Stunden, in denen man schimpft. Augenblicklich hängt das mit dem Wetter zusammen, denn wenn man mal draußen ist, wird nicht viel getan und entsprechend [gefroren]. […]

Eine andere unangenehme Sache ist vor zwei Wochen ein 15-km Gepäckmarsch gewesen. Obwohl es einige Grade mi-

1 Margarete Reimann.

2 Brigitte Reimann (im Folgenden B. R.) nannte Siegfried Pitschmann nach seinem zweiten Vornamen Daniel.

nus war, haben wir ganz schön geschwitzt. Das Gute ist ja nur, daß man nach ein paar Stunden alles wieder vergessen hat, was man an Anstrengungen hinter sich hat. Genauso wird es uns nachher Ende Februar im Winterlager ergehen. Wir werden da in Erdbunkern schlafen, aus der Gulaschkanone essen und was sonst noch zum »Landserleben« in der Taiga gehört. [...] Ich habe mir übrigens einen E-Rasierer zugelegt. Immer modern, schließlich ist man ja Soldat. Nächsten Sonntag will ich übrigens wieder heim. Die Schule hat Fasching, außerdem hoffe ich, daß Gretchen und Lutz dann schon drei sind. Aber die Chancen stehen 1:10 gegen mich. [...]

Zu Deiner Bemerkung, Brigitte, 20 m^2 Bohnern sei eine Sklavenarbeit, möchte ich nur bemerken, daß unsere Bude 54 m^2 groß ist und Sonnabends auch von einem Mann eingebohnert werden muß ...

Ansonsten bin ich damit vollkommen einverstanden, daß die Armeezeit in Bezug auf Selbständigkeit eine gute Schule [sei]. [...] Ein paar Vorteile muß man auch für zwei verlorene Jahre haben.[1]

Ich muß mich jetzt verabschieden, denn der Dienst ruft: Essen (Gegen das ist Brigittes bestimmt königlich). [...]

Euer U.

P. S. Bei Fehlern nicht so genau hinsehen, es sollte schnell gehen und außerdem lese ich meine eigenen Briefe zu ungern.

3 An die Eltern

Hoy., am 11. 2. 60

Liebe Familie,

(speziell für jeden einzelnen eine originelle Anrede aus-

1 Die Nationale Volksarmee (NVA) wurde am 18. 1. 1956 gegründet, bis zur Einführung der Wehrpflicht 1962 war sie im Gegensatz zur Bundeswehr eine Freiwilligenarmee. Wer als Freiwilliger gedient hatte, wurde z. B. bei der Studienplatzvergabe bevorzugt und erhielt ein höheres Stipendium.

zudenken, fällt mir heute etwas schwer – wir haben bis um zwei unseren ersten Hochzeitsjahrestag[1] gefeiert) [...]. Daß der Krümel[2] Lutz schon angesehen hat (nicht auch angelächelt?), wundert uns gar nicht. Wenn Lutz nächstens aus dem Krankenhaus die Nachricht mitbringt, daß der jüngste Reimann-Ableger schon »Papa« gemurmelt hat, glauben wir es auch. – Für Dich, lieber Lutz-Bruder, bei dieser Gelegenheit viele ehrfürchtige Glückwünsche zur Eins im Staatsexamen. Ich habe übrigens keinen Augenblick daran gezweifelt, daß Du es schaffen würdest – obgleich es natürlich nur, wie ich Dich kenne, ein erstaunlicher Zufall und ganz unverdiente Glückssache war. [...]

Für »Oma« und »Opa« (du lieber Himmel – und das bei Eurer Jugend! Wenn Ihr mit dem Krümel ankommt, halten sie ihn für Euren jüngsten Sohn) [...] die allerherzlichsten Grüße und – hoffentlich bald – auf Wiedersehen!

Eure Brigitte

4 Von Dorothea Reimann

Burg, d. 15. 2. [60]

Liebe Pitschmänner!

[...] Heute ist Gretchen mit Krümel aus dem Krankenhaus gekommen. Der kleine Kerl ist eine süße Nudel. [...] Manchmal grinst er oder schneidet Grimassen. Bald so wie Daniel. [...] Gestern + heute habe ich mir eine Bluse genäht + Brigittes Sachen will ich noch machen. Schreibt Ihr Euch noch mit der Modedozentin Irmgard Herfurt[3]? [...]

1 B. R. hatte am 10. 2. 1959 in zweiter Ehe Siegfried Pitschmann geheiratet.

2 Oliver Reimann, geboren am 6. 2. 1960.

3 Eine Verwechslung, Irmgard Weinhofen, geb. Herfurt, war Germanistin. Vgl. B. R./Irmgard Weinhofen, »Grüß Amsterdam. Briefwechsel 1956–1973«, hrsg. von Angela Drescher und Dorit Weiske, Aufbau Taschenbuch Verlag, Berlin 2003.

würdet Ihr mal so freundlich sein + fragen, was man für Aussichten hat, wenn man Abi hat und Schneiderin gelernt hat. Ich will [...] dann vielleicht Modezeichnerin werden oder [...] irgendsoetwas wie Kunstgewerbe studieren. [...] Wenn Brigitte ihr Mädchenbuch[1] fertig hat, könnte sie mir mal das Manuskript zur Beurteilung schicken. Ich bin schon gespannt. [...]

Eure Dorli

5 An Dorothea Reimann[2]

17. 2. 60

Leider muß ich Dir mit der Hand schreiben; es ist schon ziemlich spät, und wenn ich die Schreibmaschine nehme, hört mich der ganze Block tippen.

Du fragst nach meinem Jugendbuch. Ich arbeite sehr angestrengt daran, denn ich will spätestens nächste Woche die beiden ersten Kapitel an das Neue Leben schicken [...]

Ich werde Dir einen Durchschlag mitbringen. Dein Urteil interessiert mich sehr, denn das Buch wird vor allem für Mädchen in Deinem Alter und von Deiner Schulbildung geschrieben. Es ist die Geschichte von drei Oberschülern – einem Mädchen und zwei Jungs –, die ihr praktisches Jahr im Kombinat machen und dabei natürlich eine Menge Schwierigkeiten zu überwinden haben. Klar, daß auch eine Brigade mitspielt, und ich möchte »meine« Schweißerbrigade[3] als eine Art Modell nehmen. Hier passieren wirklich vie-

1 »Ankunft im Alltag«.

2 Brief nicht auffindbar. Zitiert nach: »Brigitte Reimann in ihren Briefen und Tagebüchern. Eine Auswahl«, hrsg. von Elisabeth Elten-Krause und Walter Lewerenz, Verlag Neues Leben, Berlin 1983, S. 73 f.

3 B. R. und Siegfried Pitschmann waren im Kombinat Schwarze Pumpe jeweils einer Brigade zugeteilt, in der sie für Kulturarbeit zuständig waren und zeitweise direkt in der Produktion mitarbeiteten. Dadurch wollten sie die Probleme der Arbeitswelt kennenlernen, um darüber zu schreiben.

le spannende Sachen. Bloß – offen gestanden: Ich weiß noch gar nicht, wie mein Buch eigentlich weitergehen soll; bis jetzt kenne ich bloß meine drei Hauptpersonen […]. Aber was sie erleben sollen – keine Ahnung! Das klingt ganz gewissenlos oder mindestens leichtsinnig, nicht wahr? Aber manchmal werden gerade die Bücher am besten […].

Nun zu Deinem Berufswunsch: Hast Du Dir das auch gut überlegt? Natürlich ist es in Ordnung, wenn Du schneidern lernst, bevor Du das Studium beginnst – aber soviel ich weiß, sind Berufe wie Modezeichnerin (wofür Du noch dazu ein ausgeprägtes Zeichentalent brauchst) und Kunstgewerblerin ziemlich überlaufen, und man wird wohl auch nicht besonders bezahlt. […] Ich glaube, als Textilingenieur oder so was hast Du mehr Chancen.

6 Von Dorothea Reimann

Burg, den 1. 4. 60

Liebe Pitschmänner!

Genau heute vor einer Woche kam Euer Päckchen. Ich durfte natürlich noch nicht aufmachen und war sehr gespannt. Ich weiß, daß Ihr immer irgendeine Überraschung mitschickt. […] Natürlich habe ich den schicken Pullover gleich anprobiert, und er paßt prima. Für mich gerade die richtige Form, nämlich etwas weit und lang genug. Ich muß ja schließlich als Teenager oder Lullaby so etwas tragen. Ich ziehe ihn seit Montag zur Schule an und bin mächtig stolz. […] In dem Buch, das heißt in dem Kompaß-Buch[1], habe ich gleich gelesen und festgestellt, daß man »Die Frau am Pranger« beim zweiten Mal auch noch bärenmäßig spannend findet. Ich glaube die Pitschmann kann doch schreiben. Findest Du auch Daniel? […] Unser Krümel liegt neben

1 Taschenbuchreihe beim Verlag Neues Leben, Berlin.

mir im Körbchen + ich stecke ihm immerzu den Nuckel in den Mund, weil er sonst schreit. Er ist noch niedlicher geworden und kann schon schön lachen. Natürlich nicht über Witze. [...]

Mutti und Vati waren [...] in Berlin. Sie haben hübschen roten Bezugsstoff gekauft und noch einiges im Westen. [...] für Gretchen und meine Wenigkeit, haben sie je 2½ m Schaumgummi für Petticoats + Strümpfe mitgebracht [...]. Lutz war auch vorigen Sonntag und Montag da. Es ist jetzt beschlossen, daß sie am Ende des Aprils gehen. [...]

Bye – bye Euer Teenager – Lullaby – Halbzarte Dorli

7 Tagebuch

Berlin, am 29. 4. 60

[...] Lutz ist mit Gretchen und dem Krümel in den Westen gegangen (er ist eben jetzt – vielleicht nur zwei oder drei Kilometer entfernt und dennoch unerreichbar – im Flüchtlingslager Marienfelde[1]). Spüre zum erstenmal schmerzlich – und nicht nur mit dem Verstand – die Tragödie unserer zwei Deutschland. Die zerrissenen Familien, das Gegeneinander von Bruder und Schwester – welch ein literarisches Thema! Warum wird es von keinem gestaltet, warum schreibt niemand ein gültiges Buch? Furcht? Unvermögen? Ich weiß nicht. Lutz ist ein Wirrkopf. Er wollte vor der Partei nicht katzbuckeln – er wird es vor seinen Kapitalisten tun müssen. Er wird, sagt er, immer dafür eintreten, daß das Großkapital enteignet wird; er glaubt an den Sieg des Sozialismus – und trotzdem geht er. Es gibt eine Menge Entschuldigungen für ihn, sicher: er ist politisch falsch angefaßt worden; eine schlechte und, glaube ich, ungerechte Beurteilung der Parteigruppe hängt ihm an; eine Stellung, die seinen Fähigkeiten

1 Notaufnahmelager Berlin-Marienfelde, gegründet 1953.

nicht angemessen ist; keine geringste Aussicht auf eine Wohnung, und trotzdem [...] Im Prinzip verurteile ich sein Handeln – aber Lutz ist mein Bruder, ich liebe ihn, wir haben uns viele Jahre lang gut verstanden. [...] Ich bin sehr traurig. Ich weinte, als ich an der Tür Muttis Stimme hörte, ihr zerbrechendes »Auf Wiedersehen«. Aber man sollte sich doch allmählich mit dem Gedanken vertraut machen, daß Familien auseinanderfallen, Kinder das Elternhaus verlassen, Geschwister einander ferner rücken, neue Kreise, neue Menschen finden. [...]

8 Tagebuch

Hoy, 18. 7. 60

Ein paar Sätze aus dem jüngsten Brief[1] meines Lutz-Bruders: »Seit Montag gehe ich arbeiten. Ich bin auf der Deutschen Werft angestellt. Sie ist gleich neben dem Lager[2] und hat neben diesem kleinen Vorteil auch den, daß wir über die Werft wahrscheinlich auch eine Wohnung bekommen können. Aber alles Gute ist nicht beisammen. Sie zahlen schlecht (650,– DM brutto), und außerdem gefällt mir der Laden nicht übermäßig gut. Auch als Dipl.-Ingenieur ist man hier praktisch zum technischen Zeichner degradiert. Noch schlimmer als drüben. Der Schornstein soll rauchen, und es muß etwas geschafft werden. Mit langwierigen Berechnungen gibt man sich hier nicht ab, alles Erfahrungswerte, die man im Laufe der Zeit gewonnen hat. Nur so ist es auch möglich, in derartigem Tempo und mit solch niedrigen Preisen die Schiffe herauszuwerfen. Die Organisation ist bei weitem nicht so umfangreich und kompliziert wie im Osten. Ob das eine Folge des nie auftretenden Materialmangels ist? [...] Es ist eben alles nicht so leicht. Vor allem erdrückt mich so eine

1 Nicht auffindbar.
2 Hamburg-Finkenwerder.

Art Heimweh, etwas, was ich vordem noch nicht in dieser Form erlebt habe. Vielleicht ist das auch eine Folge der großen Freiheit, die man uns hier gewährt? Freiheit ist nicht immer für alle gut. Und außerdem habe ich auch in gewisser Weise Verräterkomplexe, wie ich es mal nennen möchte. Den anderen ging das mehr oder weniger ebenso. Sie haben das aber alle gut überwunden, und so werde ich auch darüber hinwegkommen. Wenn das in zwei Jahren nicht besser geworden ist, kommen wir zurück. Vielleicht haben wir bis dahin schon die Einheit. In der Not glaubt man auch wieder an Märchen … […]«

9 Von Ludwig Reimann

Hamburg, 18. 9. 1960

Liebe Kumpels!

Keine Feindschaft wegen der Anrede, aber das ist sozusagen nur eine Anrede für Bevorzugte, denn sonst ist Krümel nur Kumpel, mein »Kumpel«, weil wir zusammen immer so viel herumtoben. Na, und in anderer Hinsicht paßt es ja auch für Euch. […]

Wir haben es leider verpaßt, Euer Hörspiel uns anzuhören, man hat uns zu spät benachrichtigt. Auf jeden Fall beglückwünschen wir Euch von ganzem Herzen zu Euren Erfolgen. Ich glaube, ihr seid auf dem rechten Wege zu einem gut fundierten und gerechtfertigten Aufstieg. Schickt uns einmal einige Zeitungsausschnitte u. dgl. und selbstverständlich auch etwas von Euren neuen Sachen, damit wir immer auf dem laufenden bei Europas talentiertestem Nachwuchs sind. Das meine ich fast ernst. Wir freuen uns ganz besonders auch deshalb über Eure Erfolge, weil Ihr sie durch harte Arbeit und ständiges Bemühen um das Gute der Sache erreicht habt. Leider muß ich Brigitte aber enttäuschen, wenn sie noch an die Übereinstimmung zwischen Dichtung (Euer

Hörspiel) und Wirklichkeit glaubt. [...] dem ist nicht so. Mit der Zeit, wenn man hier Fuß gefaßt hat und die ersten Hürden genommen hat, versteht man vieles besser und versteht dann auch, weshalb einem der Anfang so furchtbar schwer wurde. Aber man weiß später auch, daß es garnicht anders sein konnte und daß es gut so war.

Wir haben uns gut eingelebt und sind über unseren moralischen Tiefpunkt hinweg. Es ist wirklich so, man weiß mit der Freiheit anfangs nichts anzufangen und kommt sich verloren und verlassen vor. [...]

Wenn wir nur irgendwie Gelegenheit hätten zu diskutieren, wir würden für Tage Stoff genug haben, um uns die Köpfe heiß zu reden. Ich glaube, ich hätte diesmal eine bessere Position als vor einem halben Jahr und könnte auch besser mit Tatsachen aufwarten. Keine Sorge, alles würde ich schon nicht in den Himmel heben, was hier gemacht wird. Aber wenn man ein Weilchen hier ist, merkt man, wie sehr man vom Osten systematisch ausgerichtet wird und sich dem selbst durch Abhören westdeutscher Rundfunksendungen nicht ganz erwehren kann. [...] Ich möchte Euch nur manchmal Ausschnitte aus der Zeitung (ich halte »Die Welt«, immerhin die beste deutsche Tageszeitung) rüberschicken. Aber das würde ja auch nichts einbringen. Ihr hättet unter Umständen Unannehmlichkeiten [...]. Na, vielleicht werden wir uns Weihnachten mal treffen, dann können wir ja genug schwatzen. Ein bißchen Heimweh haben wir immer noch. Wir haben das nicht leicht überwunden, da uns Hamburg schon von Anfang an wenig gefallen hat. Kein Vergleich mit Berlin.

Aber jetzt geht es schon, man gewöhnt sich eben. Ich habe inzwischen schon wieder meine Arbeitsstelle gewechselt und bin eigentlich zufriedener als auf der Deutschen Werft [...]. Ich verdiene jetzt mehr als drüben und habe sehr interessante Arbeit, leider aber auch einen langen Anfahrtsweg, aber das ist in der Großstadt nicht anders. Im nächsten Jahr werden wir vielleicht auch einen Wagen haben und vielleicht eine Wohnung, dann beginnt das satte Bürgerleben. Wenns mich juckt, wird noch ausgewandert, aber nur wenn ich einen sehr guten und festen Vertrag vorher habe. –

Nun zur Familie. […] Unser Fratz wird von Tag zu Tag größer, lieber und lebendiger. Jetzt sagt er schon da, da, nein, nein und all solche Späße, nur nicht immer zur richtigen Zeit und am rechten Ort. […] Ich freue mich schon, wenn ich richtig mit ihm spazieren gehen kann. Jetzt fahren wir nur Sonnabends zum Einkaufen immer zusammen aus, denn Gretchen muß leider auch Sonnabends arbeiten. Dann schmeißen wir Männer den Laden. […]

So, Kinder […]. In sieben Stunden ist die Nacht zu Ende. Schickt uns etwas, wenn Ihr von irgendwas, beispielsweise Daniels Kurzgeschichten oder so, Freiexemplare habt.

Seid vielmals gegrüßt von Gretchen, Lutz + Krümel

10 Von Dorothea Reimann

Burg, den 6. 11. 1960

Mein liebes großes Schwesterlein!
Mein lieber einziger Schwager!

[…] Zuerst vielen Dank für Deine beiden Briefe[1], Brigitte. […] besonders Deine Ausdrucksweise ist eine kleine Schaffe. Wenn man es sagt, ist es nicht so wirkungsvoll, wie geschrieben, z. B. Kanalratte und so.

[…] Am Donnerstag war ich eine Stunde bei unserem vielgeliebten Brüderchen, dem Heimatverteidiger und Vaterlandsgefreiten. Ihr wißt ja, daß er seit 14 Tagen im Schweriner Bezirkskrankenhaus liegt. Er hat sich mächtig über meinen Besuch gefreut, denn seine Kameraden waren auch noch nie da. Das arme Kindchen liegt ganz allein in einem Zim-

1 Nicht auffindbar.

mer. Ich würde mich tot langweilen. [...] Ulli haben sie den halben Hals weggeschnitten, es tut, wie er sagt, nicht allzu weh, aber ich möchte es nicht haben. Er liest den ganzen Tag, erzählt mit dem Chef und rät Kreuzworträtsel. Er will auch nicht in ein anderes Zimmer, wo junge Leute sind, weil die dort nur dumm quasseln. [...]

Mir geht es wie immer gut, wenn die Schule nicht wäre, könnte ich sagen »blendend« [...]. Lutz und Gretchen haben geschrieben. Gretchen hat am 1. 11. angefangen zu studieren[1], sie haben ein Einzelzimmer und Krümel sagt »Kacke« als neustes Wort. Früh übt sich, was ein richtiger Flucher werden will.

Und was macht Ihr armen Würstchen? Wurst und Würstchen gibt es z. Z. zwar nicht in der DDR, aber das tut nichts. [...] Ich hoffe, daß Ihr, wenn es Vati bis dahin besser geht, zu Weihnachten kommt, es ist sonst so einsam bei uns.

Doch nun bye bye Eure Dorli

11 Von Ulrich Reimann

Schwerin, d. 16. 11. 1960

Liebe Rei- und Pitschmänner,

was lange währt, wird endlich gut!, danach müßte mein Brief ja ein reines Meister- und Wunderwerk werden. [...] zuerst herzlichen Dank für den Brief[2] und das Buch, Brigitte. Für das Buch[3] herzlichen Glückwunsch. Es hat mir, entgegen ihrer Voraussage, gut gefallen. [...]

[...] Wie ich aus Brigittes Brief entnehme, hat Dorli Euch schon unterrichtet. Wenn das jedes Mal die Folgen einer

1 Margarete Reimanns Studienabschlüsse aus der DDR wurden nicht anerkannt, deshalb nahm sie in Hamburg erneut ein Studium auf.

2 Nicht auffindbar.

3 Vermutl. die Erzählung »Das Geständnis«, Aufbau-Verlag, Berlin 1960.

Auslandsreise sind, dann »bliw ick liwer to Hus«. Ja, so ist es wirklich, auf der Rückfahrt habe ich irgendwo einen kleinen Pickel im Nacken bekommen, der wuchs und sich vermehrte, auf daß er das ganze Genick erfüllte. Das führte zu vier Wochen Revieraufenthalt und zur zweiten Etappe jetzt hier im Krankenhaus, die nun auch schon vier Wochen dauert. Es ist zwar manchmal recht langweilig, ansonsten muß man aus allem das Beste machen. So habe ich meine Literaturkenntnisse etwas aufgebessert, soweit das die Bibliothek zuläßt. Hier ist es überhaupt lehrreich. So konnte ich in den ersten zwei Wochen Kenntnisse über die Behandlung von Epileptikern sammeln, denn ich lag mit so einem zusammen, der sonst in der Irrenanstalt wohnt. Jetzt liege ich inmitten von fünf Mecklenburgern, so daß ich langsam auch Platt lerne (s. o.!).

[…] Weihnachten bin ich bestimmt zu Hause. […]

Zu Eurem fahrenden Untersatz wünsche ich viel Erfolg. F9 wär ja ne Wucht, ich halte ihn in vielem besser als den Wartburg. Wagt es nicht, doch mit einem Wolga aufzukreuzen. (Ich sagte Daniel schon: bei 120 läuft der Motor mit dem satten Brummen eines guten LKW-Motors, laut »hobby«).

Die »Sieben Scheffel Salz«[1] (welch klangvoller Stabreim) kann ich nun leider nicht hören. […]

Es grüßt Euch herzlich und wünscht alles Gute, viel Erfolg etc.

Euer Ulli […]

1 Das Hörspiel »Sieben Scheffel Salz«, Ursendung am 17. 11. 1960 im Berliner Rundfunk.

1961

12 Tagebuch

Hoy, 14. 1. 61

Weihnachten zuhaus; ein paar Tage der Erholung. Glücklich, meine Eltern wieder mal zu sehen und Schwesterchen, das immer hübscher wird, und meinen Ulli-Bruder mit seinem herrlich unbeschwerten Gemüt und einer goldenen Schnauze. Lutz fehlte mir sehr. [. . .]

13 Von Ulrich Reimann

Schwerin, d. 24. 1. 61

Liebe Hoywoynesen.

[. . .] Mir geht es soweit recht gut. Wie Ihr aus FB/1 (Familienbrief Nr. 1) erfahren habt, war ich seit langer Zeit auch mal wieder im Urlaub. Meine Fahrt nach Suhl war eine Klasse. [. . .]

Unterwegs habe ich mal wieder die großartigen Reiseverhältnisse der Deutschen Reichsbahn bewundert. Die Verspätungen beliefen sich nur auf 30–90 Minuten, also der Fünfjahrplan ist noch zu schaffen.

Bei den Kumpeln der Schwarzen Pumpe ist das ja etwas anderes, dort erfüllt man ja trotz Winter und Frost seinen Plan (nachdem man doch hoffentlich die Rückstände aus der Gutwetter-Zeit aufgeholt hat). [. . .]

In wenigen Tagen hat ja nun Mutti Geburtstag[1]. Schade, ich hätte doch wirklich zu gerne ihr Gesicht gesehen, wenn sie das Monstrum[2] auspackt. Hoffentlich bewährt es sich.

1 Elisabeth Reimann feierte am 27. 1. 1961 ihren 56. Geburtstag.

2 Eine Küchenmaschine »Komet« mit Mixer.

Ich weiß nicht, ob Vati Euch schon geschrieben hat von dem Großen Familienkrach zu Hause. Dorli will wohl in Berlin studieren und Vater will [es] mit all seiner Autorität verhindern. Was bei Vaters augenblicklicher Nervenlage und Dorlis ach-so-einsichtsvollem-Wesen dabei herauskommt, dürfte wohl klar sein. Wer dabei nun die größere Ausdauer hatte, weiß ich leider nicht. [...]

Es grüßt Euch herzlich aus dem hohen Norden (bei uns liegt z. Z. viel Schnee)

Euer Ulli

14 Von Ludwig Reimann

Hamburg, d. 19. 2. 61

Liebe Brigitte!

[...] Ich möchte Dir nicht vorjammern, wie wenig Zeit wir haben, nur soviel. Wenn man bei neun Stunden Arbeitszeit (Sonnabends wird nicht gearbeitet) drei Stunden für An- und Rückfahrt braucht, beide arbeiten und abends ein Kind und Haushalt versorgt werden wollen, bleibt effektiv kaum Zeit für andere Dinge. Außerdem habe ich immer noch Überstunden gemacht, manchmal sogar Sonntags. Du siehst, keine Bummelei. Ich wollte das nur noch einmal herausstellen, da uns Vati und Mutti immer Vorwürfe machten, daß wir zuwenig schreiben würden. [...]

Ein Idealstaat ist das hier auch nicht, aber mit der sogenannten DDR schon nicht mehr zu vergleichen.

Wir sind über die schwersten Hürden hinweg und möchten nun auf keinen Fall mehr zurück. Nur gut, daß wir gegangen sind. [...] Ich hoffe, wir werden bald Gelegenheit haben, über tausend Dinge uns gegenseitig die Köpfe heiß zu reden. Nur noch soviel: Ich schließe mich voll und ganz der Ansicht Nehrus an. Einen guten Zweck kann man nicht mit schlechten Mitteln erreichen. Manchmal packt einen die kalte Wut, wenn man bedenkt, wie man die Jugend drüben zu belügen versucht und ihre Ideale mißbraucht. Vati hatte mir vor kurzem ein paar »Volksstimmen« und eine »Berliner Zeitung« mitgeschickt. Ich habe sie aufmerksam gelesen. Selbst die Berliner Zeitung ist auf ihre Art nicht viel besser als die Bild Zeitung hier. Hoffentlich gibt Euch Eure Bezirksleitung die Erlaubnis, nach Westberlin zu fahren, um uns zu überzeugen, dann können wir uns Ostern mal schön gegenseitig die Köpfe waschen. Vor allem bringt dann Eure letzten Arbeiten mit. Dafür hätte ich immer Zeit. Ihr könntet uns auch ruhig immer Bescheid geben wenn im Fernsehen oder Rundfunk eine Sendung oder Hörspiel von Euch durchkommt. »Das Geständnis« kannte ich ja. Trotzdem vielen Dank. »Elvis«[1] hat mir ganz gut gefallen. Nur kann ich mir leider nicht vorstellen, daß es einen solchen Menschen tatsächlich geben sollte bei Euch in der »Schwarzen Pumpe«. Das wäre ja der Sieg des Sozialismus in der Kultur. Wenigstens etwas, ich habe schon bereut, nicht schon viel früher, während des Studiums, nach Hamburg gegangen zu sein. Was einem als Student hier alles geboten wird, das ist einfach unglaublich. Vorträge, Konzerte, Filmveranstaltungen mit Diskussion (auch Filme aus der DDR und dem Ostblock) usw. usw. [...] Es herrscht hier eine anregende geistige Atmosphäre, eben weil man nicht seine Gedanken zensieren muß, bevor man sie auszusprechen wagt. Leider haben wir kaum Zeit, immer in die Stadt zu fahren, wir wohnen hier etwas abseits in Finkenwerder. Wenn wir eine Wohnung bekommen, wollen wir möglichst ins Zentrum, um wenigstens einige der vielen gebotenen Möglichkeiten zu nutzen. Vorläufig sind wir mit unserem einen Zimmerchen hier im Lager zufrieden. Nachdem wir uns einen Schrank und einen Kühlschrank angeschafft haben, ist es zwar so eng wie

1 »Elvis feiert Geburtstag«, Erzählung von Siegfried Pitschmann.

in einem U-Boot, aber trotzdem gemütlich und vor allem billig. Solange Gretchen noch studiert, kümmern wir uns gar nicht um eine Wohnung, zumal wir doch noch nichts hineinzustellen hätten. […] Vorläufig geht es uns nahezu zufriedenstellend. – Falls Ihr irgendwelche Bücher von hier gerne haben wollt, schreibt das bitte ohne Hemmungen.

[…] noch ein paar Worte über »[Krümel]«. Er kräht nämlich so laut gerade, daß ich ihn gar nicht vergessen kann. Er wird immer größer und frecher und wir haben nur mit Mühe die ersten Erziehungsschwierigkeiten hinter uns gebracht. Ohne ihn wäre alles nur halb so schön. […] Zu Ostern kann er vielleicht schon allein laufen. –

Tausend Grüße von Gretchen, Lutz + Krümel.

15 An Ulrich Reimann[1]

20. 2. 61

[…] Ich freue mich mit Dir, daß Du nun Deine Zeit bald rum hast, lange Ferien machen und Dich dann in Dein Studium stürzen kannst. Hauptsache, Du gehst nicht eines Tages den Weg, den Dein Bruder gegangen ist – ich wäre nicht bloß sehr betrübt, sondern ernstlich böse. Wenn Du wirklich mal in Schwierigkeiten kommst, politisch oder sonstwie – wir sind immer für Dich da und werden Dir helfen, so daß Du Dich gar nicht erst westwärts zu wenden brauchst. Hast Du das Thema vom 12. Plenum[2] gelesen? Die Sorge um den Menschen steht wieder – oder vielmehr jetzt erst richtig – im Mittelpunkt. Hätte man dieses Plenum ein Jahr früher veranstaltet, wäre Lutz vielleicht noch hier. Wir haben hier sehr gute Beziehungen zur Partei, und wenn wir ihnen von ir-

1 Brief nicht auffindbar. Zitiert nach: »Brigitte Reimann in ihren Briefen und Tagebüchern«, a. a. O., S. 100.

2 12. Tagung des ZK der SED vom 16. bis 19. 3. 1961.

gendwelchen Ungerechtigkeiten oder dergleichen erzählen, schreiten sie energisch ein. Du weißt schon, was ich Dir damit sagen will.

16 Familienrundschrieb Nr. 7

Burg, 27. Februar 1961

In *Burg* hat sich in der vergangenen Woche allerlei getan! Die »party« am Montag[1] wurde ein voller Erfolg für den Veranstalter. Bis morgens um 3 Uhr vergnügten sich die Teilnehmer in den völlig umgewandelten Zimmern: an der Stelle der soliden Bilder hingen grellbunte Karikaturen, Tierungeheuer und abstrakte Skizzen, eine Papierschlangenwand ersetzte die ausgehängte Tür, und bunte Bänder flatterten »von Kronleuchter zu Kronleuchter«. Letztere wurden abmontiert, nachdem eine Schale mitsamt ihrem Pergamenthut die Vergänglichkeit aller Dinge demonstrierte. Das Tonbandgerät (Anschaffungspreis fast tausend Mark) ging trotz der zu erleidenden Strapaze nicht kaputt, womit bewiesen wurde, daß es sich um ein deutsches Werterzeugnis handelt und Leihgegenstände nicht immer beschädigt werden. Auch unsere »Komet« hielt durch und lieferte die offerierten Cocktails wie Prärieauster, Gin-Fizz, Weinbrand-Nogg, Zitronen-Cobbler, Mokka-Flip [...], Nachtgespenst usw. Bärbel und Ulli [...] verstanden es mit Eigelb, Worchestersauce, Zitronensaft, Öl, Paprika, Puderzucker, Kaffee, Kirschen, Gin, Weinbrand, Rotwein, Wermut, Cherry Brandy und Selters Zaubergetränke herzustellen, die bei den »alten Eltern« Schüttelfrost hervorriefen, als sie einmal kosteten. Im übrigen wachte die Mutter in der Küche, bis der letzte Gast das Haus verlassen hatte, während sich der Vater bemühte, einige Mützen voll

1 Dorothea feierte vorfristig ihren 18. Geburtstag, ein Freund aus Hamburg war gekommen, und Ulrich hatte seinen letzten Urlaubstag.

Schlaf zu finden. Wie gesagt, ein gelungenes Fest, auf dem auch erfreulicherweise eine kleine Eifersuchtsszene nicht fehlte. Am nächsten Tag hatte Dorli ein schönes Stück Arbeit, drei der rotgefärbten Glühbirnen sitzen heute noch im Leuchterring! […] Willi

17 Von Dorothea Reimann

[nach dem 28. 3. 61]

Liebe Pitschmanns!

[…] Ich fühle mich als 18jährige genau wie vorher, nur, daß ich mich daran gewöhnen muß zu sagen, daß ich schon 18 bin. Jetzt könnte das Älterwerden aufhören, jetzt dürft Ihr auch nicht mehr Teenager sagen, ich bin nämlich schon erwachsen (hi, hi, hi!). Ich habe einen schicken Badeanzug bekommen, ganz weit ausgeschnitten (natürlich nur den Rükken, ich bin ja Mutters moralische Tochter!), allerdings habe ich ihn selber ausgesucht […]. Mir fällt gerade ein, daß ich ja nur Brigitte schreibe, der armen Strohwitwe […] Ich bin gespannt auf Dein Buch […] Wenn ich begabt wäre, würde ich auch Schriftsteller werden! […] Hast Du nicht einen Beruf für mich? Ich werde bestimmt abgelehnt, Nico ist schon abgelehnt worden, weil ihr Vater Handwerker ist.[1] Ich komme dann zu Euch in die Pumpe und werde ein Schwengel[2], wie würdest Du das finden? Na, erst muß ich mal an dem Abiturientenroman[3] sehen, wie es bei Euch ist und was man für Chancen hat.

In drei Wochen beginnt das Abi, drückt bitte den Daumen, ich schätze, ich bestehe nur mit »Drei«, dann komme ich zu

1 Kinder von Arbeitern und Bauern wurden bei der Studienplatzvergabe bevorzugt.

2 »Pumpenschwengel«: humorvolle Bezeichnung für die Arbeiter von Schwarze Pumpe.

3 »Ankunft im Alltag«.

Euch, bis sich die Familie abreagiert hat […] … Na, sie wollen nicht begreifen, daß eine 3 passabel ist. […]

Herzliche Grüße Eure *Dorothea*

18 An die Eltern und Dorothea Reimann

Hoy, am 10. 4. 61

Liebe Mu, lieber Vati, liebe Dorothea (!),

[…] Ihr sitzt jetzt also in Berlin bei unserem Lutz-Bruder … Er hatte mir vor Ostern eine Karte geschrieben, er schien anzunehmen […], daß ich auch nach B. komme. Hoffentlich habt ihr ihm auf eine zarte Weise beigebracht, warum ich nicht kommen wollte oder konnte […]. Ich kann nicht aus lauter Schwesternliebe irgendetwas gegen meine Überzeugung sagen, und ich fürchte, wir hätten uns trotz aller gegenseitigen Rücksichtnahme ganz schön in die Wolle gekriegt. Außerdem hatte ich ein bißchen Angst, daß er sich sehr verändert hat – so in Richtung Bundesbürger –, und ich möchte ihn lieber anders in Erinnerung behalten. Vielleicht trifft es sich später mal, daß wir zu einem vernünftigen Gespräch kommen.

Im Augenblick schreibe ich an einer Erzählung, »Die Geschwister«[1], die sich eigentlich um Lutz und mich dreht – natürlich verfremdet und objektiviert. Die ganze Geschichte mit Lutz' Republikflucht ist mir doch mächtig nahe gegangen, und ich versuche sie mir nun vom Herzen zu schreiben. Offen gestanden – auch auf die Gefahr, daß Mu mich nicht begreift oder betrübt ist: ich habe Lutz bis heute nicht verziehen, daß er weggegangen ist, und je länger ich an meiner Erzählung arbeite, desto klarer wird mir, warum man ihm das nicht verzeihen kann, und ich sehe heute auch ein, daß man damals etwas hätte unternehmen müssen. In Wirklich-

1 Aufbau-Verlag, Berlin 1963.

keit hat er keine Gründe gehabt – es waren bestenfalls Ausreden. Ich glaube ihm nicht mal mehr seine »Verräterkomplexe«. Er ist nämlich, strenggenommen, ein Verräter. [...] Wahrscheinlich urteile ich gerade deshalb so streng, weil ich Lutz so geliebt habe. [...]

Mit vielen lieben Grüßen für euch alle

Eure Brigitte

19 An die Eltern und Dorothea Reimann

Hoy, 1. 5. 61

Liebe Mu, lieber Vati, liebe Dorothea,

[...] keine Zeit, keine Zeit ... Wenn ich euch erzählen würde, was wir so in den letzten Wochen getan haben, würdet ihr umfallen [...].

Heute habe ich wieder den ganzen Vormittag Briefe geschrieben und jetzt warte ich auf Daniel, der zur Maidemonstration gegangen ist und sicherlich noch mit seiner Brigade[1] [...] zusammensitzt. An Lutz muß ich unbedingt auch noch schreiben –, und wenn ich es bis jetzt nicht getan habe, so war das lediglich eine Zeitfrage, und es hat nichts damit zu tun, daß ich Lutz vielleicht nicht mehr liebte oder ihn vergessen hätte. So darfst Du auch die Worte in meinem anderen Brief nicht auffassen, Mu. Es ist aber leider eine Tatsache, daß politische Differenzen bis in die Familien gehen, und daß man sich wegen weltanschaulicher Meinungen restlos zerstreiten kann. [...] Er ist mir durch die Geschichte, an der ich schreibe und in der er eine Hauptperson darstellt, wieder sehr nahe gerückt, weil all die alten Erinnerungen an gemeinsame Erlebnisse aufgerührt worden sind. Ich bin selbst gespannt auf meine Geschichte [...], und ich wünschte nur, ich käme endlich wieder zu einer ruhigen Arbeit. [...]

1 Vgl. dritte Anm. zu Brief 5.

Wir drücken beide Daumen für das Mündliche von Fräulein D. R. […]

Tausend liebe Grüße und für jeden einen Kuß
von eurer Brigitte-Tochter-Schwester

20 An Ulrich Reimann

[nach dem 14. 6. 61]

Mein lieber U-Bruder,

da Du, wie ich hörte, zufällig einmal nicht auf Urlaub bist, möchte ich Dir mein neues Buch[1] nach Schwerin schikken. Der Brief wird, wie üblich, in rasender Eile gekritzelt, nicht nur, weil wir an unserem Fernsehspiel[2] schuften, sondern außerdem, weil mein Mittagessen auf dem Herd steht.

Wir haben Dir einerseits etwas Erfreuliches mitzuteilen, anderseits müssen wir eine dringende Bitte vortragen. Du mußt uns aber ganz fest versprechen, daß Du kein Wort davon an Vati und Mutti verrätst; es soll eine Überraschung für sie werden. Wie Du weißt, haben wir den FDGB-Literaturpreis[3] bekommen, und daraufhin hat sich der Rat des Bezirks endlich bewogen gefühlt, uns einen Wagen zu verschaffen, – aber nicht einen Gebrauchtwagen, es ist augenblicklich nichts Ordentliches da. Auch einen Trabant haben sie uns ausgeredet: Wir sollten lieber einen Wartburg nehmen, der ist leichter zu beschaffen; außerdem, meinten sie – und mit Recht – würden wir ja doch in einem halben Jahr wieder anmarschiert kommen und einen größeren Wagen verlangen.

Na gut, wir haben unsere Mäuse gezählt und hin und her gerechnet. Eigentlich hatte ich ein bißchen Bammel davor,

1 »Ankunft im Alltag«, Verlag Neues Leben, Berlin 1961.

2 B. R. und Siegfried Pitschmann bearbeiteten B. R.s Erzählung »Die Frau am Pranger«, Verlag Neues Leben, Berlin 1956, für das Fernsehen der DDR. Erstausstrahlung am 21. 1. 1962.

3 Sie erhielten den Preis für die Hörspiele »Ein Mann steht vor der Tür« und »Sieben Scheffel Salz«.

unser ganzes Geld mit einem Schlag auszugeben […]. Jetzt fehlen uns noch ungefähr 1500. – DM, und um die wollten wir Dich bitten. Du wirst sie spätestens im September zurückkriegen […], denn dann habe ich meinen Vorabdruck in der NBI[1] unter Dach und Fach. Läßt sich das einrichten? […] Wir haben hier zwar eine Menge guter Freunde, aber keinen, der reich genug ist, uns anderthalbtausend Emmchen vorzuschießen.

Und wie gesagt, Uli: kein Wort zu Vati und Mu. Sobald wir den Wagen haben, machen wir unsere erste Fahrt nach Burg und gondeln die Eltern spazieren. Ich freue mich schon auf ihre Gesichter! […]

Alles Gute für die letzten Tage in der glorreichen Armee! Bleib gesund, lies gelegentlich mein Buch (das Dir, hoffe ich, ein bißchen Spaß machen wird) und denk an die Moneten.

Herzlichst Deine B-Schwester

Viele Grüße auch von Daniel

21 Familienrundschrieb Nr. 20

Burg, 3. Juli 1961

[…] gleich noch einen in Brigittes Brief gestellten »feierlichen Antrag«: »Wir wünschen, daß Vater die FRS – wie dies im Anfang auch geschah – mit WILLI unterzeichnet. Wir erwarten, daß der Antrag den Beifall der Kinderschar findet. Man will ja in seinem Vater auch endlich mal einen erwachsenen Menschen sehen. (Die soeben von Vater symbolisch verabreichte Backpfeife nehme ich mit Dank entgegen.)«

Nun, der Wunsch kann, wenn er auch etwas dreist vorgetragen worden ist, erfüllt werden. […] Willi

1 Vorabdruck aus »Ankunft im Alltag« in der Zeitschrift NBI Nr. 37/1961 mit einem Geleitwort von Eva Strittmatter.

22 Familienrundschrieb Nr. 22

Burg, 16. Juli 1961

[…] Montag traf Brigittes neues Buch »Ankunft im Alltag« ein, das einen Monat früher als erwartet erschienen ist. Herzlichen Dank! Mutti hat es bereits gelesen, ebenso auch Ulli […]. An Lutz soll nun endlich geschrieben werden, obgleich Brigitte wohl ein wenig befürchtet, daß das Buch ihm nicht zusagt. Aber dazu muß das Familienoberhaupt – auch wenn alle Kinder bereits volljährig sind – energisch erklären: Hütet Euch, unseren Familienzusammenhalt zu zerstören! Wir wollen doch jede eigene Meinung achten und nicht dem anderen etwas aufzwingen. Reden wir nicht von Freiheit, sondern üben wir sie! Dann bleibt das gegenseitige Verständnis. […] Willi

23 Von Dorothea Reimann

Zempin[1], den 17. 7. 61

Liebes Schwesterlein!

[…] Dein Buch habe ich seit Sonntag aus. Ich fand es überraschend gut, denn die Tendenz wird an keiner Stelle sehr aufdringlich. Es war meine größte Sorge, daß Du uns da ein Buch zusammenschreibst, das nur auf gut ausgerichteter politischer Ebene basiert, also mein Kompliment. Ich habe es sehr schnell gelesen, denn es ist weiß Gott interessant und auch lebensnah, manchmal habe ich direkt gestaunt, denn ich hätte Dir, liebes Schwesterlein, nicht zugetraut, daß Du Dich derart gut in die Seelen 18jähriger versetzen kannst. Ich finde aber, daß Du den Nikolaus[2] ein wenig zu krass gezeichnet hast, ich meine bezüglich seines Äußeren und seiner an-

1 Seebad auf Usedom. Dorothea befand sich dort als DRK-Helferin im Kinderferienlager des Walzwerks von Burg.

2 Nikolaus Sparschuh ist einer der jugendlichen Protagonisten in »Ankunft im Alltag«.

fänglichen Haltung. Ein Junge, der zur Oberschule gegangen ist, hat nicht ein derart tolpatschiges Benehmen, jedenfalls finde ich es.

{Wenn mich auch einiges an unseren Uli erinnert […]}

Deine Dorli

P. S. Ich schreibe Feriendeutsch

24 Tagebuch

Hoy, 19. 7. [61]

Uli ist auf Besuch gekommen; er ist vor ein paar Tagen aus der Volksarmee entlassen worden und beginnt am 25. sein Praktikum auf einer Werft; danach wird er an [der] Rostocker Uni studieren, Schiffsbauelektrik[1]. Er ist ein hübscher Bursche geworden […]. Ich bin froh, daß er Bücher und Bilder und Musik liebt; darin gleicht er Lutz. Er hat aber auch ähnliche politische Ansichten, und das erschreckt mich. Wenn er auch noch fortginge … Für so viele unserer jungen Leute erschöpft sich alles Erstrebenswerte im Materiellen, im Besitz.

Uli ist ganz begeistert von meinem Buch. Mir fiel ein Stein vom Herzen, – für ihn und seinesgleichen […] habe ich es ja geschrieben. Lutz freilich wird, fürchte ich, bösartig spöttisch reagieren. Vielleicht wird, wenn er das Buch und dazu meinen Brief empfängt, die letzte Brücke zwischen uns zerbrechen. Wir haben uns schon so weit voneinander entfernt … Ich habe monatelang geschwiegen, ehe ich ihm auf seinen schrecklichen Brief antwortete. Ich habe in keiner Zeile vergessen, daß ich seine Schwester bin und ihn immer noch liebe (mein Gott, ist das wahr?), und ich hoffe, er wird es spüren. Ich habe ihm aber hart und unmißverständlich gesagt, daß ich seinen Schritt verurteile, daß ich mir Be-

1 Schiffselektrotechnik.

zeichnungen wie »Ostzone« für die DDR verbitte und daß ich von ihm erwarte, er werde künftig nicht mehr den Staat beschimpfen, der ihm sein Studium bezahlt hat. Diesen neuerlichen Vorwurf (Gott, welche Streitereien hatten wir deshalb!) wird er mir nicht verzeihen. [...]

25 Von Ulrich Reimann

Rostock, d. 5. 8. 61

Liebe Pitschmänner,

[...] seit fünf Tagen bin ich nun Student. Von Studium ist allerdings noch nicht viel zu merken. Zur Zeit wird in der Lehrwerkstatt gummiert. Die Bevölkerung braucht Verlängerungsschnüre, nun so helfen wir mit an den 1000 kleinen Dingen. Später sollen wir dann direkt in einem Elektrobetrieb anfangen und dann geht es irgendwann auch auf die Werft. Im Ganzen müssen wir bis Mitte Februar arbeiten und dann soll es endlich mit dem eigentlichen Vorlesungsbetrieb losgehen.

Eine Umstellung gegenüber der Armee ist es doch. Man muß in allem für sich selbst sorgen: Essen, Kleidung, Aufstehen usw. Ich bin es kaum noch gewöhnt. [...]

Es grüßt herzlich Euer Uli [...]

26 Familienrundschrieb Nr. 25!!

Burg, 6. August 1961

17.50 Uhr ... Die Jubiläumsüberschrift ist schon einige Minuten älter, alldieweilen wir zwischendurch den Balkon abräumen mußten, weil es zu regnen begann. [...]

Auch Tochter Brigitte aus *Hoyerswerda* hat Zeit für einen zweiseitigen Schrieb gefunden. [...] Der erste Akt des Fernsehspieles[1] ist abgeschlossen [...]. Sie stecken jedenfalls voller Pläne, nur machen sie sich anscheinend zu viel Gedanken über die politische Entwicklung. Wozu? Erstens kann man sie nicht aufhalten, und zweitens kommt es meistens anders, als man denkt. Ihr werdet vielleicht sagen, der FRS-Verfasser macht es sich leicht, aber er darf wohl zumindest für sich in Anspruch nehmen, daß ihm das Leben schon allerlei Nüsse zu knacken gegeben hat, er also einige Erfahrungen gesammelt hat. [...] Willi

27 An Ulrich Reimann

Hoy, 9. 8. 61

Lieber U-Bruder,

[...] Daniel tippt noch an meinem Manuskript, das der Rundfunk bekommen soll (die erste Hälfte von den »Geschwistern«; das Thema ist in der jetzigen Lage goldrichtig, und es soll sobald wie möglich gesendet werden) [...].

Inzwischen ist schon ein neues Angebot von Fernsehfunks gekommen: man will den »Mann vor der Tür« umarbeiten zu einem Fernsehspiel. Auch hier ist das Thema wieder unerhört aktuell; momentan schreit jede Institution nach Republikflucht-Geschichten, und wir können sie sogar mit gutem Gewissen verkaufen, weil wir sie nicht aus Konjunkturgründen, sondern aus echtem Anliegen geschrieben haben.

Von dem Auto ist noch nichts zu sehen und zu hören. Daniel war gestern in Cottbus [...], und kam sehr ärgerlich zurück: aus viel Drumherumrederei war herauszuhören, daß man bis jetzt nicht einmal das Befürwortungsschreiben abgefaßt hat [...]. Heute will Daniel noch einmal bei dem Obermacker anrufen und energisch werden, sonst haben wir den Wagen zu Weihnachten noch nicht. [...]

1 »Die Frau am Pranger«; vgl. zweite Anm. zu Brief 20.

Neulich haben Hans[1] und ich an der Tankstelle ein göttliches Autochen gesehen, einen uralten Hanomag, Sportzweisitzer mit Dieselmotor, einem Scheinwerfer und einer Art Knüppel zum Anwerfen des Motors; das Steuer ist auf der rechten Seite, und das ganze Dingelchen sah zum Schreien schön aus. Hans hat sich sofort auf den Besitzer geworfen und wollte den Hanomag kaufen. Er wird so gegen 2000 kosten. Im Winter kommt man wahrscheinlich drin um, aber im Sommer muß es ein Heidenspaß sein, schon weil alle Leute wohlwollend lachen, sobald man damit auftaucht. Der Besitzer war auch ganz stolz auf sein Vehikel, mit dem er neulich beim Veteranentreffen in Dresden Aufsehen erregt hat. Der Wagen macht noch seine 65 Stundenkilometer. […]

Wie hast Du eigentlich Deinen Geburtstag gefeiert? Wir haben uns einen Ferientag gemacht, den ganzen Tag gelesen und unsere schönsten klassischen Platten abgehört, – die Genüsse abgeklärter alter Leute. […]

Ich wünsche Dir viel Freude bei den Verlängerungsschnüren und rasche Anpassung ans Zivilistendasein. Schreib bald wieder!

Mit vielen herzlichen Grüßen Deine B-Schwester […]

28 Familienrundschrieb Nr. 26

Burg, 14. August 1961

Montag, 17.20 Uhr, auf dem Balkon, warm, aber stark windig …

Die politischen Ereignisse des 13. August[2] wirken sich bis auf die internsten Familienangelegenheiten aus! Denn wer

1 Hans Kerschek, Mitglied des Zirkels Schreibender Arbeiter im Kombinat Schwarze Pumpe, der von B. R. und Siegfried Pitschmann geleitet wurde.

2 Am 13. 8. 1961 schloß die DDR-Führung in Übereinstimmung mit der Sowjetunion in Berlin die Grenze zu den drei Westsektoren.

ist gerade in Berlin, wenn dort etwas los ist? Ein Reimann-Kind (der Vater hat Lutz' Abiturientenreise[1] noch lebhaft in Erinnerung)! Ja, die Dorli startete am Sonnabendabend zu dem lange vorbereiteten Treff mit ihrem holländischen Brieffreund … und die geplante erste Begrüßung am Bahnhof Zoo am Sonntagvormittag fiel prompt in die Sperre.

[…] Brigitte wartet schon auf ein Lebenszeichen von Lutz und fragt an, ob er sich noch nicht wieder gemeldet hat. Leider bis heute nicht, aber da »Hamburg« jetzt Ferien macht, wird in dieser Hinsicht sicher einiges nachgeholt. […] Im übrigen kommen auch die Hoiwoyer nicht aus der Arbeit heraus. Neue Pläne […] sorgen dafür, daß es nicht »langweilig« wird, aber wo bleibt da »die Sorge um den Menschen«[2]? […] Da sich meine im letzten FRS geäußerte Ansicht über die politische Entwicklung bestätigt hat, bleibe ich (angesprochen die liebe Brigitte) auch hinsichtlich des 13. August dabei. Willi

29 An die Eltern

Hoy, 19. 8. 61

Liebe Mu, lieber Vati,

[…] Den FRS haben wir dankend erhalten. Ich dachte schon, Dorli wäre an jenem aufregenden Sonntag in Westberlin verschütt gegangen […]. Hat sie ihren Henk[3] noch gefunden? Es wäre jammerschade, wenn die beiden sich nicht kennen gelernt hätten, obgleich sie nur durch ein paar Kilometer und einen – verrosteten! – Stacheldraht getrennt waren. Ja, ja, die bösen Bolschewiken! Übrigens haben wir

1 Im Umfeld des 17. Juni 1953 wurden die Jugendlichen in Berlin festgenommen und mussten von den Eltern abgeholt werden.

2 Anspielung auf propagandistische Losungen von Partei- und Staatsführung.

3 Dorothea Reimanns holländischer Brieffreund.

nicht geweint über diese neue Maßnahme, die eigentlich schon längst fällig gewesen wäre. Warum sollen wir nicht auch mal die Zähne zeigen? Wir hingen den ganzen Sonntag am Radio und lauschten den Offenbarungen vom Rias[1], der seine Reporter in den Osten geschickt hat und Schreckliches zu berichten wußte von schweigenden Menschenmauern, die einen letzten sehnsüchtigen Blick in die Freiheit warfen, und von in letzter Minute heldenhaft geflüchteten Sachsen, denen unsere Regierung nicht mal eine Quarkstulle hatte bieten können. Es war sehr lustig. Und am lustigsten war es, als Brandt[2] uns mit Grabesstimme und unterdrückten Tränen aufforderte, nicht auf die Barrikaden zu gehen – wozu wahrscheinlich sowieso kein normaler Berliner Lust hatte. Schade, daß wir an diesem Sonntag nicht in Berlin waren! Die paar Abenteuer, die unser friedliches Dasein noch zu bieten hat, verpaßt man auch …

Natürlich ist es traurig, daß man jetzt momentan nicht nach Westdeutschland fahren kann. […]

Mit tausend lieben Grüßen […] Eure Brigitte

30 Familienrundschrieb Nr. 27

Burg, 20. August 1961

[…] Jeder muß mit dem Leben fertig werden, das er sich zu einem bescheidenen Teil selbst gestaltet und zum weit größeren Teil ohne seinen Einfluß gestaltet wird. Aber für den eigenverantwortlichen Teil sollte man ihn gewähren lassen, schließlich ist das seine ureigenste Angelegenheit, die er selbst zu tragen hat und in die man nicht reinreden sollte. Wer sich in seinem selbstgezimmerten Haus wohl fühlt, dem soll man seine Freude und sein Vergnügen daran lassen, wozu es ihm vermiesen? Wer gibt dem anderen das Recht,

1 RIAS: Rundfunk im amerikanischen Sektor, Sitz in Westberlin.
2 Willy Brandt, damals Regierender Bürgermeister von Westberlin.

seine Meinung und Ansicht als die einzig richtige zu bezeichnen und seinen Mitmenschen aufzwingen zu wollen? Zuguterletzt muß jeder mit sich selbst fertig werden. (Diesen letzten Satz habe ich eine gute Stunde später geschrieben, nach einem Hörspiel, das recht nachdenklich gestimmt hat, von vier Geschwistern und ihrem Schicksal erzählte […].)[1] Doch kommen wir kurz noch zum Sachlichen […]. Brigittes Briefeingang wird bestätigt und auch eine Antwort zugesagt. Ich bin nicht der Ansicht, daß »wir uns immer mehr auseinander leben«, wenn wir den guten Willen aufbringen, es nicht dahin kommen zu lassen (das oben gesagte gilt immer für beide Seiten). Dabei soll keiner glauben, er vergibt sich etwas, wenn er sich bemüht, den anderen etwas zu verstehen. Wollen wir uns wundern, daß sich Menschen, die sich nie im Leben gesehen haben und nichts von den anderen kennen, sich gegenseitig den Schädel einschlagen, wenn nicht einmal eine Familie den Sinn des Wortes »Familie« begreift? […]
Willi

31 An die Eltern

Hoy, 24. 8. 61

[…] Liebe Mu, wir waren ganz traurig, als wir Deinen Brief gelesen haben. Er klingt niedergeschlagen, obgleich Du Dir solche Mühe gegeben hast, es uns nicht merken zu lassen. […] Ich weiß schon, was Du sagen wolltest, und ich muß gestehen, daß ich ebenfalls jetzt einigermaßen erbittert bin – vor allem über die Leute, die in der Zeitung spontan ihre Mitbürger auffordern, nicht mehr nach Westdeutschland zu fahren. Ich halte es für höchst unklug, womöglich auch diese Grenze[2] zuzumachen, – das ist eine unpopuläre

1 Nicht bekannt.

2 Die Grenze zur Bundesrepublik wurde ab 16. 8. 1961 für DDR-Bürger geschlossen.

Maßnahme. Der allergrößte Teil der Reisenden fährt wirklich deshalb, weil er drüben Familienangehörige hat.

Wir haben jetzt auch jeden Tag große Diskussionen bei uns, und obgleich alle unsere Freunde einen politisch klaren Kopf haben, sind sie verärgert. Sicher, mit dem Verstand begreift man die getroffenen Maßnahmen, aber gegen einiges sträubt sich das Gefühl, und gegen die Kommentare der gute Geschmack. [...]

Man sollte in größeren Kategorien denken. Es wäre absurd, wenn zwei Weltsysteme übereinander herfielen und sich atomisieren ließen, nur weil die Herren Deutschen nicht mehr nach Belieben durchs Brandenburger Tor spazieren können. Wir haben uns schon immer ungeheuer wichtig genommen –, aber was sind wir angesichts des Aufbruchs in Afrika?

Nein, Mu, Du mußt Dich nicht gar zu sehr aufregen, Du wirst Deinen Lutz bestimmt wieder sehen können. Die Wogen gehen jetzt ein bißchen hoch, aber die glätten sich wieder, am Ende siegt die Vernunft, das lehrt die Geschichte. [...]

Mit einem Kuß für Mu und Vati – (auch von Meister Daniel)

Eure Brigitte [...]

32 Von Ludwig Reimann

Hamburg, d. 6. 9. 61

Liebe Brigitte!

[...] Ich habe lange überlegt, ob ich überhaupt noch einmal schreiben sollte. Vielleicht ist es auch tatsächlich das letzte Mal. Wir werden doch nie umhin können, in unseren Briefen zu politisieren und werden wahrscheinlich nie zu einer Übereinstimmung kommen, sondern uns immer mehr voneinander entfernen. [...]

Inzwischen hat sich in der Politik einiges getan. In Berlin zieht man Stacheldraht, baut mehrreihige Betonmauern, macht aus Berlin ein Heerlager und protzt mit seinen Waffen und droht mit Gewalt. An der Grenze in Berlin, beim Havelkanal sind inzwischen drei Menschen erschossen worden, ebenso in Warnemünde ein Mann. In Gedser und Trelleborg, in fremden Hoheitsgewässern hat die Volkspolizei ebenfalls geschossen, mehrere Leute, die man noch beim letzten Sprung zurückhalten konnte, brutal zusammengeschlagen. [...] Soundsoviel Jahre Gefängnis und Zuchthaus wurden für Nichtgefügige verhängt, ganz auf die Schnelle wurde ein Gesetz erlassen, das es gestattet Zwangsarbeit als Strafe zu verhängen. Exempel wurden schon statuiert. Die FDJ ruft zum Dienst am Vaterland[1] auf und bildet Regimenter, die bezeichnenderweise mit schwarzen Uniformen gekleidet sind. Da fehlt dann nur noch der Totenkopf als Abzeichen.[2] [...]

Und nicht zuletzt droht der Russe, die Zufahrtswege nach Berlin sogar in der Luft zu sperren. Als Ausrufungszeichen hinter seinen Forderungen stehen die Atompilze seiner Superbomben, die er jetzt erprobt hat. [...]

Wenn ich an all das denke und dabei Deinen Brief[3] lese, möchte ich das alles nicht glauben, daß Du Dir soviel Mist abbrichst.

[...] Was stellst Du Dir eigentlich unter einem satten und gesitteten Bundesbürger vor? Du kennst ja die Menschen hier

1 Am 18. 8. 1961 wurde der »Kampfauftrag der FDJ« veröffentlicht, um mehr Freiwillige für die NVA zu gewinnen (»Das Vaterland ruft. Schützt die sozialistische Republik!«). Gefordert wurde u. a., Erntehilfe zu leisten, den Plan zu erfüllen und keine Westsender zu hören (»Blitz kontra Nato-Sender«). Unterzeichner des Aufrufs wurden teilweise in neu gegründete FDJ-Regimenter eingezogen.

2 Das Truppenkennzeichen einer Division der Waffen-SS (SS-Division Totenkopf, später SS-Panzer-Division »Totenkopf«), die sich ursprünglich aus Wachmannschaften der KZ rekrutierte und an Kriegsverbrechen beteiligt war.

3 Nicht auffindbar.

garnicht. Mir gefallen die Leute in ihrer zumeist unpolitischen Lebensauffassung auch nicht. Aber es ist ja wohl auch keine Schande, wenn die Menschen sich nach Wohlstand sehnen und danach streben [...]. Aber [...] viele sind durch die Berlin-affaire aus ihrer uninteressierten Haltung herausgerissen worden. Gott sei Dank. Aber um mich brauchst Du Dir keine Sorgen zu machen. Ich werde wohl kaum so etwas werden, wie Du Dir einen Bundesbürger vorstellst. Dafür hat man mir im Osten einen zu guten politischen Anschauungsunterricht gegeben, um jetzt nicht danach zu handeln. –

Ich zitiere: »Unser Staat hat es nicht nötig, die Reklametrommel zu rühren, die Tatsachen sprechen für sich. Der Sozialismus braucht keine Neonröhren und Leuchtreklamen ... (Die Butter ist momentan knapp, jawohl und auf ein Auto muß man zwei Jahre warten ...)« usw.

Die Tatsachen sprechen allerdings eine deutliche Sprache: Bis jetzt seit 1949 gingen 2 Millionen Menschen freiwillig aus dem »Arbeiterparadies«, von dem mächtigen Strom des letzten halben Jahres wollen wir gar nicht sprechen. Die Leute lassen alles stehen und liegen, was sie sich in Jahren mühevoller (und wie mühevoll im Osten!) Arbeit angeschafft haben und verlassen Freunde und Verwandte, die Heimat und sonst alles mögliche, was ihnen lieb geworden ist, nur um sich hier nochmals in jahrelanger und harter Arbeit (hier muß man auch hart arbeiten!) eine neue Existenz aufzubauen und sonst einige kleine Annehmlichkeiten des Westens zu genießen!

Das wäre zu billig, hierin die Erklärung zu suchen, von den Abwerbungsparolen, die in Euren Zeitungen gerade große Mode waren, will ich garnicht reden. [...]

Es muß da wohl doch noch andere Gründe geben. Überleg es Dir. Wenn ich dir jetzt etwas von Freiheit und Demokratie erzählen sollte, wäre das sowieso verfehlt. Darüber könnte ich mit Dir nur sprechen, wenn Du wenigstens ein halbes Jahr hier wärst und tatsächlich den Unterschied zu

Eurer »demokratischen Republik« fühlen und sehen würdest. Sofern es mal möglich wird: Wenn wir eine Wohnung haben, lade ich Dich ein, zu uns zu kommen und solange hier zu bleiben, wie Du willst. Das ist ein ernsthaftes Angebot! Und birgt nur ein Risiko. Du würdest nachdem vielleicht nicht wieder zurückgehen und wenn, dann für Deine jetzigen Ziele verloren sein.

Ich spreche nicht gern von »Freiheit«, weil mit diesem Wort schon zuviel Schindluder und Mißbrauch getrieben worden ist [...]. Aber es ist etwas mehr daran [...]. Gewisse Dinge, die Dir hier nach einiger Zeit unzumutbar erscheinen würden, faßt Du drüben noch als Selbstverständlichkeit auf. [...]

Wenn Du jetzt hier die Stimmung erleben könntest, würdest Du, wenn Du ein guter SED-Heini wärst, nur wünschen, daß es bei Euch genauso wäre, denn die Menschen hier würden freiwillig gerne mehr Steuern zahlen oder freiwillig zur Armee gehen, wenn das zum Schutz und als Maßnahme gegen den Osten gefordert würde. Hier wissen die Leute wofür, ganz im Gegensatz zur Zone.

Wieviel Menschen würden bei Euch noch fortgehen, wenn sie dürften und auch die Möglichkeit hätten, ihre Verwandten ab und zu wiederzusehen? Es wäre ein Strom, riesenhaft!

Das sind die Tatsachen, die für die »DDR« sprechen! Steig endlich einmal aus Deinem »Elfenbeinturm« aus und sieh Dir Euer sozialistisches Leben an, aber ohne Deine rosarote Idealistenbrille!

Selbst wenn die Menschen, die der Zone den Rücken kehrten, nur gingen, um hier ein Leben in Wohlstand zu führen, wo sie alles kaufen und sich mehr Annehmlichkeiten leisten können, müßte das ein akzeptables Argument sein, denn wozu arbeiten die Menschen wohl? Nach 12 Jahren seit Gründung der »DDR« haben die Leute ein Recht zu verlangen, daß es tatsächlich immer Butter und Kartoffeln zu kaufen gibt und daß man endlich seine Versprechungen vom besseren Leben erfüllt. Wenn der Sozialismus das bis jetzt nicht geschafft hat, hat er seine Existenzberechtigung verloren, denn er hatte die Chance, genauso wie der Westen und Jugoslawien! Das darfst Du auch nicht vergessen!

[...] »Es wurden Fehler gemacht!« wenn ich das schon höre! Diese Fehler hat man schon 1952/53 gemacht und hat nichts daraus gelernt. Im Gegenteil. [...] Es ist nicht nur das kleinliche Streben nach absoluter politischer und wirtschaftlicher Herrschaft, dem Besitz aller Produktionsmittel, sondern in Deutschland kommt noch hinzu, daß man durch geschaffene Tatsachen die Wiedervereinigung auf jeden Fall und auf jede mögliche Art und Weise blockieren wollte. Was man nicht mit Überzeugung erreicht – und auf diesem Gebiet hat Ulbricht ja gründlich Schiffbruch erlitten – wird mit Gewalt gemacht. [...] Eine freie Volksabstimmung in der Zone würde Ulbricht und seinen Getreuen den Laufpaß geben. [...] Und hier ist auch das Argument, weshalb ich Euer Gebiet nicht »DDR« nennen kann. Denn an der Bezeichnung »Deutsche Demokratische Republik« ist nämlich leider nur das »deutsch« zutreffend. [...] Das Volk hat diese Leute und diesen Staat nie gewählt und nie gewollt. Es ist die Diktatur einer Minderheit, der »Avantgarde«. Das verhehlen diese Leute nicht einmal. Selbstverständlich kann man die Einführung einer Diktatur auch als Staatsgründung betrachten, insofern hast Du recht.

Hast Du jemals die Möglichkeit gehabt zu wählen? [...]

– Mein Brief wird auch in Raten geschrieben. Heute kam ein FRS nebst Brief von Mutti. Man ist betrübt, daß wir uns vielleicht nicht mehr verstehen. Vati und Mutti als ältere Generation wollen die Gegebenheiten hinnehmen und versuchen so zu leben, wie es am besten noch möglich ist. [...] Dafür sind wir noch zu jung. Wir müssen uns eben noch mit unserer Gegenwart auseinander setzen und für das eintreten, was man als richtig erkannt hat. [...] Eines Tages werden wir schon wieder eine gemeinsame Plattform – ich will dieses fürchterliche Wort auch einmal gebrauchen – finden, auf der wir uns wieder verständigen können.

In diesen Tagen habe ich gerade das Buch »Die Revolution entläßt ihre Kinder«[1] von Wolfgang Leonhard angefangen. Gleich zu Beginn berichtet er von der großen Verhaftungs- und Erschießungswelle, die 1936–1938 fast alle alten Kämpfer und Hunderttausende anderer Unschuldiger in Rußland erfaßte und wie sie als 17-jährige, deren Eltern zum Teil auch in die Verbannung geschickt worden waren, nun versuchten in ihrem Glauben an die Idee und die richtige Handlungsweise der Partei Entschuldigungen und Rechtfertigungsgründe für diese Aktionen zu finden.

Natürlich fanden sie welche und sahen über diese furchtbaren Ereignisse hinweg und vergaßen schnell. Genauso waren wir als jungen Menschen auch in der Zone und so bist Du auch heute noch. Es ist dies nicht so wichtig und jenes spielt keine Rolle und über das sieht man hinweg oder versucht, es als notwendig zu betrachten. Man merkt dabei garnicht, wie es schrittweise immer weiter geht, daß alles das überhaupt nichts mit dem Sozialismus zu tun hat und all dem, was letztlich der Sinn des Sozialismus sein sollte, entgegengerichtet ist, von Recht und Gerechtigkeit, Humanität und Menschenwürde und jeglicher Freiheit ganz zu schweigen.

Man muß sich erst einmal von den Verhältnissen drüben eine Zeitlang entfernen, um zu erkennen, wie unsagbar herabwürdigend und unrechtmäßig mit den Menschen drüben umgegangen wird und wie sehr man belogen und betrogen worden ist. [...] Man muß sich einmal, wenigstens in Gedanken lösen und sich klar machen, wie furchtbar es ist, wenn – um nur mal ein Beispiel zu nehmen – Leuten die Antennen zum Westempfang heruntergerissen werden – und

1 Autobiographische Erzählung (1955) über seine Jugend in der Sowjetunion während der Stalinzeit. Am Ende des Krieges kam er mit der Gruppe Ulbricht in die SBZ, aus der er 1949 nach Jugoslawien floh.

es keine rechtliche Handhabe dagegen gibt oder Leute für irgendwelche dahingeworfenen Äußerungen zu hohen Strafen verurteilt werden, nachdem vorher die bestellte Volkswut gegenüber diesen »Schädlingen« ins Spiel gebracht worden ist. Genauso furchtbar ist es, wenn die Menschen schon automatisch, bevor sie eine politische Äußerung tun, sich umsehen, ob keine unerwünschten Ohren mitlauschen könnten. Ich habe das an mir und vielen anderen Menschen beobachtet. Man braucht einige Zeit, um das hier abzulegen. [...]

Orwell[1] und Djilas[2] waren mir drüben wie eine Offenbarung [...]. Du kennst nicht das Gefühl, in Freiheit und ohne Druck und ständiger Heuchelei zu leben. [...]

Man kann es sich vor allem nicht vorstellen, wenn man es nicht kennt. [...] Es gibt auch hier vieles, was besser nicht sein sollte, aber in einem ängstlichen Bestreben, nichts zu unternehmen, was demokratische Freiheiten beschneiden könnte, geht man hier meines Erachtens oft zu weit. [...]

Weißt Du, ich habe mir schon mehrmals die Frage vorgelegt, wie wir wohl uns 1933 entschieden hätten. Vielleicht oder wahrscheinlich hätten wir uns wie die meisten unserer Elterngeneration entschieden. Wir wollen mal ehrlich sein, wir hätten wohl kaum anders gehandelt und wohl kaum anders handeln können unserer damals wahrscheinlichen politischen Bildung entsprechend. Wir wollen nicht so leichtfertig über diese Generation den Stab brechen. [...] Sie hatten nicht das andere, bessere Beispiel vor Augen. Brigitte, bewahre Dir Dein kritisches Denken und das Gefühl für Humanität. Du stehst als Schriftsteller mit in verantwortlicher Linie und wirbst als erster Helfer für eine gute oder schlechte Sache. Sie mißbrauchen Deine Ideale! Eine Diktatur bringt

1 Vermutl. der Roman »1984« (1946–48, dt. 1950) über einen diktatorischen Überwachungsstaat.

2 Vermutl. von Milovan Djilas »Die neue Klasse. Eine Analyse des kommunistischen Systems«, Einführung Alfred Kantorowicz, München 1957.

nie Gutes für die einfachen, kleinen Leute. Ein gutes Ziel kann nicht mit schlechten Mitteln erzwungen werden, denn ihm haftet das Böse an, mit dem der Erfolg erzwungen wurde [...]. Wer sagt eigentlich, daß überhaupt ein guter Zweck ernsthaft verfolgt wird?

[...] Beim Lesen lege nicht jedes Wort auf die Goldwaage, ich habe sehr schnell geschrieben. Ganz gleich, wie das Echo auf meine Ansichten ausfallen wird, schreib mir keinen Brief, in dem ein politisches Thema erörtert wird. [...] Außerdem könnte es für Dich unter Umständen böse Folgen haben, wenn Du mal von der Parteilinie abweichst. [...]

Für Dein Buch vielen Dank. Wir haben es mit großem Interesse gelesen und auch schon an Freunde verborgt, um dann später darüber zu debattieren. Abgesehen von Einzelheiten, die in der Themenwahl begründet sind, hat es mir sehr gut gefallen, besser als alles vordem. Du bist irgendwie sicherer im Ausdruck geworden und vermeidest, wie ich oft früher das Gefühl hatte, zu viele schmückende Beiwörter [...].

Vor allem aber macht sich bemerkbar, daß Du wirklich durch deine Arbeit dort das Werk und seine Menschen erlebt hast. Aber leider siehst Du auch hier alles ein bißchen zu sehr mit den Augen des Idealkommunisten, für den nur das Gute und Lobenswerte zählt. Nur ist es eben leider nur eine Geschichte ohne ein meines Erachtens wirkliches Problem. Du versuchst ein wenig mehr hineinzulegen und damit werden Deine Hauptpersonen, abgesehen von dem Mädchen, was wirklich sehr gut dargestellt ist, zu symbolträchtig.

Ich sehe in allem nur, daß Ihr die wirklichen Probleme garnicht anfassen dürft [...]. Da flüchten Hunderttausende und keiner darf wagen, die wirklichen Beweggründe einmal aufzuzeichnen und sich mit den wirklichen Problemen zu befassen. Ich kann mir schon denken, wie Deine Republikfluchtgeschichte, die ja nun wohl doch nicht mehr aktuell ist, aussehen wird. Ich möchte sie, falls Du überhaupt noch dazu kommst, garnicht lesen. [...] Es ist wirklich eine Schande, wie Du Deine Fähigkeiten [...] in den Dienst dieser Leute stellst. [...]

Ich wollte dir immer noch etwas zum Geburtstag nachträglich schenken [...]. Schreib mir doch bitte, welche Bücher Du gern haben möchtest.

Mit vielen Grüßen Dein Lutz

33 An die Eltern

Hoy, 18. 9. 61

Liebe Mu, lieber Vati,

[...] Eben ist ein Brief von Lutz gekommen, aber ich wage mich noch nicht heran – er ist mindestens zehn Seiten lang und enthält gewiß eine Menge politischer Argumente und Gegenargumente. Dafür muß ich mir eine Stunde nachher, nach der Arbeit, reservieren. Hoffentlich ist es nicht gar zu schlimm. Ich habe schon nach der Unterschrift geschielt, es steht da »Dein Lutz«, und das scheint mir immerhin darauf zu deuten, daß nun nicht sämtliche geschwisterlichen Beziehungen abgebrochen werden. [...]

Mit tausend lieben Grüßen und Erholungswünschen

Eure Brigitte-Tochter [...]

34 Von Dorothea Reimann

Rostock, d. 23. 9. 61

Liebe Brigitte!

Du bist im Augenblick der einzige Mensch, der mir eventuell helfen könnte. [...] ich habe mein Portemonnaie mit meinem restlichen Stipendium verloren. Ich stehe jetzt hier sozusagen ohne einen Pfennig Geld. Sei nicht böse, daß ich gleich so mit der Tür ins Haus falle, aber ich [...] dachte [...] in meinen traurigen Gedanken, daß Du mir bis Ende Oktober, d.h. bis zum nächsten Stipendium 50.– vorschießen könntest. […] Ich kann mir vorstellen, daß Ihr im Augenblick auch nicht gerade im Gelde schwimmt, aber eventuell ginge es doch […]. An Vati und Mutti kann ich das nicht schreiben, denn 1. sind sie noch im Urlaub und 2. sind wir leider ein bißchen böse miteinander. Ich hoffe, daß es sich bald gibt, aber wenn Du an Deine eigene Jugend denkst (ich meine mit Jugend mein Alter), dann weißt Du ja, daß es nicht die Art der Jugend ist, offiziell einen begangenen Fehler einzugestehen, und man sich lieber hinter Trotz und Gekränktheit barrikadiert. […]

Ich habe schon 3x angesetzt um an Euch zu schreiben, aber jedes mal warf ich den angefangenen Brief fort, weil ich merkte, daß ich […] anfange über Politik zu schreiben und entsprechend, oft zu Unrecht, zu schimpfen. Bei den Briefen an Lutz ging es mir auch zweimal so. Doch da ich heute ja gewissermaßen durch höhere Gewalt (sie sei 3x verflucht!) gezwungen bin, Euch zu schreiben, werde ich mich sehr bemühen, […] die Lage an der Uni so zu schildern, wie sie zur Zeit wirklich ist.

[…] Wir hören bisher nur Mittelhochdeutsch, Literatur von 1700–1770 und Literatur der DDR. Was man uns in »Literatur der DDR« anbietet, spottet jeder Beschreibung, wir haben einen Dr. […], an der Uni nur Dr. Konflikt genannt.

Er […] vergleicht Herrn Goethe mit irgendeinem kleinen, popligen Heini, seine Vorlesungen sind vollkommen ohne System, ich gehe nicht mehr hin, gucke mir nur sein Material an und passe beim Seminar auf, lasse mir von Euch eine Einführung und die NDL geben, und dann weiß ich mehr, als mir seine konfusen Vorträge bieten können. […]

Zur Zeit wohne ich noch in der Thierfelderstraße, aber am 29. ziehen wir in die Südstadt um. […] ich habe eine tolle Freundin gefunden, deren Mutter uns jede Woche etwas Schönes zu essen bringt und die nun unsere gesamte Kücheneinrichtung kaufen will. Sie sorgt für uns beide wie eine Mutter, immer alles für zwei, auch hat sie mich eingeladen, öfter zu kommen [...]. Wenn alles fertig ist (das wird bestimmt noch ein halbes Jahr dauern) fotografieren wir es und schicken die Bilder an meine westlichen Briefpartner. Eigentlich ist alles ganz prima bis auf die politische Lage. Es ist ständig das Gerücht, daß alle die, die den Aufruf der FDJ[1] nicht unterzeichnet haben, geext werden und sofort zur Armee müssen oder in ein Arbeitslager (die Existenz solcher Lager ist bestätigt worden). Dort gibt es 22 Pfennige Stundenlohn. In Leipzig sind 200 Studenten geext worden, darunter der »Rat der Spötter«[2]. Im Oktober werden auch hier einige fällig sein, außerdem werden von jeder Fak[ultät] einige eingezogen, die ihre Bereitschaft (in dem Aufruf ein Punkt) erklärt haben, da die meisten unterschrieben haben, herrscht natürlich eine miserable Stimmung, denn jeder kann damit rechnen, daß [...] er morgen dran ist. [...] Die meisten sind im Ernteeinsatz und der ist am 29. zu Ende, dann geht es richtig los, ich laß mich überraschen. [...]

Zur Zeit liege ich in Warnemünde, es ist nämlich herrliches Wetter und jeden Sonnenstrahl muß man ausnutzen, Ihr müßtet hier mal 3 Wochen herfahren. Wie war es in Prag?[3] Ich habe gehört, daß es dort fast alles gibt und wunderschön ist. [...] Es wird Zeit, daß wieder ein FRS erscheint, damit wir über alles etwas erfahren. Habt im voraus vielen Dank und seid herzlich gegrüßt

von Eurer Dorli [...]

1 Vgl. erste Anm. zu Brief S. 38.

2 Das Studentenkabarett »Rat der Spötter« wurde 1961 wegen eines »konterrevolutionären« Programms aufgelöst. Einige Mitglieder wurden verurteilt und mussten sich »in der Produktion bewähren«, ehe sie weiterstudieren durften.

3 B. R. und Siegfried Pitschmann waren Anfang September einige Tage in Prag. Vgl. B. R., »Ich bedaure nichts. Tagebücher 1955–1963« (im Folgenden: Tagebücher 1955–1963), hrsg. von Angela Drescher, Aufbau-Verlag, Berlin 1997, S. 206–209.

35 Von Dorothea Reimann

Rostock, d. 30. 9. 61

Liebe Pitschmänner!

Ihr könnt Euch kaum vorstellen, wie mir am Donnerstag […] zumute war, als plötzlich die Geldbriefträgerin in unserem Zimmer stand. […] Habt herzlichen Dank, ich hatte eigentlich kaum damit gerechnet, ich mache Euch dafür auch unter meinen Bekannten populär (soweit Ihr es noch nicht seid), und dadurch steigt ja dann auch der Bücherverkauf. […] Es ist doch große Klasse, Geschwister zu haben, die sich gegenseitig helfen.

Zur Zeit sitze ich am Fenster meiner neuen Wohnung und kann eine Großbaustelle des Sozialismus betrachten. Am Donnerstag sind wir endgültig umgezogen, und wir fangen an, uns hier sehr wohl zu fühlen. Jetzt um 6.45 (ich gehe manchmal unter die Frühaufsteher) scheint schon die Sonne herein und alles ist hell und freundlich. Wenn mein Van Gogh und vielleicht ein Gauguin, einige Grünpflanzen und andere Kleinigkeiten hier hängen, muß es urgemütlich sein. Ich spiele schon mit dem Gedanken (d. h. nicht ich, sondern wir, nämlich meine Zimmergenossin + ich) uns einen Couchtisch zu kaufen und kleine Sessel oder Hocker, doch das werden wir nach und nach tun. […]

Morgen früh gehen wir in den Einsatz und zwar nach Gustow/Rügen. Ich will nicht sagen, daß es mich freut, aber ich habe absolut nichts dagegen, wir werden verpflegt und verdienen ein bißchen Geld, das ist außerordentlich wichtig.

[…] seid gegrüßt und geküßt von Eurer Dorli

36 Familienrundschrieb Nr. 37

Burg, 3. Dezember 1961

[…] Aus *Rostock* hat unsere fleißige Dorli wieder einen vierseitigen Brief geschickt. Herzlichen Dank gleich an dieser

Stelle; denn unsere Jüngste kann sich »für den FRS nicht erwärmen, dh., als Informationsblatt ist er Klasse, aber ich würde so gern mal einen Brief bekommen, der nur an mich geht und eine richtige Überschrift hat«. […] Willi

37 Von Dorothea Reimann

Rostock, d. 4. 12. 61

Liebe Brigitte! Lieber Daniel!

[…] wir haben gerade eine Vorlesung über den Luftschutz, und da ich das lieber nachlese, kann ich hier schreiben.

Zuerst habe ich eine bescheidene Anfrage. Kommt Ihr, wenn das Fernsehspiel hier gedreht wird, eventuell einmal her? Unsere Gruppe würde Euch nämlich (das alles kommt nicht von mir, sondern von unserer Assistentin) einladen, an unserem Praktikumsort für die Bevölkerung und uns etwas zu lesen. Wir müssen nämlich neben dem Praktikum verschiedene Aufgaben lösen, u. a. die Kulturarbeit des Dorfes überprüfen und versuchen, etwas Unterstützung zu geben. […]

Am Sonnabendabend haben Uli und sein Freund bei uns gegessen, wir wollen es jetzt immer so machen, denn es ist gemütlich und einmal wöchentlich kann man es sich leisten, anständig und sehr gut zu essen, überhaupt bin ich fast täglich einmal bei Uli, wir vertragen uns wirklich sehr gut und wenn etwas zu tun ist, helfen wir uns gegenseitig.

In 3 Wochen ist das erste Semester schon zu Ende und wenn ich zurückblicke, muß ich feststellen, daß wir recht wenig gelernt haben, besonders in Deutsch. Jetzt hören wir schon mit der soz. Literatur der DDR auf und haben bisher nur über Fühmann, Gotsche (pfui!), Uhse (»Die Stunde der toten Augen«[1] ist schlecht gemacht worden, wegen des »har-

1 Roman von Harry Thürk, Verlag Das Neue Leben, Berlin 1957.

ten Stils«[1] und des zu geringen Auftretens der Antifaschisten) […] gesprochen. Ich finde, daß Gotsche nicht die soz. Literatur verkörpert. Ich werde aber freiwillig weitermachen, ein sehr guter Dozent veranstaltet für Interessierte ein Prosaseminar. Mit Mittelhochdeutsch hören wir auch auf, das tut mir sehr leid, denn es interessiert mich sehr, ich ärgere mich eigentlich, daß ich mich in der Schule nicht mehr bemüht habe, um mich für das Germanistikstudium bewerben zu können. […] Na, gut, vielleicht werde ich mal eine vernünftige Lehrerin, ich habe mich jetzt mit dem Gedanken schon sehr vertraut gemacht und für eine Frau ist es eigentlich ein schöner Beruf, vor allem kann man sich seine Arbeit gut einteilen. […]

Lebt wohl und seid nicht zu fleißig. Alles Gute

Eure Dorli

P. S. Selbstverständlich auch viele Grüße von Uli, ihm geht es gut, bloß über Mathe und Russisch stöhnt er ein bißchen.

1 1959 hatte es eine Kampagne gegen die »harte Schreibweise« gegeben, d. h. einen Stil, der sich an amerikanische Vorbilder wie Hemingway und Mailer anlehnte. Besonders Siegfried Pitschmann warf man den »harten Stil« in dem Romanmanuskript »Erziehung eines Helden« vor; vgl. B. R., Tagebücher 1955–1963, S. 116–119.

1962

38 An die Eltern

Hoy, 2. 1. 62

Liebe Mu, lieber Vati,

[…] Warum ist heute, Dienstag, kein FRS gekommen, Willi? Was soll mich das? Sicher war der Vater blau, wie üblich zu Silvester, und hat seine alkoholgeschwächten Finger nicht auf den Tasten bewegen können. Wenn man nicht immer auf euch aufpaßt …

Tausend liebe Grüße für euch und für den U, falls er noch zuhause ist!

Eure, wie stets sehr artige* und fleißige, Brigitte

*ha ha ha

Ein paar ganz kurze schöne Grüße von Eurem d. d. d. d. d. d. D[1]

39 Familienrundschrieb Nr. 43

Burg, 22. Januar 1962

[…] am Abend sahen [wir] […] zusammen mit Ulli bei Niemanns[2] das Fernsehspiel »Die Frau am Pranger«[3] an. […]

Das Fernsehspiel hat vor allem unsere Mutti in seiner Handlung so aufgeregt, daß sie zum Schluß nicht mehr hinsehen konnte. Es hat, wie man heute hören konnte, allgemein besonders auf die Frauen seine Wirkung nicht verfehlt.

1 Nachsatz von Siegfried Pitschmann.

2 Gertrud und Robert Niemann, Schwester und Schwager von Willi Reimann.

3 Vgl. zweite Anm. zu Brief 20.

Die Männer sind eben da doch härter im Nehmen. Die Darsteller[1] haben bestimmt auch einen gut Teil beigetragen, daß das Mühen und zähe Arbeiten »unserer« Autoren zu einem Erfolg gestaltet wurde. Man darf gespannt sein, was die Kritiker sagen werden. [...]

Anfang der abgelaufenen Woche kam aus *Hamburg* der lang ersehnte Brief mit dem Weihnachtsbericht. [...] Silvester haben sie bei einem Freund verbracht. Daß es um Mitternacht ein wehmütiges Gedenken gab, nun, das kann nicht anders sein, aber der Vater freut sich, daß auch in Hamburg die Hoffnung auf ein nicht allzu fernes Wiedersehen keimt. [...] Willi

40 Von Dorothea Reimann

Rostock, d. 20. 2. 62

Liebe Brigitte! Lieber Daniel!

Zuerst herzlichen Dank für Euer großzügiges Außerderreihegeschenk, ich war ganz platt als mir Uli die 50.– in die Hand drückte. Danach bin ich ein bißchen vor Freude rumgehupft und habe überlegt, wie sie wohl am besten anzuwenden wären.

[...] Ich muß mal eine Bitte aussprechen, ich brauche erstmal ein Exemplar von: »Die Kinder von Hellas«[2], »Ankunft im Alltag« und auch Daniel darf sich nicht um »Die seltsame Verlobung eines Karrenmannes«[3] drücken. Bitte, wenn Ihr noch Exemplare habt, schickt sie mal bei Gelegenheit, denn ich bin der Meinung, daß sie in mein Bücherregal gehören.

1 Das Liebespaar wurde von Hilmar Thate (der russische Kriegsgefangene Alexej) und Karla Runkehl (die deutsche Bäuerin) verkörpert.

2 B. R., »Kinder von Hellas« (Erzählung), Verlag des Ministeriums für Nationale Verteidigung, Berlin 1956.

3 Siegfried Pitschmann, »Wunderliche Verlobung eines Karrenmannes« (Erzählungen), Aufbau-Verlag, Berlin 1961.

Uli erzählte mir, daß »Ankunft im Alltag« verfilmt[1] werden soll? Das ist ja eine Schau, nicht nur des vielen Geldes wegen, hoffentlich wird der Film dann auch gedreht. Ich habe noch immer nicht gehört, was Ihr zu der Frau am Pranger gesagt habt. [...] Über die Ankunft wird in der NBI[2] ja mächtig diskutiert, bisher habe ich erst eine vollkommen negative Meinung gehört und die schien von einem großen Spinner zu kommen [...].

Wie steht es denn mit dem so geliebten Rauchen? Brigitte hast Du es geschafft? Ich könnte Dich dann nur beglückwünschen.

Am Sonntag waren wir mal wieder (ich nach fast zwei Monaten) Zuhause. Es war sehr schön, auch Uwe, Eurem Schwager in spe, hat es sehr gut bei uns gefallen, er ist nun mächtig gespannt auf das Schriftstellerehepaar. Ostern wollen wir uns ja nun tatsächlich verloben, dann werdet Ihr ihn bestimmt kennenlernen, ich glaube er hat Mutti und Vati auch gut gefallen. An Schwager Daniel reicht er natürlich nicht heran. Daniel, Du bist ja ausgesprochener Lieblingsschwiegersohn, aber die Hauptsache ist es, daß er ihnen überhaupt gefällt. [...]

Laßt es Euch gut gehen und arbeitet nicht so viel. [...]

Eure Dorli

41 An die Eltern

Hoy, 25. 2. 62

Liebe Mu, lieber Vati,

[...] Euer Telegramm haben wir bekommen. Ich hatte mir schon große Sorgen gemacht, als ich von der Katastrophe in

1 Die Verfilmung wurde nicht realisiert.

2 Neue Berliner Illustrierte, erschien seit 1945, auflagenstarke Wochenzeitung.

Hamburg[1] las, und ich kannte ja von Bildern die herrlichen Baracken im Flüchtlingslager. Ich suchte in den Zeitungen immer nach dem Namen Finkenwerder. Offenbar ist nun wirklich was passiert, sonst würde Lutz doch keine neue Adresse habe. Wißt ihr etwas Genaueres? Sicherlich hat er euch doch davon geschrieben, was bei ihnen im Lager los war, und ob die Flut auch bis dorthin vorgedrungen ist. [...] Es muß jetzt schrecklich aussehen in Hamburg, und man kann nur hoffen, daß nicht wirklich noch irgendwelche Seuchen ausbrechen. Wohnt Lutz bei diesen St[...] zur Untermiete, und wird er dort wohnen bleiben? Wer ist St.? War er schon mit ihm befreundet, oder ist er ihm durch eine Hilfsaktion vermittelt worden? Alles das interessiert mich sehr. Vielleicht rafft er sich nun doch mal auf und schreibt auch mir, die er lange genug vernachlässigt hat [...] ich verabschiede mich mit tausend Grüßen und einem Schmatz

Eure gehorsame Tochter Brigitte

42 Familienrundschrieb Nr. 48

Burg, 5. März 1962

Obenan steht heute die schon sehnsüchtig und mit klopfendem Herzen erwartete Nachricht aus *Hamburg*, die heute – der Brief wurde vor genau einer Woche geschrieben – eintraf. [...]

»Endlich einmal ein paar Minuten Ruhe, um ein paar Zeilen zu schreiben. [...] Wir sind dreimal inzwischen umgezogen und haben jetzt ein nettes Zimmerchen bei außerordentlich freundlichen Leuten ...

Heute sind die Toten beerdigt worden, knapp 300 in Hamburg, aus Finkenwerder meines Wissens nur zwei alte Leute.

1 Am 16. und 17. 2. 1962 hatte es in Hamburg eine Flutkatastrophe mit etwa 340 Todesopfern gegeben, Tausende Menschen wurden obdachlos.

Daran könnt Ihr sehen, daß wir glimpflich davongekommen sind. Bei uns sind fast keine Deiche gebrochen, sondern wurden überspült. Unser Haus war auch gleich neben dem Deich in einer Art Wanne. Zum Glück ist es zweistöckig.

Ich war an diesem Abend in Hamburg und kam wegen des schlechten Wetters erst um 1.30 Uhr in der Nacht nach Hause. Das war unser Glück; denn gleich nachdem waren die Deiche überspült, und ich konnte in unserem Haus die Leute wecken. Es wurde keiner im Schlaf überrascht. Es blieb auch nicht viel Zeit, denn innerhalb von 10 Minuten war das untere Geschoß, wo auch wir wohnten, unter Wasser. Das Nötigste, ein paar Sachen, Papiere konnten wir noch mitnehmen [...]

Inzwischen ist das Haus wieder frei, und wir haben noch so einiges Brauchbare herausgeholt. Der Dreck und die Verwüstung sind unbeschreiblich. Das ist alles nicht so schlimm, es gab keine Toten wie in Wilhelmsburg, das ist die Hauptsache. Eine großzügige Sach- und Geldspendenaktion in Sofortaktion hat allen Geschädigten übers erste hinweggeholfen. Man muß nur staunen, wie die Aktion hier lief, als man erkannt hatte, welches Ausmaß die Katastrophe hatte ...

Uns geht es gut, und wir brauchen nichts. So, nächstes Mal mehr ...« [...] Willi

43 An die Eltern

Hoy, 11. 3. 62

Liebe Mu, lieber Vati,

[...] schönen Dank für den Brief von Mu, der mal wieder sehr lieb und ganz hübsch doof war (*doof!*), denn siehe, diese verdienstvolle Mutter einer berühmten Schriftstellerin hat keine Ahnung von den Geheimnissen der Literatur, sonst würde sie wissen, daß a) Thomas Mann in den »Buddenbrooks« seine ganze Familiengeschichte erzählt hat und samt

Familie weltberühmt geworden ist, b) ein großer Unterschied zwischen Literatur und Wirklichkeit besteht, c) jeder Schriftsteller aus eigenen Erlebnissen schöpft, d) die ganze Familie Reimann so gut wegkommt, daß sie sich bloß die Pfötchen reiben kann, und e) der Herr Lutz mir in dieser Beziehung scheißegal ist, denn schließlich hat er die Feindseligkeiten eröffnet. Die »Geschwister« sind das Beste, was ich bis jetzt geschrieben habe, das meinen auch andere, und solange Du, teuerste Frau Mu, mir bloß den Hintern versohlen willst, höre ich nicht auf, weiter daran zu schreiben. Freilich, wenn Du mir auch mit Enterbung drohst … Die beiden Knaben, die mitspielen, haben nur einzelne Züge von Lutz und Uli – sie sind es aber nicht!!!!!!! Ebenso ist die junge Dame, die wo die ganze Geschichte erzählt, nicht eure scheene Dochter, sondern eben eine junge Malerin[1], die über viele Dinge ganz anders denkt als ich, die Autorin. Capito? Na, ihr werdet die Geschichte ja lesen, wenn sie rauskommt, und das ist noch ein ganzes Weilchen hin.

Wir wollen mal im Ernst miteinander reden: der liebe Lutz hat überhaupt keinen Grund, erbittert zu sein und uns zu hassen. Eher könnte es umgekehrt sein, denn er hat jahrelang von unserem Geld gelebt und studiert, ohne eine geringste Gegenleistung. Ich habe das Recht, verdammt, mich geistig mit seiner Republikflucht auseinanderzusetzen, ihre Gründe zu untersuchen, zu verstehen oder zu verurteilen, und wenn er mir daraufhin den Bruderkrieg erklärt, werde ich eben geduldig warten, bis er eine Gelegenheit findet, mich am Laternenpfahl aufzuhängen (dieses Schicksal hat er ja wohl mir und meinesgleichen zugedacht, wenn ich ihn recht verstanden habe). Na, lassen wir das Thema! […]

Mit vielen schönen Grüßen […]

Eure Brigitte Rübenkohl

1 Die Protagonistin Elisabeth Ahrendt droht am Konflikt mit ihrem Bruder Ulrich, ausgelöst durch die deutsche Teilung, zu zerbrechen. Obwohl sie sich im Recht fühlt, empfindet sie ihr Handeln als Verrat an ihm.

44 Von Dorothea Reimann

Burg, den 22. 3. 62

Liebe Brigitte! Lieber Daniel!

[…] Seit Montag bin ich schon hier in Burg, denn ich mache eine Woche SVKurlaub[1].

Eine winzige Grippe habe ich ausgenutzt, um hier einige Sachen in Ordnung bringen zu können, denn heute in einem Monat soll ja die 1. Verlobung in diesem Hause starten. Außerdem mußte ich für Mittelhochdeutsch noch eine große Arbeit schreiben und Annas »Die Toten bleiben jung«[2] lesen […].

Von Euch hört man nur sehr wenig und dann nur unerfreuliche Ding wie: an Grippe erkrankt, Fieber usw. Ich glaube Ihr macht Euch mit Eurer Arbeit noch mal tot. […] In der letzten Zeit seid Ihr wirklich sehr populär geworden, bei den Germanisten seid Ihr zumindest dem Namen nach bekannt. Ich warte jetzt nur noch darauf, daß man Euch in der Vorlesung »Sozialistische Literatur der DDR« erwähnt. Aber dafür seid Ihr wahrscheinlich nicht fortschrittlich genug.

Den Burgern geht es recht gut, Vati fühlt sich zwar nicht 100 % wohl, aber es ist nichts ernstes. Mutti ist wie immer sehr fleißig und macht sich viele Gedanken, die ganz unnütz sind. […] Wie findet Ihr es, daß Vati und Mutti es nicht erlauben wollen, daß Uwe und ich im Sommer mit dem Boot ganz allein rumgondeln wollen. Sie finden es so lange man nicht verheiratet ist unmoralisch und verwerflich. Ich bin der Meinung, daß sie dann […] mich überhaupt einsperren müßten. Ihr seid nun eine Generation jünger, mich würde wirklich ganz ernsthaft Eure Meinung interessieren. Ich habe natürlich gar nichts gesagt, um sie nicht zu erzürnen,

1 Ironische Ableitung aus SVK (Sozialversicherungskasse) für »krankgeschrieben«.

2 Roman von Anna Seghers (1949).

ich lasse es Uwe erledigen und er kann sich auf Uli ein wenig stützen.

Wann kommt ihr nach Burg? Wir wollten Euch nämlich bitten, Euren Plattenspieler mitzubringen. Ganz ohne Musik ist es nichts, außerdem möchten wir alle, d. h. Uli, Uwe und ich mal wieder ein paar gute Jazzplatten hören. Es wird Euch doch hoffentlich keine großen Umstände machen, da ihr ja mit dem Auto kommt. [...]

Kommt bloß nicht so spät, Mutti sagte, daß Ihr nur für einen Tag kommen wolltet, das dumme Schriftstellerheim[1] kann auch drei Tage ohne Euch auskommen, Ihr müßt entschieden mehr Familiensinn entwickeln.

Dem Uli geht es auch sehr gut, in der vorigen Woche waren wir alle im Theater [...], der Uli ist ja ein sehr interessiertes Bübchen [...] Uwe versteht sich mit ihm sehr gut und neulich haben sie dann beide mit vereinten Kräften über mich hergezogen. [...]

Laßt es Euch gut gehen und seid nicht zu fleißig.

Eure Dorli

45 Familienrundschrieb Nr. 51

Burg, 25. März 1962

[...] Von den *Hamburger* Kindern konnte ein fast vierseitiger Brief [...] in Empfang genommen werden! [...] »[...] Bei uns gab es in jedem der Häuser einen, der die Leute wecken konnte, als das Wasser über den Deich kam. [...] Wir konnten uns in den 1. Stock flüchten. Viel konnten wir auch nicht mehr mitnehmen, aber Gretchen war sehr tapfer und hat mächtig gespurt, so haben wir sogar Krümel in seinem gan-

1 Das Schriftstellerheim »Friedrich Wolf« des Deutschen Schriftstellerverbandes (DSV) in Petzow am Schwielowsee; vgl. »Petzow. Villa der Worte. Das Schriftstellerheim in Erinnerungen und Gedichten«, hrsg. von Margrid Bircken u. a., Berlin 2016.

zen Bettchen herausgeschleppt. Das war auch gut; denn der kleine Fratz hatte noch am Abend 40 Grad Fieber. Vor Schreck ist er aber gesund geworden und war von da an ganz mobil. Wir haben zwar versucht, wieder herunter zu gehen, um noch Sachen zu holen. Aber das konnten wir auch nur einmal wagen, dann stieg das Wasser zu schnell, und die Strömung in den Gängen wurde zu stark, daß man nicht mehr gegen an konnte. Außerdem war natürlich auch sofort das Licht ausgegangen … Da wir dicht am Deich wohnten, wurde am Sonnabendmittag mit ein paar Telegrafenmasten eine Notbrücke zum 1. Stock gebaut. Über die turnten wir dann auf trockenes Land […]«. Willi

46 Von Dorothea Reimann

Rostock, d. 3. 4. 62

Liebe Brigitte, lieber Daniel!

Zuerst vielen, vielen Dank für Euer liebes Geburtstagspaket und die Glückwünsche. Ich habe beim Auspacken nur gestaunt, denn es wollte kein Ende nehmen.

Das Kleid paßt wunderbar, als wäre es für mich gearbeitet, auch soll es mir sehr gut stehen […]. Aus dem Manchester werde ich mir wahrscheinlich ein Winterkleid machen, denn die Farbe ist so hübsch und für mich Schmutzfink viel zu schade für eine Hose […].

Meinen Geburtstag haben wir ganz nett gefeiert, bei Uli wurde eine Fete inszeniert und um 0.00 haben wir […] angestoßen. Als wir dann um 1.00 bei uns waren, hatten Uwe und Heidi einen Geburtstagstisch aufgebaut mit 19 Kerzen und einem Lebenslicht. Ich fühlte mich dadurch in meine Kindheit versetzt und habe mich wahnsinnig gefreut.

[…] Ein Glück, daß Ihr an die Bücher gedacht habt, der Uwe hätte sich ja nicht nach Burg gewagt, wenn er sie nicht gelesen hätte. […]

Im Augenblick habe ich auch immer recht viel zu tun, fast jede Woche muß ich ein Referat halten, dann noch diese blöde FDJ-Arbeit! Na, take it easy! Das rate ich jetzt allen, auch Euch. […]

Eure Dorli

Viele Grüße natürlich auch von Uli und Uwe, sie sind beide hier und stören mich.

47 Von Dorothea Reimann

Hohenwischendorf, d. 28. 6. 62

Liebe Brigitte! Lieber Daniel!

Heute endlich komme ich dazu, Brigitte zu ihrem diesjährigen FDGB-Preis zu gratulieren. […] Großartig, wenn es so weitergeht, bekommt Ihr im nächsten Jahr den Nationalpreis […].

Ich bin z. Z. auf dem schönsten aller mecklenburgischen Dörfer, wir machen 5 Wochen Praktikum, d. h., es ist ein Arbeitseinsatz. Wir müssen 42 Stunden in der Woche arbeiten und nebenbei noch Studienaufträge erfüllen. Mir stinkt es hier gewaltig, dieses elende Dorf, alles ist so trostlos, Uwe ist auch so unerreichbar […]. – Wir stöhnen alle, über die ungewohnte Feldarbeit, die Unterkunft und das Essen, obwohl wir ja eigentlich alle nicht sehr verwöhnt sind. –

[…] Ich freue mich schon auf den 12. August, dann werden wir in die Ferien fahren, zusammen mit Uli […]. – Uli hat uns heute hier besucht, das war mal ein Lichtblick, ein anderer ist, daß wir morgen Erdbeeren pflücken gehen. Auch ist die See nicht weit, ungefähr von hier 10 Minuten, natürlich schlechter bzw. gar kein Strand […]. Beim Baden muß man immer unter Wasser bleiben, um nicht zu erfrieren. Na, mit einem Wort, hier ist es scheußlich und man wird völlig stumpfsinnig […]. – Uli wollte heute eigentlich schon weiter nach Burg fahren, aber er hat an seinem Motorrad irgendeinen »kleinen« Schaden [...], aber es macht ihm bitte fast gar nichts. [...] Er hat sich eine Maschine geborgt, nur um uns hier zu besuchen, natürlich bin ich nicht der Anziehungspunkt, aber das ist nebensächlich, ein bißchen bekomme ich eben doch von seinem Besuch hier ab. Uli ist richtig süß geworden, denn er ist total verliebt, aber nicht verraten, daß ich gepetzt habe. [...] Uli hatte nur eine Prüfung und die hat der kluge Junge auch mit Eins gemacht, Uli ist wirklich ein toller Mann, früher wollte ich es ja nie glauben, aber Brigitte hat mir prophezeit, daß sich die Mädchen um ihn schlagen werden. [...]

Daß Brigitte in der Vorlesung erwähnt wurde, habe ich schon geschrieben nicht? In Rostock gibt es die »Ankunft im Alltag« auch noch zu kaufen. Unser Gewidozent[1] hat das Buch neulich auch erstanden, ihr seid eben groß und berühmt. –

[...] Seid sehr herzlich gegrüßt von Eurer Dorli [...]

48 Tagebuch

Hoy, 23. 7. [62]

Zu meinem 29. Geburtstag war Daniel da, er brachte Vater und Uli mit [...]. Ich lief schreiend die Treppe hinunter, erst später dachte ich: Wie, Ehebrecherin, woher diese unverstellte Freude? Am Tag vorher hatte ich das Wort ENDE unter die »Geschwister« geschrieben, ich hatte mich schwer betrunken (aber das tue ich in der letzten Zeit täglich, Alkohol beruhigt mich, und ich bin nie wirklich betrunken) [...].

Sie überschütteten mich mit Geschenken und mit Rosen und Nelken, und zuerst war ich auch fröhlich, aber dann mußten wir noch die letzten Seiten abschreiben [...], und da

1 Dozent für Gesellschaftswissenschaften.

hakte wieder irgendwas in meinem Gehirn aus, ich konnte mich nicht einmal mehr zur Liebenswürdigkeit zwingen (und jetzt tut es mir bitter leid!), und dann gab es noch einen großen Familienkrach, weil ich über Lutz geschrieben und Textstellen aus seinen Briefen zitiert habe. Uli freilich war auf meiner Seite, er hat die Geschichte mit Spannung und engagiert gelesen, er meint, sie wird Streit genug unter den jungen Leuten hervorrufen. […]

49 Familienrundschrieb Nr. 61

Burg, 30. Juli 1962

[…] Lutz schreibt unter Datum vom 21. 7. u. a. »Heute haben Brigitte und Uli Geburtstag. Seit Tagen habe ich daran gedacht, bin aber nicht dazu gekommen, für Uli das gewünschte Buch und für Brigitte etwas zu besorgen oder eine Geburtstagskarte zu schreiben. Das vorweg zur Entschuldigung. […] Überstunden […], unfertig renovierte Wohnung, Englisch-Abendunterricht und was sonst noch dringend erledigt werden muß, sind manchmal ein bißchen viel … An Dorli muß ich in den nächsten Tagen auch mal schreiben. Sie hat seit kurzem so komische Ideen. Man glaubt bald, sie wolle sich ein Kind anschaffen. Da kann man wohl nichts machen, die Jugend wird immer schlau aus ihren eigenen Fehlern … Sie soll warten, bis sie mit dem Studium fertig ist. Auf die andere Tour kann es nämlich passieren, daß sie garnicht damit fertig wird …« (Anmerkung des FRS-Redakteurs: Zurzeit ist die Frage einer Heirat so weit geklärt, daß man zunächst bis zur Rückkehr Uwes aus dem praktischen Jahr, also bis zum nächsten Sommer, warten will.) […]

Willi

50 Von Dorothea Reimann

Magdeburg, d. 31. 8. 62

Meine liebe große B-Schwester!

[…] Vielleicht hältst du uns von der sicheren Warte der Verheirateten eine Moralpredigt, aber weil ich damit nicht rechne und voll auf Dich vertraue, schreibe ich Dir zuerst und bitte Dich um Hilfe. Um was es sich handelt, hast Du mit Deinem klugen Verstand bestimmt schon gemerkt. Wir müssen, so schwer es uns im Augenblick auch fällt, stark annehmen, daß wir ein Baby bekommen. Das ist ein Schlag, nicht? Wir wissen auch nicht mehr, was wir tun sollen, denn mein Studium und unsere finanzielle Lage erlaubt es uns einfach nicht, ernstlich an ein Baby zu denken, aber da es nun geschehen ist, trotz der Ermahnungen von allen Seiten, werden wir zusehen müssen, wie wir durchkommen. Allerdings wäre es uns lieber, erst in drei oder vier Jahren ein Baby zu bekommen; nun hörte ich damals von Gretchen, daß Du irgendwelche Ärzte kennst oder ein gutes Mittel.[1] Zwar wollen wir unserem Baby eigentlich nicht wehtun, aber unser Verstand diktiert uns, wenigstens nachzufragen, ob es geht. Uwe und ich sind immer ganz traurig, wenn wir daran denken […].

Morgen wollen wir versuchen, daß ich noch in Neukloster am Institut für Lehrerbildung angenommen werde, denn dort könnte ich ein Zimmer bekommen (?) und später eventuell einen Krippenplatz. Das wären dann dort noch zwei Jahre, zwar ist das Institut nur für Unterstufenlehrerinnen, aber das wäre dann eben nicht zu ändern. Wenn das dort klappt, wollen wir unser Baby auf jeden Fall behalten […]. Kannst Du uns nicht raten? Du warst ja schon in einer ähnlichen Situation, nur daß Eure Verhältnisse gefestigt waren, aber dafür ist unsere Liebe bestimmt größer. – Was die Erwachsenen + Erfahrenen sagen, sehen wir ja alles ein, aber

1 Das Recht auf Abtreibung wurde in der DDR 1972 als Fristenlösung eingeführt.

wenn man erst mal angefangen hat, in allem wie ein Ehepaar zu leben, helfen die besten Ratschläge nichts mehr. […]

Bitte hilf uns […], wenn Du nichts weißt werden wir uns eben irgendwie durchbeißen, so viel jugendlichen Optimismus besitzen wir noch, daß wir glauben, unser Baby auf irgendeine Weise großzukriegen. (Ein Babyjäckchen ist schon bald fertig gestrickt.) […]

Bitte seid nicht böse auf unsere »Jugendtorheiten(sünden)« und auf uns, es war nicht unsere Absicht, allen und am meisten uns selbst, solche Sorgen zu machen. – […] seid sehr herzlich gegrüßt von

Euren Sündenböcken Uwe und Dorli […]

51 Von Dorothea Reimann

Schwerin, d. 4. 9. 62

Meine liebe B-Schwester!

Ulli hat mir den Inhalt Deines Telegrammes nachtelegraphiert, und ich stehe nun ganz alleine da, ohne Uwe und ohne Ratschläge. Wir haben am Sonntag einen Brief an die Eltern geschrieben und alles gebeichtet. […] Zwar habe ich offiziell meine Exmatrikulation noch nicht eingereicht, aber ich habe mich einfach nicht zurückgemeldet und bin nicht in den Einsatz gefahren, weil ich mir Arbeit suchen sollte und wollte. In Neukloster hat es nicht geklappt, aber Uwe ist trotzdem gegen eine Abtreibung […]. Ich weiß einfach nicht mehr was ich tun soll, am besten ist es wohl, ich knüpfe mich an den nächsten Ast. […]

Wenn ich nur eine Lösung für die Uni wüßte! Ich kann doch nicht einfach nach 14 Tagen ankommen und sagen, daß ich meine Exmatrikulation zurückziehe. Die halten mich ja glatt für verrückt. Außerdem habe ich überhaupt keine Lust mehr zum Studium, mir ist sowieso alles vergangen, nur der Uwe noch nicht. […] Findest du es so unmöglich, wenn ich mit 20 Jahren ein Baby bekomme? Wenn ich nur wüßte, wie die Eltern sich dazu stellen, wahrscheinlich machen sie großes Trara. Bis Freitag werde ich in Burg sein. Nun, da sie es dort schon wissen, ist sowieso alles gleich. Wenn sie mich rauswerfen und einen großen Aufstand machen, telegraphiere ich gleich und wir treffen uns in Magdeburg. […] Vielen, vielen Dank für Eure Bemühungen

Eure doofe unglückliche Dorli

52 Von Dorothea Reimann

Lischow,[1] d. 7. 9. 62

Meine liebe Brigitte! Mein lieber Daniel-Schwager!

Da ihr kein Telegramm bekommen habt, wißt ihr ja schon, daß in Burg alles gutgegangen ist. […] Ihr könnt Euch überhaupt nicht vorstellen, wie vernünftig die Eltern waren. Mutti wußte zwar nicht, ob sie weinen oder lachen sollte, aber das ist natürlich in dieser Situation selbstverständlich. […] Es gab nur einige wenige berechtigte Vorwürfe und dann ging die Hauptverhandlung über mein weiteres Schicksal vor sich. […] Wir kamen schließlich zu dem Schluß, daß ich weiterstudieren sollte und zwar möglichst die ganzen vier Jahre. Mutti läßt sich, wenn sie ein passendes Leiden erfunden hat, Invalide schreiben und will dann unser Baby versorgen. Vati borgt uns solange, bis Uwe fertig ist, jeden Monat 100 DM, die dann für das Baby verwendet werden sollen. […] Allerdings wird es uns sehr, sehr schwer fallen, unser Baby solange wegzugeben, und Mutti wird es ebenso wehtun, es uns zurückzugeben, aber trotzdem ist dies noch die beste Lösung. […] Aber nun sag' mal einer, daß man seine Eltern kennt, Ulli kam gar nicht aus dem Staunen

1 Ab September 1962 arbeitete Uwe Herrmann auf dem Gut Lischow bei Wismar, um praktische Erfahrungen für die Diplomarbeit zu sammeln.

heraus […]. Viel hat wohl Uwes sehr lieber Brief dazu beigetragen, auch Herrmanns hatten einen ganz netten Brief an die Eltern geschrieben. Wir haben eben doch, wie Daniel sagte und Uwe auch immer betont, die nettesten und liebsten Eltern der Welt.

[…] Wir sind zu der übereinstimmenden Ansicht gekommen, daß es für alle am besten ist, in Rostock zu heiraten. […] hoffentlich seid Ihr nicht böse, daß wir in unserer Panikstimmung Euch um Hilfe baten. Bleibt schön gesund, schont Eure Nerven und seid ganz herzlich gegrüßt von

Euren Geschwistern Uwe und Dorli

53 Von Dorothea Herrmann

Schwerin, d. 28. 9. 62

Ihr Lieben in Hoywoy!

Zuerst möchte ich mich sehr, sehr herzlich für Brigittes lieben Brief[1] und das Telegramm zu unserer Hochzeit[2] bedanken. Es ist ein wunderbares Gefühl zu wissen, daß man liebe Geschwister hat, die einen in der Not nicht verlassen. Euer Brief hat mir wieder ordentlich Mut gemacht, allerdings sieht alles doch sehr traurig aus. Schon allein mit einem Zimmer ist es schlecht, ein möbliertes zu bekommen, ist unmöglich, von einem Leerzimmer kann gar nicht die Rede sein. Das ist natürlich furchtbar dumm, denn weil Uwe und ich uns sowieso nur einmal in der Woche sehen können, möchten wir auch alleine sein und nicht im Heim mit 3 Mann zusammenhocken. Aber […] mal muß es ja klappen, dann wären wir ja sehr froh, von Euch ein paar Möbel erben zu können. Wenn es in Rostock nichts wird, richten wir uns hier in Schwerin das Fremdenzimmer ein, einmal müssen Herrmanns ohnehin ihre ollen Klamotten wegtun. Ko-

1 Nicht auffindbar.

2 Dorothea Reimann heiratete am 25. 9. 1962 Uwe Herrmann.

misch, daß fast alle Leute an Dingen hängen, die nichts mehr nützen und sie behalten, weil sie eben immer da waren. [...] Auf Baby freuen wir uns nun auch sehr, sogar Mutti hat an Herrmanns geschrieben, wie sie sich darauf freut, wenn ein kleines Krabbelkind in der Wohnung ist. [...] Hoffentlich wird Baby auch ein bißchen niedlich, damit sie es lieb haben können und nicht uns an Lutz' und Gretchens Schönen (nicht mein, sondern ihr Name) denken. – Daß ich weiter studieren kann, ist ja auch ein großes Glück, Ihr habt ja völlig recht, daß ich bei meinem intelligenten Uwe [...] nicht so ein kleines, dummes Blählamm hinter dem Kochtopf werden kann. Selbst wenn dadurch nicht gleich die Liebe vorbei ist, so kommt es doch früher oder später zu Differenzen. [...] Unsere Hochzeit war ganz ruhig und friedlich, Vater Herrmann, Uli, Heidi und ihr Freund waren dabei. Abends sind wir um 22°° ins Bett gegangen, weil ich unendlich müde war. –

[...] Uli ist von den Geschwistern so begeistert, ich bin nun auch schon sehr gespannt, kann ich nicht ein Manuskript bekommen? Ich würde es auch ganz schnell zurückschicken. [...] seid ganz herzlich gegrüßt von Uwe und Dorli

54 Von Dorothea Herrmann

Lischow, d. 24. 10. 62

Meine liebe Brigitte-Schwester!

[...] Unsere Wohnungsfrage ist auch so ziemlich gelöst, bis Weihnachten soll das Zimmer in Schwerin geräumt und unser Reich eingerichtet sein. [...] Es wäre nun wunderschön, wenn wir bis Weihnachten die Sachen von Euch bekommen könnten. [...] Ich freue mich schon unheimlich auf unsere »Wohnung«, wir malen uns immer alles wunderschön aus und es wird bestimmt auch schön. Am Sonnabend und Sonntag können wir dort arbeiten und werden von niemandem gestört, wir bezahlen unsere Miete und leben für uns, genau wie ein richtiges Ehepaar. –

Das Studium macht mir auch Spaß, d. h., ich habe erst einmal Interesse, mit dem Arbeiten muß ich allmählich anfangen. Wenn man 19 Jahre seines Lebens verbummelt hat, kann man nicht mit einem Schlage fleißig sein. Besonders die Germanistik macht mir Freude [...]. Was meinst Du, könnte man sich im 3. Studienjahr ein Seminar über Dr. Faustus zumuten? Du hattest mich mal sehr vor diesem Roman gewarnt, es soll ja auch unheimlich schwer sein. [...] Schade, daß ich kein Zimmer habe, im Heim ist es scheußlich zum Arbeiten [...]. Heidi hat kein oder wenig Interesse an allem, so daß sie den ganzen Tag Luxemburg hört und Besuch empfängt, ich gehe immer schon in den Klubraum [...]. Hier bei Uwe komme ich am besten zum Lernen, er geht arbeiten und ich setze mich hin und strebe Englisch. [...]

Ich schicke Dir noch zwei unserer Hochzeitsbilder mit [...], wenn ich die Bilder ansehe, muß ich immer lachen, besonders über das, wo wir im Profil sind, [...] [wie] Hans und Gretchen. So, meine liebe, große Schwester, sei für heute herzlich gegrüßt [...].

Deine Dorli und Uwe

55 An Dorothea Herrmann

Petzow, 28. 10. 62

Meine liebe D-Schwester,

es ist immer noch sehr sonderbar, auf dem Umschlag »Frau Herrmann« zu schreiben ... Gestern habe ich Deinen Brief und die Bilder bekommen, die ich natürlich stolz herumgereicht habe – du *wirst* {hs. am Rand: *bist*} wirklich ein hübsches Balg, und niemand wollte glauben, daß Du meine Schwester bist. Auch ein Kompliment für mich ... [...] Übrigens siehst Du Mu in ihrer Jugendblüte sehr ähnlich.

Ich freue mich sehr, daß es nun doch mit eurem Zimmer klappen wird. Hoffentlich geht es auch mit den Möbeln so, wie wir uns das gedacht haben. Das Transportproblem macht mir noch Kopfzerbrechen, wir müssen mal bei der Fahrbereitschaft im Kombinat nachfragen. Wenn, dann wollen wir ja gleich alles zusammen schicken, und mit der Schlafcouch sieht es noch düster aus. Sie ist seit Anfang des Jahres bestellt, und der liebe Herr Couchbauer rührt sich nicht. Ich habe aber Daniel beauftragt [...], ein bißchen Dampf dahinter zu machen. [...] Mit den anderen Sachen gibt es keine Schwierigkeiten, ich denke schon, daß unser Tischler Wort hält und meine Bücherwand und den Schreibtisch im Dezember liefert. Ich habe jetzt schon ein Grausen vor der Umräumerei, wir müssen ja auch die Maler kommen lassen, unsere Wände sehen skandalös aus, vor allem die, an der die Couch steht. Haaröl ist modern geworden, und die Männer haben ein großes Anlehnungsbedürfnis. Zu allem Unglück sind wir den ganzen Dezember nicht zuhaus; Daniel fährt zur Kur, und ich bin im Schriftstellerheim, um [...] mein Drehbuch zu schreiben [...].[1]

Für Deine Prüfung drücke ich Dir fest den Daumen, und als Gegenleistung mußt Du beten, daß unser Treatment abgenommen wird. Es wäre zu dumm, wenn es jetzt wieder Ärger gäbe, nachdem man monatelange Arbeit reingesteckt hat. Außerdem wäre es schade um die gute Zusammenarbeit; mein Regisseur und der Dramaturg[2] und ich sind ein richtiges Team geworden, es macht uns Spaß, an dem Film zu basteln, und für den Regisseur wird es höchste Zeit, daß er einen eigenen Film bekommt. Ich schrieb Dir wohl schon, daß er bis jetzt bei Conny Wolf als Assistent gearbeitet hat. Er ist so alt wie ich, und wir verstehen uns ausgezeichnet und haben schon eine Menge Wodka zusammen vernichtet, und Jazz liebt er auch. [...]

1 Drehbuch nach »Ankunft im Alltag«.

2 Michael Englberger und Günter Mehnert.

Im Heim ist es zur Zeit ziemlich still, der letzte Lehrgang ist abgereist, [...] und ich habe niemanden mehr, mit dem ich Billard spielen oder vorm Fernseher hocken kann. Tagsüber ist es nicht so schlimm, aber abends bin ich ein bißchen niedergeschlagen und wünsche mir ein paar Freunde her. Das Haus ist so groß und so still – und ich brauche nun mal Lärm und Leute, wenigstens für die paar Abendstunden, wenn ich schon den ganzen Tag einsam am Schreibtisch gehockt habe. Dem armen Daniel geht es auch nicht besser [...]. Er hatte sich so gefreut auf sein Junggesellenleben, aber nun vermißt er mich sehr, und bei mir ist es genauso. Und das nach vier Jahren Zusammenleben ... Offenbar handelt es sich hier doch um das, was man Liebe nennt, und die Gewöhnung ist wahrhaftig nicht ihr schlechtester Teil.

Ich bin froh, daß Du Dich wieder – oder eigentlich jetzt erst – für Dein Studium erwärmst. Dr. Faustus – also, ich muß Dir gestehen, daß ich ihn bis heute nicht gelesen, sondern nur ehrfurchtsvoll drin geblättert habe. Aber Daniel schrie natürlich gleich mächtig herum, weil ich dich gewarnt hatte. Für ihn ist es – neben der Bibel – das Buch der Bücher. Caspar behauptete, es gäbe in Deutschland keine tausend Leute, die es gelesen und verstanden haben, aber wenn Du einen gescheiten und einfühlsamen Dozenten hast, solltest Du es auf jeden Fall versuchen [...]. Im »Zauberberg« freilich bin ich rettungslos stecken geblieben – wahrscheinlich auch aus Wut, weil die ganze Liebesszene zwischen Castorp und der Madame, zu der ich mich endlich durchgekämpft hatte, seitenlang in Französisch geschrieben ist.

Von Lutz habe ich nie wieder gehört. Er ließ mir mal ausrichten, ich sollte ihm ein paar Bücher aufschreiben, die ich gern haben möchte, aber das konnte ich doch nicht tun, nachdem er es so entschieden abgelehnt hatte, mir auch nur eine Karte zu schicken. Neulich habe ich ein paar Bilder von ihm gesehen, er ist mir ganz fremd geworden, und ich hatte ungefähr das gleiche Gefühl wie beim Betrachten des Bildes von einer ersten Liebe, die man nicht vergessen wird, obgleich es keine Bindung gibt. Vielleicht liebt man nur noch die Erinnerungen. Ich habe es mir mit den »Geschwistern«*) vom Herzen geschrieben, und Du kannst Dir nicht vorstellen, wie einem das Schreiben hilft, über gewisse schmerzliche Dinge hinwegzukommen.

Es gongt eben zum Abendessen, ich muß Schluß machen. Ich weiß nicht, ob Du Strumpfhosen auch so gern trägst wie ich; jedenfalls schicke ich Dir ein Paar mit.**) Ich habe sie nur einmal angehabt und festgestellt, daß sie mir zu groß sind, ich muß die Kindergröße tragen. Lächerlich.

Laß es Dir gut gehen, kleine große Schwester, und grüß Uwe und Baby von mir. Ich küsse Dich auf die Nase (sie ist wirklich kein bißchen zu groß)

Deine B-Schwester

*) »Geschwister« sind noch besetzt.

**) Das Päckchen mache ich morgen erst.

56 An Dorothea Herrmann

Petzow, 28. 11. [62]

Meine liebe kleine D-Schwester,

dies wird nur ein ganz kurzer Brief, denn ich bin in schlechter Stimmung, genauer: ich bin ein bißchen traurig; heute nachmittag ist der Daniel wieder weggefahren, und ich hocke allein hier rum. Es ist nämlich etwas höchst Absonderliches geschehen: ich habe mich wahnsinnig in meinen eigenen Mann verliebt [...]. Du weißt ja sicher – oder hast es wenigstens geahnt –, daß unsere Ehe eine Zeitlang getrübt war durch meine allzu lange währende Geschichte mit Hans K. Nun habe ich ihn aufgegeben – endgültig, will mir scheinen, obgleich ich ein wenig Angst vor Hoy habe, vor H.s Anrufen und dergleichen. Ich glaube, es liegt an der langen Trennung, daß ich mich wieder ganz zu Daniel gefunden habe; wir schreiben uns fast jeden Tag, und er kommt so oft wie möglich. Man merkt wohl erst bei solchen Gelegenheiten, wie sehr man miteinander verbunden ist.

[…] Über den ganzen Möbelkram sprechen wir also dann zu Weihnachten. Seid ihr am Heiligen Abend schon da? Wir freuen uns auf die Neuendorfer Straße, obgleich ich fürchte, ich werde sehr bald wieder ungeduldig werden und nach meiner Arbeit verlangen; ich habe immer noch kein Talent, Ferien zu machen. Von der lieben Defa habe ich noch keinen Bescheid, ich wäre sonst schon hier abgereist, aber ich muß ja noch auf die Diskussion in der Gruppe warten. […]

Die »Geschwister« kann Deine Englisch-Dame nur im Almanach gelesen haben, und dort ist ja nur der erste Teil veröffentlicht.[1] Ich werde versuchen, daran zu denken, daß ich die ganze Geschichte Weihnachten mitbringe. Bartsch […] macht die Illustrationen – sehr begabt, finde ich, wirkliche Umsetzungen, nicht bloß Illustrationen. Na, Du wirst ja dann sehen, uns jedenfalls gefällt es sehr gut. […]

Ich mache während des Interregnums allerlei dummes Zeug […]. Am Donnerstag waren wir zu einem Gespräch beim ZK[2] eingeladen, und davon muß ich euch unbedingt erzählen, wenn wir uns zuhause treffen. Es war ungemein interessant; die jungen Leute werden kritisch und aufrichtiger und sprechen über Probleme, die vor noch nicht allzu langer Zeit tabu waren. Aber das ist nichts für einen Brief. Jedenfalls habe ich wieder eine Menge Ideen für meinen Roman[3] nach Hause geschleppt.

Grüß Deinen Uwe und Baby, das Dir, wünsche ich, nicht

1 »Neue Texte. Almanach für deutsche Literatur, Frühjahr 1962«, Aufbau-Verlag, Berlin 1962.

2 Vgl. B. R., Tagebücher 1955–1963, Eintrag vom 27. 11. [62]. Die jüngeren Schriftsteller kritisierten die »Erziehung zu falschem Denken« und sprachen sich für mehr Verantwortungsbewusstsein aus. Die Zeiten von starrer Disziplin seien vorbei.

3 Vorarbeit zu »Franziska Linkerhand«.

allzu viele Beschwerden macht und Dich nicht mehr im Hals kitzelt. Auf Wiedersehen in Burg!

Viele liebe Grüße von
Deiner B-Schwester

57 Von Dorothea Herrmann

Rostock, d. 4. 12. 62

Meine liebe große Schwester!

[…] erst einmal zu unseren »brennenden« Problemen. Es wurde uns hier die Hoffnung genommen, ein Zimmer zu bekommen, so daß wir beschlossen haben, daß ich nun doch abgehen werde und mich in Schwerin stationiere. Bekomm' bitte keinen Schreck, es ist alles gut geplant und ausgedacht. Eine von uns hatte sich in Schwerin am Institut für Lehrerbildung beworben und hätte sofort ins zweite Jahr einsteigen können, allerdings ist sie so völlig unmusikalisch, daß sie nicht aufgenommen werden konnte. Dort müßte ich noch 1½ Jahr bleiben und wäre dann Unterstufenlehrerin. Im Fernstudium möchte ich dann entweder Sonderpädagogik oder ein Fachstudium machen. Uwe will ja auch noch Chemieing. werden. In Schwerin können wir unser Baby behalten und vor allem wären wir gleichzeitig fertig und brauchten uns nicht mehr zu trennen. Doch nun befürchte ich, daß man mir wegen meiner Schwangerschaft Schwierigkeiten machen könnte. […] – Ich wünsche Euch beiden Verliebten ein paar schöne Tage zusammen und für Eure Arbeit toi, toi, toi! Viele liebe Grüße […] Eure furchtbare Dorli

1963

58 Familienrundschrieb Nr. 71

Burg, 15. Januar 1963

[…] Unter dem 6. 1. meldete Brigitte ihr Eintreffen im Schriftstellerheim. Sie schwärmt von ihrem neuen Zimmer[1] in Hoywoy und hat zugleich Kummer mit ihrem Film[2], der vielleicht zum Fernsehen überwechseln soll, was aber mit allerlei Theater verbunden sein dürfte. Der »Kater«[3] bastelt daneben an seinem Hörspiel herum und beide zusammen fühlen sich draußen in der Romantik anscheinend recht wohl. – Heute werden sie wohl in Berlin sein, da sie beide zum VI. Parteitag[4] als Gäste eingeladen worden sind. […]
Willi

59 Von Dorothea Herrmann

Lischow, d. 20. 1. [63]

Meine liebe B-Schwester!

[…] Zum großen Glück kann ich Dir heute etwas Erfreulicheres berichten. […] Du rätst mir, ein Jahr auszusetzen, das ist gar nicht so übel, aber dann müssen Uwe und ich uns im ganzen drei Jahre trennen und das können wir nicht, Du hast es ja selbst gemerkt wie es ohne den lieben Mann ist. Wir wollen deshalb doch, daß ich zuerst das Studium beende

1 B. R. und Siegfried Pitschmann teilten ihre 2-Zimmer-Wohnung so auf, dass jeder sein eigenes Zimmer bekam.

2 Vgl. Brief 55.

3 Spitzname, der jeweils für Siegfried Pitschmann oder B. R. genutzt wird, um anonymisiert Nachrichten oder »Beschwerden« mitzuteilen.

4 VI. Parteitag der SED (15.–21. 1. 1963).

und wir müssen uns eben von dem Baby trennen, wenigstens auf gewisse Zeit. – Wir sind nun auf Zimmersuche gegangen; nachdem man uns bei der Wohnraumlenkung der Uni mitleidig lächelnd weggeschickt hatte, sind wir zu unserer Heimverwaltung gegangen. […] wir werden Ende Februar oder Anfang März im Ehewohnheim […] ein Zimmer bekommen. Ich ziehe anfangs allein hin und ab September wollen wir dann dort zusammenwohnen. Außerdem finde ich, daß wir das Baby, wenn es so ein halbes Jahr alt ist, nach Rostock holen und in die Tageskrippe geben […]. Finanziell wird es uns auch gar nicht so übel gehen, denn wenn Uwe im nächsten Jahr fertig wird, wird er […] ungefähr mit 870,– anfangen, als Fütterungsberater zu arbeiten. […] Außerdem hat der Onkel Doktor gesagt, daß sich mein Baby sehr gut entwickelt habe. Ich bin natürlich ganz stolz, noch dazu, daß man mir meinen 7. Monat nicht ansieht […]. Bitte, so lieb es auch von Dir ist, mach' Dir keine Sorgen mehr, es wird schon alles gutgehen, irgendwie werden wir auch das Baby großkriegen. […]

Wir machen jetzt ein Praktikum im Germanistischen Institut, und ich muß über Anna Seghers adlige Gestalten in »Die Toten bleiben jung« arbeiten. Als ich gestern zur Konsultation war, fragte mich unser Betreuer, ob Du meine Schwester wärest. Als ich dann bejahte, meinte er, daß Du mir dann ja immer sehr gut helfen könntest […]. Manchmal ist es wirklich sehr schade, daß ich Dich nicht fragen kann. Ich bekomme sehr oft einen Schreck, wenn ich merke, […] was ich alles noch nicht gelesen habe, ob man das alles mal nachholen kann?

Wie gefällt es Dir auf dem VI. Parteitag? Ich warte immer noch auf große Sensationen, hoffentlich bleiben sie nicht aus.[1] Außerdem bin ich gespannt, ob eine Folge des Partei-

1 Auf dem VI. Parteitag der SED wurden unter dem Begriff »Neues ökonomisches System der Planung und Leitung« (NÖSPL) umfangreiche Wirtschaftsreformen beschlossen. Um die Arbeitsproduktivität und den

tages die geplanten Stipendienkürzungen sein werden. […] Ist es nicht langweilig, den ganzen Tag im Saal zu sitzen und die Reden anzuhören?[1] Immerzu die Einigkeit zu sehen usw.? Alles möchte ich ganz bestimmt nicht hören, wenn man hier auf dem Dorf ist, mit seinem ganzen Elend und den Verschuldungen, kann man den strahlenden Optimismus gar nicht verstehen. Uwe erzählt oft katastrophale Dinge von den Lebensbedingungen der Arbeiter und von dem ganzen Betrieb, der an sich gut ist, aber trotzdem nicht rentabel arbeiten kann (jährlich 800 000 Zuschuß, aber ein anerkannt guter Betrieb).[2] Wollt Ihr nicht mal etwas über die Landwirtschaft schreiben? Aber vorher genau angucken!! […]

Viele liebe Grüße für heute, bleibt schön gesund und erfriert nicht[3]!

Eure Dorli und der Uwefratz

60 Von Dorothea Herrmann

Burg, d. 5. 2. 63

Meine liebe große B-Schwester!

Du hast nun mal das Unglück, die große, intelligente Schwester einer kleinen, dummen Rotzgöre zu sein, die zu allem Überfluß auch noch studiert. […] wir müssen, wie Du weißt, in den drei Wochen zu Hause ein englisches Buch lesen und es dann so verarbeiten, daß wir den Kram einem durchschnittlichen deutschen Publikum in Form einer Buch-

Nutzen von Investitionen zu steigern, gestand man den Betrieben mehr Eigenverantwortlichkeit zu.

1 B. R. war über die Angriffe auf Künstler entsetzt: Es »entluden sich Gewitter über den Häuptern der Schriftsteller«. In: B. R., Tagebücher 1955–1963, S. 277.

2 Nach dem Parteitag gab es eine Reihe von Maßnahmen, um die Probleme der Landwirtschaft zu lösen.

3 Es herrschte außergewöhnliche Kälte mit Nachttemperaturen von bis zu –30°.

besprechung servieren können. Nun habe ich in meinem Leben noch keine Buchbesprechung gemacht und auch noch keine vernünftige gehört. Kannst Du mir da bitte ein paar Tips geben? Ich habe das Buch »Saturday Night and Sunday Morning« von Allan Sillitoe. [...] Bis jetzt habe ich noch keinen blassen Schimmer, [...] wie ich es den Leutchen schmackhaft machen soll. Das ginge zwar sehr leicht, von wegen die Erotik in das Buch, aber diesen Weg will ich mal doch lieber nicht einschlagen, er könnte unliebsame Folgen haben und moralische Schäden hinterlassen. Unser Vortrag soll 45 Minuten dauern, eingerechnet die Zitate, die eventuell vorgelesen werden. Brigitte und Daniel, Ihr seid doch so kluge Kinder, bitte, bitte, helft Eurer dummen Schwester. [...]

Uns allen geht es einigermaßen gut. [...] Ich war in der vorigen Woche einige Tage etwas krank, mein Magen hat gestreikt, er braucht erst einige Tage, um sich auf die gute Kost umzustellen. [...] Gestern abend ist Mutti noch die Kellertreppe runtergefallen (sie holte als guterzogene Ehefrau ihrem Mann ein Bier), aber es ist Gott sei Dank nichts Ernsthaftes passiert. Ja, [...] über Langeweile kann ich nicht klagen. Wenn Ulli erst wieder hier ist, gibt es so etwas überhaupt nicht, weil er sich mit jedem einmal am Tag streiten muß, um sich Abwechslung zu verschaffen und nicht aus der Übung zu kommen. Das ist immer sehr interessant, besonders, wenn Vati an der Reihe ist. Ihr müßtet das mal miterleben, es ist herz-, nerven- und organstärkend. –

[...] arbeitet lieber nicht soviel und geht bei dem herrlichen Wetter spazieren, wenn Uwe hier wäre, müßte er ein großes Pferd und einen schönen Schlitten nehmen und mit mir umherfahren. Er schrieb mir heute, daß er das in Lischow schon gemacht hätte. [...] Ich wünsche Euch ordentliche Schaffenskraft für die nächste Zeit [...],

Eure unbescheidene Dorli

61 An Dorothea Herrmann

Petzow, 9. 2. 63

Meine liebe kleine D-Schwester,

es tut mir sehr leid, daß ich Dir nicht eher antworten konnte – ich bin die letzten Tage nicht mehr zum Verschnaufen gekommen. Inzwischen habe ich mit allen Leuten im Heim über »Saturday Night«[1] gesprochen, und natürlich haben wir uns festgeschwatzt und tausend Probleme gewälzt – alle angeregt durch den Film (das Buch kennt keiner im Original). [...] Wir dachten uns, daß Du, wenn Du die Buchbesprechung aufbaust, nicht mit der Inhaltsangabe anfängst, sondern mit der Frage, wie »die jungen Leute« sich ihrer Umwelt bewußt werden, sich mit ihr auseinandersetzen und sich schließlich in ihrer Welt einrichten. Hier wird die Sache schon kompliziert, weil man gleichzeitig die Frage nach dem Sinn des Lebens stellen muß; natürlich gibt es objektive Antworten, zugleich muß aber jeder sich eine subjektive Antwort geben, wenn er mit sich fertigwerden will. Arthur (so heißt er doch, nicht wahr) steht für Millionen anderer junger Leute; Du schilderst sein Leben, seine harte Arbeit in der Fabrik, seine sparsamen Vergnügungen über Sonntag (die gerade in seiner Gesellschaft das Synonym für »leben« sind, weil die Arbeit nicht, wie bei uns – entschuldige, ich vereinfache jetzt – Bestandteil des Lebensinhalts, gesellschaftliche Pflicht und zugleich Freude ist).

Dann kannst Du die eigentliche Geschichte erzählen. [...] Du mußt untersuchen, warum Arthur die Liebesgeschichte mit der verheirateten Frau hat, warum er sonnabends trinkt: es ist, glaube ich, die uralte Erfahrung, daß junge Leute sich auflehnen gegen ihre Welt, gegen die Erwachsenen, gegen den Alltag. Sie protestieren. [...] Du mußt immer wieder mit dem Bild des Steinewerfens arbeiten; ich weiß noch den

1 »Saturday Night and Sunday Morning« (GB 1960, Regie Karel Reisz, dt. »Samstagnacht bis Sonntagmorgen«), nach dem gleichnamigen Roman von Alan Sillitoe (1958, dt. 1961).

Schluß des Films, als A. mit seinem Mädchen auf der Wiese sitzt und einen Stein wirft und sagt, der sei nicht der letzte, den er geworfen habe, und natürlich ist das symbolisch gemeint [...]: hier ist eine Kraft, die verändern kann, die jedenfalls noch die Chance hat, obgleich sich schon andeutet, daß auch A. in dieses triste Leben seiner Eltern reinrutschen wird: Ehe, Möbel, Kinder ... man muß für jemanden sorgen, man kann es sich nicht mehr leisten, aufzumucken. Mich hat der Schluß zugleich froh und traurig gemacht, denn in der Tat wird es schwer sein für A., in Zukunft noch Steine zu werfen. [...]

Natürlich wirst Du genau so wenig wie wir eine gültige Antwort auf alle die Fragen geben können, aber das ist auch nicht nötig. Eine Buchbesprechung ist ja auch dazu da, Fragen aufzuwerfen und Diskussionsstoff zu geben. Ich bin selbst noch nicht fertig mit dem Problem »die Jungen«. Diese Protesthaltung ist der Jugend der ganzen Welt gemein, und sie ist in jedem Falle gut und fruchtbar in einer sozialistischen Gesellschaft, weil es einen Ausweg gibt, man muß nicht um sich beißen um seiner Existenz willen, man wurstelt nicht allein, es gibt in der Tat schon so etwas wie eine Gemeinschaft, die für ein gemeinsames Ziel arbeitet, und entscheidend ist schließlich die Einstellung zur Arbeit, die nicht mehr nur notwendiges Übel ist. Die Familie verdammt nicht mehr zur Unterwerfung.

[...] Das sind nur ein paar Anregungen, und ich sage Dir gleich, daß es nicht leicht ist, aber Du bist selbst noch in dem Alter, wo man sich mit dergleichen rumschlägt, mehr als wir Älteren, die wir uns eingerichtet haben, eine feste Aufgabe, Befriedigung (nicht Zufriedenheit) in unserer Arbeit gefunden haben. Du mußt entschuldigen, daß ich das alles nur so flüchtig aufgeworfen habe [...].

Tausend Grüße für alle zuhaus
und ein Spezialgruß für Dich – Deine B-Schwester

62 Von Ulrich Reimann

Burg, d. 14. 2. 63

Liebe B-Schwester,

wie sollte es anders sein, wenn ich an Dich schreibe: ich habe eine Bitte. Vor kurzem sah ich den Film über die Schlacht bei Wolgograd. Nun möchte ich gerne Pliviers »Stalingrad«[1] noch einmal lesen. Bist Du so nett und schickst mir das Buch nach Rostock. Du brauchst Dir keine Sorgen zu machen, ich werde schon keine Reklame damit schieben.

Falls Du die Jazzbücher gelesen hast, kannst Du sie gleich mit einlegen. Überhaupt würde ich mich freuen, wenn Du mir aus Deinen riesigen Beständen ein bißchen zu lesen heraussuchst, was man nicht an jeder Ecke bekommt. Meinen Dank hab schon im Voraus. […]

Sei herzlich gegrüßt von Deinem U-Bruder […]

63 Von Dorothea Herrmann

Lischow, d. 21. 2. 63

Meine liebe, große B-Schwester!

[…] Es war sehr lieb von Dir, mir so gute Ratschläge zu geben. Ich habe alles genauso gemacht, wie Du es vorgeschlagen hast. Es war gar nicht so sehr einfach. Noch dazu ist das Buch etwas anders. […]

Unser Semester fängt erst in der nächsten Woche an, so daß ich jetzt hier noch ein paar Tage bei Uwe sein kann. Dann können wir uns wenigstens in den Abendstunden sehen und ein bißchen zusammen lesen, erzählen oder träumen. Du kannst Dir ja bestimmt vorstellen, daß sich jetzt bei uns fast alles um das kleine Balg dreht, das ja in 8 Wochen hoffentlich schon ordentlich schreit. Wir malen uns oft aus, wie es aussehen wird, aber ich habe überhaupt noch kei-

1 Roman von Theodor Plievier (auch Plivier), Aufbau-Verlag, Berlin 1945.

ne richtigen Vorstellungen, ich glaube nur, daß es zuerst zum Totlachen aussehen wird, verbeult und häßlich. [...] Uwe kann die Zeit kaum noch abwarten, er freut sich so doll und ist immer ganz lieb zu mir, er würde die Sterne für seine Frau und seinen Fratz vom Himmel holen. Dafür will er aber nachher streng sein und mich gleichzeitig mit dem Kind erziehen. Ich bin schon sehr gespannt, wie er das anstellen will. – Ich bin jetzt beinahe so gut wie entschlossen, in Rostock einen Wochenkrippenplatz zu besorgen, denn Vati sieht es bestimmt nicht gern – er ist furchtbar nervös und fürchtet wohl auch die Umstände – wenn Mutti das Baby behält [...]. Auch habe ich ein schlechtes Gewissen, wenn ich Mutti die viele Arbeit zumute. So könnten wir dann unser Kind jeden Sonnabend/Sonntag bei uns haben.

Was macht Deine Arbeit? [...] Uwe guckt sein ND immer zuerst daraufhin durch, ob etwas von Dir oder über Dich drinsteht. [...]

So, meine liebe B-Schwester, nochmals vielen Dank [...] von Deiner D-Schwester, unserem Fratz und dem Uwe

64 An Ulrich Reimann

Hoy, 4. 3. 63

Mein lieber U-Bruder,

heute ist der große Brieftag ausgebrochen, und nun bist auch Du endlich an der Reihe. Ich habe aber extra solange gewartet – wegen des Plivier. Ich kann nämlich keine Pakete packen (jedenfalls gehen sie unterwegs immer auf), und morgen ist der Daniel da, und dann kann er wieder seine Geschäfte übernehmen [...]. Aber Du wirst den Plivier wirklich nicht weitergeben, nicht wahr? Er ist jetzt eine Kostbarkeit in unseren Landen geworden und darf auf keinen Fall verloren gehen.[1]

1 Seit Plievier 1947 die SBZ verlassen hatte und in Westdeutschland lebte, galt er als Renegat, der in seinen Büchern »Antisowjethetze« betrieb.

Die Jazz-Bücher reiße ich mir nur mit Tränen vom Herzen (eigentlich habe ich sie Dir ja klauen wollen, aber das wäre Dir mit der Zeit doch aufgefallen). Sag mal, siehst Du nicht irgendeine Möglichkeit, sie mir zu verschaffen? Wenigstens den Behrend[1] muß ich haben [...]. Sei mal ganz lieb und streck Deine Fühler aus, und wenn Dir nichts anderes einfällt, schreib Lutz. Machst Du das für mich?

[...] Heute habe ich mich dazu durchgerungen, mir ein Tonbandgerät zu kaufen. Ich habe nämlich einen neuen Freund beim Rundfunk, der über viele tausend herrlichster Bänder gebietet, vom Spirit bis zum modern Jazz. Er hat die ganze Jazzgeschichte auf Tonband; er hat sie damals bei Zschokke[2] mitgeschnitten, der unser bester Jazzkenner war, – ich weiß nicht, ob Du Dich noch an ihn erinnerst. Er [...] hatte eine der ersten Bands gegründet, er ist dann später leider in den Westen gegangen. Mein Freund hat mir bei seinem letzten Besuch auch schon ein paar Platten mitgebracht [...]. Neidisch? Du darfst mitschneiden, ich bringe das Ding beim nächsten Besuch mit nach Hause. Jetzt allerdings muß ich erstmal die Anschaffung mit meinem Finanzminister beraten. Du mußt mir ein paar Meter Presley zur Verfügung stellen.

Mein Film ist fertig, und Du kannst dreimal »hurra« schreien. [...] Genaugenommen: wir haben erst das Rohdrehbuch geschafft, und zu meinem Entsetzen hörte ich, daß ich beim Regie-Drehbuch auch noch mitarbeiten muß. Aber das werden wir auch überstehen. Und dann wird der Film nicht gedreht, hihi. Meine beiden lieben Verrückten von der Defa waren ein paar Tage hier, wir waren von morgens bis abends blau, die Wohnung sah aus wie ein Schlachtfeld, und

Der Roman »Stalingrad« wurde im Aufbau-Verlag erst 1984 wieder aufgelegt.

1 Joachim-Ernst Berendt, »Das Jazzbuch«, Frankfurt a. M. 1953.

2 Alfons Zschockelt war Jurastudent in Halle und Gründer von Zschockelts Waschbrett-6-Band. In den 50er Jahren verließ er die DDR.

am dritten Tag lagen wir wie die Fliegen auf dem Teppich herum – aber die letzte Zeile war geschrieben.

Morgen kommt also das Katerchen, dünner als vorher, wie ich hörte, aber mit frischen Nerven. Ich gondele inzwischen von einer Konferenz und Beratung zur anderen, aber das ist ja schon ein alter Schuh. Ich bin ziemlich fest entschlossen, im Mai – zum erstenmal seit vier Jahren – zwei Wochen Urlaub zu machen und in irgendein Intelligenzheim an der Ostsee zu fahren (unter der Bedingung, daß man sich nicht jedesmal zum Essen umziehen muß).

[...] Laß es Dir gut gehen, U-Bruder – und viel Glück in der Liebe (man hört so allerlei ...). Die D-Schwester brauchst Du nicht zu grüßen, sie kriegt heute ihren Extrabrief.

Deine B-Schwester

65 An Dorothea Herrmann

Hoy, 4. 3. 63

Meine liebe kleine D-Schwester,

[...] Inzwischen wirst Du Deinem Arthur den Garaus gemacht haben, und ich hoffe, Du schneidest gut ab. Ich wußte nicht, daß der Film so sehr vom Buch abweicht, aber freilich, bei uns ist es ja genau so, Du erkennst die Geschichte nicht wieder. [...]

Ich glaube, wegen Vati machst Du Dir zu viel Sorgen. Natürlich hat es was für sich, wenn ihr Baby in einer Krippe unterbringen könnt und seht es jede Woche, aber Mu würde sich bestimmt ein Bein ausfreuen, wenn sie wieder ein kleines Balg im Hause hat. Und Väterchen ... lehr Du mich die Männer kennen. Erst Geschrei und Gebrumm, und nachher läßt er Baby nicht aus den Klauen, und ihr kriegt es überhaupt nicht wieder. Unser Alterchen stellt sich gern ein bißchen an, das weißt Du doch [...].

Weißt Du was? Ich freue mich blödsinnig auf das kleine

Ding, und wenn es mir gefällt, spiele ich Erbtante. Ostern sehen wir uns doch alle zuhaus, nicht wahr?

Laß es Dir gut gehen, kleine D, behüte Baby, versuch die letzte Zeit noch sehr glücklich zu sein, damit es ein fröhliches Kerlchen wird, und grüß Deinen Uwe.

Herzlich Deine B-Schwester

66 Von Dorothea Herrmann

Rostock, d. 18. 3. 63

Ihr Lieben in Hoyerswerda!

[…] ein ganz herzliches »Danke schön, liebe Schwester, liebe Schwägerin, liebe Tante, lieber Schwager (2x), lieber Onkel«. Wir Drei haben uns sehr über den »Goldkäfer«[1] und Brigittes lieben Brief gefreut. Jeder hat etwas bekommen, das Baby 10 Windeln, die Mutti Strümpfe und der Vati ein paar kleine Süßigkeiten. […] Ihr seid wirklich bewundernswert lieb. […]

Jetzt, so kurze Zeit vor dem großen Ereignis, ist bei uns natürlich schon alles auf den kommenden kleinen Fratz eingestellt. Uwe und ich haben ein unerschöpfliches Gesprächsthema, wenn wir von etwas anderem anfangen zu erzählen, kommen wir unwillkürlich auf unser Lieblingsthema zurück, es ist wie verhext […], hoffentlich gibt sich das, sonst wird unsere Ehe ganz einseitig und bestimmt langsam langweilig. Noch macht es ja unendlich viel Spaß von dem Fratz zu träumen und sich viel für ihn vorzunehmen. Er soll ebenso ein Wunderkind werden wie der Westkrümel. […]

Mein liebes Schwesterchen, Mutti schrieb mir, daß Du bzw. Ihr Lust hättet, Euch auch so einen Pirino[2] anzuschaffen. Laßt Euch von einer schwangeren Wanze warnen! Wenn man in Brigittes Briefen von der vielen Arbeit liest, die Ihr zu

1 50-DM-Schein.

2 Pierino: ital. Vorname, Form von Peter.

bewältigen habt, so kann man nur sagen: »Um Himmels willen.« Du bist so ein halbes Persönchen, daß Du das gar nicht aushalten könntest. Nun könnt Ihr noch zwei Jahre warten, dann nehme ich Brigitte zu uns aufs Dorf, füttere sie ordentlich heraus, verbiete das Rauchen und Trinken (Kaffee) und dann könnt Ihr mal wieder die Möglichkeit erwägen. Nein, aber im Ernst, das Baby würde sich schon nehmen was es braucht, aber Brigitte müßte sich um 180° drehen und einen anderen Lebensstil annehmen. Sonst würde ich das ganz großartig finden, vielleicht gäbe es, wenn Eure beiden Begabungen zusammengetan werden, ein kleines Genie, das die Eltern übertreffen würde. – […]

Streicht ein bißchen in Eurem blöden Terminkalender herum. […] viele Grüße von den

»drei« Herrmännern

67 Familienrundschrieb Nr. 74

Burg, den 22. April 1963

[…] Heute morgen, 7.15 Uhr, ist Susanne Herrmann in Burg zur Welt gekommen! […] Willi

68 Familienrundschrieb Nr. 75

Burg, 29. April 1963

[…] So steht heute unser FRS ganz im Zeichen »unserer« Susanne, die am Sonnabendmorgen – 5 Tage nach ihrer Geburt – ihren Einzug in der Neuendorfer Straße gehalten hat. […] Selbstverständlich liegen inzwischen die Glückwünsche der Geschwister vor. Brigitte eröffnete sie mit einem Telegramm, Ulli folgte mit einem lustig bepinseltem Brief, und heute früh trafen auch Lutz' liebe Zeilen ein. […]

Aus Rostock: »Bei seiner Größe wird es bestimmt einmal das schönste Kind, das die Sonne bescheint (unter der Bedingung, daß ich kein Kind habe). Sonst natürlich … Ich bin heute schon schrecklich stolz auf meine kleine Nichte. […]

Aus Hamburg: »Eigentlich kann ich mir das immer noch nicht recht vorstellen: meine kleine Schwester hat nun selbst schon ein kleines Töchterchen. Ihr glückliches Gesicht kann ich mir dagegen sehr gut vorstellen … Gretchen sagte zu mir: ›Ach, weißt Du, Lutz, ich möchte am liebsten auch noch so ein kleines süßes Mädchen haben.‹ […] Wer hat denn überhaupt den hübschen Namen ausgesucht? […] Susanne hört sich so sehr mädchenhaft, weiblich und zärtlich an …« […]

Mitte Mai wollen die beiden Pitschmänner […] in Burg vorsprechen, »damit [Brigitte] Baby rumschleppen und auch mal in die Badewanne tunken kann«. […] Willi

69 An die Eltern

Hoy, 17. 6. 63

Liebste Familie,

da sitzt man nun in dieser verruchten Stadt, während man doch eigentlich schon auf dem Wege nach Prag[1] sein sollte […], und wir sind noch zorniger, seit wir heute früh die Begründung gelesen haben: die Lage unter den tschechischen Schriftstellern[2] sei zur Zeit sehr kompliziert, das habe ihr letz-

1 B. R. und Siegfried Pitschmann sollten mit einer Delegation des DSV nach Prag fahren.

2 In der Begründung für die Absage der Reise heißt es: »Die augenblickliche Situation unter den Schriftstellern der ČSSR ist sehr kompliziert. Das zeigte der letzte Kongreß der tschechoslowakischen Schriftsteller im Mai dieses Jahres. Wir befürchten, dass unsere tschechischen Kollegen sich im Augenblick kaum um Sie kümmern könnten […].« (Brief Günter Görlichs als Sekretär des DSV an B. R. und Siegfried Pitschmann vom 14. 6. 1963, in: BRA, 866, Bl. 327.)

ter, eben stattgefunden habender Kongreß bewiesen (wahrscheinlich haben die Bösen entdeckt, daß es auch im Westen ein paar anständige Bücher gibt und daß unsere sozialistische Literatur – aber nein, solche Ketzereien wage ich gar nicht zuende zu denken!), und überhaupt fände unsere Literatur in der CSSR noch nicht die Anerkennung, die wir uns wünschten … Ja, wie kommt das bloß? Oder sollten unsere Meisterwerke doch nicht – still, auch dies nicht aussprechen. Wie immer, der Verband sorgt für das Seelenheil seiner jungen Mitglieder und behält sie zwecks redlicher Ernährung im Lande. Und neulich schrieb mir Professor Kurella[1]: Reisen Sie, liebes Kind, reisen Sie – der ganze Osten steht Ihnen offen … Gewiß – mit Ausnahme der Länder, die gerade mal wieder aus der Reihe unserer Kulturpolitik tanzen, und wie man hört, sind das so ziemlich alle.

Na, schön, vielleicht haben sich die tschechischen Kollegen bis zum Herbst eines Besseren besonnen und Namen wie Kafka vergessen, damit man uns ihnen unbesorgt anvertrauen kann. […] Vielleicht fahren an unserer Stelle ein paar zuverlässige Genossen, – uns zornigen jungen Leuten traut man Zuverlässigkeit wohl nicht zu. […]

Mit tausend lieben Grüßen
eure wütende Brigitte […]

70 Familienrundschrieb Nr. 76

Burg, 30. Juni 1963

[…] Ja, endlich ist am vergangenen Montag unser Strom von 125 auf 220 Volt umgeschaltet worden, d. h. zwei Elektriker

1 »Bis es möglich wird, daß Sie in Mailand […] oder auf dem Trafalgar-Square stehen können, werden noch Jahre vergehen. Aber bis dahin steht der Osten offen. […] Das können und das müssen Sie bald ausnützen. […] Die Forderung an die Schriftsteller ›ihr Leben zu verändern‹, beschränkt sich nicht auf den Umzug in Schwarze Pumpe.« (Alfred Kurella an B. R. vom 29. 5. 1963, in: SVA, Alfred-Kurella-Archiv, Sign. 645.)

hatten allerlei Arbeit, da neue Uhren angebracht werden mußten und vor allem auch die Zuleitung zum Haus neu gezogen wurde. Der nächste Tag sah den Kauf von über [?] Glühbirnen, die Inbetriebnahme der von den »Kleinen« zu Weihnachten bereits vorsorglich geschenkten Reglerplätte[1] und als Clou die Anschaffung des modernen kleinen Handstaubsaugers. So ist also jetzt wirklich alles über Kühlschrank, Haushaltsmaschine bis zur umgepolten Nähmaschine motorisiert bezw. elektrifiziert. Bloß der Hausvater stöhnt in althergebrachter Weise: Das Leben ist schön, aber teuer, man kann es auch billiger haben, dann ist es eben nicht so schön. […]

Übrigens haben wir in Burg jetzt auch seit April einen vollautomatischen Fernsprechdienst, zunächst mit vier Kreisen und vor allem mit Magdeburg, doch eine recht angenehme Verbesserung. […] Willi

71 Von Ulrich Reimann

Burg, d. 19. 7. 63

Liebe Geburtstags-Brigitte. Lieber Da-Schwager.

Spät schreibe ich, doch ich tue es. Schließlich kann ich meine Zwillingsschwester mit acht Jahren Vorgabe nicht ohne meine Glückwünsche lassen. Also, liebe Brigitte, laß Dir Deine kühne Schriftstellerhand schütteln und Dir alles Gute und viel Erfolg wünschen. Wenn es nach meinen Wünschen für Dich geht, werde ich Dir dann demnächst zum Nationalpreis gratulieren können. […] Und wenn Dir wirklich einmal etwas an unserem sozialistischen Staat nicht gefällt: Schimpf kräftig, dann geht es wieder besser. Vielleicht klappt dann auch die CSSR-Fahrt endlich. –

[…] Sicherlich hat es sich herumgesprochen, daß ich wie-

1 Regelbares Bügeleisen.

der in der Brauerei als Fahrer tätig bin. Der Rubel rollt und die Familie ist mit Brause und Bier eingedeckt. (Weniger leider die Bevölkerung bei diesen Temperaturen). [...]

Dieses Leben will ich nun noch etwa zwei Wochen führen und dann den zweiten Teil des Sommers beginnen. Da bin ich nun mitten in meinen Plänen. Ich glaube, daß wir schon einmal davon gesprochen haben, daß wir beide, dh. Sigrid[1] und ich, Euch im Sommer besuchen wollen. Das hängt nun natürlich davon ab, ob Ihr da seid [...]. Schlafen spielt keine Rolle, Luftmatratze haben wir und für mich reicht eine Decke auf dem Fußboden. Wir würden dann im Laufe des 5. 8. »antrampen«, am 6. dableiben und am 7. 8. »abtrampen«. [...] Also schreibt bitte, wenn es nicht recht ist. Hier unsere Interessengebiete: Musik, die Stadt und das Werk. Daniel, Du kühner Meister, kannst Du nicht eine, wenigstens teilweise, Besichtigungserlaubnis ergaunern? Die Freude darüber wäre groß. [...]

Es grüßt Euch herzlich Euer Ulli [...]

72 Von Dorothea Herrmann

Burg, den 5. 9. 63

Meine liebe B-Schwester! Mein lieber D-Schwager!

[...] Die Bilder von Susanne, die für Euch bestimmt sind, liegen schon ewig in meinem Schreibzeug [...] habt vielen Dank, daß Ihr Euch um eine Bluse bemüht habt. Ich möchte Euch gleich davon befreien, denn ich habe es mir nun inzwischen wieder anders überlegt [...]. Sie sind zu durchsichtig, ich werde mir dann Stoff schicken lassen. [...] Wie geht es nun meiner großen berühmten Schwester? Ist alles wieder gut? Ich weiß ja nun noch immer nicht, was Du für ein Wehwehchen hattest. Schreibe es doch bitte einmal! Was

1 Sigrid Holland, Ulrich Reimanns Freundin.

macht die Schriftstellerei? Ich habe neulich noch einmal mit wachsender Begeisterung Dein Buch gelesen, ich glaube totsicher, daß es mein Prüfungsthema wird. Schreibst Du mir bitte noch einmal ein bißchen darüber, obwohl ich glaube, daß ich es richtig verstanden habe und auch in der Lage sein werde, etwas darüber zu sagen. […]

Ich bin für 5 Wochen hier und absolviere mein erstes Praktikum an meiner früheren Schule. Am kommenden Montag werde ich die 1. Deutschstunde in einer 9. Klasse geben. Und zwar über die Romantik, speziell über Eichendorff. Mal sehen, was das wird, hoffentlich versage ich nicht jämmerlich. In dieser Woche hospitieren wir erst mal und lernen die Schülerinnen kennen. Dann verliert man ein wenig die Hemmungen. –

[…] Susanne […] lacht alle an und ist meistens freundlich, nur manchmal hat sie ihren Dummen, dann mag sie ihren Möhrenbrei einfach nicht und schreit zum Herzerweichen. Das ist aber wirklich selten. Jetzt erzählt sie sich schon etwas im Bettchen und spielt mit ihrem Gummitier oder der Klapper, es gibt Tage, an denen man von ihr gar nichts hört. Das ist natürlich wunderbar, man kann in Ruhe arbeiten. So schrecklich viel Arbeit ist mit einem Kind auch gar nicht wie manche Leute sagen, die Hauptsache ist, man ist zu Hause und kann aufpassen. […] Seid sehr herzlich gegrüßt und alles Liebe

Eure Dorli

Uwe ist schrecklich eifrig bei seiner Diplomarbeit.

73 An Dorothea Herrmann

Hoy, 10. 9. 63

Meine liebe D-Schwester,

wir haben uns sehr gefreut, endlich mal wieder etwas von Dir zu hören. Allerdings haben wir uns ja auch ganz schön lange in Schweigen gehüllt … Inzwischen hast Du Deine erste richtige Schulstunde hinter Dir und ich hoffe, es hat geklappt und Dir – und vor allem den lieben Kindern – Spaß gemacht.

Wann bekommst Du denn Dein Susannchen wieder? Wir wollen am 21. mal nach Burg kommen (und Du weißt ja, der Hauptgrund ist das Engelchen). Schönen Dank für die Bilder! Auf dem einen sieht man Uli und Gabi[1] so beziehungsreich über das Steckkissen (Verzeihung: das traditionelle Taufkleid[2]) gebeugt – sind sie die Paten? [...]

Sei froh, daß wir keine Perlonbluse bekommen haben. Ich finde die Dinger ziemlich geschmacklos, man sieht immer irgendwelche Dessous und Träger rauslugen. Leinen ist viel hübscher, obgleich es bei der Wäsche mehr Arbeit macht. Freilich gab es auch keine Leinenblusen, und wenn es mal welche gibt, dann frag lieber nicht nach dem Preis. [...] Ich bedaure oft, wenn ich durch den Exquisit-Laden[3] streife, daß ich nicht nähen kann. Auch so ungeschickte Frauen wie ich können sich heute schon sehr elegant kleiden, aber nur mit einem Monatsgehalt von 1000 DM aufwärts. Va und Mu [...] wollten mich überreden, Hals über Kopf ein paar Klamotten in den Koffer zu werfen und nach Ahrenshoop zu fahren [...]. Leider kann ich nur eine Woche in A. bleiben, denn dann beginnen wieder die gesellschaftlichen Verpflichtungen: Wahlvorbereitung[4], Artikel, Lesungen etc., und schon im vorhinein bin ich wütend und ein bißchen verzweifelt, weil ich viel lieber in Ruhe arbeiten möchte. Aber als zoon politicon (na, das ist bestimmt falsch geschrieben) kann man sich dergleichen nicht entziehen. Zum Unglück habe ich auch noch das Talent, immer solche Aufgaben zu übernehmen, die mich viel Zeit und Geld kosten und nichts einbringen, und gelegentlich muß ich doch mal wieder daran denken, etwas zu verdienen. Du weißt ja, der Daniel ist

1 Gabriele Besch, Cousine der Geschwister Reimann.
2 Historisches Taufkleid der Familie Herrmann.
3 Modegeschäfte mit eleganten hochpreisigen Waren.
4 B. R. wurde in den Vorstand des DSV gewählt.

kein Finanzgenie, und die ganze Verantwortung der Lebenshaltung, Anschaffungen und Haushalt ruht auf meinen Schultern, und manchmal ist das ein verdammt bedrückendes Gefühl. Ich habe ja nun auch lange nichts mehr geschrieben, und meine Arbeit mit dem Fernsehfunk wird bestimmt platzen, weil ich das ewige ängstliche Genörgel nicht mehr ertragen kann.

Gesundheitlich bin ich wieder ganz obenauf. Ich hatte eine chronische Brustdrüsenentzündung und seit Jahren Schmerzen, aber jetzt nach der Operation[1] fühle ich mich sehr wohl. Dank der ererbten Besch'schen[2] Zähigkeit habe ich das Ganze fix abgemacht, meine Haut heilt vorzüglich, und die Narben werden auch verschwinden. Bei der Generaluntersuchung hat sich herausgestellt, daß ich trotz meiner skandalösen Lebensweise noch bemerkenswert stabil bin. Das bißchen Speck, das ich im Krankenhaus angesetzt hatte, habe ich mir inzwischen wieder runtergeturnt. Wenigstens während der ersten Morgenstunden lebe ich nämlich meiner werten Gesundheit, treibe eine Viertelstunde Gymnastik, dusche kalt und esse geriebene Möhren, bei deren Anblick Daniel schlecht wird – und dann setze ich mich an den Schreibtisch, rauche zuviele Zigaretten und trinke zuviel Kaffee …

[…] Zu den »Geschwistern« kann ich Dir allerhand Material mitbringen, das Du für Deine Arbeit gebrauchen kannst.

Laß es Dir gut gehen, Mütterchen D, und sei ganz lieb gegrüßt

von Daniel und Deiner B-Schwester

1 B. R. ließ sich die Brüste verkleinern.

2 Familie mütterlicherseits.

74 An die Eltern und Dorothea Herrmann

Hoy, 22. 10. 63

Liebe Mu, lieber Va (und, falls Du noch zuhaus bist), liebe D-Schwester,

ihr werdet sicher schon lange auf einen Reisebericht aus Moskau[1] gewartet haben, denn die eine kümmerliche Karte wollte ja nicht viel besagen. Aber auch heute ist nur Zeit für einen Begeisterungsschrei: es war wunderbar! [...]

Also Moskau: eine herrliche Stadt, lauter Gegensätze: riesige Hochhäuser, einstöckige gelbe oder rosa Adelspaläste, aus denen man jeden Moment Anna Karenina heraustreten zu sehen glaubt, Holzbudchen wie im alten Rußland, [...] irrsinnige Taxichauffeure, die wie Cowboys fahren (und es passiert nichts – Wunder über Wunder, sonst wäre ich hundertmal überfahren worden), eine Menge Kitsch, eine Menge Schönheit, gemischt mit Orient und Asien – und die liebenswertesten Leute von der Welt. Wir sind immerzu eingeladen worden, saßen keine fünf Minuten allein am Tisch, tranken riesige Mengen Wodka, ohne beschwipst zu werden (zu Kaviar und saurer Sahne!), und ich verliebte mich natürlich in einen schönen Georgier, der mir im Hotel nachstiefelte. Nächstes Jahr besuche ich ihn in Tbilissi – denn ich habe Geld bekommen, meine Lieben, einen großen Haufen Rubel für meine »Ankunft«, und im nächsten Jahr werden auch die »Geschwister« übersetzt, und auf jeden Fall reicht es jetzt schon für ein paar Monate Moskau, Leningrad, Samarkand und Tbilissi und Kaukasus. Ihr werdet sehen, eure furchtsame B. wird noch die reinste »Oma von der Weltreise«[2], und in der Tat habe ich jede Angst verloren. Zurück bin ich allein geflogen, souverän wie ein alter Globetrotter und ohne nennenswerte fatale Gefühle bei Start und Landung.

1 B. R. und Christa Wolf folgten einer Einladung des sowjetischen Schriftstellerverbandes zur Woche des Buches in Moskau.

2 Anspielung auf die erfundenen »Weltreisegeschichten«, die die Großmutter Franziska Besch ihren Enkeln Brigitte und Ludwig erzählte.

[…] Wenn ich nächstes Mal nach Moskau komme, kann ich schon einige Leute aufsuchen und werde mich nicht allein fühlen. Meinen Übersetzer[1] habe ich auch kennen gelernt, einen ungeheuer gebildeten Menschen. Er hatte unter Stalin fünf Jahre Zwangsarbeit in Workuta (er war zu lebenslänglich verurteilt), und er schleppt heute noch einen Nervenschock mit sich herum. Auf solche und ähnliche Spuren der Stalinzeit trifft man häufig, und es ist bewundernswert, wie die Menschen damit fertig werden.

Ihr wißt ja, daß ich mit Christa Wolf gefahren bin. Sie ist eine liebe, kluge, sehr mütterliche Frau, obgleich sie nur ein paar Jahre älter ist als ich […]. Sie hat Daniels Funktion übernommen: ewig Angst um mich auszustehen – wegen des Moskauer Verkehrs, wegen meiner Art, Geld auszugeben, wegen der schönen Georgier …

[…] seid herzlich gegrüßt von eurer glücklichen Weltreisenden

Brigitte Katerschwanz

75 Von Ulrich Reimann

Rostock, d. 5. 11. [63]

Liebe Brigitte, lieber Daniel,

es ist wohl eine kleine Weile her, daß ich Euch das letzte Mal geschrieben habe und Ihr werdet leicht verblüfft sein darüber, daß Ihr überhaupt von mir Post bekommt.

Nun, aus gutem Grund ist Juno rund. Ich wende mich mit einer Bitte an Euch.

Vor ein paar Wochen sind beim Aufbau-Verlag die »49 Stories« vom Hemingway erschienen. Ich habe mich nun krampfhaft bemüht, das Buch beim Handel zu bekommen,

1 Konstantin Bogatyrjow übersetzte »Ankunft im Alltag« ins Russische.

weil ich es gerne der Sigrid zu Weihnachten schenken möchte. Leider ohne Erfolg.

Nun seid Ihr und Eure Verbindungen zum Aufbau-Verlag meine letzte Rettung. [...] Ich würde mich mächtig freuen und weiß genau, daß ich mit dem Buch auch große Freude stiften würde. [...]

Aus dem FRS werdet Ihr entnommen haben, daß es bei uns augenblicklich eine Menge Arbeit gibt. Es ist genau wie damals bei Lutz, der auch darüber klagte, daß man dadurch einfach zu nichts anderem mehr kommt. An einem Buch liest man vier Wochen und länger. Und das schon unter der Bedingung, daß man Interesse daran hat. Daran könnt Ihr ermessen, mit welchem Bildungsniveau ein Durchschnitts-Ingenieur die Uni verläßt.

Mit der Hoffnung, daß wir später dafür umso mehr die Werke unserer großen Geister würdigen können, verabschiedet sich

Euer Ulli

76 An Ulrich Reimann

Hoy, 10. 11. 63

Mein lieber U-Bruder,

wie gut, daß Du endlich eine feste Liebste hast – so kommen wir wenigstens hin und wieder mal zu einem Brief von Dir. Es tut mir leid, U, daß ich Dich enttäuschen muß: die 49 stories (oder schreibt man storys? Mein Englisch ist weg) sind nicht mehr zu bekommen. [...] Du kannst höchstens versuchen, das Buch in irgendeiner winzigen Dorf-Buchhandlung zu bekommen, dort findet man manchmal die erstaunlichsten Sachen.

Übrigens gibt es jetzt eine Menge wunderschöner Bücher, die Du Sigrid schenken könntest: ein paar Bände Heinrich Mann und Zola sind erschienen, die »Madame Bovary«,

Dreisers »Schwester Carry« und »Der Liebling« von Zsuzsa Thury (das hat mir sehr gut gefallen). Es ist mächtig was los auf dem Büchermarkt, ich merke es an meinem Konto. Und Stendhal, mein Lieber? [...] »Über die Liebe« ist ein herrliches Buch – kurz, es gibt genug Ausgleich für einen vergriffenen Hemingway.

In den nächsten Wochen beginne ich meinen ersten Roman[1] – ich bin schon schrecklich aufgeregt. Auf der Stoffsuche habe ich tolle Sachen erlebt, interessante Leute kennengelernt (alles Architekten) und mich wieder mal unbeliebt gemacht. Aus dunkler Quelle erfuhr ich, daß ich den Blechen-Preis[2], für den ich vorgeschlagen war, nicht bekommen habe wegen meiner Kritik[3] am Aufbau unserer stolzen sozialistischen Stadt. Na, das sind so die kleinen Betriebsunfälle, die man mit einplanen muß, und ich sterbe nicht am Herzweh, wenn mir die Herren Funktionäre nicht mehr die Hand geben. Dafür werden sie in meinem Buch verwurstet.

Laß es Dir gut gehen, U-Bruder, ich drücke Dir den Daumen für alle Prüfungen. Weihnachten bringen wir unser Tonbandgerät mit, wir haben wunderschöne Spirits aufgenommen und ein ganzes Band Armstrong mit seiner Hot Five.

Herzlich Deine B-Schwester

77 Familienrundschrieb Nr. 78

Burg, 12. November 1963

[...] Von unserem fünften Kind[4] bleibt nur zu berichten, daß es »die Freude unseres Alters« ist. Mehr sagen wir nicht, wer

1 »Franziska Linkerhand«.

2 Den Carl-Blechen-Preis für Kunst und Literatur der Stadt Cottbus erhielt B. R. 1964.

3 B. R. hatte einen Artikel über die architektonischen und städteplanerischen Mängel von Hoyerswerda-Neustadt veröffentlicht: »Bemerkungen zu einer neuen Stadt«, in: Lausitzer Rundschau, Cottbus, vom 17. 8. 1963.

4 Susanne Herrmann.

Lust hat, mehr zu hören … und zu sehen, soll herkommen. Das gilt für alle FRS-Teilnehmer; wir sind es gar nicht gewöhnt, so lange Zeit ohne Wochenendbesuch zu sein. […]
Willi

78 Von Ulrich Reimann

Rostock, d. 16. 11. 63

Liebe B-Schwester, lieber Daniel,

[…] Im FRS schrieb Vati, daß Brigitte eventuell noch in diesem Jahr nach Moskau fahren wird. Auf diese Nachricht bezieht sich meine Anfrage. Wahrscheinlich hat es sich schon bis zu Euch herumgesprochen, daß ich mich im kommenden Sommer verloben will. Diesem wohl sehr lobenswerten Vorsatz sind bisher jedoch einige Schwierigkeiten entgegengesetzt. Zumindest uns geht es jedenfalls so, daß wir nicht wissen, wo wir Ringe herbekommen sollen. D. h. Ringe haben wir uns schon ausgesucht, jedoch was fehlt, ist das Gold. Da fiel mir ein, daß unser großer sozialistischer Bruder das Zeug in Massen hat, so daß man es in den Läden kaufen kann. […] Darum meine Frage: besteht die Möglichkeit, daß Du, Brigitte, aus Moskau etwas Gold mitbringst?

[…] Ich brauchte etwa 15–16 Gramm 585-Gold, das sind ungefähr 9–10 Gramm Feingold. […] Ich bezahle Euch das dann hier, denn bekanntlich spielt Geld keine Rolle, wenn es um die Liebe geht.

[…] Es ist mir schon fast unangenehm, mich immer an Euch mit Bitten wenden zu müssen; aber was soll ich machen, wenn ich selbst keine Beziehungen habe, aber dafür eine berühmte Schwester.

[…] Es grüßt Euch herzlich Euer Ulli

P. S. Ich habe übrigens Stendhals »Über die Liebe« erstanden.

79 An Ulrich Reimann

Hoy, 21. 11. 63

Mein lieber U-Bruder,

nun muß ich Dich schon wieder enttäuschen: ich bin nicht mit der Delegation gefahren (das Thema wurde geändert: Kriegsliteratur), d. h. ich komme also erst nächstes Jahr wieder nach Moskau. Es ist noch nicht alles verloren, das hängt vom Termin eurer Verlobung ab. Übrigens höre ich zum erstenmal davon, aber ich bin nicht gerade tot umgefallen vor Überraschung. Du hast sowas von der Reimannschen Treue (von welchem Erbe auf mich leider nicht viel überkommen ist).

[...] Könnt ihr euch nicht vorerst ohne Ringe verloben? Ihr seid eine schrecklich gesittete Generation; unsereins hat sich weder verlobt noch – jedenfalls während der ersten Ehe – Ringelein aus rotem Golde getragen. [...]

Ich freue mich, daß Du den Stendhal gewählt hast. [...]

Herzliche Grüße Deine B-Schwester

80 An die Eltern

Hoy, 30. 12. [63]

Liebe Familie,

1. Wir sind gut heimgekommen.

2. Wir sagen euch noch mal schönen Dank für die fröhlichen Tage zu Haus, es war eine Erholung.

3. ihr seid die beste Familie der Welt.

4. Daniel hat seinen Trevira-Schlips dagelassen. Mu, paß bitte auf, daß er nicht unter die Räuber fällt (ich nenne keine Namen).

5. Ich habe schon Reklame für Spätzchens Besuch in Hoy gemacht. Wehe, wenn ihr nicht Anfang Februar kommt – ganz Hoy wartet gespannt auf Susanne die Unvergleichliche.

6. Wir arbeiten wieder (dh. ich schreibe Briefe, verdammt).

7. Schickt dem Daniel zum 12. Januar einen kleinen Kuch-Kuch nach Petzow[1], ja?

8. Wir wünschen euch alles Gute und Schöne für das neue Jahr.

9. Bleibt gesund und artig!

10. Wir grüßen euch herzlich.

Brigitte + Daniel

1 Siehe erste Anm. S. 58.

1964

81 Familienrundschrieb Nr. 81

Burg, 13. Januar 1964

[…] Daß Zufriedenheit in der Neuendorfer Straße herrscht, nachdem […] ein sechsseitiger Brief […] aus Hamburg eingetroffen ist, ist wohl verständlich. Über vier Seiten hat allein Gretchen […] geschrieben […]. »Lutz ist am Heiligen Abend jedes Mal traurig und bekümmert. Er hat so große Sehnsucht nach Hause. Als wir im Kino im Vorfilm das Wiedersehen an der Berliner Mauer sahen,[1] da liefen ihm doch die Tränen herunter. Sollte es eine kleine Erleichterung geben, dann sind wir die ersten, die die Grenze passiert haben. Mit unserem Auto. Zu Weihnachten haben wir uns einen Herzenswunsch erfüllt, d. h. uns einen Peugeot 404 (franz. Wagen) gekauft. Gebraucht natürlich. […] Wir haben ihn vor allen Dingen gekauft, damit ich bei dem schlechten Winterwetter morgens meinen kleinen Stern ins Auto setzen und ihn so warm und trocken in den Kindergarten transportieren kann …« […] Willi

82 An die Eltern

Hoy, 15. 1. 64

Liebe Mu, lieber Va,

[…] Über mein Leben läßt sich nicht allzu viel Erfreuliches sagen, […] ich komme nicht dazu, mich wirklich auf

1 Das erste Passierscheinabkommen ermöglichte Westberlinern, zwischen 19. 12. 1963 und 5. 1. 1964 Verwandte in Ostberlin zu besuchen.

mein Buch zu konzentrieren, und darunter leidet das Seelenleben. [...]

Beinahe hätte ich vergessen, für den schönen langen FRS zu danken. Das ist wirklich eine feine Einrichtung. Übrigens hätte der doofe Lutz längst eine Genehmigung[1] bekommen, hier wird ihn schon keiner hoppnehmen. Wenn er die Hilfe seiner kommunistischen Schwester nicht verschmäht, würde ich das beim ZK regeln,[2] er hätte dann die Garantie, daß ihm an der Grenze nichts passiert. [...]

Laßt es euch gut gehen, ihr Lieben, und seid ganz herzlich gegrüßt von

eurer Brigitte

83 An Dorothea Herrmann

Hoy, 15. 1. 64

Meine liebe D-Schwester,

jetzt endlich komme ich dazu, Dir schönsten Dank für Dein überraschendes Päckchen zu sagen. Das war wirklich ein lieber Einfall! Natürlich hebe ich ein paar Büchsen auf, bis der Daniel wiederkommt, er ißt Thunfisch genauso gern wie ich.

Neulich besuchte ich ihn – nach einer Sitzung der Jugendkommission – in Petzow. Das ZK ließ mich extra hinfahren, aber unterwegs ging der Wagen kaputt, und Daniel mußte mich nachts nach Hause schaffen, weil ich am nächsten Tag schon wieder eine Sitzung hatte. Zur Zeit ist der Teufel los, ich kann an mein Buch nicht rankommen, eine scheußliche Situation. Manchmal habe ich auch das Gefühl, ich hätte mich mit dem Thema übernommen – aber das Gefühl hatte

1 Ludwig Reimann wollte zum 60. Geburtstag des Vaters nach Burg reisen. Da er als republikflüchtig galt, waren Bedenken angebracht.

2 B. R. war seit Oktober 1963 Mitglied der Jugendkommission beim Politbüro des ZK der SED. Die Kommission wurde 1966 aufgelöst.

ich schon jedesmal, wenn ich eine neue Arbeit begann. Man muß sich eben durchbeißen.

Heute las ich im FRS, daß Du sogar zehn Tage kommen kannst. Wunderbar! Hans[1] – entschuldige, daß ich vor Deinen keuschen Ehefrau-Ohren diesen verruchten Namen erwähne – konstruiert schon in Gedanken an einem Bettchen für Susanne die Schöne, ist aber etwas gehemmt in seinen Berechnungen, weil er sich die Ausmaße eines Kindes nicht vorstellen kann. Aber wir werden schon was Raffiniertes entwickeln. Ich freue mich schrecklich auf euren Besuch. Schreib mir bald, wann Du kommen wirst, damit ich rechtzeitig alle blöden Sitzungen absagen kann. Hoffentlich ist Susannchen bis dahin ihren Husten los, aber Du hast ja gelesen, mit welchen Urwald-Methoden[2] sie jetzt kuriert wird.

Mach's gut, kleine D, ich muß schleunigst ins Bett. Todmüde. Schönen Gruß an Deinen Herzallerliebsten. Sagte ich Dir eigentlich schon, daß er großartig in unsere Familie paßt? […]

Deine B-Schwester

84 Von Dorothea Herrmann

Rostock, d. 16. 1. 64

Meine liebe B-Schwester!

[…] Ich freue mich schon sehr auf Hoywoy. Darf ich dann Hausfrau spielen, damit wir Dich nicht allzu sehr vom Arbeiten abhalten? Ich stelle mir alles wunderschön vor, aber Du wirst doch das Susannchen baden müssen und auch füttern, dafür mache ich reine und koche Essen. Weißt Du, was ich mir auch noch vorgenommen habe? Ich möchte viel lesen, wenn es die Zeit erlaubt. Deine fast unerschöpfliche

1 Hans Kerschek.

2 Die Großeltern schworen auf Zwiebelsaft mit Zucker und Frischluft-Liegekuren.

Bibliothek muß ich zumindest mal genau angeguckt und inspiziert haben, damit ich mich ein bißchen »weiterbilde«. – Am Sonntag, d.h. in der Nacht vom Sonnabend zum Sonntag, haben wir Deinem lieben Mann genau um 12.00 (24.00) zum Geburtstag gratuliert. Wir lagen schon im Bett und hatten noch das Radio [an]. Wir hörten das Zeitzeichen. Gut, daß unsere Nachbarn nicht da waren, denn wir haben ganz laut, damit Daniel es auch hört, geschrien. Wir waren hinterher sehr stolz, bestimmt die 1. Gratulanten gewesen zu sein. Schade, daß unsere Männer nicht auch dabei sein können, wenn wir in Hoy unser Leben entfalten.

Uwe, der liebe, ist schrecklich fleißig, oft arbeitet er bis spät in die Nacht hinein, wenn seine Frau, was ich bin, schon längst schläft. Es ist ganz gut und beruhigend, einen fleißigen Mann zu haben. Seine Zukunft ist auch so gut wie gesichert, er wird zur Uni kommen nach einiger Zeit. [...]

Du, vielleicht könnte ich eine Staatsexamensarbeit über Dich schreiben und zwar eine Monographie. Ich weiß noch nicht, wie das aussehen soll, aber Monographien sind vorgesehen, da unser Institut irgendeinen Forschungsauftrag hat. Falls Du unter denen bist, die »monographiert« werden sollen, könnte ich Dich nehmen? Dann hätte ich einen Vorteil und Du auch, denn ich schriebe nur das, was vertretbar und vernünftig ist, während ein Fremder nur ungebührlich in Deinem Privatleben schnüffeln würde. [...]

Ich wünsche Dir wie immer alles Liebe und Gute, gute Gedanken und richtiges Essen

Deine D-Schwester [...]

85 An Dorothea Herrmann

Hoy, 12. 2. 64

Liebe D-Schwester,

heute morgen, als ich aufwachte und das Susanne-Spätzchen nicht krähen hörte, war ich wieder ganz traurig; auf einmal fehlt was in der Wohnung, und von der ganzen schönen Woche ist nur noch ein bißchen Baby-Duft zurückgeblieben. Und dann fand ich auf einmal in meinem Hamsterkästchen Deinen süßen Gruß, und obgleich man Dir für diese Verschwendung eins hinter Deine reizenden Ohren geben sollte, habe ich mich natürlich schrecklich gefreut – auch deshalb, weil das Wunderkind Susanne schon so gut schreiben kann.

Hoffentlich seid ihr gut angekommen, ich mache mir große Sorgen. Du hattest ja nicht mal das Kinderkärrchen im Abteil und mußtest Spätzchen wahrscheinlich auf eine Bank legen. Schreib mir, ob alles geklappt hat […].

Du wirst schon gemerkt haben, daß Du Susannes Läpperchen vergessen hast. Na ja, irgendwas bleibt immer liegen. Ich schicke Dir auch den Mantel mit (die Knöpfe sind in der Tasche; wenn Du ihn nicht gebrauchen kannst, verkaufst Du ihn einfach) und einen Pullover, den ich mir damals extra für die Silastic-Hose gekauft hatte, weil die Blau-Farben so gut zueinander passen. Das Bild von Uwe muß Dir aus der Tasche gefallen sein.

Heute früh habe ich versucht, wieder zu arbeiten, aber es will nicht vorangehen, und schließlich habe ich alles in die Ecke geschmissen. Weißt Du, manchmal fällt man sich selbst auf die Nerven, wenn man dran denkt, daß man keine richtige Familie hat. Der letzte Sonntag war ein richtiger großer Fest- und Faultag. Nun junggesellt man wieder so vor sich hin …

Grüß Deinen Uwe-Mann; ich wünsche euch ein paar schöne Tage in Rostock. Und zu danken habe *ich* – ich hatte die ganze Zeit große Freude an euch. […]

Herzliche Grüße Eure Brigitte

86 Von Dorothea Herrmann

Rostock, den 12. 2. 64

Meine liebe B-Schwester!

Nein, ich habe nichts vergessen, jedenfalls nichts Materielles. Ich wollte Dir und auch Herrn Kerschek wenigstens brieflich gleich noch einmal herzlich danken und »Auf Wiedersehen« sagen. [...] Es war bei Euch eine wunderbare Woche, an die wir noch lange denken werden. Später werde ich Susanne die großen Abenteuer in Hoyerswerda und auf dem Wege zum Bahnhof erzählen. [...] Du kannst Dir nicht vorstellen, wie sehr Susannes »beinahe-Onkel« in unserem Ansehen (welch ein blödes Wort, aber wir wissen kein anderes) gestiegen ist. Er war ja wirklich rasend nett. Du hattest tatsächlich recht, als Du sagtest, er sei ein Guter. Er hat eben nur nicht die Veranlagung, es gleich zu zeigen [...]. Bitte, liebes Schwesterchen, sei so gut und danke dem Onkel Hans noch einmal sehr, sehr herzlich für alles, auch dafür, daß er meine große Schwester glücklich macht, die es, weiß Gott, verdient hat. [...]

Susanne schläft nun schon wieder eine ganze Zeit, sie hat den ganzen Tag rumgetobt und ihrem Erzeuger beständig eine Flut von Lobsprüchen entlockt. Sie hat sich heute aber wieder von ihrer besten Seite gezeigt. – Mit der Babywäsche sind wir gerade ausgekommen und morgen wird der Koffer ja bestimmt da sein. Jetzt ist schon alles wieder gewaschen und hängt über dem Ofen. Wie bekommt Dir die Stille? Heute hattest Du bestimmt sehr viel Arbeit, nicht wahr? Ich habe oft daran denken müssen, daß Du in dem Gemülle allein geblieben bist. –

[...] Dir ein Küßchen auf das linke Ohrläppchen, viele Grüße und Tschüß

Deine D-Schwester [...]

87 Von Dorothea Herrmann

Rostock, den 16. 2. 64

Meine liebe Brigitte!

[...] Ich hatte immer etwas Sorge, daß wir Dich zu viel vom Arbeiten abhalten, aber Du kannst eine Woche der »fast-Faulheit« schon einmal gut vertragen, vom medizinischen Standpunkt aus.

Am Freitag kam das Paket an, und ich glaubte, Du hättest falsch adressiert, aber als ich es aufmachte, sah ich zu meiner großen Freude, daß ich mich irrte. Uwe ist von meinen neuen Sachen so begeistert, daß er immerzu staunt und heult, [...] weil er gegen mich so schäbig ist. Der Pullover paßt wirklich sehr gut zu der Hose, und ich trage ihn jeden Tag. Auch der Sonnenanzug sitzt sehr gut, ich [...] saß früher immer zähneklappernd mit meinem nassen Badeanzug im Sand, das ist nun auch vorbei, Gott sei Dank. Du kannst Dir nicht vorstellen, wie froh ich bin, daß wir beide fast die gleiche Figur haben. Aber ich muß Dich auch mal ein bißchen ausschimpfen. Du bist einfach zu großzügig, nicht nur, daß Du alle Deine Sachen verschenkst, sondern auch Deine letzten Groschen gibst Du für andere Leute aus. [...]

Tja und nun zu unserer Kleinen. Am Sonntagmorgen habe ich in ihrem Gesicht die ersten Pickel entdeckt und der kleine Bauch war schon ganz übersät. 8z kelrösjs i kena lak dbcjps Das war Spätzchen mit den Füßchen. Ja, sie hat also die Masern bekommen und es war kein Wunder, daß sie in Hoy öfter Fieber hatte, denn das gehört zu dem Krankheitsverlauf. [...] So, meine liebe Schwester, der Uwe drängelt schon, wir wollen in die Mensa gehen.

Nochmals vielen Dank und die herzlichsten Grüße von den Herrmännern [...]

88 Familienrundschrieb Nr. 82

Burg, 17. Februar 1964

[...] Erst nachträglich ließ Brigitte verlauten, daß sie immerzu mit Susannchen und ihren Weibergesprächen beschäftigt gewesen seien. [...] Erfreulich war zu hören, daß sich die beiden Schwestern »wunderbar vertragen haben«, so Brigitte. »Mit der Dorli kann man gar nicht zanken und böse sein [...]« Willi

89 An Dorothea Herrmann

Hoy, 21. 2. 64

Meine liebe D-Schwester,

[...] Ich bin froh, daß ihr heil in R[ostock] gelandet seid, und daß der gute B[...] sein Wort gehalten hat. Ich hatte ja schon hier gemerkt, daß er eine tiefe Sympathie für Dich gefaßt hatte, aber daß Du sie erwiderst, fand ich [im] ersten Augenblick beinahe ulkig, wahrscheinlich nur deshalb, weil er auf mich nie als *Mann* gewirkt hat [...]. Der schlaue Hans erklärte es mir dann: B.s Anziehung ist nur auf dem Umweg über die Familie zu erklären – er ist unübertrefflich in seiner Rolle als Vater (und dafür habe ich, mit ausgeprägtem Mangel an weiblichen, sagen wir: mütterlichen Zügen, keinen Nerv). Ich habe nur Talent, Geliebte zu sein, und ein Mann in Filzlatschen scheidet aus dem Rennen aus. Die »Filzlatschen« sind eine Bosheit gegen den armen B., aber Du verstehst schon. Jedenfalls ist er ein guter Mensch, und ich wünschte ihm nur mehr Initiative und Energie. [...]

Nach Petzow fahre ich auch nicht. Weißt Du, gestern rief der Daniel an. Und da gab es auf einmal einen Punkt, wo es bei mir aushakte. Den ganzen Morgen habe ich geheult, ich will mich nun doch scheiden lassen [...]. Vielleicht war es eine Belanglosigkeit, und man sollte ihr nicht soviel Gewicht beimessen. Er grüßte mich von einem Kollegen, der nur gelegentlich schreibt, er ist ein tüchtiger Lehrer und Schulleiter und wirklich ein sympathischer Bursche. Als ich die Bemerkung machte, ich fände ihn nett, sagte Daniel in seinem hochmütigsten Ton: So, dann kannst du auch nicht viel taugen. Na schön, vielleicht tauge ich nichts, aber der Junge taugt was. Daniel gibt sich nicht einmal die Mühe, ihn kennenzulernen – kein großer Schriftsteller, also erledigt. Ich möchte nur wissen, woher er diesen verfluchten Hochmut bezieht. Weißt Du was? Ich habe Angst, daß er nicht die richtige Liebe zu den Menschen hat. Er ist gut zu mir und seinen Nächsten – das meine ich nicht – aber da kommt sowas hoch, was mir unheimlich ist. Du erinnerst Dich an unser Gespräch mit B., der denselben Eindruck hatte, daß Daniel in einer anderen, subtileren Welt lebt, daß er im Grunde wahrscheinlich auch mich für ein bißchen primitiv hält. Tut mir leid, ich bin ein ganz irdisches Wesen, und in dieser Sphäre, die sich nur von Thomas Mann speist, herrscht mir zu dünne Luft. Ich habe Anliegen, verstehst Du? Manchmal frage ich mich, woher Daniel seine Stoffe bezieht und in Zukunft beziehen wird. Man muß doch engagiert sein. Und hier versteckt sich wahrscheinlich die Quelle für all das, was mich verrückt macht: die Bastelei an den Arbeiten, die gesuchte Sprache, das Hintanstellen des Anliegens. Wer etwas zu sagen hat, schreibt schneller. Das klingt oberflächlich [...], aber es ist belegbar aus meiner eigenen Arbeit: wenn die Geschichte »dünn« wird, fange ich an zu basteln, herumzufeilen, ersetze Substanz durch schönen Klang.

[...] Jedenfalls bin ich sehr traurig und niedergeschlagen und weiß nicht, was ich tun soll. Ich kann doch den Daniel nicht einfach seinem Schicksal überlassen. Freilich täte es ihm gut, wenn er endlich mal auf seinen eigenen und nicht immer auf anderer Leute Füßen stehen müßte, sich durchsetzen – ohne Auto, ohne das Konto seiner Frau. Aber das bringe ich ja doch nicht übers Herz, irgendwie werde ich ihn unterstützen, immer noch in der Hoffnung auf ein gutes Buch. Er darf nur nicht sein Leben als Prinzgemahl verbringen.

Hoy, 22. 2.

Gestern bin ich unterbrochen worden, und das ist auch ganz gut. Jetzt höre ich eine Armstrong-Platte, die bei uns rausgekommen ist (alles wunderschöne alte Aufnahmen aus seiner besten Zeit) und bin wieder ein bißchen getröstet. Gestern abend rief mich Henselmann[1] an und sagte: Für Dich kann es gar keine Katastrophen geben. Er meinte, daß mir die Arbeit wichtiger ist als alle Liebesgeschichten der Welt, und das ist ja wohl richtig. Ich begebe mich also wieder an mein Buch, das ziemlich mühselig dahinstolpert, weil die Welt, die ich da beschreibe, mir schon so weit entrückt ist.

Grüß das Spätzchen von mir und wünsch ihm gute Besserung (also war doch nicht die Heizung schuld!) und grüß Deinen Uwe-Mann. Hans fragte streng, ob ich auch jedesmal seine Grüße ausrichte, was hiermit geschieht.

Mit einem Kuß auf Deine schöne Nase

Deine B-Schwester

90 Von Dorothea Herrmann

Rostock, den 2. 3. 64

Meine liebe Brigitte!

Als ich gestern hier ankam, fand ich Deinen nicht gerade erfreulichen Brief. Ich hatte in Burg schon davon gehört, daß Ihr Euch scheiden lassen wollt. Mutti ist natürlich wie erschlagen und Vati auch. Daniel war am Sonntag vor einer Woche in Burg und hat es dort den Eltern erzählt. Wie zu

1 Hermann Henselmann und B. R. lernten sich nach Erscheinen der Erzählung »Die Geschwister« kennen. Der Architekt inspirierte sie zu der Figur des Reger in »Franziska Linkerhand«; vgl. Brigitte Reimann/Hermann Henselmann, »Mit Respekt und Vergnügen. Briefwechsel«, hrsg. von Ingrid Kirschey-Feix, Aufbau Taschenbuch Verlag, Berlin 2001.

erwarten war, und wie ja auch meine Einstellung zu dem Problem *war*, sehen sie Daniel als schuldlos an. Vor allem trifft Hans ein bitterer Zorn, er allein hätte Eure Ehe zerstört. Obwohl ich Mutti ganz sanft die Qualitäten Hans' genannt habe und sie darauf hingewiesen habe, daß man in solchem Falle immer beide Seiten hören müsse, bleibt sie bei ihrer Meinung [...]. Sie hat immer gleich geweint, wenn sie an den Daniel dachte. Sie sieht in ihm eben auch nur den guten Menschen. [...] Daniel hat den Eltern sogar erzählt, daß Ihr seit einem Jahr nicht mehr wie Mann und Frau lebt, was Vati natürlich nicht richtig fand, weil es ja eine Kapitulation vor Hans bedeutet. Ich bin noch so schrecklich dumm und jung, daß [ich] überhaupt nicht weiß, was ich zu allem sagen soll. [...]

Unsere kleine Susanne ist wirklich ein liebes Ding [...]. Ich war ganz traurig, daß ich wieder einmal wegfahren mußte, aber das ist nicht zu ändern. Uwe hat sich sehr gefreut, daß ich wieder da bin, denn ohne seine Frau geht es doch nicht so gut. – [...] Mein kleiner Junge hat morgen und übermorgen Prüfung, er ist schon ganz unglücklich und macht mich mit nervös, denn für Gewi hat er kein Gedächtnis (Arbeiterbewegung), er schimpft immerzu auf alle Welt, na, soll er. So, meine liebe Brigitte [...]. Laß den Kopf nicht hängen und sei tapfer. Sag' dem Hans vielen Dank für den Gruß und richte ihm wieder einen aus (Wenn das meine Mutter wüßt', das Herz tät ihr im Leib zerbrechen[1]). Viele liebe Grüße und ein Küßchen für Dich von

Deiner Dorli

Viele Grüße auch von Uwe. Aber – das sagte dieser Affe tatsächlich – Du solltest Dir nichts drauf einbilden.

1 Variation auf die Klage des Pferdes Falada, »Wenn das deine Mutter wüsste, ihr Herz tät ihr zerspringen«, in dem Grimm'schen Märchen »Die Gänsemagd«.

91 An Dorothea Herrmann

Hoy, 18. 3. 64

Meine liebe D-Schwester,

Dein Brief hat mich ziemlich mitgenommen, obgleich ich natürlich wußte, wie Vati und Mutti reagieren würden. Ich habe ihnen auch geschrieben – ohne den Versuch, etwas zu entschuldigen oder zu beschönigen –, aber sie haben noch nicht geantwortet. Ostern kommen wir beide nicht nach Hause. Daniel ist die paar Tage hier in Hoy, dann fährt er wieder ins Schriftstellerheim. Während dieser Zeit wollen wir in Ruhe (na, Ruhe!) besprechen, wie es denn nun weitergehen soll; die zwei Stunden, als wir uns mal in Berlin trafen, reichten bloß für Traurigsein und Händchenhalten. Inzwischen schicken wir uns Blumen und Bücher und kleine jammervolle Briefe, telefonieren auch mal miteinander – kurz, wir sind verrückt. Immerhin imponiert mir Daniels Festigkeit, mit der er darauf besteht, endlich selbständig und unabhängig zu werden, und ich hoffe nur, er tauscht das nicht gegen Abhängigkeit vom Verlag oder von Dieter Noll ein. Denn seine geheimnisvollen Andeutungen, er werde den Sommer über »irgendwo« zurückgezogen leben und schreiben, scheinen mir darauf hinzudeuten, daß Noll ihm ein Asyl[1] verschafft hat. […]

Das alles ist natürlich schrecklich belastend. Äußerlich läßt man sich nichts anmerken, ich arbeite viel, vielleicht zuviel, aber die ganze Seele ist durcheinander und damit auch der ganze Körper. Ich habe immerzu Herzattacken, übergebe mich jeden Tag und muß mich an den Schreibtisch zwingen. Hans ist taktvoll, fragt nichts, sorgt nur für mich, kocht, bringt Blumen (drei Jahre lang ist er gar nicht auf diesen Gedanken gekommen) und ist überhaupt als wie ein Vater zu mir. […]

1 Siegfried Pitschmann fand während der Trennung von B. R. Aufnahme bei dem Schriftsteller Dieter Noll und campierte auf dessen Grundstück in einer Art Schäferkarren.

Eben bekomme ich den FRS. Susanne hat ein Zähnchen, hurra! Gib ihr dafür einen Schmatz von mir. Ich freue mich schon darauf, daß ihr bald mal wieder herkommt. Irgendwann werde ich eine Woche Urlaub gut gebrauchen können […]. Wahrscheinlich fahre ich im September mit Wolfgang Schreyer[1] ans Schwarze Meer, nach Jalta oder sonstwo, wir wissen es noch nicht. Im Oktober muß ich dann nach Leipzig, zum einmonatigen »Kolloquium 64« (so vornehme Namen haben unsere Vorträge im Institut[2]); Strittmatter hat mir zwar wild abgeraten: ich solle mich ja nicht mit Theorien vollstopfen lassen, – aber ich komme mal wieder unter Schriftsteller, habe interessante Gesprächspartner, muß mich eine Weile selbständig in einer Großstadt bewegen[3], das wird mir gut tun.

So, genug für heute, ich muß zu meiner Franziska zurück. Du, ich glaube, das Buch – wenigstens die ersten Kapitel, die ich bis jetzt geschrieben habe – werden Dir gefallen, ich finde sie spannend, keine große Kunst, weiß Du, aber ich habe einen schlichten Grundsatz, nach dem ich in Zukunft arbeiten will: Bücher zu schreiben von der Art, wie ich sie selbst gern lese. Scheiß auf Ruhm und Orden, ein bißchen Spaß muß es einem doch machen. Das Leben ist so kurz, es tut einem leid um jede Stunde, die man nicht glücklich ausgefüllt hat.

Schöne Grüße an den Uwe-Bengel und an Susannchen und die ganze Familie, wenn Du Ostern heimfährst (lieber Himmel, ich fühle mich wieder ganz als das Schwarze Schaf der Familie und traue mich keinem unter die Augen).

Herzlich Deine B-Schwester […]

1 B. R. und der Schriftsteller Wolfgang Schreyer lernten sich im Schriftstellerverband Magdeburg kennen, es verband sie eine lebenslange Freundschaft.

2 Das Literaturinstitut »Johannes R. Becher« in Leipzig, gegr. 1955.

3 B. R. fühlte sich in fremder Umgebung durch ihre Gehbehinderung und die Kurzsichtigkeit hilflos und verhielt sich dann sehr schüchtern.

92 Von Dorothea Herrmann

Rostock, d. 22. 3. 64

Meine liebe, große B-Schwester!

[...] Wenn ich jetzt an Euch denke, werde ich immer ganz traurig. Mit Euch ist es wirklich verrückt, ich finde kein anderes Wort. Ihr liebt Euch und seid unglücklich darüber, daß Ihr auseinandergehen wollt. [...] Neulich erzählte uns ein guter Bekannter von seiner zerrütteten Ehe, seitdem wissen wir erst, wie glücklich wir sind. [...]

Uwe wird mit seiner Arbeit nicht fertig, er hat sich schon Verlängerung geholt, hoffentlich wird sie deshalb auch besser. Ich war ein liebes Ehekätzchen und habe ihm nach Kräften geholfen, so daß vieles liegenblieb in meinem Haushalt, aber das macht nichts. Im Sommer wird er mich dafür wieder schrecklich verwöhnen, ich freue mich schon. Und Du willst in die SU? Schade, daß ich nicht mitkommen kann, am meisten würde mich das Schwarze Meer reizen, oh Gott, wir hören gerade so einen Kapitalismusbeschönigungsschlager von Luxemburg. Sind die verrückt? Die Welt ist so schön, man muß die Schönheit nur sehen. Wir hören übrigens jetzt jeden Sonntag diesen Sender und stellen jedesmal befriedigt fest, daß wir einen gesunden Verstand haben und diese fürchterlichen Schlager durchschauen. Tja, danke für meine Arbeitsstelle,[1] danke, daß ich überhaupt noch danken darf, das war das schlimmste, was wir hörten. – [...]

Übrigens freue ich mich sehr auf Dein neues Buch, ich bin ja sowieso nicht so sehr für die große Kunst zu haben, sondern liebe das, was mich anspricht, was meinen eigenen Gefühlen Ausdruck gibt. [...] Wenn ich Dir jetzt ein erträgliches Osterfest wünsche, so ist das kein Hohn, wirklich, ich möchte, daß Ihr trotz allem ein paar frohe Stunden verlebt. [...]

1 Das evangelische Lied »Danke für diesen guten Morgen« von Martin Gotthard Schneider war in einer Aufnahme mit dem Botho-Lucas-Chor 1963 für 6 Wochen in den Charts der deutschen Hitparade.

Für heute viele liebe Grüße und ein Küßchen

Deine Dorli […]. Viele Grüße an, na such' Dir aus an wen, nein, heute nur an Daniel […]

93 An die Eltern

Hoy, 24. 3. 64

Liebe Mu, lieber Va,

euren Brief habe ich bekommen, und ich brauche euch wohl nicht zu sagen, wie traurig ich war. Ihr habt ja in allem so recht – aber was hilft's? Vielleicht werdet ihr später doch einmal den Jon[1] kennenlernen und sehen, daß er kein Ellenbogenmann ist […]. Nur im Geistigen ist er strenger, er zwingt mich zum Denken, und genau das brauche ich, da ich zur Trägheit neige. Aber natürlich hat es keinen Zweck, Vorzüge herauszustreichen, ich verstehe ja, daß ihr nichts von ihm wissen wollt. Glaubt bloß nicht, daß ich glücklich bin. Ich weine so oft wegen Daniel – am liebsten möchte ich eben beide haben. Körperlich bin ich völlig auf dem Hund, aber das kommt ja auch bloß von der Seele. Es ist eine schreckliche Situation, und manchmal bin ich so niedergeschlagen, daß ich den Gashahn aufdrehen möchte. Aber damit werde ich wohl doch lieber warten, bis mein neues Buch fertig ist – die Arbeit ist noch das einzige, was einem über alles hinweghilft. Wenn ich schreibe, vergesse ich alle meine Kümmernisse, bedaure weder mich noch sonst einen Menschen … Aber ich will lieber aufhören, euch davon zu schreiben, sonst kriege ich wieder das ärm Dier[2]. […]

Wegen Lutz: ich kann nicht einfach sämtliche Instanzen überspringen, das werdet ihr verstehen. Ihr müßt also schleunigst zu eurer zuständigen Behörde gehen und die Aufenthaltsgenehmigung beantragen. Wenn sie verweigert wird,

1 Hans Kerschek wurde von B. R. oft Jon genannt.

2 Köllsch: sehr traurig, depressiv.

laßt ihr euch das schriftlich geben, und dann ziehe ich zu Otto Gotsche. Wenn ich jetzt sofort zu ihm gehe, wird er mit Recht sagen, wir sollten uns doch gefälligst erstmal in Burg bemühen, ehe ihr (bezw. ich) den Staatsrat[1] in Anspruch nehmt. Also, kümmert euch schnell darum! […]

Mit tausend lieben Grüßen

Eure Brigitte

94 Von Dorothea Herrmann

Rostock, den 5. 4. 64

Meine liebe Brigitte!

[…] meine liebe, große und unvernünftige Schwester, Du wirst nicht mehr gescheit, Du hattest mir schon so unendlich viel zum Geburtstag geschenkt und dann noch dieser Pullover. Ich weiß zufällig, daß sie rasend teuer sind, bitte, gib' nicht immer so viel Geld aus, ich weiß gar nicht mehr, wie ich es wieder gutmachen kann. […] Ach, Du bist so eine, aber sehr glücklich bin ich über die Geschenke natürlich trotzdem. –

Wie hast Du das Osterfest überstanden? Bei uns in Burg war es recht ruhig und friedlich. Ein bißchen wurde über Euch natürlich auch gesprochen, denn Uli hörte davon erst in Burg. Ich habe wieder mein mögliches versucht, aber alle (außer Vati und Uwe) sehen die Sache völlig einseitig. Mutti war auch ein bißchen pikiert als sie sah, daß das Buch von Hans war. Von da an, sagte sie immer nur, daß ich parteisch wäre, was natürlich gar nicht stimmt, ich versuche nur objektiv zu sein. Du wirst übrigens nicht als das schwarze Schaf angesehen. Hans ist und bleibt der alleinige Bösewicht und »ein bißchen Schuld hat Brigitte auch«. […]

Nun muß ich erst mal wieder von der Kleinen erzählen, sie

1 Der Schriftsteller Otto Gotsche war Sekretär des Staatsrates.

ist zauberhaft. Du kannst Dir nicht vorstellen, wie sie sich seit unserem Besuch bei Euch rausgemacht hat. Sie ist ein richtiges großes Mädchen, das schon anfängt, kleine Garnituren zu tragen. Sie sagt Mama, Papa, Oma, Opa, Dei, da, ja und noch mehr kleine Wörter [...], ich habe schon wieder solche Sehnsucht, daß ich am kommenden Wochenende schon wieder nach Burg fahren werde. [...]

Nun habe ich noch eine wichtige Angelegenheit. Es geht um meine Examensarbeit. Ich könnte über Dich schreiben und mir das Thema sogar selbst zusammenbauen. Der Prof. schlug mir einen Vergleich der Ankunft und der Geschwister vor. [...] Ich brauche unbedingt Deinen Rat. Kannst Du mir nicht einen Vorschlag machen? Ich wäre Dir sehr, sehr dankbar! [...]

Für heute möchte ich schließen. Ich muß wieder an Uwes Arbeit schreiben. [...]

Viele liebe Grüße und ein Küßchen von

Deiner Dorli [...]

95 An die Eltern

Hoy, 12. 4. 64

Liebe Eltern,

heute nur ein kurzer Zwischenbescheid in Sachen Lutz. Am Freitag (zwei Tage in Berlin zur Vorstandssitzung[1]) sprach ich mit Otto Gotsche. Er machte mir wenig Hoffnungen: man könne keinen Präzedenzfall schaffen. Da er mich aber gern mag, wird er wohl das Menschenmögliche versuchen. Ich muß ihm noch einen offiziellen Brief schreiben, mit eurer und Lutz' Adresse (bitte, sofort schicken!) und L.s Fluchtgründen. Das ist so eine Sache, bei der ich auch mit

1 Vorstandssitzung des DSV. B. R. war 1963 in den Vorstand gewählt worden.

meinen schönen Augen nichts ausrichten kann ...[1] [...] Bitte, sprecht mit niemandem darüber, ihr versteht, warum.

Schönsten Dank für Mus Brief, der mir einen Stein vom Herzen genommen hat. Ich kann mich also wieder bei euch sehen lassen ... Momentan habe ich sogar meinen Seelenkummer vergessen, weil an meinem gebrechlichen Leib so ziemlich alles kaputt ist. [...]

Alles Gute für euch und das Spätzchen, und drei beliebig zu verteilende Küsse

von eurer B-Tochter

96 An Dorothea Herrmann

Hoy, 22. 4. [64]

Liebe D-Schwester,

verzeih mir, daß ich erst jetzt und nur mit ein paar Zeilen antworte. Morgen geht es auf nach Bitterfeld[2]. Wegen Deiner Arbeit habe ich mit Hans beraten, er hat einige gute Ideen für Vergleiche, denn er hat über dasselbe Thema einen Vortrag im Schriftsteller-Verband gehalten. (Kontinuität und Entwicklung, Vergleich der Heldinnen – speziell Recha und Betsy[3] –, vom passiven zum handelnden Helden etc.) Er wird Dir morgen dazu schreiben, und ich denke schon, daß Du was daraus machen kannst.

[...] 3 Tage Konferenz – na, danke. Ich habe schon eine

1 Nach dem Gespräch bat B. R. Otto Gotsche in einem offiziellen Brief vom 20. 4. 1964 um eine Aufenthaltserlaubnis für ihren Bruder Ludwig anlässlich des 60. Geburtstags des Vaters. (BRA, 867, Bl. 23.)

2 Am 24. und 25. 4. 64 fand die 2. Bitterfelder Konferenz, vorbereitet von der Ideologischen Kommission beim Politbüro des ZK der SED und dem Ministerium für Kultur, im Kulturpalast des Elektrochemischen Kombinates Bitterfeld statt.

3 Protagonistinnen in »Ankunft im Alltag« (Recha) und »Die Geschwister« (Elisabeth/Betsy).

Sitzungspsychose. Aber von da an wird geschrieben und geschrieben.

Herzlich Deine B-Schwester

97 Tagebuch

Hoy, 30. 5. [64]

[…] Mittwoch fuhren wir nach Burg. Gotsche hatte die Aufenthaltsgenehmigung für Lutz erteilt. Unterwegs waren wir ganz zärtlich; ich bin doch am liebsten mit Daniel zusammen. […]

In der Neuendorfer Straße kam uns die ganze Familie lärmend und schreiend entgegengerannt, Vati und Mutti und Dorli, reizender denn je mit dunkel getöntem Haar, der lange Uwe, das Spätzchen, das die ersten Schritte macht, schwankend und vor Aufregung kreischend, und Lutz' Sohn Oliver, ein bildschönes Kind mit riesigen grauen Augen. Ich zitterte vor Furcht und konnte kaum atmen: Lutz erwartete uns oben. Als wir in den Flur traten, […] war es halbdunkel. Ich sagte töricht: »Ist das Lutz?« Wir haben uns all die Jahre nicht geschrieben; ich wußte, daß er mich verabscheut, er nahm mich für einen Gegner. Auf einmal – ich weiß nicht, wer sich zuerst rührte – gingen wir schnell aufeinander zu und umarmten uns und drückten uns fest aneinander. Ich glaube, er war den Tränen so nahe wie ich.

Abends feierten wir Vatis Geburtstag. Ulis Mädchen war auch da; sie wird Ärztin, ich mag sie sehr. Sie wird einen guten Einfluß auf unseren Halbstarken haben. Später, als ich in meinem dunklen Zimmer saß und heulte, kam sie zu mir und redete mir so lieb und verständig zu, daß ich sie ins Herz schloß. Es ging nämlich ziemlich bös zu an diesem Abend. Natürlich gab es eine politische Debatte; unsere Fraktion bestand aus Daniel, Uwe, Sigrid und mir, und wir stritten gegen Lutz und Uli […]. Lutz wurde ausfallend, er sagte, man sollte alle diese Leute »von da oben« umlegen und die Parteischulen schließen, dann sei das Land noch zu retten. Mutti lief verzweifelt von einem zum anderen und versuchte zu beschwichtigen [...]. Kurz, es war schauderhaft, und als Daniel mich noch anfuhr, ich solle den Mund halten (obgleich er selbst viel radikaler sich gebärdete als ich), da verlor ich den Kopf und lief einfach fort.

Hoy, 31. 5. [64]

[...] Ach, es war doch wunderschön zuhause, in diesem Lärm und Gelächter, in dem Gewühl von jungen Leuten und Kindern. Morgens, auf ihren Betten, spielten Dorli und Uwe mit der Hingabe von Siebenjährigen das Märchen von den sieben Geißlein, Uwe war abwechselnd Wolf und Geiß, und wir anderen saßen rundherum auf dem Boden und stöhnten vor Lachen. Es war eine herrliche Vorstellung, Uwe ist der geborene Komödiant. Überall herrschte eine unglaubliche Unordnung, es war ein Heerlager in den drei Zimmern, und das alles gefiel mir und gab mir das Gefühl von Familie, das ich hier nie habe, ohne Kinder in einer pedantisch ordentlichen, makellos sauberen Wohnung. Bald werde ich laut mit mir selbst reden [...].

Die beiden folgenden Tage in B. waren schöner, Lutz sprach jetzt sachlicher, und wir hörten sachlicher zu. Wir sind schlecht informiert, oft hatten wir keine Argumente, weil uns Lutz mit Tatsachen kam, die wir nicht gekannt hatten. [...] Er grüßte mich mit geballter Faust, als er vom Baden kam, und einen Augenblick war ich wieder Madame Gusseli-Gussela wie früher. Einmal umarmte er mich und sagte mit zärtlichem Spott: »Meine sozialistische Schwester ...« Am letzten Tag bat er mich, ihm mein Buch zu schicken (seine Freunde drüben besitzen es alle), wir sollten uns auch wieder schreiben. Ich bin glücklich darüber. [...]

Rostock, d. 14. 6. 1964

Meine liebe B-Schwester!

[...] Nun, meine liebe Kleine, wie steht es mit unseren Ferienplänen? Bleibt Ihr bei der Stange? Wenn Ihr große Lust auf die Ostseewoche habt, könnt Ihr zu uns kommen, wir haben ein Zimmer, die Bootsfahrt bleibt natürlich trotzdem akut. [...]

Dein Manuskript hast Du doch hoffentlich rechtzeitig erhalten. Uns hat es sehr gut gefallen, sicher wird es genau das, was wir lieben. Allerdings muß ich Dir gestehen, daß Du, wenn Du glaubst ein Buch für die Allgemeinheit zu schreiben, auf dem Holzwege bist. Ich bin [...] ein bißchen literarisch gebildet, so daß ich zu sagen wage, daß es ein Buch für Intelligenzler ist bzw. wird. [...] Warum soll man übrigens für *alle* schreiben? Ich sehe das nicht ein und glaube auch nicht, daß es möglich ist. Nun [...] laß Deine Illusionen fahren und schreibe für »uns« weiter, dann wird es schon gut werden. Einige, ich glaube 2 oder 3 sachliche Fehler hatten wir noch gefunden, ich weiß aber nur noch den einen: Vogelbeerbäume haben keine Trauben, sondern Doldenrispen. Ich weiß nun nicht, wieweit es dem Künstler gestattet ist, ein bißchen in der Botanik zu verändern, aber falls Du es aus Versehen gemacht hast und es Dir nicht auf irgendeine künstlerische Aussage ankommt, kannst Du es ja verbessern, damit keiner darüber stolpert.

Nun noch ein paar Worte zu uns und zu meiner Krankheit. Wir brauchen nämlich Deinen Rat. Am letzten Donnerstag hatte ich einen Nervenzusammenbruch im Kleinformat [...]. Am Mittwoch sind wir [...] morgens um ½ 4 Uhr losgefahren und haben Susanne [von den Eltern aus ihrem Selliner Urlaub] geholt, um $12^{\circ\circ}$ mußte ich hier wieder eine Stunde halten, die noch nicht mal fertig vorbereitet war, am Abend sind wir dann nach Schwerin [zu den Schwiegereltern] weitergefahren. Ich war wohl sehr überarbeitet; am

Donnerstagmorgen sollten wir eine schwere Klausur schreiben, für die [ich] noch nicht genügend gearbeitet hatte und am Morgen, als wir um 5^{00} in Schwerin losfuhren, hat es dann den bewußten Kurzschluß in meinem Nervensystem gegeben. Ich habe bis Mittags ununterbrochen geheult und gejammert, konnte nicht zur Klausur gehen und hatte abwechselnd Kopf- und Magenschmerzen. Am Freitag sind wir – Uwe hat mich nicht allein lassen können – zum Arzt gegangen: »Allgemeine Erschöpfung – Überarbeitung«. Der Arzt weiß, daß wir ein Kind haben und daß ich unter der Trennung sehr leide. Er hat uns geraten, daß ich aufhören sollte, meine ganze Konstitution wäre zu schwach, mein Zustand würde sich noch verschlechtern, wenn ich später arbeiten würde. Wir wissen nun nicht, was wir machen sollen. 3 Tage Ruhe haben mir ja gut geholfen, allerdings habe ich noch nicht wieder angefangen zu lernen. Uwe, der sonst meistens das Richtige weiß und tut, ist unschlüssig, er möchte sehr gerne, daß ich aufhöre, aber andererseits denkt er an die Zukunft, man weiß nie was passieren kann. Ich könnte natürlich noch einen Beruf lernen, z. B. Laborantin in Uwes Institut. Dort hätte ich Ruhe, könnte meine Susanne hierhernehmen und für Uwe sorgen. [...] Als Laborantin, – d. h., als Anfängerin bekäme ich 300.– DM und nach 2 Jahren, nach einem Abendkurs, 100.– DM mehr. Es ist alles sehr schwer, vor allen Dingen fürchte ich, daß ich [...] das nächste, das schwerste Jahr nicht durchhalten werde. Große Sorge macht mir auch Susanne, so froh ich bin, daß Mutti sie hat und sich wirklich in rührender Weise um sie kümmert, so sehr besorgt es mich, daß sie so ein kleiner Besen ist und wirklich schrecklich verwöhnt wird, Du hast es in Burg ja selbst gesehen. Glaube nicht, daß ich undankbar wäre, oh nein, im Gegenteil, aber jeder sagt doch, daß junge Leute ihre Kinder besser erziehen können als ältere. [...] Bitte, Brigitte, Du hast uns schon so oft geholfen, kannst Du uns in diesem jetzigen Fall nicht vielleicht einen guten Rat geben?

Bitte, bitte, überlege mal ein bißchen, es ist wirklich schwer, so etwas allein zu entscheiden.

Uwes Prüfungen gehen nun auch ihrem Ende entgegen, am 30. 6. ist er fertig und ich auch, denn ich versuche, daß ich meine Prüfungen […] schaffe, damit ich wenigstens 3 Jahre abgeschlossen habe und im Notfalle im Fernstudium noch Lehrerin werden kann. […]

Viele liebe Grüße und einen Kuß auf die »hohe, reine Mädchenstirn« von

Deiner D-Schwester und dem kleinen Pittiplatsch-Uwe […]

99 Familienrundschrieb Nr. 87

Burg, 24. Juni 1964

[…] Die Heimfahrt nach Hamburg verlief gut, nur das Telegramm mit der Ankunftsangabe traf erst später ein, so daß Gretchen sich arge Sorgen machte, dann aber »umso glücklicher war, ihre Abenteurer wieder bei sich zu haben«. Am Sonntagabend waren gleich »einige Bekannte gekommen, um sich zu überzeugen, daß wir wieder wohlbehalten zu Hause gelandet sind«. So weit aus der ersten Karte von Lutz. – Gretchen schreibt […]: »Genau weiß ich nicht, wer hier glücklicher ankam, Lutz oder Oliver. Beide wollten immer zur gleichen Zeit erzählen, ach, was heißt erzählen, wollten schwärmen … Und ich war traurig, daß ich nicht auch dort sein konnte[1]. Ich hoffe aber, daß wir uns auch bald sehen […]« Willi

1 Margarete bekam als Lehrerin außerhalb der Ferien keinen Urlaub.

100 An Dorothea Herrmann

Hoy, 24. 6. 64

Meine liebe D-Schwester,

Du hast mir einen ordentlichen Schreck eingejagt mit Deinem letzten Brief [...]. Aus irgendeinem Grunde hätte ich Dir – vielleicht weil Du so blühend aussiehst – zuallerletzt zugetraut, daß Du jemals von einer nervösen Schwäche befallen werden könntest. Sicher hat der Arzt recht, wenn er sagt, daß Du unter der Trennung von Susannchen leidest, aber ich habe auch den Eindruck, daß Du keine leidenschaftliche Liebe zu Deinem Studium und Deiner Fachrichtung hast. Übrigens ist das kein Vorwurf [...]. Wenn ich mich recht erinnere, hattest Du ja auch mal andere Pläne. Und ich finde nun einmal, man sollte nur das tun, was einem wirklich das Gefühl von Erfüllung gibt – so sehr, daß man, wenn man einmal allein sein sollte, ohne Mann und Kind und Freunde, einen Lebensinhalt hat, der mehr ist als nur Beruf und Broterwerb. Natürlich habe ich da ein bißchen extreme Ansichten, weil ich selbst in einem Beruf bin, dem ich mit Leib und Seele gehöre, mehr als je einem Menschen. [...]

Falls mein Eindruck richtig ist, fände ich es nicht so arg, wenn Du Dein Studium abbrechen würdest. Dann: Du mußt das Susannchen bei Dir haben, das ist klar. Ich glaube, wenn ich ein Kind hätte, würde ich auch Himmel und Hölle in Bewegung setzen, um es jeden Tag sehen und selbst erziehen zu können. Für die armen Eltern wird es ein schlimmer Schlag sein, wenn sie das Susannchen hergeben müssen, aber es wird wirklich verwöhnt – wir dürfen es ihnen bloß um Gotteswillen nicht sagen, sonst sind sie todunglücklich. Und der dritte, genauso wichtige Grund: Du mußt für Deine Gesundheit sorgen, und zwar rechtzeitig, ehe sich zum erstenmal Dein Herz meldet. Bei mir hat es auch so angefangen, ebenfalls mit zwanzig, einundzwanzig: zuerst nervöse Erschöpfung, Weinkrämpfe, später ein paar Herzstiche;

ich habe all die Jahre fröhlich weitergeschuftet und Schindluder getrieben, und jetzt habe ich einen hübschen, soliden Herzfehler, falle ab und zu um und bin schweißüberströmt, sobald ich in einen Laden oder sonst in irgendeine Menschenansammlung komme. Die nächste Etappe beobachte ich bei meinem Freund Gerlach, der manchmal monatelang krank und arbeitsunfähig ist und jeden Tag auf seinen Herzinfarkt wartet. Und wohlgemerkt, wir Dreißigjährigen, die wir schon so eifrig von Tropfen und Tabletten leben, haben ein organisch gesundes Herz.

Nun male ich Dir einen dicken Schwarzen Mann an die Wand ... Aber tatsächlich, dies alles kann Dir passieren, wenn Du physisch und seelisch mit all dem Zeug nicht fertig wirst. [...] Neulich erzählte mir ein Dozent von der Humboldt-Uni (von Deiner Fachrichtung), daß viele seiner Studentinnen in Deiner Lage nach dem Studium erschöpfte Nervenbündel sind und oft jahrelang ihren Beruf nicht ausüben können. Daß ich Dich nicht unbedingt als Hausmütterchen sehen möchte, weißt Du ja, und bestimmt würde es Dir nach einiger Zeit selbst zuwider sein. Wir müßten also mal beraten, was es sonst noch für Möglichkeiten und Aussichten für Dich gibt – mit Fernstudium, Halbtagsarbeit oder dergleichen.

24. 6.

Gestern kam der Hans dazu, wie ich an Dich schrieb, und machte mir Vorwürfe: ich solle Dir lieber zureden, daß Du durchhältst. Er hat eine Menge guter Gründe angeführt. [...] Während unserer Fahrt werden wir ja eine Menge Zeit für große Palaver haben.

[...] Wir können wahrscheinlich bloß eine Woche mithalten, weil Hans[1] arbeiten muß; sein Schacht wird für kurze Zeit stillgelegt, da kann er mal eine Woche ausrücken. Unter

1 Hans Kerschek hatte Philosopie studiert, wurde exmatrikuliert und arbeitete als Raupenfahrer im Kombinat Schwarzen Pumpe. Er war Vorbild für die Figur des Ben in »Franziska Linkerhand«.

anderem ist das auch eine dringliche Finanzfrage für ihn, denn er verdient sich jetzt wieder eine gesicherte Arbeitszeit für sein Buch[1]. Du mußt mir nun ganz genau schreiben, an welchem Tag und wo wir uns treffen (wir kommen mit dem Motorrad), und was wir alles mitbringen müssen. Wir sind völlig ahnungslos und unerfahren und haben noch nie in freier Wildbahn[2] gelebt. Du mußt schon in Details gehen. Sagte ich Dir eigentlich schon, daß wir uns mächtig darauf freuen? Schreib bald, damit wir den Überseekoffer packen können. Und was sollen wir an Fressalien mitbringen? Wir können ja schließlich nicht die ganze Zeit von Schnecken und Uwes mageren Fischchen leben.

Laß es Dir gut gehen, meine Kleine, sei nicht traurig, wir werden schon was für Dich austrixen. Grüß den Uwefratz.

Herzlich Deine B-Schwester

101 Von Dorothea Herrmann

Rostock, d. 29. 6. 64

Meine liebe Brigitte!

[…] Ich habe mich jetzt wieder so gut erholt, daß wir zu der Ansicht gekommen sind, daß ich auch das letzte Jahr noch wagen werde. – Heute möchte ich Euch nur »Anweisungen« für die Fahrt geben. Wir freuen uns schon sehr, aber ich glaube erst, daß Ihr wirklich mitkommt, wenn Ihr in Schwerin seid. […]

Einen Rat muß ich Euch noch geben. Wenn es sich irgendwie vermeiden läßt, kommt bitte nicht mit dem Motorrad. Schwesterchen, Du hast sicher noch nicht oft auf dem Motorrad gesessen und weißt nicht, was es bedeutet, 400 km auf dem Motorrad zu sitzen. Das sind wenigstens 7 Stunden!! Wenn Ihr mit dem Zug fahrt, braucht Ihr auch nur 8 Stun-

1 Das Buch wurde nicht realisiert.
2 Man wollte gemeinsam segeln und zelten.

den, z. B. ab Spremberg 13.30, an Bln-Schöneweide 16.03, ab Bln-Lichtenberg 17.23, an Schwerin 21^{00}. […]

Die Hauptsache ist, daß Ihr kommt […]. Für heute »Tschüß« und viele liebe Grüße

von Deinen Herrmännern

102 An Dorothea Herrmann

Hoy, 4. 7. 64

Meine liebe D-Schwester,

alles ist verloren, der Urlaub ist hin, und Hans, der an Überraschungen gewöhnt ist, hebt nur die Schultern. Gestern abend rief mich Turba[1] – Leiter der Mission – an, um mir zu sagen, daß wir Montag mittag nach Sibirien[2] fliegen. Bedenkzeit gab's nicht, Ausreden auch nicht, nach der Reise soll ich drüber schreiben, die Pflichten rufen gebieterisch. Wie jämmerlich mir zumute ist, brauche ich Dir nicht zu sagen. Am 20. kommen wir zurück. Und ich habe solche Angst vorm Fliegen … Auf jeden Fall habe ich mein Testament gemacht. Du bist Nachlaßverwalter; ich habe einzeln aufgeführt, was meine Verwandten und Freunde bekommen. Das ist natürlich ulkig, aber man muß vorsorgen, der Himmel ist hoch, und Irkutsk ist weit.[3]

Sei mir – uns – nicht böse, es läßt sich nicht ändern. Mein hundertster Plan, der ins Wasser fällt. Es tut mir auch leid wegen Hans, der eine Woche Ferien gut hätte gebrauchen können – auch wünschte ich, daß er sich mit Uwe ein bißchen anfreundet (wir müssen schließlich eine Kampflinie

1 Kurt Turba war Leiter der Jugendkommission. Vgl. zweite Anm. S. 101.

2 B. R. nahm mit einer Delegation des Zentralrats der FDJ auf Einladung des Komsomol vom 11. bis 23. 7. 1964 an einer Reise nach Sibirien teil.

3 Abwandlung des russ. Sprichworts: »Der Himmel ist hoch, und der Zar ist weit.«

formieren für den Fall, daß Monsieur bei Vater um meine Hand anhält). Du weißt sicher, daß unsere Scheidung nun perfekt ist, Daniel hat auch ein Mädchen gefunden, eine junge Bibliothekarin, er schwört: Nie wieder eine Künstlerin! Nie wieder ein schöpferisches Weib! [...] Damit ist nun alles entschieden, ich habe mich abgefunden, und wir müssen versuchen, standhaft und mit Würde die letzte widerliche Prozedur über uns ergehen zu lassen. Ich wünsche ihm von ganzem Herzen, daß er mehr Glück hat mit dem neuen Mädchen – irgendwie, weißt Du, habe ich das Gefühl, als sei mir damit eine Verantwortung abgenommen worden. Der Wagen wird verkauft – Daniel kann ihn nicht unterhalten, ich kann ihn nicht fahren. Du brauchst aber nicht zu denken, daß ich in Tränen schwimme; ich arbeite wieder wie der Teufel an meinem Buch. Nur in unseren Briefen gestehen wir uns Herzeleid. [...]

Schöne Grüße für Uwe und für Dich einen Kuß auf die Nase von

Deiner B-Schwester

Herzliche Grüße von Hans; er ist wirklich ein vernünftiger Junge und akzeptiert die betrübliche Tatsache, daß ein schriftstellerndes Weib nicht mehr sich selbst gehört.

103 An Sigrid und Ulrich Reimann

Hoy, 30. 7. [64]

Alles Gute für euch, ihr Lieben!

Macht es gescheiter als ich. (Darf ich zu euer Hochzeit einen dritten Mann mitbringen?)

Ein Kuß auf eure Nasen von eurer Schwester Brigitte

Burg, d. 31. 7. 64

Meine liebe Brigitte!

Damit Du ein wenig Freude in dieser schweren Zeit hast, soll endlich Dein Geburtstagsgeschenk abgehen. Du weiß ja sicher, daß uns Horst Buerschaper so sehr dabei unterstützt hat, daß es genau genommen ein Geschenk von uns vieren: Horst, Uwe, Susanne und Dorli, ist. Leider haben wir selbst nicht einmal das Band abhören können, denn wir hatten kein Gerät zur Verfügung [...]. Die Titel sind allerdings vielversprechend und wir, wir alle, können nur sehr viel Freude dabei wünschen. [...]

Weiß Du, wir sind richtig wütend, daß man Euch eine solche Arbeit aufhalst und dann noch ständig auf Euren Nerven herumtritt durch Anrufe und Mahnungen. Wann hat das Ganze denn ein Ende? – Du warst ja von Sibirien so begeistert, daß Deine Artikelreihe[1] sicher vielen Auftrieb geben wird. Dein Brief war ja *nur* Begeisterung! Schade, daß man solch ein Land und solche Menschen nicht kennenlernen kann, sicher wäre das noch wirksamer. [...]

Unsere Ferienfahrt war sehr schön, aber Du kannst Dir kaum vorstellen, wie traurig wir waren, als wir Deinen Brief erhielten. Ich hatte gar keine Lust mehr, aber Uwe war so unglücklich, daß ich nicht mit ihm allein fahren wollte, daß ich mich gezwungen habe, mich zu freuen und ohne Vorbehalte auf die Tour zu gehen. Das Wetter war ja herrlich und Ihr hättet sicher auch viel Freude gehabt. Wir waren oft tagelang ganz allein auf dem See und haben uns natürlich entsprechend benommen. [...] sogar zwei Pullover habe ich, während Uwes Vorlesen und des Segelns, gestrickt, davon allerdings einen klitzekleinen für das Spätzchen [...].

1 B. R. mußte unmittelbar nach der Rückkehr eine Artikelserie über die Sibirienreise für die Studenten-Wochenzeitung FORUM schreiben (in: Nr. 14–17, 19–21/1965).

So, Du arme Liebe, sei für heute herzlich gegrüßt und einen Kuß auf Dein linkes Ohrläppchen von Dorli […].

105 Familienrundschrieb Nr. 88

Freitag, 7. August 1964

[…] noch einen kurzen Bericht von der Verlobigung! Wir waren […] am frühen Nachmittag des Sonnabend auf dem Leipziger Hauptbahnhof gelandet, und bald danach begann »das gute Leben«. Es wurde eine recht gemütliche Feier (zehn Personen, außer uns waren Sigrids Großeltern aus Westdeutschland gekommen, mit über 80 Jahren sehr rüstig und munter) […]. Vor allem fühlten wir uns alle bald wie schon lange zusammengehörend. Am Sonntag speisten wir dann […] in dem neuen feudalen Messehausrestaurant »Stadt Kiew«, von drei Obern vornehm bedient und vor allem ausgezeichnet mit besonderen Delikatessen bewirtet. Am Vormittag zeigten uns Sigrid und Ulli den neuen Stadtkern, und am Nachmittag […] vor dem Kaffeetrinken das Völkerschlachtdenkmal – dann ging's wieder heim! Die beiden Verlobten fuhren am Montag auf vier Tage nach Prag, und wir warten natürlich auf die obligatorische Ansichtskarte von dort. […] Willi

106 An Dorothea Herrmann

Hoy, 9. 8. [64]

Meine liebe D-Schwester,

es tut mir so schrecklich leid, daß wir uns verpaßt haben … […] Die Schuld hat das FORUM[1], die wußten näm-

1 Das »FORUM. Organ des Zentralrats der FDJ. Zeitung für geistige Probleme der Jugend« war Anfang der 60er Jahre vergleichsweise liberal und packte heiße Eisen an.

lich, wo ich stecke, aber da sie gerade Druck-Tag hatten und alle Kopf standen (insgesamt vier Mann machen die ganze Zeitung – Du kannst Dir vorstellen, daß sie schon an »normalen« Tagen einen Tick unterm Pony haben) haben sie's verschwitzt, und ich saß bis nachmittags um 4 bei Billi[1], unserem Fotografen, hatte [die] ganze Wohnung für mich, samt Kaffee und Schnaps […]. Daniel kam dann auch noch, […] er wollte sich bedanken für Deinen lieben Brief, den Du ihm geschrieben hast: er war so glücklich und erleichtert – ich glaube, er hat sich eingebildet, die ganze Familie könne ihn nicht mehr leiden. So saßen wir also da, waren traurig, besprachen unsere Scheidung und machten uns Liebeserklärungen (keine erotischen, Du verstehst schon: wie zwei Leute, die etwas verpaßt haben und es wissen und nicht mehr von vorn anfangen können: »Wär schön gewesen, Jake« … Fiesta[2], Du erinnerst Dich). Um vier kam Turba angestürzt, gab mir seinen Wagen und schickte mich nach Hause – arbeiten. In Wirklichkeit habe ich aber geschlafen, denn ich war mehr tot als lebendig, und T. fällt mir langsam auf die Nerven mit seiner Antreiberei. […] ich war ein bißchen besoffen, sehr niedergeschlagen – na, und so weiter. Kurzum, ein beschissener Tag.

Die ganze Zeit vorher hatte ich vierzehn Stunden am Tag gearbeitet, vorwiegend von Kaffee und Zigaretten gelebt, den Hans angeblafft – und trotzdem Mist geschrieben. Mir gefällt der 2. Teil des Reiseberichts nicht, aber das muß ich eben jetzt mit dem 3. Teil wieder gutmachen. Gestern habe ich bloß rumgelegen, erledigt – und kein bißchen Sonne, verdammt – und heute früh hat die Mühle wieder angefangen, denn nächsten Mittwoch muß ich wieder 20 Seiten abliefern. […]

In Martschuk habe ich mich natürlich auch wahnsinnig verliebt, wie man an dem Artikel merkt – aber dem hättest

1 Thomas Billhardt begleitete als Fotograf die Sibirienreise.

2 Frei zitiert aus dem Ende von Ernest Hemingways Roman »Fiesta«.

Du auch nicht widerstehen können. Wenn Du mal herkommst, wirst Du Bilder von ihm sehen – ein MANN sage ich Dir. Und er singt wie ein junger Gott. […] Ende August fange ich an, meine Wohnung neu einzurichten, dann werden meine Möbel fertig sein[1], meine Arbeit ist – hoffentlich – abgeschlossen, und ich kann aufatmen, bevor es wieder an die Dame Franziska geht. Und dann werden wir ein Rendezvous verabreden, und ich zeige Dir Köpfe, meine Liebe, da fällst Du um […], daß sowas in Sibirien rumläuft – so schöne Mädchen und Jungen, nicht die aufgeputzten Schönheiten wie in Berlin, sondern so ganz gesunde, intelligente, ein bißchen bäuerliche Schönheiten. Natürlich ist das eine Elitetruppe dort – Leute, die aus dem Vollen leben, arbeiten, genießen, singen – eine andere Sorte kann sich da nicht halten. Jetzt fange ich doch an zu schwärmen […].

Deine B-Schwester […]

107 Von Ulrich Reimann

Leipzig, d. 10. 8. 64

Liebe B-Schwester,

nun, da sich alles ein wenig beruhigt hat und ich mich schon fast daran gewöhnt habe, einen Ring zu tragen, möchte ich mich, zugleich für meine »Braut« Sigrid mit, bei Dir recht herzlich bedanken. Wir haben uns über die Decke wirklich mächtig gefreut, sie ist ganz prima. Inzwischen haben wir hier schon eine Decke in gleicher Art, nur anderer Farbe, gesichtet, die wir uns nun dazu kaufen wollen. […]

Aus dem FRS weißt Du ja schon, daß wir in der vergangenen Woche in Prag waren. Es hat uns ganz großartig dort gefallen. Dagegen können sich unsere Großstädte allesamt noch lange verstecken, denn nicht nur die alten Bauwerke,

1 B. R. hatte sich für ihr Arbeitszimmer Möbel nach dem Vorbild der Hellerau-Modelle anfertigen lassen.

sondern gerade die Gegenwart dort: Menschen, Verkehr, Hotels und was weiß ich, sind so imponierend.

Deine Reiseeindrücke habe ich sozusagen unter mir, dh. das »Forum« dient mir gerade als Schreibunterlage. Dein erster Bericht hat mir gut gefallen. Schade nur, daß die Einführung auf der Titelseite bestimmt wieder viele »Liebe Leser« abschrecken wird. Ob wir wohl in den nächsten zwanzig Jahren einen Teil wenigstens des nun sattsam abgenutzten Vokabulars unserer Zeitungen hinauswerfen können?

Für heute also nochmals vielen Dank und viel Durchhaltekraft für Dich mit den dazugehörigen Grüßen von

Deinem U-Bruder und der Si-Schwägerin.

108 Von Dorothea Herrmann

Rostock, den 17. 8. 64

Meine liebe Brigitte!

Zuerst vielen Dank für das freundliche Gedenken in der Zeitung. Wir sind sehr stolz, in die Annalen der Literatur eingegangen zu sein, selbst wenn wir Dir kaum verzeihen können, daß Du unser Segelboot mit einem Motorboot verwechselt hast, was in Deinem Artikel beinahe einem Stilbruch gleich kommt. Schneckengerichte und Motorboot!!

Weißt Du, ich kann gar nicht verstehen, daß Dir dieser Teil nicht gefällt. Du hast eine Art zu schreiben, daß einem die Luft wegbleibt. Ich bin der Meinung, daß das alles, was der zweite Teil bringt, dazu gehört. Und was für ein Gefühl das ist zu wissen, wer H. und D. und T. ist, Du kannst es Dir nicht vorstellen! Wir sind sehr stolz auf Dich! Ich glaube, Dein Stil ist unverwechselbar, ich kann mir alles so genau vorstellen und wünsche, dabei gewesen zu sein. Von dem ersten Teil war ich auch sehr begeistert, aber irgendwie nicht befriedigt, es war mir einfach zu wenig, ich hätte noch viel mehr von Martschuk wissen wollen. Wie gut, daß ich zu den

»Auserwählten« gehöre, die zu Dir kommen und Dich bitten können, immer noch mehr zu erzählen. Wie ist es, willst Du mich nicht mal in die SU mitnehmen? –

[...] Kannst Du Dir vorstellen, daß mein kleiner Uwe-Fratz, dieses Äffchen, mir gestern gestanden hat, daß er mich gar nicht gerne allein zu Dir ließe. Ich träfe bei Dir so viele schrecklich kluge Leute, daß ich ihn nachher gar nicht mehr liebe. Ein Dumming, er soll doch froh sein, daß es überhaupt kluge Leute gibt und daß ich ein kleines bißchen mehr weiß, wenn ich wieder komme und daß ich Anregungen erhalte. Er ist nämlich ganz unglücklich, daß er noch nicht viel gelesen hat und nicht über alles reden kann. Er kann wenigstens über Landwirtschaft ein fachgemäßes Gespräch führen, während ich immer verschweige, daß ich Germanistik studiere. [...] Uwe ist überhaupt nicht sehr glücklich und das hat einen guten Grund. Seit 2 Wochen arbeitet er nun schon auf seinem Gut, einem Mistladen! Er ist dort als Betriebsassistent angestellt, aber der Idiot von Chef hat keine richtige Arbeit für den Jungen. [...] Diese Gammelei macht ihn unzufrieden und unglücklich, aber es ist dort nichts zu ändern. Uwe schämt sich, daß er dafür noch Geld bekommt, ich muß versuchen, ihn zu trösten, aber womit? Neulich haben wir auch eine Ausweisung aus unserem Zimmer bekommen. Ich muß wieder in ein Mädchenhaus mit anderen zusammenziehen und Uwe kann auf der Straße schlafen. Wo wir mit unseren Möbeln hin sollen, hat uns auch noch keiner verraten. [...] Es ist in dieser Stadt wirklich unmöglich, ein Zimmer zu bekommen und wir sind darauf angewiesen, denn davon hängt Uwes Zukunft ab. Na ja, wenn man von Sibirien liest, schämt man sich seiner Sorgen und nennt sich egoistisch, aber unsere Verhältnisse sind nicht sibirisch und einem jungen dipl. agr. gibt man nicht einmal eine Stellung, wo er seine Kenntnisse beweisen und mehren kann. Ein großer Unterschied und vielleicht ist man in Hoy näher an Sibirien als in Rostock.

Ich lese gerade Erik Neutschs »Spur der Steine« und ich muß gestehen, daß mir das Buch sehr viel Mut macht [...]. Wir werden schon irgendwie über die Runden kommen.

[...] Ich wünsche Dir, daß Du bald frei atmen kannst und Deinen Verfolger T. abgeschüttelt hast. Sei sehr lieb gegrüßt und ein Küßchen auf Deine reine Mädchenstirn

von Deiner Dorli

109 Von Ludwig Reimann

24. 8. 64

Liebe Brigitte!

[...] Seit unserem letzten Briefwechsel ist doch eine lange Zeit vergangen. Mir war klar, daß dieser Zustand nicht ewig dauern würde und nun, da er tatsächlich beendet ist, bin ich sehr froh. Wenn es im großen ebenso ging wie nun im kleinen, wäre für Deutschland viel gewonnen. Nach unserem Treffen war es mir erst so deutlich bewußt geworden, wie wichtig es ist, immer in Kontakt und möglichst im persönlichen Gespräch zu bleiben [...]. Deshalb solltest Du, wenn es Dir gestattet wird und Du nicht mehr bis über beide Ohren in Arbeit steckst, meine damalige Einladung annehmen und für ein paar Wochen oder länger hierher kommen. Unterkunft, Verpflegung und ein kleines Taschengeld wird gestellt. Das ist doch ein Angebot, nicht wahr? Ich brauche nicht zu betonen, daß ich sehr glücklich wäre, Dich eine Zeitlang als Gast bei uns zu haben.

Wenn Du Dich weit hinten in Asien herumtreiben kannst, solltest Du auch mal Deine nähere Heimat ansehen. Auf die Reportage von der Sibirienreise bin ich gespannt. Du mußt sie mir ebenfalls schicken. [...] Zum Geburtstag wollte ich Dir ein Buch schenken, um aber nicht daneben zu greifen, wollte ich dann doch besser auf Deinen Wunsch eingehen. [...] Ich nehme an, Du bist über das Angebot auf dem hiesigen Büchermarkt orientiert. Wenn ich innerhalb der nächsten zwei Monate keinen Schrieb von Dir bekomme, muß ich vermuten, daß Du schon vom Autofahrerhimmel auf unsere liebe Welt herunterschaust. Vati schrieb im heute eingetroffenen FRS von Deiner Absicht, das Auto zu behalten und fahren zu lernen. Hals und Beinbruch! [...] Es wäre ganz gut, wenn Du Dein Leben etwas weniger turbulent gestalten würdest. Und was oder wer kommt nun?

Ich mache mir direkt Sorge, Dich so unbeaufsichtigt durch die Gegend laufen zu lassen. Aber ich kann ja nicht deswegen wieder nach Hause kommen. [...]

Gretchen und Oliver lassen Dich herzlich grüßen. Sei auch von mir vielmals gegrüßt

Dein Lutz

110 An Dorothea Herrmann

Hoy, 2. 9. [64]

Meine liebe kleine D,

das hat wieder mal gedauert, ehe ich zum Antworten kam! Ich habe jetzt einen merkwürdigen Lebensrhythmus: 10 Tage Arbeit am Artikel – da bleibt alles liegen, mein Zimmer sieht doll aus, und ich schaffe es immer gerade bis zum letzten Tag –, dann ein Tag Umfallen, Faulheit, Lesen, dann 3 Tage für Wege, Haushalt und dergleichen Zeug, was sich angesammelt hat – na, und dann geht die Mühle wieder von vorn an. Anfang Oktober werde ich wohl fertig sein (am 15. muß ich ja schon aufs Literaturinstitut), die Wohnung ist – hoffentlich – eingerichtet, und Du wirst mich besuchen kommen. Daniel ist seit gestern im Schriftstellerheim, weil er seinen Quasimodo-Karren[1] satt hatte bis oben, jetzt kriegt er wenigstens anständig zu essen, und hat ein richtiges Zim-

1 Vgl. erste Anm. zu Brief 91.

mer. Durch unseren Wagentausch ist er finanziell für eine Weile gesichert; er hat mir den Wagen überlassen (d.h. er bringt ihn Ende September), und ich gebe ihm 5000 DM, allerdings in Raten, weil ich momentan nicht soviel Geld habe ([...] Forum [...] zahlt auch miserabel – das Honorar geht schon für Kaffee und Zigaretten drauf –, mit Deiner armen Schwester können sie es ja machen). Heute lasse ich mich untersuchen, 1. um mich krank schreiben zu lassen (aber natürlich schreibe ich trotzdem weiter), und 2. für die Fahrerlaubnis. Hans macht schon einen Lehrgang mit, damit er den Wagen fahren kann, weil es bei mir doch länger dauert. Wenn Du kommst, werden wir sicher schon nach Dresden fahren können [...].

Habe ich Dir eigentlich geschrieben, daß ich bis jetzt noch nicht mal meine Scheidungsklage[1] einreichen konnte? Zweimal bin ich schon weggeschickt worden – einmal, weil irgendeine Bescheinigung fehlte, und dann, weil keine Sekretärin da war, um die Klage aufzunehmen. Es ist grotesk. Freitag versuche ich es wieder; wenn sich der arrogante junge Schnösel von Richter diesmal nicht anständig benimmt, mache ich ein Fäßchen auf. Letztes Mal war er schon höflicher, als er meinen roten Ausweis[2] sah ... Ach, das kann eine Freude werden ... ich sehe schon die moralinsauren Mienen hinterm Richtertisch. Außerdem teilte man mir schon vorher mit, daß unsere Gründe (wir haben uns aufs Geistige geeinigt) natürlich gar keine Gründe sind – solange wir uns nicht prügeln, führen wir eine vorbildliche Ehe. [...]

Ich habe mich sehr gefreut, daß Dir mein Reisetagebuch gefällt. [...] Du müßtest bloß sehen, was sie mir alles rausstreichen – Du lachst Dich tot. Jede Spur von Kritik ist unterm Rotstift gestorben – Kritik an uns, meine ich, denn ich vergleiche immer zwischen Sibirien und DDR, und da kommen wir nicht so sehr gut weg. In der Steppen-Fortsetzung

1 Die Scheidung erfolgte am 19. 10. 1964.

2 Ausweis als Mitglied der Jugendkommission beim ZK der SED.

hatte ich eine schöne Kulturpolitik-Schaffe – alles dahin. Jetzt ärgere ich mich schon nicht mehr darüber; wahrscheinlich wird ja das Neue Leben die Reportage in einem Bändchen[1] bringen, und mein Lewerenz[2] ist kein Ängstlicher.

Über Deine Wohnungsgeschichte habe ich viel nachgedacht. Eigentlich wollte ich bei T[urba] intervenieren, aber wir sind zur Zeit nicht gut miteinander, weil ich ihm gesagt habe, daß mich seine Exaktheit ankotzt. Aber nun ist mir eingefallen, daß ich mal an Horst Schumann[3] schreiben könnte, der ein ganz patenter und freundlicher Mann ist – vielleicht kann der sich mal kümmern. Ich will Dir keine Hoffnungen machen, auf jeden Fall wollen wir es aber versuchen. Ich schreibe heute noch, es geht ja darum, daß ihr wenigstens das Barackenzimmer behalten könnt. Wenn T. auf der nächsten Sitzung ein nettes Gesicht macht, spreche ich auch noch mit ihm. Vielleicht komme ich auch mal nach Rostock, wenn ich die Forum-Arbeit hinter mir habe; Hans hat mit einem der Bezirksparteisekretäre zusammen studiert, […] und man muß alle Möglichkeiten nutzen. Und der letzte Rettungsengel ist Gotsche; den bestürme ich bei der Vorstandssitzung im September. Also Geduld und gute Laune – ich bleibe schon am Ball.

Weißt Du, der Uwe sollte mal für das Forum über seine Arbeitsbedingungen schreiben – die nehmen das mit Kußhand. Genau Forum-Welle. Was mich am meisten ärgert, das ist, daß so ein Junge zu allem auch noch durch Wohnungsentzug bestraft wird. […]

Ein Kuß auf Deine Bergman-Nase[4]
von Deiner B-Schwester

1 B. R., »Das grüne Licht der Steppen. Tagebuch einer Sibirienreise«, Verlag Neues Leben, Berlin 1965.

2 Walter Lewerenz, Cheflektor für Belletristik im Verlag Neues Leben.

3 Horst Schumann, Erster Sekretär des Zenralrats der FDJ.

4 Anspielung auf die Nase der Schauspielerin Ingrid Bergman.

111 An Sigrid Reimann

Hoy, 5. 9. 64

Liebe Si-Schwägerin,

falls sich Herr U noch in Leipzig herumtreibt, richte ihm, bitte, aus, daß sich seine große Schwester am Freitag (11. 9.) am Stand des Aufbau-Verlages im Buchmessehaus[1] mopst und sich freuen würde, wenn sie ihm mal wieder ins brüderliche, resp. Dir ins schwesterliche Auge blicken dürfte. (Entschuldige, die Maschine hopst wie besoffen).

Herzlich Deine B-Schwägerin

112 Von Dorothea Herrmann

Schwerin[2], d. 28. 9. 64

Meine liebe Brigitte!

Hab' vielen, vielen Dank für Deinen Brief und vor allem für die Hilfe, die Du uns anbietest. […]

Noch haben wir unser Zimmer, aber es hat schon manchen Kampf gegeben. Am 16. 9. bekam ich von unserem Hausältesten ein Telegramm, daß die Zwangsräumung angekündigt sei. Uwe ist sofort hingefahren und hat das erst einmal abgewendet. Er hat mit dem Pädagog[ischen] Heimleiter gesprochen und ihm die Situation erklärt, natürlich ohne Erfolg, denn was sind schon Studenten? […] Der Parteileitung der Uni wurde der Fall mitgeteilt – ohne Erfolg. Sie sind für uns nicht zuständig, Uwe ist nicht mehr Student. […] – Nun hat Uwes Chef uns eine Wohnung in Hohen-Luckow[3] angeboten, d. h., eine Wohnung ist übertrieben, es sind 1½ Zimmer. Wenn in Rostock die Sache schiefgeht, zie-

1 Messehaus am Markt.

2 Dorothea Herrmann war fünf Wochen in Schwerin im Praktikum und wohnte bei ihren Schwiegereltern.

3 Seit August 1964 arbeitete Uwe Herrmann als Dipl.-Agr.-Ökonom im Volksgut Hohen Luckow, das zum Oskar-Kellner-Institut Rostock gehörte.

hen wir eben dahin. Wir haben es ohnehin sehr nötig, zusammenzuwohnen, denn wir hatten unseren ersten Streit miteinander. Wir haben uns im letzten Jahr etwas auseinander gelebt. Uwe wurde von seiner Arbeit fast aufgefressen und hat dabei vergessen, daß ich nicht nur zum Waschen und Kochen da bin. Nun müssen wir wieder richtig von vorne anfangen [...]. Uwe wird höchstwahrscheinlich zwei Jahre in H.-L. bleiben, denn dann braucht er nach der Promotion nicht noch einmal in die Praxis zu gehen. Außerdem gefällt es ihm z. Z. recht gut dort, denn er hat Aufgaben. Der Chef [...] setzt sich sehr für ihn ein. Wir bekommen im nächsten Jahr eine Neubauwohnung. Ich werde dann dort zu unterrichten beginnen. Nachdem ich hier in der Schule gesehen habe, wie die Stadtkinder sind, möchte ich doch erst einmal ein paar Jahre auf's Land gehen. [...] Verzeih' bitte, wenn ich ein bißchen durcheinanderschreibe, aber ich hatte heute einen harten Tag. Ich mußte 8 Stunden lang 34 9jährige Kinder betreuen. Es war wirklich kein Vergnügen. [...] Aber wir werden es schon schaffen, wir schaffen überhaupt alles, darauf kannst Du Dich verlassen.

Viel schlimmer ist die Sache mit Vati. Hast Du schon gehört, daß der Arzt ihm empfohlen hat, nur halbtags zu arbeiten [...]? Du kannst Dir vorstellen, was das für ein Schlag ist. Und dann holen wir ihm noch die Susanne weg, denn wir nehmen sie jetzt zu uns, in H.-L. ist eine Krippe, und wir wollen zusammensein. Mutti schrieb mir, daß er furchtbar unglücklich wäre. Wie können wir ihm nur helfen? Er muß unbedingt wieder Mut bekommen. [...] Ich fahre übermorgen nach Hause, dann werde ich ja sehen wie es steht. [...]

Und vielleicht sollten wir erst einmal abwarten, was wird, ehe wir Herrn Turba einspannen, aber erzählen kannst Du ihm das ruhig, überall hat sich der Grundsatz des Sozialismus – der Mensch steht im Mittelpunkt – noch nicht durchgesetzt.

[...] sei herzlich gegrüßt von

Deiner Dorli

113 An Dorothea Reimann

Hoy, 7. 11. 64

Liebe D-Schwester,

wir haben Glück gehabt: Otto Gotsche kam mich neulich besuchen (in Pumpe[1] war eine Regierungsdelegation), und er war wieder so lieb und freundlich zu mir, daß ich es wagte, trotz meiner Dankesschulden wegen Lutz auch Deine Angelegenheit vorzutragen. Er sagte, wir hätten uns schon damals, als ihr aus dem Barackenzimmer rausgeschmissen wurdet, bei ihm melden sollen – er war mächtig wütend über diese Schweinereien. Jetzt, wegen der Einweisung, ist natürlich schwer was zu machen, weil die Bezirke ihre eigene Verwaltung haben, aber er will es über Harry Tisch[2] versuchen.

Leider bin ich nun die ganze nächste Woche unterwegs – aber so hast Du Zeit, mir ausführlich aufzuschreiben, wie sich alles zugetragen hat (Otto braucht das schriftlich, das weißt Du ja). Es wäre gescheit, wenn Du schriebest, daß Dein Mann aufs Land gegangen ist, auch noch ein Jahr länger in der Praxis bleiben will, daß er nebenbei, nachts, an seinen Forschungen im Institut[3] arbeitet, und daß Du ebenfalls als Lehrerin auf dem Land arbeiten willst – daß Du aber eben vorläufig jeden Tag einen weiten Weg zur Vorlesung hast [...] etc. Du verstehst. Du brauchst eure Lichter nicht unter den Scheffel zu stellen – ich habe Otto schon erzählt, was ihr für positive junge Leute seid, und das ist ja sogar wahr. Schildere noch einmal den Hergang, warum ihr aus der Baracke ausgewiesen wurdet (erwähne die »Zwangsräumung«) [...]. Ich schreibe dann schon die nötigen Ergänzungen. [...] Vielleicht wäre es ganz gut, wenn ich ihm den Brief gleich selbst bringen könnte; er hat mich eingeladen, ihn im neuen Staatsrats-

1 Kombinat Schwarze Pumpe.

2 Harry Tisch war ab 1962 1. Sekretär der SED-Bezirksleitung Rostock.

3 Om Oskar-Kellner-Institut, 1953 als landwirtschaftliche Forschungseinrichtung gegründet.

gebäude[1] zu besuchen. Sonnabend kommen wir über Berlin, ich könnte also mal schnell raufspringen. [...]

Entschuldige meine Eile – ich rüste schon zur Woche des Buches, morgen geht es los.

Herzlich – Deine B-Schwester [...]

114 An Dorothea Herrmann

Hoy, 17. 11. [64]

Liebe D-Schwester,

ich will Dir nur melden, daß Dein Brief bei G[otsche] ist – nun müssen wir halt die Daumen drücken. Mittwoch war ich mit H[ans] bei den Eltern – er hat ihnen, glaube ich, gut gefallen, und unsere Mu wurde gar nicht damit fertig, wie ähnlich er ihrem Uli-Sohn sieht. Am nächsten Tag wurde ich den Kerschek-Eltern vorgestellt; seine Mutter ist phantastisch, und wir haben uns gleich gut verstanden (wir sammeln beide Goldfädchen und bunte Schachteln). Weihnachten fahren wir nach Hause, die armen Eltern sind sonst ganz allein. Nächstens schreibe ich Dir einen richtigen Brief [...].

Herzlich Deine B-Schwester

115 Familienrundschrieb Nr. 93

Burg, 23. November 1964

[...] Meines Erachtens sollten sich die Geschwister aber doch etwa jedes Vierteljahr einmal schreiben; denn der FRS ist schließlich in erster Linie ein Nachrichtenübermittler, kann aber das rein Persönliche – und das gibt es immer – nicht er-

1 Das Staatsratsgebäude (Marx-Engels-Platz 1 in Berlin-Mitte) mit dem Portal IV des Lustgartenflügels des 1945 zerstörten und 1950 abgerissenen Berliner Schlosses wurde 1964 fertiggestellt.

setzen. Ein Vierteljahr hat über 2160 Stunden, sollten da nicht 2 bis 3 für ein Gespräch mit Bruder oder Schwester, mit denen man zwischen zehn bis fast zwanzig Jahren (Dorli-Lutz) bezw. (Brigitte-Lutz) im Elternhaus gelebt, gespielt und sich auch geprügelt hat, übrig sein? D[er] R[edakteur] […] Willi

116 An die Mutter

Hoy, 6. 12. [64]

Liebe Mu,

[…] Berlin war mal wieder sehr aufregend – als Provinzler ist man an diese Menschenmassen nicht gewöhnt und abends völlig zerrüttet.

Der Dezember ist immer der schlimmste Sitzungsmonat. Diese Woche habe ich noch Jugendkommission, und Freitag fahre ich nach Westberlin[1], nachdem ich mich lange dagegen gesträubt habe. Vati schrieb von Hans-Jürgen, daß er Lutz benachrichtigt hat, und das brachte mich auf den Gedanken, Lutz […] vorzuschlagen – falls er in Berlin zu tun hat –, daß wir uns drüben treffen. Ich darf ab 14 Uhr rüberfahren, und allein ist das natürlich ziemlich witzlos – ich würde mich ja gar nicht zurechtfinden. Überhaupt sterbe ich schon vor Angst, aber man sagte mir, daß die Studenten in Siegmundshof zu Frauen sehr nett sind, und wenn sie merken, daß ich schüchtern bin, werden sie vielleicht barmherzig mit mir sein (sie sind nämlich scharfe Diskutierer – in einer Art, die wir nicht gewöhnt sind). […]

Tausend liebe Grüße

von Deiner B-Tochter

1 Studenten der Selbstverwaltung der Studentenstadt Siegmunds Hof hatten seit Mai 1964 eine Leserreihe von DDR-Autoren organisiert. Am 11. 12. las dort B. R. aus »Franziska Linkerhand«. Vgl. B. R., »Alles schmeckt nach Abschied. Tagebücher 1964–1970« (im Folgenden: Tagebücher 1964–1970), hrsg. von Angela Drescher, Aufbau-Verlag, Berlin 1998, S. 109 ff.

117 Von Ludwig Reimann

Hmb. 7. 12. [64]

Liebe Brigitte!

Ich habe Deine Karte erhalten und werde versuchen, am Freitag in Berlin zu sein. Falls ich keine Flugkarte mehr bekomme, nehme ich vielleicht den Wagen. Aber das ist noch nicht entschieden, weil ich mir dann frei nehmen müßte, um schon am Vormittag loszufahren. Ruf doch bitte, sobald Du in W-Berlin bist, bei Hans-Jürgen an. [...] Sieh mal zu, daß Du auch am Sonnabend Zeit für Dich hast in W- oder O-Berlin. Ich freue mich schon. Wahrscheinlich werde ich Oliver mitbringen, der gerne mit d. Flugzeug fliegen will.

Dein Lutz

118 Tagebuch

Hoyerswerda, 15. 12. [64]

[...] Am Freitag fuhren wir nach Berlin [...], und am späten Nachmittag ging ich mit Dr. Eckert über die Grenze. [...] E. ist ein charmanter junger Mann, ganz clever und mit »Westerfahrung«. [...] Passierschein, Kontrolle, Katakomben, menschenleere Hallen, strahlendes Licht, Intershop[1] mit amerikanisch aufgemachten DDR-Delikatessen für devisenstarke Kunden, Vopos[2] mit Maschinenpistole – ach, es war schrecklich. Und über dem Kontrolltisch hing ein rotes Transparent, das unseren Verständigungswillen anpries (»Beweis: 2. Passierschein-Abkommen«[3]). [...]

Wir rasten zum Flugplatz Tempelhof (ich sah zum ersten-

1 Läden, in denen Ausländer mit westlicher Währung und später auch DDR-Bürger mit eingetauschten Forum-Schecks vorwiegend westliche Waren einkaufen konnten.

2 Volkspolizisten.

3 Das zweite Passierscheinabkommen (September 1964) regelte für 1964/65 die Einreise nach Ostberlin in vier Zeiträumen.

mal das Luftbrückendenkmal[1] – nicht als Denkmal zu identifizieren, aber attraktiv […]. Ich mußte Gelassenheit und Weltdame tragen, […] daß niemand mir die Ostdeutsche ansähe. […]

Und dann, in der Halle, […] tauchte auf einmal mein Lutz-Bruder auf […] In diesem Augenblick war ich glücklich und sogar ruhig trotz des drohenden Abends. Oliver war noch selig erschüttert von seinem Flug: Lutz hatte ihm Burg gezeigt […]

Siegmundshof ist eine Studentenstadt und eine architektonische Augenweide. Wege und Mauer, die Initiatoren der Lesungsreihe, empfingen uns; […] es gab viel Whisky […]: ich hatte den Eindruck, daß es – für unsere Begriffe – ziemlich linke Leute sind. […]

Hoy., 18. 12.

[…] Ich las aus dem neuen Buch, aber eine richtige Diskussion kam nicht zustande, weil die Leute zuviel Zeit damit verbrachten, sich totzuwundern, daß wir so »liberal« sind, daß wir so »frei« schreiben dürfen. Zuerst hatte ich schreckliche Angst, […] die Studenten saßen auf Fensterbrettern, standen, die Stühle waren so dicht an meinen Tisch herangerückt, daß ich mich kaum in meine Ecke zwängen konnte, und es gab ein halbes Dutzend Mikrophone, und die Fotografen waren aufdringlich, fidelten mir mit ihren Kameras unter der Nase herum »bitte, lächeln«, und die Journaille machte mich unsicher (sie mögen uns nicht, und ihre Artikel werde ich besser gar nicht erst lesen)[2]. […]

1 Der Flughafen Tempelhof war während der Blockade (1948/49) Basis für die Luftbrücke, mit der die westlichen Alliierten die Versorgung der Westberliner sicherten. Das Luftbrückendenkmal entstand 1951 (Entwurf E. Ludwig).

2 Hans Georg Soldat berichtete über die Lesung: »Die Autorin war aufgeregt – sie bat das Publikum deswegen um Entschuldigung: eine nicht unsympathische Einführung. Allerdings war die Sympathie weitgehend geschwunden, nachdem die 31jährige […] ein Kapitel aus ihrem neuen Buch […] gelesen hatte – dürre Prosa, eine mit Antidogmatismus angereicherte Kolportage, in der das Leben eines Mädchens in einer modernen

Es gab ein paar ausgesprochen idiotische Fragen nach Franziskas Entwicklung: bleibt sie zweiflerisch oder wird sie linientreu? u. dgl. Merkwürdige Vorstellung über »Parteileben« und »politische Menschen«. Aber trotzdem: daß man überhaupt schon miteinander sprechen kann, daß man sich trifft, einander zuhört … Jedenfalls brauchte ich E.s Unterstützung nicht und schlug mich allein. […]

Provokatorische Fragen und hahnebüchene Dummheiten wurden von den Studenten niedergezischt […]. Wütendes Zischen und Lachen, als einer, ein Wohlmeinender, aufstand und sagte, man solle Frau Reimann doch nicht mit politischen Fragen zusetzen, damit sie sich nicht exponiere, man wisse ja, daß jene gewissen Damen und Herren im Saal sitzen, denen sie morgen Rechenschaft ablegen müsse.

Als Dr. Eckert vorgestellt wurde, rief einer sofort (natürlich englisch – übrigens, warum sage ich »natürlich«? Albern.): »Er bewacht sie.« Und in der Tat, ich stieß auf Unglauben, als ich sagte, ich spräche hier nicht anders als bei uns drüben.

[…] sie denken, wir sind geistig verkrüppelt und haben irgendwelche schaurigen Erinnerungen an rote Traktätchen. Lutz hatte sich unter den Studenten umgehört: sie sind enttäuscht, weil sie nicht provoziert wurden; ich habe ihnen »den Wind aus den Segeln genommen«. […]

Wir saßen noch bis ein Uhr nachts in der Bibliothek zusammen, tranken Whisky, der Raum war verqualmt, ein Bierkasten stand auf der Erde – und hier flogen die Fetzen.

Satellitenstadt beschrieben wird. Brigitte Reimann rannte mit ihrer Anklage des ›Bürokratismus‹, mit ihrer Kritik an den Zuständen in den Jahren um 1954 offene Türen ein. […] Man stritt sich eine Weile über den Begriff ›Glück‹, stellte fest, daß er mit materiellem Wohlstand nicht identisch ist, erhielt einige recht vage Werkstattinformationen. Man kann nur hoffen, daß die nächsten Veranstaltungen der Reihe […], die im Januar mit Günter Kunert und Volker Braun fortgesetzt wird, […] mehr bieten werden.« (sod, »Autoren und Interpreten«, in: Der Tagesspiegel, Berlin, vom 13. 12. 1964.)

Ein paar Republikflüchtige waren auch dabei – die armen Hunde, sie sitzen immer zwischen zwei Stühlen, hassen uns und sind dennoch infiziert, auf eine merkwürdige Art mit dem verlassenen Land verflochten. Es gab immer Punkte, wo wir nicht weiterkamen, wo Behauptung gegen Behauptung stand, und selbst mein cleverer E. kam ins Schwimmen. Es gibt halt einige Dinge, die man guten Gewissens nicht verteidigen kann. [...]

1965

119 Familienrundschrieb Nr. 95

Burg, 3. Januar 1965

Wir hoffen […], daß alle unsere Kinder und Kindeskinder gut und gesund in das neue Jahr gekommen sind, und wünschen vom Herzen, daß dieses uns allen recht viel Sonnenschein, Frohsinn und Freude bei steter Gesundheit, dagegen umso weniger Sorgen und Kümmernisse, bringen möge! […]

Im Brief von Lutz heißt es zunächst in Verbindung mit seiner Berlinreise: »Wenigstens haben wir jetzt einmal die Möglichkeit für einen größeren Treff in Berlin getestet. Bei genügender Vorbereitung müßte sich da doch etwas organisieren lassen, falls es nicht möglich ist, uns mal wieder eine Aufenthaltsgenehmigung zu besorgen. […] Ich habe mich sehr über das Zusammensein mit Brigitte gefreut, und ich glaube, wir haben uns auch ganz gut verstanden. Von ihrem Mann[1] habe ich den besten Eindruck, er hat ja frappierende Ähnlichkeit mit Ulli … Für Oliver war die Berlinreise ein großes Erlebnis, da er doch dieses Mal das Fliegen bewußt aufgenommen hat […]«

[Dorothea berichtet:] Am 3. Feiertag gab es […] eine besondere Überraschung. Daniel kam mit Braut (seit dem 29. 12. seine Frau), den Schwiegereltern und Schwager zu Besuch […].[2] Willi

1 B. R. und Hans Kerschek hatten heimlich an seinem Geburtstag, dem 27. 11. 1964, geheiratet.

2 Dorothea und Uwe Herrmann blieben Siegfried Pitschmann und seiner dritten Frau freundschaftlich verbunden. Die Ehe der Herrmanns inspirierte ihn zu dem Drehbuch (gemeinsam mit Lothar Warneke) für den DEFA-Film »Mein Leben mit Uwe« (1973/74, in den Hauptrollen Eberhard Esche und Cox Habbema).

Hohen-Luckow, d. 3. 1. 1965

Meine liebe Brigitte!

[…] Zuerst möchte ich Euch beiden, Dir und Deinem Hans-Mann, ein frohes und gesundes neues Jahr wünschen mit vielen Erfolgen und der Erfüllung Eurer Wünsche. – Über Dein liebes, großes Paket haben wir uns alle drei sehr gefreut. Ich habe schon an Mutti geschrieben, daß Susanne sich über den Fliegeranzug am allermeisten gefreut hat. […] Leider oder vielleicht Gott sei Dank, ist der Watteanzug natürlich viel zu groß. Sie sieht darin wie ein Eisbär mit grünem Kostüm aus. Wir haben schon tüchtig gelacht. Weil der Winter jetzt aber sowieso bald vorbei ist, schadet es gar nichts, dann kann sie ihn sicher im nächsten Herbst und Winter tragen. – […] Unser erstes Weihnachtsfest im »eigenen Heim« war recht schön, aber ich finde, wenn man allein ist, merkt man gar nicht so doll, daß Weihnachten ist. Dumm war, daß Uwe jeden Tag in den Stall mußte. – Von Montag bis Donnerstagmorgen waren wir dann in Schwerin und haben Uwes Sowjetbruder gesehen. Er ist von der SU nicht so angetan wie Du. Weißt Du, er meint, daß er bei seinem ersten 3-monatigen Besuch noch nicht hinter die Kulissen geschaut habe. Erst, wenn man eine Familie ernähren muß, weiß man, was SU bedeutet. […]

Silvester haben wir hier verbracht, vom Betrieb war eine Feier. Es war wider Erwarten ganz nett, wir haben uns ordentlich ausgetobt, und ich hatte seit Jahren mal wieder einen kleinen Schwips. Wir haben sogar getwistet und unseren Chef habe ich ganz schön ins Schwitzen gebracht. – Unsere Kleene wird von Tag zu Tag frecher. Über die Feiertage hatten wir die Zügel ein bißchen lockerer gelassen und nun nimmt sie sich allerhand heraus. […]

Sei ganz lieb gegrüßt und geküßt von uns Dreien

Uwe, Susanne und Dorli […]

121 An Dorothea Herrmann

Hoy, 6. 1. 65

Meine liebe D-Schwester,

[...] Daß der Fliegeranzug für Spätzchen noch zu groß ist, dachte ich mir schon, aber es gab solche Dingerchen nur für Kinder ab 3 Jahren. Nächstes Jahr müßt ihr wieder nach Burg zum Heiligen Abend kommen, ohne euch war es doch ein bißchen zu ruhig. Uli ist auch so brav geworden, man hört ihn nicht mehr toben und schimpfen – das ist sicher Sigrids kultivierender Einfluß. Hans und ich sind auch ziemlich ruhige Leute – kurzum, Lärm hätte uns wohlgetan, Sieben-Geißlein-Spiele und Spätzchen-Gestrampel. Daß Lutz seinen schrecklichen Brief wieder gutgemacht hat, wirst Du schon wissen; hoffentlich spannst Du unserer Mu nicht den Diolen-Morgenmantel aus, den er ihr geschenkt hat: Anwärter für eine derartige Schurkerei bin ich. Ich war sehr froh, daß sich alles wieder eingerenkt hat – die armen Eltern [...] sind nun wieder ordentlich aufgeblüht.

Und nun muß ich mich erstmal bei euch schön bedanken für eure lieben Geschenke. Den Kognac trinken wir ganz allein, da darf kein noch so illustrer Gast ran. Hans trinkt ihn gewissermaßen nur mit der Nase. [...]

Liebe D, gestern bin ich unterbrochen worden, mein Verlag war hier, und wir haben das Sibirienbuch lektoriert. Abends war ich völlig tot – und heute werde ich ausgiebig faulenzen (nachdem ich die zwanzig Briefe beantwortet habe, die noch herumliegen). [...]

Daniel hat mir noch nicht geschrieben, daß er verheiratet ist, und ich weiß auch nicht, wo er jetzt wohnt [...]. Er war ziemlich sauer, weil ich ihn von unserer Hochzeit nicht benachrichtigt hatte, aber wir wollten es doch eigentlich geheimhalten, und wirklich wissen nicht mal die Leute im Haus – außer Schömanns[1] –, daß Hans mein Mann ist.

1 B. R. war mit ihren Nachbarn, dem Arbeiterehepaar Ilse und Manfred Schömann, befreundet.

Schade, daß die Verbindung zu Daniel ganz abgerissen ist. Unsere schönen Vorsätze … […]

So, ich […] bin müde und schwunglos und quäle meine Pfoten nur so über die Maschine. Das ärm Dier – vielleicht nur wegen der angespannten Arbeit die ganze Zeit. Und vor allem: die Angst vor dem Buch. Das Schlimmste, was einem passieren kann: schon vorher kapitulieren, weil man sein eigenes Unvermögen fürchtet. Bessere Leute nennen das eine »Krise«. […]

Grüß den Kuhstall-feiner-Mann-Uwe und das Spätzchen und sei selbst ganz lieb gegrüßt von Deiner B-Schwester […]

122 Von Ludwig Reimann

1. 2. 65

Liebe Brigitte!

Seit über einem Monat liegt Dein Brief unter »Unerledigtes«. Ich muß mich endlich davon befreien, sonst sammelt sich wieder so viel an, daß man den Mut verliert. Erst einmal darf ich mich für die Bücher zu Weihnachten bedanken. Wir freuen uns über jede Bereicherung unseres Bücherschrankes, auch wenn ich nicht dazu komme, alles zu lesen. Den Neutsch will ich aber auf jeden Fall durchkriegen, reingeschaut hab' ich schon.

Gretchen hat bereits alles durchgelesen. Von den russischen Erzählungen war sie begeistert, die »Spur der Steine« wurde skeptisch aufgenommen. Kürzlich las ich auch hier eine sehr schlechte Kritik über dieses Buch. Nun will ich mir bald eine eigene Meinung bilden, obwohl mich die etlichen hundert Seiten doch etwas schrecken. Ich habe es immer noch nicht gelernt, mal etwas diagonal zu lesen.

Nun noch zu Deinem Brief. So etwas ähnliches hatte ich schon erwartet. Es ist nämlich immer dasselbe. Genau wie Dorli, von der ich in der gleichen Angelegenheit einen etwas schärfer formulierten Brief kurze Zeit später bekam, warst Du natürlich schnell bei der Hand, mich zu tadeln und die Schuld weitgehend bei mir zu suchen über das Zerwürfnis mit den Eltern. […] Mir wäre es lieber, Du verdammst mich nachher, aber hörst Dir wenigstens meine Argumente an. So bleibt nur die subjektive Darstellung von Vati und Mutti. […]

Das soll genug sein, denn eigentlich war die Geschichte nun schon wieder halbwegs repariert. […] – Wann kommt Dein Sibirienbuch heraus? Nachdem Du so schnöde die Lieferung der Fortsetzungen eingestellt hattest, hoffe ich, auf diese Weise in den Genuß des ganzen Berichtes zu kommen. […]

Herzliche Grüße Dein Lutz […]

123 An Ludwig Reimann

Hoy, 8. 2. 65

Lieber Lutz-Bruder,

gerade eben begann ich Dir zu schreiben, schwelgend in christlichen Tugenden, Dein langes Schweigen vergebend – da kam Dein Brief, und nun sei bedankt. »Den Letzten der Gerechten« habe ich endlich bekommen[1] (offenbar sind unsere Leute nun auch auf den Appetit gekommen – das Buch war lange nicht zu haben). Der Neutsch[2] ist interessant, weil er ein ziemlich reales Bild von unserer Gesellschaft gibt – über seinen Stil wollen wir nicht reden, aber wir stehen uff ihn, weil er mit seinem zwiespältigen Horrath mehr gesagt hat, als er, vielleicht, selber weiß. Hier rätselt man über den

1 Vermutl. die 3. Auflage des Romans von André Schwarz-Bart, Verlag Volk und Welt, Berlin 1964.

2 Der Roman »Spur der Steine« von Erik Neutsch (Mitteldeutscher Verlag, Halle 1964) war ein DDR-Bestseller. Mit den Konflikten der Protagonisten Werner Horrath und Katrin Klee konnten sich die Leser identifizieren, legendär die Figur des Brigadiers Balla.

»gebrochenen Charakter«; ich glaube, der Antidogmatiker Horrath ist in Wahrheit selbst vergiftet vom Dogmatismus, wenigstens von dessen Nachwirkungen auch auf die intimsten Bezirke (die scheußliche Verhörszene mit Kati Klee). Leider ist momentan nichts Beachtliches auf dem Büchermarkt, jedenfalls nichts von unseren Autoren – ausländische Literatur und Klassiker haben wir en masse, man kann gar nicht mehr mitkommen. Zur Frühjahrsmesse sind auch keine Sensationen zu erwarten; wir sind ganz gut informiert, Hans schreibt gelegentlich Kritiken neuerdings auch fürs ND, worüber ich sehr froh bin, denn tatsächlich scheint mir hier, in der scharfsinnigen Analyse, sein Talent zu liegen. Sein Buch schreibt er mehr oder weniger zur eigenen Selbstverständigung. Ich habe meinen Roman wieder weggeschmissen und vor ein paar Tagen von neuem begonnen.[1] Es wird auf einmal merkwürdig skurril, und ich schreibe an einer Szene, von der ich gar nicht weiß, ob sie in das Buch paßt – einfach so, zu meinem Vergnügen und um mich zu üben. Ein Schwebezustand, der einem auf die Dauer wahrscheinlich nicht bekommt.

Das Sibirienbuch[2] kommt spätestens im Mai, und natürlich kriegst Du ein Exemplar. Du fragst wegen eines Buches: immer mal wieder Colette (obgleich sich die Westberliner Zeitungen weidlich über diese meine Vorliebe lustig gemacht haben – aber André Gide hat diese Frau ein Genie genannt …[3]) Aber noch besser: Ernst Fischer[4] über Jugendprobleme – den genauen Titel kann ich Dir nicht sagen, irgendetwas mit »zwischen Verantwortung …«, aber das

1 Vgl. das Nachwort von Withold Bonner zur Neuausgabe von »Franziska Linkerhand«, Aufbau-Verlag, Berlin 1998.

2 Vgl. erste Anm. S. 137.

3 B. R. zitiert hier aus dem Werbetext von rororo-Taschenbüchern, z. B. zu Colettes Roman »Gigi«: »Paul Claudel nannte sie die größte lebende Schriftstellerin Frankreichs, André Gide ein Genie.«

4 Ernst Fischer, »Probleme der jungen Generation. Ohnmacht oder Verantwortung?«, Wien, Köln 1963.

müßte jeder Buchhändler wissen; oder – darauf sind wir beide ganz scharf, obgleich wir es gelesen haben – Kolakowski, »Der Mensch ohne Alternative«[1]. Das solltest Du Dir auch zu Gemüte führen. Hochinteressante philosophische Abhandlungen (von einem polnischen Professor), wir mußten sie zu schnell lesen und konnten nicht vergleichen, z. B. mit der »Deutschen Ideologie«[2]. Wenn Du ein Buch schickst, dann, bitte, über den Deutschen Schriftstellerverband (ich glaube, Du warst dabei, als Dr. Eckert [...] den Vorschlag machte, damit nicht irgendein subalternes Gehirn – Du verstehst) [...].

Über den Brief damals wollen wir kein Wort mehr verlieren. Glaub mir nur, daß ich Deine Argumente akzeptiere und daß ich aus keinem anderen Grund interveniert habe, als weil (um Gottes willen, Deutsch!) Vati und Mutti so schrecklich traurig waren.

Na, genug für heute, ich bin sehr zerfahren, wie Du schon am Satz ablesen kannst, weil ich in Gedanken immerzu an meiner Szene kritzele. Mein Philosoph sitzt in einer Bretterbude im Tagebau und bewacht ein Förderband – Mensch und Automation. Ein ulkiger Vogel. Wahrscheinlich wird er auch als Dr. rer. pol. noch schippen gehen, und meinen Segen hat er, solange er sich dabei glücklich und unabhängig fühlt.

Grüß Gretchen und Dein Filmkind[3] (nächstens mußt Du Oliver auch dem Hans vorführen, er hat eine Schwäche für kleine Kinder und flirtet mit jedem Rotznäschen auf der Straße ... [...]) Herzlich Deine B-Schwester

1 Leszek Kołakowski, »Der Mensch ohne Alternative. Von der Möglichkeit und Unmöglichkeit, Marxist zu sein«, München 1964.

2 Karl Marx/Friedrich Engels, »Die deutsche Ideologie« (1845/46, Erstveröffentlichung 1932).

3 Großmutter Elisabeth Reimann meinte, Oliver sei so hübsch wie ein Filmkind.

124 Von Ulrich Reimann

Burg, d. 25. 2. 65

Liebe Brigitte, lieber Hans,

ein höchst seltenes Ereignis, daß ich Euch schreibe. Natürlich hat das seinen Grund und der ist diesmal Euer Besuch in Leipzig. Es klappt ja gut, daß Ihr am 5. 3. dorthin fahren wollt, denn just an diesem Tage treffe ich auch dort ein. Ich habe bei Sigrid angefragt wegen des Umziehens und es ist selbstverständlich möglich. Sogar noch mehr; man wünscht sich [...], Euch dort zu sehen. [...]

Es grüßt Euch herzlich Euer Ulli [...]

125 Von Sigrid Holland und Ulrich Reimann

Leipzig, den 6. 3. 65

Liebe Brigitte!

Nach Deinem gestrigen Nichterscheinen, muß es wohl sehr schwer gewesen sein, aus Hoyerswerda herauszukommen. Wir hätten uns wirklich gefreut, Dich mit »Monsieur« hier begrüßen zu können. [...]

Ich sitze zur Zeit hier vor den Büchern der nächsten Prüfung, während Ulli über die Technische Messe bummelt. Morgen wollen wir zusammen ins Buchmessehaus gehen.

Dabei fällt mir ein, daß wir Dich noch um etwas bitten wollten. Vom 7. 3. – 13. 3. soll im LKG[1] die 2. Auflage von Hemingways »49 Stories« herauskommen (Aufbau-Verlag). Da wir nun schon die erste Auflage verpaßt haben, wollten wir mal anfragen, ob Du uns das Buch eventuell besorgen könntest. Meine Buchtante hier in Leipzig nahm die Bestellung nur unter Vorbehalt an.

1 Leipziger Kommissions- und Großbuchhandelsgesellschaft.

Mit herzlichen Grüßen an Dich und Hans (darf ich doch sagen?) verabschieden sich

Deine Ulli und Sigrid [...]

126 An Sigrid Holland und Ulrich Reimann

Hoy, 8. 3. 65

Liebe Si (gratuliere zum Frauentag!), lieber U,

Neckermann macht's möglich[1], Hemingway ist bestellt.

War das, was man als Jazzkonzert angepriesen hatte, etwa die saublöde Veranstaltung, die dann Sonnabend über Fernsehen kam? Na, Hilfe! Wir hätten uns ja totgeärgert, wenn wir uns wegen dieser singenden Seekühe durch den Schnee gewühlt hätten. Acker Bilk war allerdings ein Lichtblick – sowas von Klarinette gibt es nur alle zehn Jahre einmal.

Laßt es euch gut gehen, ihr lieben, fleißigen Kinder, es grüßen euch herzlich eure ebenfalls lieben und fleißigen Mehrzweck-Verwandten

Brigitte und Monsieur Hans

127 Von Dorothea Herrmann

9. 3. 65

Liebes Familchen Kerschek-Reimann!

[...] Wir sind vergnügt und munter, haben viel Arbeit, lieben uns, erziehen unsere Tochter zu einem Frechdachs und Grimassenschneider und lassen es uns auf dem platten Land gutgehen.

Mit der schönen Wohnung wird's nichts werden, Uwe traut sich auch nicht zu Harry Tisch, obwohl er schon einen Antrag auf Partei ausgefüllt hat. Ha, ha, ha!!! Herr General-

1 Der Werbespruch des Versandhandelsunternehmens wurde zum geflügelten Wort.

intendant Hans Anselm Perten wird, da der Lichtmeister des Theaters die Wohnung hatte, schön die Finger draufhalten und die Wohnung wieder einem seiner Leute geben, vielleicht auch seinem Hund, der ja an einem Zimmer unmöglich genug haben kann, so ein vornehmer Hund!

[…] Ich komme mit meiner Arbeit gar nicht vorwärts, obwohl mir das Thema gefällt. Jedesmal, wenn ich ernsthaft anfangen will, kommt etwas dazwischen, eine Prüfung oder sonst anderer dummer Kram. Na, noch 3 Monate, dann ist hoffentlich (!!!) alles überstanden, ich habe ja einen Horror vor den großen Prüfungen. Üwchen, der Süße, ist mal wieder für ein paar Wochen im Kuhstall, aber diesmal ohne Prämie.

Lach' nicht über das kleine Päckchen, aber ich hoffe, daß es Euch schmecken wird. […]

Tschüß und viele liebe Grüße und Küßchen

Eure Herrmänner

128 Von Dorothea Herrmann

Hohen-Luckow, d. 13. 4. 1965

Meine liebe Brigitte!

[…] Dein liebes Geburtstagspäckchen habe ich erhalten. Hab' vielen, vielen Dank für die schönen Sachen. […] Der BH und auch der Strumpfhaltergürtel passen ganz prima. Uwe ist mal wieder ganz begeistert von seiner chicen Frau.

[…] übermorgen muß ich meine Examensarbeit abgeben. […] Ich habe mit vieler Mühe 56 Seiten zusammengekratzt, mal sehen, wie die Beurteilung ausfällt. […] Na, ist auch egal, Hauptsache ist, ich falle nicht durch.

Wie geht es Dir und Deinem lieben Mann? Man hört ja fast gar nichts mehr. Dein Buch war neulich vorangezeigt, aber ich hab's nicht bestellt in der Hoffnung, daß ich es von

Dir bekommen werde. Den Salinger »Der Fänger im Roggen«[1] hatte ich mir übrigens schon gekauft und mit viel Freude und Vergnügen gelesen. Ich habe nun Dein Buch (Exemplar) behalten und Uli meins geschenkt. [...] Wenn Uwe wieder gesund ist, fahren Susanne und ich nach Burg, ich will die Kleine ja dann dalassen. Ich kann es mit den Prüfungen sonst nicht schaffen, denn Uwe fängt bald im Institut[2] an [...].

Unsere Susanne ist jetzt schon ein richtiges Mädchen, mit dem man sich sogar unterhalten kann. Sie wird aber dafür auch schon ein richtiger kleiner Besen. Ich werde Mutti zur Strenge anhalten müssen, sonst verwildert sie nur. [...] So, meine liebe B-Schwester, ich bin ziemlich leer, noch so ausgehöhlt von der verfluchten Arbeit und dann zwei Kinder ... Du weißt ja, wie Männer sind, wenn sie etwas haben.

Hab' nochmals vielen Dank und sei für heute lieb gegrüßt von

Deiner Dorli und Susanne und vom Uwifrätzchen [...].

129 Tagebuch

Hoy, 21. 4. 65

[...] Über Ostern waren wir in Burg, vorher war Uli ein paar Tage hier. [...] Vati ist wieder halbwegs gesund – nicht mehr so zerrüttet wie damals im Dezember, und Mutti ist von unbesiegbarer Heiterkeit wie immer. Und sie sieht noch so jung aus ... Die meiste Zeit buhlten wir um die Gunst von Spätzchen, die sich aber ungnädig zeigte.

Ich möchte mal über meine Geschwister schreiben. Merkwürdig, sie sind auf einmal erwachsen, haben ihren eigenen Lebenskreis, ihre Liebe, ihre Arbeit, eigene Ansichten ... Ein

1 Gemeint ist die Ausgabe des Verlags Volk und Welt von Jerome D. Salingers Roman »Der Fänger im Roggen«, Berlin 1965.

2 Im Oskar-Kellner-Institut, Rostock; vgl. dritte Anm. zu Brief 113.

Disput mit dem verrückten kleinen Bruder (der gar nicht mehr verrückt ist) über Mut und Freiheit. Mehr als Rebellion imponiert ihm das Ausharren auf einem Platz, fertig werden mit Alltagsproblemen, Geduld, der stille, zähe, ganz unauffällige Kampf um – was weiß ich: eine Schraube, irgendeine Verbesserung, nicht weltbewegend, aber wichtig jetzt und hier.

130 Von Ludwig Reimann

2. 5. 65

Liebe Brigitte!

Dein Brief, datiert vom 8. 2., soll nun nicht noch länger hin und her geschubst werden. Er soll endlich in der Ablage seine Ruhe finden. Vor ein paar Tagen habe ich auch schließlich ein Paket an Dich auf den Weg gebracht. Ich habe es an den Schriftstellerverband adressiert mit Vermerk »z. Hd. Brigitte Reimann«.

[…] Außer dem Kolakowski, Exodus[1] und einigen Literaturbeilagen der Welt, die Dich sicherlich interessieren werden, enthält es einige Testberichte und »Motor«-Zeitschriften für Uli. Ich hoffe, daß diese so auch anstandslos rüberkommen. […] Ich habe Dir gegenüber immer ein schlechtes Gewissen, weil ich die von Dir erhaltenen Bücher noch nicht vollständig gelesen habe. Das Wirtschaftswunder nimmt mich zu sehr gefangen. Lediglich den »Letzten der Gerechten« habe ich in einem Zug gelesen. Es hat mich in jeder Beziehung, thematisch, stilistisch und in der zurückhaltenden und doch eindringlichen Darstellung an-

1 In Leon Uris' Roman »Exodus« (1958, dt. 1959) werden Schicksale europäischer Juden vor dem Hintergrund der Gründung des Staates Israel bis 1949, nach dem ersten arabisch-israelischen Krieg, erzählt. In der DDR stand das Buch auf dem Index wegen »rassistischer, antiarabischer Tendenz«.

gesprochen. Du hast recht, dieses Buch sollte jeder lesen. In seiner ergreifenden Humanität läßt es auch für uns Wege zur Verständigung offen. Zum Verständnis des jüdischen Schicksals in unserer Zeit, verknüpft vor allem mit dem jungen Staat Israel, habe ich Dir den »Exodus« geschickt. Es erscheint mir vor allem im Hinblick auf Eure brüderliche Freundschaft zu Nasser[1] und demzufolge Haß gegen Israel[2] notwendig. Du wirst es bestimmt nicht aus der Hand [legen], bevor Du es nicht durchgelesen hast. Stilistisch wird es Dir, glaube ich, nicht hundertprozentig zusagen, aber das ist unerheblich.

Den »Neutsch« habe ich, das muß ich zugeben, nur durchgeblättert bisher. Ich muß ehrlich sagen, mich widert diese ganze Geschichte an. Allein das Erscheinen eines solchen Buches ist für mich noch kein Beweis aufkeimender Menschlichkeit.

Der Roman wäre besser ungeschrieben geblieben. Ich glaube, die Entwicklung wird ganz anders laufen, als ihr das glaubt und deshalb wird auch alles, was ihr schreibt und produziert, um diesen Laden zu unterstützen oder das Beste aus ihm zu machen, sehr schnell vergessen sein.

Wahrscheinlich wird der große typische Roman über unsere Zeit erst zwanzig Jahre oder länger danach geschrieben werden, so wie das immer war. [...]

1 Ab 1961 forcierte der ägyptischer Staatspräsident Gamal Abdel Nasser eine nichtkapitalistische Entwicklung Ägyptens, unterstützt durch die UdSSR und die sozialistischen Länder. – Bei seinem Staatsbesuch im Februar 1965 wurde Walter Ulbricht in Ägypten mit den für Staatsoberhäupter üblichen Ehren empfangen – ein Triumph für die um diplomatische Anerkennung bemühte DDR. Man vereinbarte mehrere Abkommen über wirtschaftliche, wissenschaftliche und kulturelle Zusammenarbeit.

2 Die Haltung der DDR zu Israel veränderte sich in dem Maße, wie sich Israel dem westlichen Lager anschloss. Da die BRD ihren Alleinvertretungsanspruch mit der Hallstein-Doktrin durchsetzte, versuchte die DDR ihre Isolation durch Annäherung an die antiimperialistischen arabischen und blockfreien Staaten zu durchbrechen. Ihre Politik war zunehmend von Antizionismus geprägt.

Kann auch nur von einem geschrieben werden, der vollkommen in unserer Zeit, d. h. auf beiden Seiten gelebt hat.

In diesem Zusammenhang will ich mal wieder mein Angebot auf freie Kost und Logis auf unbegrenzte Zeit in meinem Hause (sprich: Wohnung) für Dich erneuern. Kapsele Dich nicht ewig ein und laß Dir neue Impulse und Gedanken geben. Und möglichst bald!

Für heute herzliche Grüße

Dein Lutz

131 An Ludwig Reimann

Hoy, 6. 5. 65

Lieber Lutz,

eben habe ich Deinen Brief bekommen, und obgleich noch ein Haufen Post herumliegt, bei dem ich seit Wochen die Wegschiebe-Technik anwende, sollst Du gleich eine Antwort haben. Schleierhaft, wie Humboldt jährlich 3000 Briefe schreiben konnte. Mir wächst schon die Korrespondenz mit einem halben Dutzend Freunden über den Kopf, lauter nette kluge Leute, mit denen ich die Neigung zu einem wilden Mitteilungsbedürfnis teile, also seitenlange Briefe mit tausend Problemen zwischen Eros und technischer Revolution. Ein paar von ihnen kennst Du sicher noch: Wolfgang Schreyer, mit dem mich nun seit zehn Jahren die gleiche ungetrübte Freundschaft verbindet; Prof. Maetzig (der viel charmanter ist als seine Filme[1]) und vor allem Prof. Henselmann, einer der interessantesten Menschen, die ich je kennen gelernt habe, schillernd wie Mephisto, zynisch und zartsinnig, verlogen und aufrichtig in einem, eitel und über sich selbst belustigt, ein großartiger Literaturkenner und urbaner Geist, ungerecht und tolerant – eine tolle Mischung, und ich

1 Die Bemerkung bezieht sich vermutl. auf das zweiteilige Epos des Regisseurs Kurt Maetzig über Ernst Thälmann (1953/54 und 1954/56).

liebe ihn so wie er ist, weil er so ist. Übrigens hat er im Mai eine Gastvorlesung in Hamburg. Schade, daß Du keine Zeit haben wirst, ihn Dir anzuhören – es lohnte. Er ist außerdem ein blendender und witziger Redner und mit vielen namhaften Architekten und Schriftstellern im Westen befreundet. Und mit alledem verträgt sich auch noch seine marxistische Weltanschauung – kannst Du Dir vorstellen, wie es mich reizt, einmal über so einen Menschen zu schreiben? Aber dazu bin ich noch zu unreif …

Dein Paket habe ich inzwischen bekommen. Hab schönsten Dank dafür! Die »Welt« ist für uns sehr wichtig, und auf »Exodus« bin ich schon deshalb sehr gespannt, weil Du so bewegt von dem Buch warst (über Herrn Nasser, nebenbei bemerkt, sind wir uns wohl ziemlich einig). Hans [hat] schon seine Klauen nach dem Kolakowski ausgestreckt, aber ich gebe ihn nicht her; wenn man ihn liest, weiß man übrigens auch, woher Havemann[1] – Du hast sicher von dem Debakel gelesen – seine Ideen bezieht. […] Die Auto-Kataloge nehme ich für Uli mit, wenn wir in Urlaub fahren, in den ersten Juni-Tagen […]. Das große Abenteuer des Jahres – die ersten Ferien seit hundert Jahren. Wir haben ganz zufällig die Plätze erwischt, in Ahrenshoop (das Modebad der gehobenen Intelligenz)[2], und ich hoffe nur, daß man beim Dinner nicht im kleinen Abendkleid erscheinen muß, sonst ist mir die

1 Robert Havemann, Professor an der Humboldt-Universität zu Berlin, hielt 1963/64 eine Vorlesungsreihe über »Naturwissenschaftliche Aspekte philosophischer Probleme« (veröffentlicht u. d. T. »Dialektik ohne Dogma?«, Reinbek b. Hamburg 1964). Daraufhin entzog man ihm den Lehrauftrag und entließ ihn aus der Akademie der Wissenschaften, was einem Berufsverbot gleichkam.

2 Das Darßer Seebad Ahrenshoop wurde durch seine Künstlerkolonie bekannt. Hier lebte auch B. R.s Freund Wolfgang Schreyer. – Obwohl Ostsee-Ferienplätze begehrt waren und ihre Vergabe durch das Reisebüro der DDR oder den FDGB einer Auszeichnung glich, war die Freude nicht selten getrübt: »Das Essen ist ziemlich mies, das Kurhaus (angeblich das beste Haus am Platze) ohne Komfort. Kein Bad. Das Zimmer ist klein […]. Und das für einen horriblen Preis. […] Man bezahlt halt das Meer und den Strand.« (B. R., Tagebücher 1964–1970, S. 146.)

Erholung versaut, oder daß ich in weitgehend nacktem Zustand meinem Kulturminister[1] begegne. Hans ist noch nicht rasend begeistert, er lebt ja in einem merkwürdigen Zwitterzustand zwischen Philosoph und Arbeiter, und sicher ist auch das Dasein als Gatte einer Schriftstellerin nicht leicht; immerhin sind schon zwei Ehemänner daran gestorben. Ich bewundere seine Geduld, die nicht larmoyant ist; wenn ich so wild arbeite wie jetzt, bin ich, wie Henselmann sagt, liebenswürdig wie ein hungriger Alligator.

Meine Arbeit macht mir Freude, ich spüre selbst, daß ich ein ganzes Stück über die »Geschwister« hinausgewachsen bin, längeren Atem habe, anders denke, tiefer, auch skeptischer. Meine Geschichte kreist nicht um ein bestimmtes, nur hier gültiges Problem (oder das, was viele noch als »Problem« verstehen: Durchsetzung einer Erfindung, Einführung des Dreischichten-Systems – ich überspitze – oder dergleichen); wenn ich ein Motto brauchte, würde ich Stendhals Satz voranstellen: Die Jugend ist die Zeit des Mutes; mit dreißig hat man den Mut eingebüßt, den einem der Zorn eingibt. – Die Hauptpersonen sind wieder Bürger, Intellektuelle, Künstler, das ist die Sphäre, die ich am besten kenne, deren geistige und sittliche Haltung mich interessiert – also immer wieder Auseinandersetzung mit mir selbst.

Über die Zukunft, von der Du schreibst (freilich ohne Genaueres auch nur anzudeuten) müssen wir sprechen, sobald wir uns mal wieder treffen. Wir, meine Freunde und ich, beschäftigen uns mit dem Gedanken an die »unbewältigte Zukunft« – aber das ist kein Briefthema und wird ohne Rede und Gegenrede uferlos und unfruchtbar. […] mit meinen Kudamm-Vorstellungen bin ich fertig, jetzt möchte ich anderes über euch wissen. Wenn ich mich trotzdem noch nicht entschließen kann, Dein freundliches und großzügiges Angebot anzunehmen, so liegt das nur am Buch. Nicht, daß ich

1 Hans Bentzien.

mich vor Beeinflussung fürchtete – aber solange ich den »Faden« habe, quält mich jeder Tag, den ich nicht mit Schreiben verbracht habe. Ja, das ist eine Art von Einkapselung, aber sie ist notwendig, und danach kommt wieder die Zeit des Sammelns und Aufnehmens, wo man begierig ist auf neue Eindrücke und neue Menschen. Immerhin werde ich mich nächste Woche im Verband erkundigen, wie [die] Aussichten sind. Ein kleines Nebenhindernis ist meine pathologische Schüchternheit; die einzige Stadt, in der ich mich sicher und ungehemmt bewege, ist Moskau. Das klingt sehr merkwürdig, aber vielleicht verstehst Du es, wenn Du das Sibirienbuch liest. In einem Land, das so wenig auf Äußerlichkeiten eingestellt ist, vergesse ich sogar, daß ich hinke. […] Ich bin sehr neugierig auf euren Lebenskreis, auf unsere Gemeinsamkeiten.

Nächstens kommt bei uns ein Buch heraus, das ich Dir schicken werde, Hermann Kants »Aula«[1]. Ein großer Männerspaß (und viel mehr als ein Spaß), wir lesen den Vorabdruck im FORUM. […] Schreibt mir, bitte, wenn Gretchen Bücherwünsche hat (die jungen Russen[2] oder so). […]

Herzlich Deine Brigitte

132 Familienrundschrieb Nr. EINHUNDERT!

Burg, 23. Mai 1965

Immerhin sind rund 52 Monate seit dem Erscheinen des ersten FRS […] vergangen, so daß wir im Durchschnitt doch noch auf knapp zwei FRS im Monat gekommen sind […].

Die Herrmanns bekommen im Juni eine Wohnung in Rostock (dank besonderer Bemühungen der lieben Schwe-

1 Hermann Kant, »Die Aula« (Roman), Verlag Rütten & Loening, Berlin 1965.

2 Margarete Reimann hatte in der DDR u. a. Slawistik studiert.

ster). […] »Sie ist nicht gerade ein Staatsstück, aber immerhin … Sie liegt im Zentrum, aber in einer sehr ruhigen Nebenstraße. Es ist nur ein ganz schmales einstöckiges Haus, und wir bekommen die untere Etage. […]« Dann wird eine Zeichnung dazu gegeben, aus der ersichtlich ist, daß zu den 1½ Zimmern eine Küche und ein kleiner Hof gehören. »Wenn die Wohnung auch nicht schön ist, so hat sie doch ihre Vorteile. Der Hof ist mit großen Platten ausgelegt, und wir wollen ihn schön machen. Susanne bekommt einen kleinen Sandkasten. Und wir brauchen nur 13.75 MDN Miete zu bezahlen. […] Ich hoffe sehr stark, daß ich in Rostock etwas finde[1], Uwe will sich in dieser Woche noch darum kümmern. Einen Krippenplatz für die Kleine werden wir hoffentlich auch finden, darin sehen wir noch das größte Problem …« […] Willi

133 An die Eltern

Hoy, 25. 5. 65

Sehr geehrter Herr FRS-Redakteur,

nehmen Sie meine herzlichsten Glückwünsche zum 100. entgegen. Den Stimmen aus Ihrem Leserkreis schließe ich mich vollinhaltlich an. Das ist eine gute Sache, ja!

Ihr dankbarer Leser und Familienbandit B. R. […]

134 Familienrundschrieb Nr. 101

Burg, 3. Juni 1965

[…] Neben der Geburtstagspost liegt noch ein Brief von Brigitte vor, in dem sie […] begeistert und interessant vom internationalen Schriftstellertreffen in Weimar[2] [berichtet]

1 Dorothea Herrmann suchte eine Arbeit.

2 Das Internationale Schriftstellertreffen Berlin und Weimar (14. bis

und daß sie in diesem Zusammenhang vielleicht in absehbarer Zeit einmal nach Paris fahren wird (nach Amsterdam ist sie von einer ehemaligen Burgerin[1] eingeladen). Wir sind auch der Meinung, daß es wichtig ist, einen weiteren Horizont zu bekommen und »ein bißchen weltläufiger zu werden«. [...] Euer Willi

135 Tagebuch

Ahrenshoop, 7. 6. [65]

Eben sind die »Kleinen« abgefahren, Uwe und Dorli, die mit ihrem Tierarzt und seiner blonden, langbeinigen Frau über Pfingsten hier waren. Endlich mal fröhliche junge Leute in diesem steifen Nest! Jede Äußerung von Übermut wird mißfällig aufgenommen, Ballspiel ist schon eine Unverschämtheit, die man den ramponierten Intelligenz-Nerven nicht zumuten darf. Es ist schon schlimm, daß man sich andauernd umziehen und auf diese Art mitspielen muß, aber viel schlimmer sind die schlechten Manieren dieser privilegierten Schicht. Jeden Tag hatten wir einen Zusammenstoß mit irgendwelchen Leuten, weil unsere lieben Gäste (die so jung und heiter sind, daß man ihnen die Wissenschaftler nicht ansieht) Ball spielten, weil sie lachten, weil – weil ... Man reagiert auch nicht auf höfliche Entschuldigungen, man will schimpfen, nörgeln, will sich aufregen. Sehen sie denn nicht,

22. 5. 1965) fand anlässlich des 20. Jahrestages der Zerschlagung des Nationalsozialismus statt und war als Fortsetzung der Schriftstellerkongresse 1935 in Paris und 1937 in Madrid gedacht. Es nahmen daran u. a. teil: Pablo Neruda, Ilja Ehrenburg, Miguel Asturias, Paolo Pasolini, Jewgeni Jewtuschenko, Peter Weiss. – Vgl. B. R., »Jede Sorte von Glück. Briefe an die Eltern« (im Folgenden: Briefe an die Eltern), hrsg. von Heide Hampel und Angela Drescher, Aufbau Verlag, Berlin 2008, S. 170 f., und B. R., Tagebücher 1964–1970, S. 129–142.

1 Irmgard Weinhofen und B. R. waren seit frühester Jugend befreundet; vgl. Brigitte Reimann/Irmgard Weinhofen, »Grüß Amsterdam«, a. a. O.

wie hübsch und anmutig die beiden Mädchen sind, wie charmant die Kindereien dieser jungen Männer, die wochenlang hart arbeiten und sich mal austoben möchten?

Auf der Straße im Dorf steht eine Waage, und natürlich mußten sie sich alle wiegen, mit Studententricks. Ein Herr kam dazu, der seine Tochter wiegen wollte, der empörte sich, weil wir ihm nicht sofort Platz machten, und als einer von uns eine Bemerkung machte, er warte ja noch keineswegs »eine Viertelstunde«, sagte er pikiert: »Und ich dachte, Sie gehören zur besseren Gesellschaft.« No komment [sic]. Ich finde das alles zum Kotzen. Übrigens wurde der säuerliche Tadel für die Sünden der anderen immer an mich gerichtet. Jon muß darüber lachen, er sagt, ich sähe mit meinem Zopf wie eine Rotzgöre aus. Aber mich deprimiert es. [...] Was hat der Sozialismus nun eigentlich verändert? Auto und Konto sind die Götzen wie »drüben«, und ein Titel zählt mehr als ein Charakter. [...]

Es ist schade, daß die vier wieder fort sind. Am ersten Abend haben wir bis weit nach Mitternacht zusammengesessen und Wein getrunken und geredet und Witze erzählt, aber das Gespräch kehrte immer wieder zur Arbeit zurück, zu der Sphäre, in der wir uns am glücklichsten fühlen. [...]

Das nächste Mal fahren wir ins Schriftstellerheim, zu freundlicheren, anständigeren Leuten, mit denen wir uns einig wissen, trotz Eifersüchteleien und Klatsch, auch politisch einig, trotz unserer Schimpfereien und giftigen Witze und aller scharfen Kritik.

136 Tagebuch

Hoy, 2. 7. [65]

[...] Rostock ist nicht ganz die Wunderstadt, die ich erwartete (keine Bananen), aber die Lange Straße gefiel uns, ganz Backsteingotik, hanseatisch, schöne Giebel, ein Türmchen mit Glockenspiel (statt der Sirene wie in Hoy), viele Läden, Torwölbungen, durch die man die winkligen alten Gassen des ehemaligen Hafenviertels sieht. Auch D[orli]s neue Wohnung ist dort neben der Langen Straße, eine ulkige Bude, das Haus hat gerade Zimmerbreite; eine verwahrloste Küche, hinter dem Größeren ein winziges Zimmer zum Hof, ohne Ofen. Aber sie werden es sich schon zurechtmachen, und nachmittags scheint die Sonne rein. [...]

Bei Uli im Studentenheim (moderne Blöcke mit Drei-Mann-Zimmern), wir gingen mit ihm essen; am nächsten Tag hatte er seine letzte Prüfung vor den Ferien. Welche Zärtlichkeit ich für die »Kleinen« empfinde! Beim Essen möchte ich sie vollstopfen, als seien sie noch die ewig hungrigen Studenten wie früher, ihnen tausend schöne Sachen schenken – und ein dolles Buch schreiben, damit sie mit mir angeben können (obgleich sie das jetzt schon tun, die kleinen Affen). Auch Uwe ist wie ein Bruder für mich. Vielleicht suche ich in dieser Geschwisterliebe Ersatz für ein Kind, das ich wohl nicht mehr haben werde. [...]

137 Von Ulrich Reimann

Burg, d. 22. 8. 65

Liebe B-Schwester,

»was lange währt, wird endlich gut« – hoffentlich kann ich das auch von diesem Brief sagen. Lange genug geplant ist er jedenfalls!

Zu Anfang möchte ich mich, nun doch schriftlich, ganz herzlich für das schöne Geburtstagspäckchen bedanken. Der Schlafanzug gefällt mir ausgezeichnet und die besondere Überraschung war natürlich der Kafka[1]. [...]

Ich bin am Dienstag von Leipzig nach Dresden getrampt,

1 Erste Veröffentlichung Franz Kafkas in der DDR: »Erzählungen. Der Prozeß. Das Schloß«, Verlag Rütten & Loening, Berlin 1965.

um dort einige Museen zu besichtigen. Da ich keine Unterkunft bekam, wollte ich am selben Nachmittag noch nach Hoy. Es war aber einfach kein Wegkommen in Richtung Berlin. Nach 1½ Stunde bin ich wieder nach Dresden rein gefahren und habe beim Roten Kreuz kampiert. Am nächsten Tag habe ich dann doch keinen Versuch mehr in Eure Richtung unternommen, sondern trampte nach Leipzig zurück.

Hier zu Hause erfuhr ich dann, daß Hans' Eltern bei Euch waren, so daß es bestimmt zu viel geworden wäre.

Für mich sind nun die Ferien fast vorbei. Morgen fahre ich nach Leipzig und hole Sigrid ab. Mit einem kurzen Zwischenaufenthalt geht es zurück nach Rostock. Dort wartet eine Prüfung und dann das praktische Semester, eine Neuerung im sozialistischen Bildungssystem. Und Sigrid tritt ihre Stelle ja dann am 1. 9. im Krankenhaus an.

Vati will jetzt zum Bahnhof und kann den Brief gleich mitnehmen.

Mit herzlichen Grüßen, besonders auch an Herrn Hans, verabschiedet sich

Dein Ulli-Bruder […]

138 An Ludwig Reimann

Hoy, 11. 10. 65

Lieber Lutz,

gestern haben wir einen glänzenden Wahlsieg errungen[1], und nun, da die fieberhafte Spannung, mit der wir den Ausgang der Wahlen erwarteten, vorüber ist, kann ich Dir endlich getrosten Herzens schreiben. Leider habe ich erst heute

1 Am 10. 10. 1965 fanden in der DDR Kommunalwahlen statt. Das ND titelte am 11. 10. 1965: »Wahltag – festlicher Höhepunkt des staatsbürgerlichen Handelns von Millionen«. B. R. machte sich lustig über die Vorhersehbarkeit des Wahlausgangs.

früh festgestellt, daß unsere Wäsche nach sechs Wochen noch nicht zurück ist, sonst hätte ich den Kandidaten Wäschereileiter doch noch gestrichen. An eurem Wahlsonntag[1] haben wir bis in die Nacht am Radio gesessen; unser Tip war SPD, erstens überhaupt und zweitens wegen Günter Grass[2]. Hast Du die »Hundejahre«[3] gelesen? Gönn Dir wenigstens die zwanzig Seiten, auf denen beschrieben wird wie Führerhund Prinz stiften geht, im Mai 45 – das ist der intelligenteste Spaß, den ich je gelesen habe.

Nachdem Vati Dir im FRS meine Nachrichten übermittelt hat, möchte ich Dir nun ohne Umweg über einen diplomatischen Vertreter für die Bücher danken. Koeppen[4] ist ausgezeichnet, aber noch mehr hat mich »Kantor«[5] gefesselt, nicht mal so sehr wegen der Fakten, die er mitteilt, sondern *wie* er's tut. Das ist eine gelungene Selbstentlarvung, wenn Du das Wort gestattest. Er schlägt Rad … Du irrst Dich, wenn Du dachtest, das Buch würde mir nicht schmecken. Es hat mir Appetit gemacht, K. kennenzulernen, der sich übrigens bei jeder passenden und unpassenden Gelegenheit darüber beklagt, daß er von seinen westlichen Kollegen geschnitten wird. Einmal habe ich im Fernsehen ein Schriftsteller-Gespräch über Emigration gesehen, an dem auch K. teilnahm – ein peinliches Schauspiel, weil ihn niemand als Exilierten ernstnahm, so heftig er auch mit seinem Flüchtlingslos kokettierte. Man liebt den Verrat, aber nicht den Verräter. Seine Geschichte ist des Nachdenkens wert, weil er zu dem Typ von Renegaten gehört, die sich selbst herabset-

1 Am 19. 9. 1965 hatte die Bundestagswahl stattgefunden, die CDU/CSU ging als Wahlsieger hervor.

2 Der Schriftsteller Günter Grass betätigte sich aktiv im Wahlkampf der SPD.

3 »Hundejahre« (1963), letzter Roman der »Danziger Triologie« von Günter Grass.

4 Vermutl. »Nach Rußland und anderswohin« (1958) von Wolfgang Koeppen (Frankfurt a. M. 1961, ungekürzte Ausgabe).

5 Alfred Kantorowicz. Vermutl. das »Deutsche Tagebuch«, Bd. 1, München 1964.

zen, indem sie ihre früheren Heiligtümer bespucken (und er tut noch ein übriges: er biegt alle seine Taten hier, in der DDR, nachträglich in geheimen Widerstand um). Es ist aller Ehren wert, wenn man nach reiflichem Überlegen seine Überzeugung wechselt, aber man muß Anstand dabei wahren, wie Bloch[1] zum Beispiel oder Arthur Koestler[2], und einigen Künstlern – vor allem Schriftstellern, die zum Katholizismus überwechselten – ist das Konvertitentum sehr gut bekommen, und sie haben reifere Bücher geschrieben. Bei K. aber war, so scheint mir, jede Handlung von seiner maßlosen Eitelkeit bestimmt, und man hat den fatalen Eindruck, er hätte sich nichts mehr gewünscht, als zu den oberen Zehntausend der Partei zu gehören, über die er sich jetzt mokiert. [...] – Du siehst, daß das Buch mich sehr bewegt hat. Ich bin auch sicher, daß vieles von dem, was er schreibt, wahr ist, empörend wahr. Ich bin sehr gespannt auf den zweiten Teil, weil er in einer Zeit spielen wird, die wir schon bewußter miterlebt haben. Was ich meine, ist: wenn das Buch von einer integren Persönlichkeit geschrieben worden wäre, oder von einem Mann, der große Leistungen aufzuweisen hätte, wäre es eine schrecklich Anklage. Allerdings wird es für mich eben gerade dadurch so faszinierend, weil es von einer abseitigen Figur stammt, von einem, der sich bedenklich in der Nähe des Psychopathischen bewegt, und für diese Sorte habe ich nun mal eine – vielleicht berufliche – Schwäche.

Heute möchte ich Dir ein Geschäft vorschlagen, vorausgesetzt, ihr habt Interesse an einer guten Gesamtausgabe, die man gegen Jazzplatten tauschen könnte. Jetzt gibt es näm-

1 Der Philosoph Ernst Bloch verlor 1957 sein Lehramt an der Leipziger Universität und kehrte 1961 nach dem Bau der Mauer von einer Reise in die BRD nicht in die DDR zurück.

2 B. R. und ihr Bruder Ludwig hatten schon früh Arthur Koestlers Roman »Sonnenfinsternis« (1940) gelesen, der ab 1946 im deutschsprachigen Raum, nicht aber in der DDR, erschien. Der Autor setzte sich mit den Moskauer »Säuberungsprozessen« 1936 bis 1938 auseinander. 1937/38 wandte er sich vom Kommunismus ab.

lich gerade die Gesamtausgabe von Thomas Manns Werken in zwölf Bänden[1], die auch buchkünstlerisch sehr gut ist. Allerdings müßtet ihr, wenn ihr den Mann haben wollt, euch ziemlich schnell entscheiden und mir Bescheid geben, weil die Ausgabe trotz des hohen Preises weggeht wie warme Semmeln. […] Es steht aber auch die schöne Berliner Ausgabe von Goethes Werken[2] zur Auswahl. Also, berate mit Gretchen darüber. Karte genügt.

Von uns gibt es nicht mehr zu berichten als das, was auch über Willis Redaktionstisch geht. Wir arbeiten, Hans schreibt ein gescheites Buch[3], ich ein unvernünftiges, und im übrigen sind wir nach vier illegitimen und einem legitimen Jahr noch so glücklich wie am ersten Tag, und mehr kann man sich nicht wünschen. Noch eins: wenn Du Lust hast, von den Weihnachtsferien einen Tag für Hoyerswerda abzuzwacken, so läßt sich ein solcher Ausflug einrichten. Die Kombinatsleitung hat mir angeboten, in diesem Fall einen Propusk[4] zu beschaffen […]. Wir jedenfalls würden uns freuen, Dir unsere Wahlheimat vorführen zu können, Kombinat, Stadt, Wohnung und Uhrensammlung[5].

Grüß Gretchen und den kleinen Oliver von mir und sei selbst ganz herzlich gegrüßt […]

von Deiner Schwester Brigitte

1 Thomas Mann, »Gesammelte Werke in zwölf Bänden«, Aufbau-Verlag, Berlin und Weimar 1965.

2 Die »Berliner Ausgabe« von Goethes Werken in 22 Bänden erschien von 1960 bis 1978 im Aufbau-Verlag in Einzelbänden.

3 Nicht realisiert.

4 Ausweis, Passierschein (russ.).

5 B. R. begann gemeinsam mit Siegfried Pitschmann – der gelernter Uhrmacher war – historische Uhren zu sammeln. Die wertvollste Uhr aus dem Nachlass, eine Figuren-Prunkpendule mit Engelsfigur, befindet sich im Brigitte-Reimann-Literaturhaus in Neubrandenburg.

139 Von Ludwig Reimann

16. 10. 65

Liebe Brigitte!

Von Dir nach recht langer Zeit wieder einen Brief zu bekommen, hat mich sehr gefreut. Deine Briefe sind immer sehr anregend, vor allem zum Widerspruch. [...] Heute nur soviel: über K. will ich in einigen entscheidenden Punkten doch eine andere Meinung behalten. Warum neigen wir in unserer heutigen Welt eigentlich immer nur dazu, im Zweifelsfall uns an die schlechte Aussage über eine Person zu halten?

In vielen Fällen gibt es allerdings keine Zweifel! Den Koeppen habe ich Dir als Antwort auf Dein Sibirienbuch geschickt. Laß' Dich nicht wieder dazu überreden, in der Schnelle eine solche Reportage zu schreiben. Da ich sonst ein Bewunderer meiner älteren Schwester bin, darf ich mir erlauben, zu sagen, daß dieses Buch ziemlich miserabel ist.

[...] allerdings gebe ich nicht Dir allein die Schuld. [...] Ich freue mich schon riesig auf einen Urlaub zu Hause. Werden wir auch ohne weiteres Aufenthaltserlaubnis für vierzehn Tage bekommen? Wenn Du ohne Verrenkungen und ohne große Umstände Dich dafür einsetzen könntest, daß wir mit dem Wagen kommen, wäre mir das sehr lieb. Obwohl wir eigentlich lieber mit der Eisenbahn fahren auf längeren Strecken, habe ich gerade zu Weihnachten doch einen Greuel mit ein paar Koffern und Kind auf der Bahn herumzuliegen. Außerdem liegt Burg ja sozusagen neben der Autobahn Hamburg – Berlin. Sehr bequem; und wir planen noch einen Abstecher zu Gretchens Freundin nach Königswusterhausen.

[...] Thema Buch. Wir sind an den Th. Mann-Bänden stark interessiert und zu dem Tauschgeschäft bereit [...], da Gretchen besonders für Th. M. schwärmt. Na, »schwärmt« war eben im Ausdruck fehlgegriffen, Du weißt, wie ich es meine.

Für Hoyerswerda würde ich gern einen Tag abzwacken[1]. Wie ich gehört habe, macht es keine Schwierigkeit, zusätzliche Aufenthaltsgenehmigungen zu erhalten. Das beantragt man einfach bei der Polizei oder einer ähnlichen Stelle. [...]

Von mir und meinen beiden Bäckerburschen recht herzliche Grüße, auch an Hans,

Dein Lutz

140 An Ludwig Reimann

Hoy, 21. 10. 65

Lieber Lutz,

eben kam Dein Brief, bemerkenswert rechtzeitig: ich habe sofort in Cottbus angerufen, und noch eine Gesamtausgabe von Thomas Mann erwischt. Ich dachte mir schon, daß vor allem Gretchen daran interessiert sein wird; ich lese jetzt auch, mit steigender Begeisterung und Hingabe, alle Romane und verstehe nicht mehr, warum ich vor ein paar Jahren noch den »Zauberberg« langweilig fand (vielleicht war es auch Opposition, weil Daniel nur diesen einzigen Gott Mann hatte und nichts anderes gelten ließ). [...]

Und nun zu den Jazzplatten: grundsätzlich nur die großen Alten. Armstrong – auch aus den zwanziger Jahren – habe ich ziemlich vollständig, auch mit den Moderneren bin ich gut versorgt, Errol, Charly Parker[2], und so, außerdem liegen sie mir nicht besonders. Was mir fast ganz fehlt, sind die Blues- und Gospelsänger. Ich möchte gern die große Mahalia-Jackson-Platte, die es, glaube ich, ohne Schwierigkeiten bei euch gibt, dann den Reverend Kelsey (das ist eine kleine Platte, ein Gottesdienst-Mitschnitt mit »royal child«), und sicher gibt es auch Aufnahmen mit Bessy Smith und

1 Der Ausflug fand nicht statt.
2 Erroll Garner und Charlie »Bird« Parker.

Billy Holiday[1]. Ich sage Dir gleich, daß Du wahrscheinlich nicht alles sofort bekommen kannst [...]. Ich kann Dir jetzt nur aus dem Gedächtnis sagen, was ich bei Jens Gerlach gehört habe, aber ob es zu beschaffen ist, weiß ich nicht, z. B. die kleine und seltene Mr. Pinetop-Platte (Piano-Boogie aus sehr frühen Jahren)[2] und eine andere, um die ich Dich gewissermaßen händeringend bitte, obgleich bei ihr die schwächsten Aussichten sind: die Piano-Aufnahmen von Jimmy Yancey (ich erinnere mich an zwei Titel, death letter blues und at the window) – Gott, ist das eine Musik! Das schönste, was ich in meinem ganzen Leben gehört habe, und zum Sterben traurig. Ich gäbe sonstwas darum, wenn ich die Yancey-Platte bekäme – ich hätte meine Seele an Gerlach verkauft, aber natürlich hält er beide Hände über seinen Jimmy. Einem richtigen Jazzliebhaber kannst Du ja für Geld und gute Worte nichts abluchsen.

Also, meine Richtung kennst Du, und mit der Umrechnung werden wir auch einen vernünftigen Modus finden. Die Mann-Ausgabe kostet 180.–, und natürlich mute ich Dir nicht 1:1 zu – nicht, weil ich an den Kurs glaubte, der ja nun doch manipuliert wird, sondern weil bei euch die Platten teurer sind als bei uns, wo sie im Schnitt 12 Mark kosten,[3] ich meine richtige große Sinfonienplatten. Wenn Du mehr zusammenraffst, als Deine Verhältnisse erlauben, können wir das durch andere »Geschäfte« ausgleichen.

Komplizierter ist die Frage, wie Du die Platten ins gelobte Land schaffst. Mitbringen kann klappen, muß aber nicht; zweite Möglichkeit: an den Schriftstellerverband; dritte: ich besorge – versuche es jedenfalls – einen Propusk, auf daß sie Dir nicht abgenommen werden. Ich werde mal meine Fühler

1 Bessie Smith und Billie Holiday.

2 Clarence »Pinetop« Smith nahm 1928 den Song »Boogie Woogie« auf, nach dem die Musikrichtung benannt wurde. Zu den wichtigen Boogie-Woogie-Pianisten gehörte auch Jimmy Yancey.

3 Platten mit Jazz oder Unterhaltungsmusik kosteten 16.10 M.

ausstrecken, ob es eine Stelle gibt, die mir eine solche Bescheinigung ausstellt. Apropos: mit dem Auto hat es seinen Haken, ich habe das schon den Eltern geschrieben. Sie können versuchen, Deinen Wunsch bei ihrer Kreisstelle durchzusetzen; sowas wird aber selten genehmigt, meist nur für Schwerbeschädigte und Kranke. Und gleich »nach oben« zu gehen, ist mir bedenklich. Gotsche, der mir damals Deine Einreise verschafft hat, ist Sekretär des Staatsrats und außerdem für alle Beschwerden und Bitten aus der Bevölkerung zuständig, und Du kannst Dir vorstellen, daß er unter einem irren Haufen von Arbeit ächzt. Es gibt eine Menge böser Fälle, wo der Staatsrat eingreifen muß – Du kannst Dir denken, daß es mir unter diesen Umständen fatal ist, ihm mit einem Auto-Wunsch zu kommen. G. hat auch für Dorlis Wohnung gesorgt (was sie wahrscheinlich gar nicht weiß), und es ist mir schon unangenehm, für die eigene Familie »Beziehungen spielen zu lassen«. Das sieht denn doch gar zu sehr nach Privilegien aus, die ich bei anderen verurteile. Ich denke, Du verstehst meinen Standpunkt.

Über K. und Sibirien müssen wir dann ausführlicher sprechen (heute bin ich für Polemiken nicht aufgelegt, ich habe einen vereiterten Zahn, um nicht zu sagen: Giftzahn), nur soviel: ich bin nicht durch irgend jemandes Aussage über K. beeinflußt; alles, was ich über ihn weiß, weiß ich von ihm selbst, aus seinem Buch.

Für heute sage ich Dir auf Wiedersehen. Grüß Deine »Bäkkerburschen« von mir.

Herzlich Deine Brigitte

141 An die Eltern

Hoy, 10. 11. 65

Meine lieben Eltern,

[…] Was ihr von Lutz schreibt und jenem geheimnisvollen

Besucher[1], war eigentlich zu erwarten. Es ist richtig, gleich zu Anfang nein zu sagen und vor allem Lutz selbst nichts davon zu erzählen. Übrigens hat das Kombinat nicht solche Hintergedanken, sie hatten es mir aus Freundlichkeit angeboten, und ich habe auch sofort gesagt, daß Abwerbung natürlich gar nicht in Frage kommt, und sie schienen das auch zu akzeptieren. Außerdem ist ja keiner von der Leitung dabei, wenn wir Lutz hier herumführen. […]

Bis zum nächsten Mal wünsche ich euch alles Gute, Gesundheit und gute Laune […]

eure Tochter Brigitte

142 An die Eltern

Hoy, 26. 11. 65

Meine lieben Eltern,

[…] Aber nun zu dem Wichtigsten, der großen Neuigkeit, daß unser U-Bruder Vater wird. Wie kommt ihr anständigen Leute bloß zu solchen Kindern? Ich dachte ja, der U würde der einzige sein, der ohne »Vorliebe« heiratet … Aber da Sigrid Ärztin ist, wird es ja wohl ein mehr oder weniger freiwilliges Baby sein, […] wir haben uns gefreut, und gleichzeitig war uns ein bißchen unheimlich, weil wir – noch dazu als die Ältesten – noch nichts für die Erhaltung des Stammes getan haben. […]

Es könnte ja sein, daß ich doch mal Appetit auf ein Baby bekäme, wenn ich mein nächstes Buch fertig habe […]. Aber ich habe ja meine »geistigen Kinder«, und mit denen bin ich ausgelastet. […]

Bis zum nächsten Mal – mit tausend lieben Grüßen […] – eure Tochter Brigitte

1 Gemeint ist offenbar ein Informeller oder Hauptamtlicher Mitarbeiter des MfS. Unterlagen über einen derartigen Vorgang wurden nicht gefunden.

143 Familienrundschrieb Nr. 113

Burg, 12. Dezember 1965

Große Ereignisse werfen ihre Schatten voraus! [...]

Postwendend antwortete Brigitte [...]. Sie kommen am 24. und bleiben voraussichtlich drei Tage. Ob sie nach Leipzig fahren, ist noch ungewiß; sie führen allerlei gewichtige Gründe an, vor allem sind sie arbeitsmäßig gerade jetzt stark belastet.[1] ([...] Ulli schreibt: »Brigitte soll sich ja nicht einfallen lassen, etwa nicht zu kommen!« –, das dürfte eine nicht überhörbare Drohung (!) sein.)

Auch Dorli hat sich recht schnell gemeldet. Zu Ullis Hochzeit kommen sie auf alle Fälle. Wahrscheinlich werden sie [auch] Weihnachten in Burg sein [...].

Lutz hatte schon etwas Sorge mit der Aufenthaltsgenehmigung, aber nun besitzt er sie [...].

(Warten wir ab, bei Reimanns geht zum Schluß doch alles immer wieder gut aus. [...] Ja, ja unsere Kinder, die können mehr als »Schränke auseinander nehmen«!) [...] Willi

144 An die Eltern

Hoy, 29. 12. 65

Meine lieben Eltern,

wir sind gut gelandet. Ein Haufen Post; andauernd klingelt das Telefon, ich gehe aber nicht ran. Meine Wohnung kommt mir auf einmal viel zu ruhig vor; jetzt tut es mir leid, daß wir nicht einen Tag länger geblieben sind – es war schön bei euch, trotz der Kräche. Jon ist immer noch erschüttert von unseren dramatischen Talenten ... Hoffentlich ist Uli

1 »Ob wir am 30. nach Leipzig fahren, ist nicht sicher, eher unwahrscheinlich – wegen Zeit, Geld und Zustand [...]; ich muß bis April ganz fest dem Verlag einen Termin für mein Buch sagen können, damit ich ›eingeplant‹ werden kann [...].« (B. R., Briefe an die Eltern, S. 185.)

nicht mehr gar so grimmig auf uns.[1] – Für die letzten Tage, die ihr gemeinsam verlebt, wünsche ich euch Frieden und Freude. Grüßt alle Geschwister von uns.

Alles Gute für das neue Jahr! Bleibt gesund.

Mit einem Kuß für jeden

Eure Brigitte

1 B. R. fuhr nicht zur Hochzeit von Ulrich Reimann und Sigrid Holland am 30. 12. 1965 in Leipzig.

1966

145 Familienrundschrieb Nr. 114

Burg, 16. Januar 1966

[...] Die Rückfahrt unserer Hamburger war ohne alle Komplikationen, und »die wunderschönen glücklichen Tage in Burg sind nur noch Erinnerung. Wir werden sicher sehr oft zurückdenken. Im Moment will ich das noch nicht zu oft tun, denn ich bin dabei eher traurig als glücklich«, meint Lutz zu dem Weihnachten 1966 [sic, 1965]. [...] Willi

146 An die Eltern

Hoy, 13. 1. 66

Meine lieben Eltern,

über Muttis schönen, langen Brief habe ich mich sehr gefreut; das war ja beinahe so, als ob man die Hochzeit selbst miterlebte. Ich fand ihn gestern abend, als ich ganz zerschlagen von der Vorstandssitzung des Schriftstellerverbandes[1] zurückkam – moralisch zerschlagen vor allem. Ihr werdet ja aus der Zeitung wissen, was wir für Schwierigkeiten haben. Ich will euch Schilderungen ersparen. Es war furchtbar, und ich bin so unglücklich wie seit langem nicht. Mutti wird es vielleicht gar nicht verstehen, daß man sich über »Politik« so grämen kann – aber alles, was jetzt gesagt und angeordnet

1 Auf der Sitzung des DSV in Dresden (12./13. 1. 1966) ging es um ideologische Probleme in der Auswertung der 11. Tagung des ZK der SED (15.–18. 12. 1965). B. R. hatte Kritik an der Tendenz der Tagung geübt, auf der kritische Künstler, besonders Filmemacher und Autoren, angegriffen wurden.

wird, betrifft mich ja ganz persönlich, mein Leben, meine Arbeit vor allem. Ich habe gar keinen Mut mehr, an meinem Buch weiterzuschreiben. Aber das ist kein Briefthema. Erwähnt auch im FRS nichts davon – Lutz muß nichts davon wissen, daß ich mit der Partei uneins bin. [...]

Mit vielen lieben Grüßen eure Brigitte

147 Von Sigrid und Ulrich Reimann[1]

K[ühlungs]born, den 23. 1. 1966

Liebe Brigitte, lieber Hans,

obwohl wir schon bald einen Monat verheiratet sind, möchten wir es nicht versäumen, uns recht, recht herzlich für das schöne Hochzeitsgeschenk zu bedanken. Wir haben uns sehr gefreut und hoffen auch bald mal eigene Betten in einer eigenen Wohnung damit beziehen zu können. Im Moment sieht es absolut nicht danach aus. Aber wir sind ja Optimisten!

Ein bißchen traurig waren wir ja, daß Ihr an dem Tag fehlen mußtet. Aber Ihr werdet es wohl richtig gemacht haben. [...]

Euch alles Gute und viele »Produktionserfolge« wünschend verbleiben wir mit den herzlichsten Grüßen

Eure Sigrid und Uli

148 Familienrundschrieb Nr. 115

Burg, 30. Januar 1966

[...] Der Brief [...] [vom] 17. Januar, brachte dann die »Sensation des Jahres 1966« [...]: Dorli wird uns, die Großeltern,

1 Gedruckte Karte mit Danksagung für die »erwiesene Aufmerksamkeit zu Vermählung«.

mit dem vierten Enkelkind erfreuen! Sie hatten bereits Weihnachten von »Clemens« gesprochen [...]. Die Freude, die der Clemens oder evt. auch eine »Clementine« bereiten wird, dürfte später alles das aufwiegen, was zurzeit vielleicht noch im Vordergrund der Bedürfnisse steht. Wir haben es auch nicht bereut, Großfamilie geworden zu sein, wenn es auch manchmal nicht leicht war [...]. Jetzt sind wir sogar ein wenig stolz darauf. [...] Der Bankfachmann sagt dazu: Das (in Kindern) angelegte Kapital zahlt sich aus, wenn auch nicht materiell, so doch ideell. [...] Willi

149 Familienrundschrieb Nr. 117

Burg, 27. Februar 1966

[...] Für neuen Unterhaltungsstoff im FRS-Kreis sorgt folgendes Thema: Kerscheks tragen sich mit Umzugsplänen. Man hat ihnen im Bezirk Neubrandenburg eine Wohnung im Hochhaus, ein Wochenendhäuschen an einem See usw. angeboten. Sie hätten schon Lust, »mal wieder die Tapeten zu wechseln, [auf die Dauer ist Hoyerswerda auch eine Geißel Gottes][1]. Neubrandenburg liegt günstig, zwischen Berlin und Rostock, man hat wieder mehr Tuchfühlung mit den geschwisterlichen Familien, und die Landschaft ist viel freundlicher als bei uns, wo sich allmählich die Gegend in Mondkrater verwandelt ...« [...] eine »Datscha am Tollense-See« [wäre] der richtige Treffpunkt für Familienzusammenkünfte! Wollen wir uns mit Optimismus schon ein wenig darauf freuen! [...] Willi

1 Ergänzt aus dem Originalbrief vom 17. 2. 1966, in: B. R., Briefe an die Eltern, S. 190.

150 An Ludwig Reimann

Hoy, 26. 3. 66

Lieber Lutz-Bruder,

seit Weihnachten haben wir nur noch über FRS voneinander gehört. Wahrscheinlich ist Dir Briefschreiben so zuwider wie mir – aber bei mir hat es wenigstens einen plausiblen Grund: ich muß eh den ganzen Tag kritzeln. Übrigens, mein Roman geht endlich wieder voran und macht mir Spaß, obgleich mir niemand Geld drauf gibt. Seit einiger Zeit bemühe ich mich, für euch die Briefe von Thomas Mann[1] zu bekommen (eine zweibändige Ausgabe), aber ich habe die Leser bei uns unterschätzt: [...] selbst in den ödesten, blödesten Nestern der Umgebung sind sie längst ausverkauft. [...] Vor allem Gretchen werden die Briefe sehr interessieren; ich habe sie gelesen wie einen spannenden Roman und gleich danach wieder mit der Lektüre der Romane und Aufsätze von neuem begonnen, weil sie einem durch diese persönlichsten Selbstzeugnisse in einem anderen Licht erscheinen und Zusammenhänge klarmachen.

Heute schicke ich Dir eines der schönsten und gescheitesten Bücher, das in letzter Zeit bei uns erschienen ist. Vielleicht kennst Du von Brandis die »Mutter der Könige«[2] (hier ist der Roman nicht rausgekommen: er ist eine Abrechnung mit der Stalinzeit). Er ist ein phantastischer Essayist, die »Briefe an Frau Z.«[3] sind nicht ganz leicht zu lesen; einige sind dabei, zu denen man immer wieder zurückkehrt. Ich muß gestehen, daß ich keinen DDR-Schriftsteller kenne, der zu solchen geistreichen und weltoffenen Aufsätzen fähig wäre.

1 Gemeint ist die Lizenzausgabe von Thomas Mann, »Briefe 1889 bis 1936« und »Briefe 1937–1947«, hrsg. von Erika Mann, Aufbau-Verlag Berlin und Weimar 1965.

2 Kazimierz Brandys, »Die Mutter der Könige« (Roman), Berlin/Köln 1959.

3 Ders., »Briefe an Frau Z. Erinnerungen aus der Gegenwart 1957 bis 1961«, Verlag Volk und Welt, Berlin 1965.

Leider muß ich Dir sagen – und, bitte, sei nicht gekränkt –, daß ich außerstande bin, den »Bemalten Vogel«[1] zu lesen. Nicht, weil ich meine, daß Scheußlichkeiten und Perversionen nicht darstellbar wären, daß sie nicht in die Literatur gehörten – aber in dieser unbarmherzigen Häufung sind sie unerträglich, in einem ganz physischen Sinne unerträglich: wenn ich ein paar Seiten lese, habe ich körperliche Schmerzen vor Ekel und Entsetzen, ich könnte laut schreien. [...]

Folgt noch eine Bitte, die in gewissem Zusammenhang steht mit dem, was ich eben sagte. Könntest Du mir aus dem kleinen »Guthaben« ein Buch kaufen und so schnell wie möglich schicken? Natürlich die billigere Paperback-Ausgabe. James Baldwin, »Eine andere Welt«. Ich habe den Roman jetzt gelesen. Eine Sensation. Wenn ich eben »Zusammenhang« sagte, so könnte ich auch »Gegensatz« dafür setzen. Ich meine: Baldwin erspart einem nichts an schonungsloser Darstellung von irrer Liebe, Homosexualität und allen möglichen schrecklichen innern und äußeren Vorgängen – aber nichts ist unmenschlich oder krankhaft, das Buch macht traurig, aber nicht hoffnungslos. Ich habe nicht für möglich gehalten, daß man Liebesszenen mit solcher Deutlichkeit schreiben kann, ohne daß sie Abscheu erwecken, und keinen Augenblick habe ich das Mitgefühl für die Menschen verloren, von denen er schreibt. Ich weiß nicht, ob Du mich verstehst: Baldwin selbst hat soviel Mitgefühl, soviel leidenschaftliche Menschlichkeit, daß er seine Helden in Abgründe stürzen kann, ohne sie verächtlich und inhuman zu machen. [...] Gib es auf keinen Fall unserer Mu mit – sie würde umfallen vor Schreck, wenn sie einen Blick in das Buch täte; es wimmelt von Obszönitäten, vielmehr: von obszönen Redensarten – aber das ist eben nur Oberfläche und berührt nicht die Liebesbeziehungen aller dieser Unglücklichen und Verirrten.

1 Jerzy Nikodem Kosiński, »Der bemalte Vogel« (Roman), Bern 1965.

Na, genug von Büchern und Autoren. Ich wünsche euch eine fröhliche und friedliche Zeit mit unserer Omama von der Weltreise[1]. [...] Gib Mu einen Kuß von mir auf die Nase.

Herzlich Deine B-Schwester

151 Von Dorothea Herrmann

Rostock, d. 13. 4. 66

Meine liebe Brigitte!

Wirf mir bitte keine Undankbarkeit vor, ich habe so lange nicht geschrieben, weil ich keine Zeit hatte und auch dann, wenn ich mal ein bißchen Zeit übrig hatte, keine richtige innere Einstellung zum Briefeschreiben gefunden habe. –

Das vorweg als Erklärung, nicht als Entschuldigung. Ich möchte Dir ganz, ganz herzlich für das wunderschöne Paket zum Geburtstag danken. Ich habe mich riesig gefreut, ich werde jetzt nämlich langsam sehr eitel. Du kannst Dir auch nicht denken, wie Uwe sich gefreut hat, als alter Ehemann achtet er nun auch schon auf das, was man an hat [...]. Leider werde ich den hübschen Plisseerock in diesem Sommer nicht tragen können, denn langsam wird sich ja ein Babybauch einstellen. Die Konfekttellerchen und die Vase (als eine solche spreche ich es an) haben Susannes wahres Entzücken hervorgerufen, denn es gibt ja fast kein Tier, das darauf nicht zu finden wäre. – [...]

Wie geht es Deinem lieben Mann? Ich hoffe, daß wir uns in etwa einem Monat hier sehen werden, wir rechnen nämlich sehr damit und das Institut auch.[2] [...]

Uns hier geht es nicht ganz gut, in jeder Hinsicht. Ich

1 Die Mutter, nun 60-jährig, darf erstmals nach Hamburg reisen. Anspielung auf Großmutter Franziska Besch; vgl. zweite Anm. S. 93.

2 B. R. war eingeladen worden, im Oskar-Kellner-Institut in Rostock über die aktuelle Kulturpolitik zu sprechen.

selbst bin krankgeschrieben wegen einer verschleppten Grippe, und auch Uwe fühlt sich nicht ganz wohl. [...]

Der kleinen Susanne geht es recht gut, sie ist ein richtiger Kibitz, schalkhaft und immer zu Dummheiten aufgelegt. Sie kann jetzt schon sehr gut sprechen [...]. Manchmal staunt man, welches Wissen und welche Überlegungen ein so kleines Kind schon hat, bzw. entwickeln kann. Hoffentlich wird sie nicht altklug, das mag ich nämlich absolut nicht. Sie freut sich sehr auf das Baby, sie kann kaum die Zeit abwarten. [...]

Ich danke Dir nochmals und grüße Dich und den lieben Hans sehr herzlich. Viele Grüße auch von Uwe und Susanne.

Deine Dorli

152 An Dorothea Herrmann

Hoy, 24. 4. 66

Meine liebe D-Schwester,

hab allerschönsten Dank für Deinen lieben Brief. [...] Ich war in Sorge um Dich, weil der U-Bruder erzählte, daß Du morgens immer noch spucken mußt (Si scheint mit ihrem Baby bedeutend leichter fertig zu werden). Ja, das röhrenförmige Dings ist eine Vase – eine der von W. Ulbricht mit Recht als formalistisch verdammten Vasen[1] da sie aber auf Spätzchen zoologisch belehrend wirkt, mag es denn hingehen.

Ich hätte Dir gleich geantwortet, wenn ich nicht so schrecklich in Panik wäre. Vorvergangene Woche war ich bei mei-

1 Ironische Anspielung auf eine Kunstdebatte Anfang der 60er Jahre. Auf der Bezirksdelegiertenkonferenz in Leipzig am 9. 12. 1962 hatte Walter Ulbricht eine Designausstellung, bei der rauchfarbene Gläser, graue Vorhänge und schlichte zylindrische Vasen gezeigt wurden, kritisiert: »Die Formgestalter wollen damit das Leben der Werktätigen grau machen, während sich die Bourgeois in Westdeutschland mit Farbenpracht umgeben. [...] Diese Vasen kann ein Lehrling machen, wenn er ein Stück Ofenrohr als Modell nimmt ...« (In: B. R., Tagebücher 1955–1963, S. 268.)

nem Verlag (dem jetzt der gestürzte Kulturminister Bentzien vorsteht), habe endlich mein Stipendium bekommen – 400 im Monat – und einen strengen Termin. Das Stipendium wird bis Oktober gezahlt; dann muß ich mindestens 250 Seiten vorlegen, und dann werden wir weitersehen. Der nette Herr B. zerbricht sich jetzt schon den Kopf über Vorschüsse u. dergl., aber mir ist das vorläufig schnuppe, ich habe bloß noch meine Seitenzahlen im Kopf (heute bin ich auf 172) und habe mir eine Leistungstabelle an den Schreibtisch gezwickt, um mich jeden Tag zu kontrollieren. Natürlich ist das auch ein bißchen Spielerei, mit allerlei für Uneingeweihte geheimnisvollen Buchstaben und Zahlen, aber es spornt doch an, wenn ich so jeden Tag die Summe der Zeilen vergleiche. Das Maximum lag bis jetzt bei 50 Zeilen, aber meist erreiche ich es nicht, ich schreibe viel zu langsam, trotz Bienenfleißes, und lese nebenher ein Haufen Zeugs über Städtebau, Verhaltensforschung, Psychologie und so (lauter West-Publikationen, mit denen mich Henselmann, der getreue alte Freund, versorgt – bei uns beschäftigt man sich ja kaum mit solchen »Nebendingen«). Im Mai 67 soll ich dann ganz fertig sein – ich meine, dann soll das Buch fertig sein, und B. verspricht mir heute schon hohe Auflagen. Na, was mich betrifft, ich sehe schwarz. Neulich hat mir die NDL[1] mein Manus zurückgegeben: sie wollten einen Vorabdruck bringen, ließen es dann aber doch lieber sein, wegen der »problematischen Stellen«[2]. Das ist ungeheuer ermutigend, wie Du Dir denken kannst.

Der arme Hans ist auch reingefallen. Er hat monatelang an einer großen und sehr gründlichen Reportage geschrieben,

1 Neue Deutsche Literatur, Monatszeitschrift, hrsg. vom DSV, Berlin.

2 »Leider, leider, aber das ist aus einem Guß, da kann man nichts rausreißen und außer dem Zusammenhang abdrucken. Das klang ganz schmeichelhaft, aber […] ich […] ahnte schon Böses […]. Na schön, dann kam's raus: in dem Manus sind problematische Stellen, und Sie wissen ja, damals mit Bräunig – also lieber abwarten, vorsichtig sein, keine Mißverständnisse, blahblahblah.« (In: B. R., Tagebücher 1964–1970, S. 190.)

die in einem Reportagenband beim Aufbau-Verlag erscheinen sollte. Vorige Woche, als er fertig war und beim Verlag ablieferte, hörte er, daß der Band geplatzt ist, steht nun also da mit seinem Manus, hat umsonst gearbeitet und bekommt kein Honorar. So niedergeschlagen wie an diesem Tag habe ich ihn noch nie gesehen. Er hält sich für untauglich, weißt Du – dabei hat er bloß ein märchenhaftes Pech. Ab Morgen geht er wieder arbeiten und fährt im Kombinat eine Raupe, zum Glück nur in Normalschicht, so daß wir wenigstens die Abende miteinander verbringen können. Du siehst, alles in allem geht es uns blendend, ich habe kein Gramm Fett mehr auf den Rippen und werde jeden Tag magerer und häßlicher.

[...]

Übrigens, mit dem Institut sind mir doch Bedenken gekommen. Ich bin noch so sauer wegen des 11. Plenums[1], daß ich nicht darüber sprechen könnte, ohne einen Skandal oder wenigstens ein Skandälchen heraufzubeschwören – und dann Gute Nacht! Kann man die Sache nicht anders arrangieren – anderes Thema oder so was? Und wenn es platzt – deswegen kommen wir doch nach R. rauf, sobald wir unseren Besuch in Neubrandenburg abstatten; die hundert Kilometer bringen uns nicht um.

Inzwischen wünsche ich Dir alles Gute, kleine D. [...] Ich hoffe sehr, daß wir uns bald sehen. Grüß das Spätzchen und den Rattenmelker und sei selbst ganz herzlich gegrüßt von

Deiner B-Schwester [...]

153 Von Ludwig Reimann

24. 4. 66

Liebe Brigitte!

[...] Inzwischen habe ich den James Baldwin besorgt und

1 Vgl. erste Anm. zu Brief 146 und B. R., Tagebücher 1964–1970, S. 167–174.

werde ihn Dir in den nächsten Tagen über den Schriftstellerverband zuschicken. Als Paperback-Ausgabe war das Buch nicht zu bekommen. Da es demzufolge erheblich teurer ist, will ich Dein Konto damit nicht belasten, sondern schenke es Dir im voraus zum Geburtstag, obwohl es mir in gewisser Weise widerstrebt, ein solches Buch jemandem zu schenken. Ich habe nur einmal darin geblättert und frage mich spießbürgerlich, ob man zur Darstellung dieser Unglücklichen und Verirrten unbedingt auch so schweinisch werden muß.

Bist Du im Englischen noch so fit, daß Du amerikanische und englische Autoren im Original lesen könntest? Man bekommt sehr viele Bücher recht billig als Taschenbuchausgabe in Englisch. Wenn man sich etwas eingelesen hat, geht es ganz gut.

[…] Ich hatte mich auch noch einmal intensiv bemüht, die von Dir gewünschten Schallplatten zu besorgen, aber selbst das renommierteste Haus in Hamburg konnte mir diese Titel nicht mehr beschaffen; angeblich auch nicht aus dem Ausland. Ich schicke Dir einen Jazz-Katalog mit. […] Alle in dem Katalog genannten Platten sollen greifbar sein. So, und nun will ich mich erst einmal für die »Briefe an Frau Z.« bedanken. In dieser Form ist es das richtige Buch für mich, man braucht es nicht in einem Zug durchzulesen und kann sich in Ruhe einzelne Kapitel aussuchen. Es wäre gut, gäbe es in östlichen Gefilden mehr solcher unabhängigen Denker. Aber das ist ein anderes Thema. – Hast Du von den »Geschwistern« noch ein Exemplar übrig? Ein türkischer Freund, der jetzt in den USA ist, bat mich, ihm das Buch zu schicken, und nun bin ich wieder »bar«. Du hast Dir mit Deinem neuen Buch, an dem Du noch über ein Jahr arbeiten willst, viel vorgenommen, das muß ich Dir zugestehen. Ich wünsche Dir viel Erfolg und das nötige Durchstehvermögen. Was wird mit Neubrandenburg? Ich habe mal am Tollensesee eine Nacht gezeltet. Es ist wahrhaft eine der schönsten Landschaften in Mecklenburg oder gar der ganzen »Republik«. […]

Herzliche Grüße […] von Deinem Lutz-Bruder und Margret mit Oliver.

154 An die Eltern

Hoy, 4. 5. 66

Meine lieben Eltern,

bei uns ist immer noch wunderbares Wetter, und ich nütze den knapp einen Quadratmeter großen Sonnenfleck im Zimmer aus, bin mit meiner Maschine auf den Teppich übergesiedelt und lasse mich beim Arbeiten – in einer etwas anstrengenden Haltung – bräunen. […]

Vor ein paar Tagen habe ich einen Brief von Lutz bekommen, über den ich mich sehr gefreut habe, weil er eben richtig wie an eine Schwester schrieb […]. Er rät uns auch zu, nach Neubrandenburg zu ziehen; der Tollensesee sei wahrscheinlich die schönste Gegend der Republik. (Ja, er hat sogar Republik geschrieben, wenn auch in Gänsefüßchen – aber das ist immer noch besser als Zone.) […]

Ihr seht, in der freundlichen Sonne fallen mir auch lauter freundliche Dinge ein. Wenn ich erst einmal eine Datscha am Tollensesee habe, schreibe ich bloß noch lustige Bücher, die auch Mutti lesen kann, ohne in Ohnmacht zu fallen. […]

Mit vielen lieben Grüßen
eure Tochter Brigitte

155 Von Uwe Herrmann

Rostock, d. 25. 5. 66

[…] Liebe Brigitte, wir haben vom Institut immer noch großes Interesse an einem gemütlichen Abend mit Dir. […]

Hoffentlich läßt sich die Veranstaltung noch in Euer Programm einschieben […]. Ihr könnt dadurch Eure große Reise etwas verbilligen. Das Institut hat sich bereit erklärt, Euch das Benzingeld zurückzuerstatten […]. Vor dem Programm brauchst Du, liebe Brigitte, auch keine Angst zu haben. Der Abend soll unter kein bestimmtes Thema gestellt werden, wir wären aber sehr interessiert, wenn wir vielleicht etwas über die Kulturpolitik erführen, – ein für uns sehr schwer zu verstehendes Thema – aber das soll nicht die Hauptsache sein. Der Direktor meinte, wir werden uns einen gemütlichen Raum besorgen […] und uns in zwangloser Form unterhalten. Einige haben schon Bücher von Dir gelesen und sind z. T. sehr begeistert. Ein Problem steht für uns noch – wir haben keinen, der in der Lage wäre, den Abend souverän zu leiten. Wenn ein solcher Kopf notwendig wär, würde es sehr schön sein, wenn Hans einspringen würde. Na, es kann ja gar nichts schief gehen.

Ein großes Problem ist nun noch der Termin. […] Folgende Termine sind bei uns besetzt:

2. 6. – Philosophisches Colloquium

3. 6. – Betriebsausflug – abends Bums (ohne Frauen)

7. 6. – wissenschaftl. Colloquium.

[…] mit den besten Grüßen Euer Uwe […]

156 An Ludwig Reimann

Hoy, 2. 6. 66

Lieber Lutz,

daß ich mich über Deinen Brief gefreut habe, weißt du schon von unserem FRS-Redakteur. Wahrscheinlich hätte ich mich noch immer nicht zur Antwort aufgerafft, wenn ich nicht Reisefieber hätte, also bloß herumstümpere an meinem Manus. Die ganze Zeit habe ich scharf gearbeitet, und abends war ich entsetzlich müde – aber das kennst Du ja, das ist der Zustand, in dem man sich sogar das Fernsehprogramm ansieht […].

Also, was ich sagen wollte: morgen fahren wir nach Neubrandenburg, um uns bei den Schriftstellern und in der Landschaft umzutun. Für den Herbst hat man uns eine Wohnung in Neustrelitz[1] in Aussicht gestellt, aber nun zögere ich doch, weil ich merke, wie sehr wir uns an Hoy gewöhnt haben. Das heißt, es ist sogar mehr als Gewöhnung: immerhin haben wir viel Zeit, Arbeit und Hoffnung in die Stadt investiert, Artikel geschrieben, die Architekten bis hinauf zur Bauakademie und zum Ministerium in Bewegung gebracht, bei soziologischen Erhebungen mitgearbeitet[2] … solche Investitionen, scheint's, schaffen eine Art Heimatgefühl, und außerdem ist man neugierig, ob alle die Streitereien einen Nutzen haben, ob sich was ändert, und wann und wie. Außerdem ist es fraglich, ob wir auch in N. die etwas absonderliche Basis unserer guten Ehe haben werden: zwei Wohnungen. Die Schriftsteller von N. sagen »ja« – inzwischen hat sich nämlich unsere Sorte Eheführung herumgesprochen; erst ist man befremdet (manche sind sogar empört wie über eine moralische Verfehlung), und dann glänzt Neid in den Augen – vor allem den Augen der Ehemänner: das müßte man auch …

Anschließend wollen wir noch nach Rostock, zu Uwe und Dorli, und treffen sogar noch die Eltern, die an diesem Tag aus ihrem Ferien-Bungalow zurückkommen. In Uwes In-

1 Die ehemalige Residenzstadt Neustrelitz war in dieser Zeit Sitz verschiedener Behörden des 1952 gegründeten Bezirks Neubrandenburg. Hier fanden anfänglich auch die Treffen des DSV statt.

2 Vgl. B. R., »Bemerkungen zu einer neuen Stadt«, a. a. O. – Parallel zum Entstehen des Romans »Franziska Linkerhand« stieß B. R. eine Stadtentwicklungs-Diskussion in Hoyerswerda an, inspiriert durch den Austausch mit dem Architekten H. Henselmann; vgl. B. R., Briefe an die Eltern, S. 197. Sie nahm an einer Tagung des Arbeitskreises Kultursoziologie am Institut für Gesellschaftswissenschaften beim ZK der SED in Berlin unter Vorsitz Henselmanns teil, dem u. a. Architekten, ein Soziologe, ein Psychiater, ein Philosoph angehörten, und engagierte sich in einer soziologischen Arbeitsgemeinschaft in Hoyerswerda, in die Stadtarchitekt Siegfried Wagner sie einlud; vgl. B. R., Tagebücher 1964–1970, S. 180.

stitut sollen wir eine Diskussion veranstalten, über kulturpolitische Fragen; er schrieb ganz treuherzig: Davon verstehen wir nämlich nichts. Weiß Gott, Ratten melken ist manchmal angenehmer als Bücherschreiben. Ich schrieb Dir wohl schon, daß die NDL einen Vorabdruck aus meinem Roman abgelehnt hat, wegen der »problematischen Stellen«. Das wurmt mich heute noch. Trotzdem praktiziere ich in das neue Kapitel ein paar Gasleichen – nicht, weil ich Selbstmorde[1] so attraktiv finde, sondern wegen der Hintergründe. Aber das ist ein weites Feld.

Hast Du den Baldwin schon abgeschickt? Der Verband hat sich nämlich noch nicht gemeldet. Hoffentlich hat nicht jemand in dem Buch geblättert und Appetit bekommen. Und schönen Dank im voraus für den Jazz-Katalog; wahrscheinlich werde ich doch wieder Mahalia Jackson wählen. Hast Du Dir die Platten mal abgespielt? Die Stimme eines Erzengels. Ich kann Dir nicht beschreiben, was ich empfinde, wenn ich ihr zuhöre – ein Gefühl in der Nähe von Frömmigkeit, verstehst Du? Bessie [Smith] ist auch großartig, aber schärfer und trauriger, die Art Blues, bei denen man sich besäuft (ich tu's aber nicht, aus Produktionsethos). [...]

1 Vgl. B. R., Tagebücher 1964–1970, S. 192 f.: »Langes Gespräch mit Dr. Mayer über Selbstmorde, speziell Gasvergiftung. [...] Zwei Jahre lang hat er in Hoy pro Woche ein bis zwei Gastote aus den Küchen geholt [...]. Ich mußte mich genau unterrichten über den Vorgang des Sterbens durch Gas [...] und das Aussehen der Leichen; ich brauche das für meine Gertrud.« – Im Roman »Franziska Linkerhand« bringt sich Gertrud mit Gas um. Franziska fragt den Unfallarzt aus: »›Ich interessiere mich für die Suizidziffern in Neubaugebieten.‹ – ›Sie wissen, daß ich Ihnen kein Material geben darf.‹ – ›Klar. Krieg ich von niemandem. [...] *Ich muß mir eben mein eklektisches Bettelsüppchen kochen ... Wie lange sind Sie in Neustadt?‹ – ›1½ Jahre. Lange genug, um ... soviel kann ich Ihnen sagen, im Schnitt haben wir jede Woche zwei Suizide oder Suizidversuche. Das bleibt unter uns.‹ – ›Mehr als ich dachte‹, sagte Franziska.«* (In: B. R., »Franziska Linkerhand«, Aufbau-Verlag, Berlin 1998, S. 588 f.) – Die kursiv markierten Sätze waren in der DDR-Ausgabe von 1974 gestrichen. Vgl. Nachwort von Withold Bonner, ebd.

Laß es Dir gut ergehen, grüß Gretchen-Margret und den Oliver und sei selbst ganz herzlich gegrüßt von

Deiner Brigitte

{Wenn Du Buchwünsche hast (Klassik vielleicht oder Kybernetik[1]) melde sie an. Ich freue mich, daß Du auch den Brandys so gut findest.}

157 Von Ludwig Reimann

13. 6. 66

Liebe Brigitte!

Dein lieber Brief hat mich aus meiner Schlamperei gerissen. Ich habe den Baldwin sofort (endlich) abgeschickt. Erst wollte Gretchen ihn noch lesen (er ist also nicht mehr jungfräulich), und dann bummelte ich. Bei dem schönen Wetter habe ich die Abende und Wochenenden ganz der Gesundheit gewidmet (Boot, Badeanstalt, Ostsee). Ich muß immer wieder feststellen, daß körperliche Betätigung und Sport mithilft, das seelische Gleichgewicht wieder herzustellen. In Eurer neuen Heimat empfehle ich Dir, tüchtig spazieren zu gehen und zu schwimmen im Tollensesee. Aber vielleicht ist das gar nicht gut für Dich, unter Umständen nimmt die Ausgeglichenheit fernab dem Trubel der Welt Deinem Roman die Kontraste und die »Gasleichen«.

Sei von uns gegrüßt und grüße bitte auch Hans.

Dein Lutz

1 Die Kybernetik wurde in den 60er Jahren zur Leitwissenschaft der Gesellschaftswissenschaften der DDR erklärt. Die Diskussion wurde auch in Künstlerkreise getragen. Von Georg Klaus, dem international anerkannten Wegbereiter der DDR-Kybernetik, war u. a. 1961 das Buch »Kybernetik in philosophischer Sicht« und 1964 »Kybernetik und Gesellschaft« erschienen.

158 Familienrundschrieb Nr. 123

Burg, 19. Juni 1966

[…] Beginnen wir mit dem aktuellsten und weit in die Zukunft wirkenden Geschehnis: Gestern vormittag lief das langersehnte Telegramm ein: »Imke grüßt ihre Großeltern mit 3600 und 54 alles wohlauf 17. 6. 5 Uhr«. Die glücklichen Eltern und den jüngsten Sproß der Reimannfamilie ließen wir am Abend […] mit entsprechendem Stimmenaufwand hochleben, uns dabei erinnernd, daß am 2. 2. 60[1] fast in gleicher Weise der erste Reimann-Stammhalter gefeiert wurde, als Lutz aus dem Krankenhaus der Skatrunde die freudige Nachricht überbrachte. […] Herzlichst Willi

159 Von Uwe und Dorothea Herrmann

25. 6. 66

Liebe Brigitte, lieber Hans!

[…] Die Reisekostenabrechnung wird inzwischen auch schon eingetroffen sein. Es kommt zwar eine recht krumme Summe heraus, verwaltungstechnisch aber nicht anders möglich (808 km × 0,27 MDN). Die Meinungen am Institut über unser Beisammensein waren alle sehr positiv. Bei einigen habt Ihr Zwei sogar Begeisterung ausgelöst. Viele konnten es kaum begreifen, daß Hans ein »Raupenfahrer« ist. Nun, es war für uns ein sehr schöner und interessanter Abend, der uns einen kleinen Einblick in Probleme gestattete, die für uns Wissenschaftler oft schwer zu verstehen sind. Ich möchte Euch im Namen des Instituts noch einmal meinen herzlichsten Dank aussprechen.

So, nun ist inzwischen eine ganze Menge Zeit vergangen, denn wir schreiben bereits den 4. 7. […] Inzwischen hat Dorli

1 Der Vater hat sich offenbar verschrieben. Oliver Reimann wurde am 6. 2. 1960 geboren.

nun auch Ferien bekommen [...] und so läßt unsere Puppa[1] ihren ganzen Arbeitseifer am Hausputz aus, damit auch alles glänzt, wenn das Baby ankommt. [...]

16. 7. 66

Fast 3 Wochen sind vergangen, Uwe mag den Brief nicht mehr abschicken, aber das ist Unsinn. [...]

Eure drei Herrmänner

160 Familienrundschrieb Nr. 124

Burg, 2. Juli 1966

[...] Im übrigen ist Imke »hellhäutig« (Antwort auf eine Anfrage der Oma) und blauäugig.[2] [...] Brigitte bewundert Ulli, daß er während »der aufreibenden Zeit werdender Vaterschaft noch imstande war, eine glänzende Englischarbeit zu liefern und an seinem Beleg zu arbeiten ... Die jungen Leute haben eben doch bessere Nerven als wir alten ...« [...] Willi

161 An Margarete und Ludwig Reimann

Hoyerswerda, 7. 7. 66

Liebe Margret, lieber Lutz,

unser treusorgender Vater hat letztens an den Rand des FRS geschrieben: »M. hat am 10. 7. Geburtstag!« Ein Grund mehr, den längst fälligen Brief zu schreiben ... Also, liebe Margret (der Name geht mit kaum über die Tasten – ich habe mich so an Gretchen gewöhnt), – wir gratulieren Dir herzlich zum Geburtstag und wünschen Dir alles Gute und

1 Kosename für Dorothea.

2 Väterliches Erbe in der Familie sind dunkle Augen und ein dunkler Teint.

Schöne, Gesundheit, Spaß an der Arbeit, einen reizenden, dh, einen auch weiterhin reizenden Mann und artige Kinder. Ich will versuchen, heute noch ein Büchlein von Pozner[1] für Dich aufzutreiben, eine graziöse kleine Geschichte, die Dir wahrscheinlich so gut gefallen wird wie mir.

Folgt mein Dank an Dich, Lutz. Der Baldwin ist gut angekommen – oder habe ich Dir das schon auf einer Karte gemeldet? Ich bin jetzt so in der Arbeit, daß ich einfach alles vergesse; Zerstreuung ist, las ich neulich, ein Zeichen äußerster Konzentration auf eine bestimmte Sache. Der Jazzkatalog hat mich gewaltig aufgeregt. Daraus wählen, das ist ungefähr so, als ob man hungrig vor einem Tisch sitzt, auf dem hundert phantastische Speisen stehen, und man kann bloß zwei oder drei Schüsselchen rausfischen. Oder wie mit Buridans Esel, der zwischen zwei Heubündeln verhungert ... Aber siehe welche Seite habe ich [...] mit dem Instinkt der Liebe sofort aufgeschlagen? Seite 157 mit Mr. Jimmy Yancey – und dabei bleibe ich nun [...]. Auch auf die Gefahr, Dir entsetzlich auf die Nerven zu fallen, bitte ich Dich, noch einmal zu eurem führenden Schallplatten-Haus zu gehen und dem Direktor klarzumachen, daß er den Ruf seines Geschäfts ernstlich gefährdet, wenn er nicht imstande ist – kurz und gut, es handelt sich um zwei 17-cm-Platten, und um das Geld müssen wir uns heute noch nicht den Kopf zerbrechen [...]. Ich habe nur 17-cm-Platten ausgesucht, weil die unauffälliger zu verschicken sind, sie haben ja beinahe Buchformat. [...]

Heute habe ich in der Zeitung gelesen, daß das erste Turmhaus[2] in Neubrandenburg rohbaufertig ist. Wir können also anfangen, unsere Sachen zu packen. Diesmal kommt bloß Hochhaus in Frage, Wohnung im obersten Stock – viel-

1 Vladimir Pozner, »Die Verzauberten« (Roman), Verlag Volk und Welt, Berlin 1963.

2 In Neubrandenburg wurde im November 1966 das erste elfgeschossige Wohnhochhaus in der Clara-Zetkin-Straße übergeben, kurz vor Weihnachten »Am Anger« das zweite.

leicht sogar auf demselben Korridor wie Hans –, und wenn der Lift so fabelhaft funktioniert wie in Hansens Haus, ist man auch vor zuviel Besuch geschützt. Nach sieben Jahren Basis und Betriebsamkeit habe ich das Bedürfnis, mich eine Weile einzuigeln, in aller Stille die hundert Geschichten zu schreiben, die ich zusammengeschleppt habe, und nur Leute zu sehen, die ein Gewinn sind. Zum Glück ziehen zwei Freunde mit, Maler[1], sehr interessante Burschen, begabt, neugierig, zweiflerisch (also auch mit Zweifeln an sich selbst) – die einzigen, mit denen wir manchmal bis nachts um zwei zusammenhocken und reden, meist vor einem Bild, an dem der eine gerade arbeitet. Es ist ungeheuer spannend, die Entstehung eines Bildes zu verfolgen. Weißt Du noch, wie wir mit Gerhard Stauf[2] gearbeitet haben? Wir waren gewissermaßen der erste »Zirkel malender Schüler« [...].

Drück mir bloß die Daumen für mein Buch. Manchmal ist mir bange – Du verstehst. Kennst Du das hübsche Wort »absichern«, oder ist das erst in den letzten Jahren hier aufgetaucht? Egal. Jedenfalls, wenn man anfängt, ein Buch abzusichern, ist man als Schriftsteller moralisch und seelisch tot. Aber das ist kein Briefthema. Es wäre so schade um meine Franziska ... manchmal, wenn ich Anfälle von Größenwahn habe (die braucht man von Zeit zu Zeit), finde ich, sie ist das vitalste Frauenzimmer, das sich je durch unsere Gegenwartsliteratur geliebt und geboxt hat. (Eben habe ich laut geseufzt – wahrscheinlich weil die Kleine so ist, wie ich gern sein möchte.)

[...] schreibt gelegentlich mal ein Kärtchen und seid ganz herzlich gegrüßt von

eurer Brigitte

1 Die Maler Dieter Dreßler und Günther Friedrich siedelten sich nicht im Bezirk Neubrandenburg an.

2 Gerhard Stauf, der in Burg lebte, porträtierte als angehender Künstler Ludwig und Brigitte und malte und schnitzte mit ihnen. Wie B. R. erkrankte er schwer an Kinderlähmung.

162 Von Ludwig und Margarete Reimann

17. 7. 66

Liebe Brigitte,

da Du die ältere des intervall-chronologischen (habe ich eben wortgeschöpft) Zwillingspaares bist, wirst Du als erste von meinen Glückwünschen zum Geburtstag überschüttet. Was sollte man dem frischgebackenen, überglücklichen Uli-Vater denn jetzt auch noch wünschen. Er kann mehr Glück kaum verdauen.

Aber sicherlich kann Dein Konto noch etwas aufgefüllt werden. Freude an der Arbeit, schöpferische Kraft und ein Erfolg, wie Du Dir ihn erhoffst, mögen Dein neues Lebensjahr bestimmen. [...]

Mit der neuen Heimat und der neuen Wohnung wird sicherlich sich alles von selbst einstellen. Wird die Wohnung so groß sein, daß Du Besuch aufnehmen kannst? Vielleicht sollte man dann später einmal im Sommer einen kurzen Urlaub bei Dir einplanen, oder Familientreffen dort im Sommer statt im Winter in Burg. Das wäre gleichzeitig eine richtige Erholung, und sicherlich wird die reizvolle, liebliche Landschaft am Tollensesee dann auch das gesamtdeutsche Klima milde stimmen, gut für den kleinen Dialog im Familienkreise; der große Dialog wird doch nichts. Wir werden uns schon so lange zweigeteilt durch die Geschichte mauscheln, bis wir feststellen, daß es auch so ganz schön ist. – [...] Ich muß den Platz für Margret räumen und grüße Dich und Hans herzlich

Dein Lutz

Liebe Brigitte, hab Dank für die wirklich ganz unerwarteten Geb.-wünsche. Gerade eben brachte die Postbotin auch das angekündigte Büchlein; bin schon halb drin versunken. Es ist so hübsch, traurig und so wahr! So etwas Richtiges für meine Seele. Ich werde sie gleich weiternähren.

Liebe Grüße Deine Margret

163 An Ulrich Reimann

Hoy, 3. 8. 66

Lieber U-Bruder,

[...] Die Herrmänner haben genauen Bericht erstattet über »Inke« [sic], das objektiv schönste Baby seines Jahrgangs, und Spätzchen erzählte voller Mitleid und mit aufgerissenen Augen, daß es »gejammert« habe. Übrigens rühmt man Dir nach, Du seiest ein vorbildlicher Vater ... eine komische Vorstellung für eine große Schwester, die den kleinen Bruder immer noch in Jesuslatschen und mit Großvaters Musterkoffer sieht. Obgleich ich die Älteste bin, komme ich mir jetzt manchmal etwas unerwachsen vor im Vergleich zu euch, die ihr richtige lebendige, selbstgezeugte Kinder aufmarschieren laßt – und sogar ein bißchen minderwertig, weil ich bloß ein paar hundert bedruckte Papierseiten aufzuweisen habe. Aber allmählich muß ich mich wohl an den Gedanken gewöhnen, daß ich das statistische Viertel der Kinderlosen bin. Im September, hoffe ich, werden wir uns in Rostock sehen (wenn wir unsere Wohnungen in Neustrelitz besichtigen), und dann möchten wir natürlich auch Imke bewundern.

[...] Da ich anfange, Geschenke für Weihnachten zusammenzutragen, möchte ich Dich bitten, mir gelegentlich zu schreiben, welche Schallplatten euch interessieren. Es gibt jetzt ziemlich viel Jazz – Peterson[1], Mahalia Jackson, Armstrong – und sämtliche Klavierkonzerte von Beethoven und eine wunderschöne Platte mit Bachs Orgelwerken. Früher fürchtete ich immer, Bach nicht zu verstehen – wahrscheinlich hatte mich das Urteil der Fachleute, dieser Kunstgenuß-Verhinderer, erschreckt, all das tiefsinnige Gerede über reine Mathematik und so fort; jetzt erst habe ich entdeckt, daß der alte Kantor kein Schreckgespenst für Laien ist, sondern eine große und herrliche Musik geschrieben hat, der man nur zuzuhören braucht.

1 Vermutl. der kanadische Jazzpianist Oscar Peterson.

Laßt es euch gut ergehen, ihr drei! […]
Deine Schwester Brigitte

164 An Ulrich und Sigrid Reimann

Hoy, 27. 8. 66

Lieber U-Bruder, liebe Si-Schwägerin,

für euer Geburtstagsgeschenk möchte ich mich ganz herzlich bedanken. Das war wirklich eine gute Idee von euch; so vornehmes Briefpapier habe ich noch nie besessen – und nun kann ich mich natürlich nicht entschließen, es »anzureißen«, und wahrscheinlich werde ich es benutzen, um euch feierlich die Nachricht von einem Nationalpreis oder, wenn es damit nichts wird, von einem Kerschek-Sproß zu übermitteln. Aber damit hat es noch gute Weile, weil ich erst das Buch abschließen muß; jetzt bin ich beim sechsten Kapitel (das ist noch nicht mal die Hälfte), und mein Lektor Lewerenz (36) äußert schon die Befürchtung, daß er seinen ersten Herzinfarkt bereits hinter sich haben wird, ehe wir in die Endredaktion gehen können.

Was die Geschenke betrifft, so bin ich mit eurem Vorschlag einverstanden, unter der Bedingung, daß er nicht auf jeden Fall auch mich betrifft. Will heißen: solange ich nicht vollends verarmt bin, möchte ich euch gern was zu Weihnachten überreichen, bloß so, weil es mir Spaß macht, und den werdet ihr mir ja nicht nehmen wollen. Da ich von Kindern nichts verstehe, habe ich auch mit Kindergeschenken kein Glück – das ist mir endgültig klargeworden, als ich Wolfgang Schreyers höfliches Erstaunen sah darüber, daß ich seiner zwölfjährigen Tochter einen Maikäfer auf Räderchen mitbringen wollte. Außerdem finde ich bei der ganzen Weihnachtsschenkerei die Geste des Gebens wichtiger als den eigentlichen Wert der Gabe; der Verzicht auf diese Geste erscheint mir als Symptom für das Auseinanderfallen des

Familienverbandes; mindestens für unsere Eltern sollten wir auch in Zukunft eine Freundlichkeit in Seidenpapier haben.

Im Herbst, hoffe ich, werden wir mal nach Rostock kommen und »Inke« [sic] und das neue Herrmann-Baby bewundern. Bis dahin alles Gute für euch drei! Grüßt Dorli und Uwe von uns und seid selbst ganz herzlich gegrüßt von Monsieur K. und

eurer B-Schwester und -Schwägerin

165 Von Ludwig Reimann

[London] Di., 6. 9. 66

Liebe Brigitte!

Der Brief an Dich ist seit langem fällig, nun will ich ihn hier zustande bringen, denn zu Hause habe ich doch weniger Zeit. Ich hoffe, daß Du inzwischen die ersten fünf Platten wohlbehalten bekommen hast. [...] Zwei Platten sollten aus Amerika beschafft werden. Hoffentlich werden sie [...] bis nach meinem Urlaub aufgehoben [...]. – London ist eine außerordentlich interessante Stadt, die einem die letzten verschütteten Kenntnisse in Geschichte wieder abverlangt. Ich habe hier oftmals an Dich denken müssen. Es ist ein großer Jammer, daß Ihr, selbst wenn Ihr rückkehrwillig seid, nicht aus Euren Mauern heraus dürft. Das wäre für Dich eminent wichtig. Sicher war Deine Rußland- und Sibirienreise sehr informativ und wertvoll, aber es war dieselbe Welt. Die Welt, in der doch nur immer wieder Haß gepredigt wird anstatt Erziehung in Toleranz und Menschlichkeit zu üben. Aber eben deshalb lassen sie Euch auch keinen Blick nach draußen tun, denn das Kennenlernen anderer Menschen und Völker fördert das gegenseitige Verständnis und Toleranz. Mir ist hier erst die heutige Haltung und Politik der Engländer verständlich geworden. Entgegen meinem sonstigen, bisherigen Denken muß ich auch heute tolerieren, daß sie ihre Queen nicht missen können und wollen. Im Gegenteil, ich muß sie sogar darum beneiden. Obwohl die Queen und das Königshaus heutzutage nur ein Symbol ist, [...] könnte man aber zumindest sagen, daß allein ihre Anwesenheit das politische Spiel fair bleiben läßt. Sicher hat dieser Einfluß auch mitgeholfen, daß England heute auf eine bruchlose Geschichte zurückblicken kann, im Gegensatz zu uns.

Diese Historie ohne Risse und Abgründe läßt die Engländer wiederum viel gelassener und ruhiger ihre Politik gestalten. Wir in unserem geteilten Deutschland leben doch irgendwie immer auf dem Sprung, in Erwartung eines unvorhergesehenen Ereignisses.

[...] Weißt Du, ich möchte einmal Dich und Hans und Uwe nehmen können, um Euch alles zu zeigen und Euch alle bisher unerreichbaren Informationen zugänglich zu machen; wenigstens mal für einige Zeit dem monotonen Einfluß der Unfehlbaren entziehen, um Euch einmal in Zweifel zu stürzen. – Weißt Du eigentlich, daß der liebe, große Bruder[1] laufend pol[itische] Gefangene für schwere Devisen verkauft[2], wie Anno der selige Adolf Juden gegen Lastwagen verschachern[3] wollte? Kein Schwindel des Gegners! Ich kenne sogar die Summe. Aber vielleicht findest Du nichts dabei und wirst mir sogar den großen Unterschied zwischen A's und W. U's [Walter Ulbrichts] Handlungsweise erklären können. Na, ja, im Endeffekt bleibt es ein humanitärer Akt. Falls Du die Geschichte noch nicht wußtest, behalte sie für Dich. Man bewahrt an sich auf beiden Seiten strenges Still-

1 Der »große Bruder« stand im Sprachgebrauch für die UdSSR.

2 1962 erreichte westdeutsche Anwälte die Nachricht von der Möglichkeit des »Gefangenenfreikaufs«. Die Verhandlungen übernahm für die BRD zunächst das Diakonische Werk der Evangelischen Kirche.

3 Gemeint ist das sog. »Eichmann-Angebot«. Ende April 1944 wurde dem Vertreter der Budapester Juden Joel Brand angeboten, eine Million ungarischer Juden freizugeben, wenn die USA und Großbritannien dafür 10 000 LKW lieferten; vgl. Jehuda Bauer, »Freikauf von Juden? Verhandlungen zwischen dem nationalsozialistischen Deutschland und jüdischen Repräsentanten 1933 bis 1945«, Frankfurt a. M. 1996.

schweigen darüber (es ist eben unumgänglich nur in speziellen Einzelfällen darüber Kenntnis zu bekommen) um den Austausch nicht zu stören. [...] – Nun genug von diesem Mist. Ich bin ein richtiger Blödheini, eigentlich wollte ich Dir sehr viel nettere Sachen berichten. Ich fühle mich hier in einer englischen Familie sehr wohl, obwohl die Engländer miserabel kochen und für unsere Gaumen ein ungenießbares Bier brauen. London ist wirklich Weltstadt, man kann hier herumlaufen in welchem Aufzug man mag, es kümmert sich keiner drum. Selbst an den historischen Plätzen, selbst in der Kirche und den eleganten Einkaufsstraßen sieht man die unmöglichsten Figuren; ich möchte sagen, einfach alles, alle Rassen, Trachten, Uniformen, Kutten, Fetzen, Moden – und kein Mensch schaut sich danach um. So kann [man] sie also auch darum beneiden, daß sie eine richtige Haupt- und Weltstadt haben – im Vergleich zu uns. Halt, etwas fehlt ihnen in der Sammlung: so etwas wie eine Mauer. Da sind wir Ihnen doch voraus. – Der nächste Brief ist bestimmt nicht so aggressiv. Du weißt ja auch, daß das alles nicht gegen Dich geht, denn ich bin gewiß, daß sich an unserer geschwisterlichen Zuneigung nichts ändert, nicht wahr?

[...] Dein Lutz

166 An Ludwig Reimann

Hoy, 13. 9. [66]

Lieber Lutz,

über Deinen Londoner Brief habe ich mich so gefreut, daß ich Dir gleich antworten möchte – auf dem Sonntagsbriefpapier vom U-Bruder und in Unkenntnis, ob Du überhaupt noch in L. bist oder vielmehr »weilst« – wie es von einer bestimmten Gehaltsstufe ab heißt. Du hast versäumt zu schreiben, was Dich nach L. geführt hat (Urlaub? Studienaufenthalt?) und wie lange Du bleiben wirst. Ich sehe Dich immer mit Melone und schwarzem Regenschirm und einem müden Weltmann-Lächeln im Mundwinkel auf einem Doppelstockbus sitzen (von der Sorte wie in unserem Englisch-Lehrbuch zur Zeit des Luisen-Lyzeums[1]). Wahrscheinlich würde mir, wenigstens für einige Zeit, die englische Atmosphäre auch zusagen; auf der Liste meiner Reisewünsche steht London an zweiter Stelle, nach Paris. Für Paris allerdings sehe ich mehr Chancen; jedenfalls machte mein Verlag neulich liebenswürdige Andeutungen betreffs Frankreich-Reise – falls mein Roman fertig und sogar gut wird: das ist also gewissermaßen das Mohrrübenbündel, das man dem Esel vor die Nase hängt, um ihn zu schnellerem Trab zu bewegen. Der Esel rennt aber auch so, will heißen: er schreibt fleißig, mal deprimiert, mal von sich selbst entzückt, und noch ist kein Ende abzusehen. Ein Wälzer von tausend Seiten; mein Lektor freut sich schon aufs Streichen. Es wäre schön, wenn ihr Weihnachten wieder nach Burg kämt (diesmal fallen die »Kleinen« mit Familie ja aus), und Du würdest ein bißchen in meinem Buch herumschmökern. Soweit ich das beurteilen kann, entfernt es sich ziemlich weit von dem, was ich bis jetzt geschrieben habe, weil ich heute mehr weiß über Menschen und ihre Möglichkeiten und mich immer mehr befreie von den Lehrsätzen unserer ruhmreichen Jugend. Manchmal denke ich, es ist ein trauriges Buch … obgleich ich eine Geschichte von Ehrgeiz und jugendlichem Mut erzähle, spüre ich etwas wie Resignation darin, besser: Bescheidung. Vielleicht liegt das an meinem Alter […]. Vielleicht liegt es daran, daß sich manche unserer Ideale als Illusionen erwiesen haben … Manchmal möchte ich aufgeben, ein paar Kinder zur Welt bringen und Fußböden wischen und ein friedliches normales Leben führen, statt mich mit Schwierigkeiten herumzuschlagen, die nicht bloß aus dem Talent – oder dem Mangel an Talent – herrühren; andermal fühle ich, daß ich

1 Die Mutter Elisabeth Reimann hatte das Luisen-Lyzeum in Burg besucht.

noch Reserven habe, die ich jetzt nur halb ausschöpfe, und daß ich irgendwann später imstande sein werde, Dinge auszusprechen, zuende zu denken, vor denen ich heute noch zurückschaudere.

Stimmt, Du warst tüchtig aggressiv und ließest selbst die Toleranz vermissen, die Du von uns forderst. »Uns« ist nicht richtig: ich spreche von mir, und Du sprichst mit mir, nicht mit meinem Staat – denn ich besitze nicht die Anmaßung zu sagen: Der Staat, das bin ich. Ich fürchte, Du agitierst immer noch die BR von 1960 … Ganz sicher werden wir immer an einen bestimmten Punkt kommen, wo wir nicht übereinstimmen, aber bis zu diesem Punkt gibt es Verständigung. Weihnachten sind wir ja nicht mal soweit gekommen, das Feld abzustecken; das kann man auch nicht unter den Augen weinender Gattinnen und Mütter und händeringender Väter. Wir müssen auch versuchen, unser feuriges Naturell zu zügeln und Fairness aufzubringen, gegenseitigen Respekt: wir sind keine gläubigen Dummköpfe, weder Du noch ich noch mein lieber Herre, haben vielmehr lange unsere Haltung überprüft, bezweifelt und korrigiert, und wissen, daß wir es auch in Zukunft tun werden. […] (Eben fällt mir ein, daß ich neulich eine soz. Variante des oben zitierten königlichen Ausspruchs hörte: Le Kollektiv – c'est moi.)

Die Platten habe ich noch nicht bekommen, und ich bin beunruhigt durch den Gedanken, daß sie unterwegs einem beamteten Jazzfan in die Hände gefallen sind. Für den Rest des Geldes, wenn ein solcher da ist, würde ich um Taschenbücher bitten: für Hans den Adam Schaff[1] (polnischer Philosoph und unbestechlicher Marxist), für mich Walsers »Halbzeit«[2] und »Einhorn«[3] (hast Du schon gelesen?) – falls

1 Vermutl. Adam Schaff, »Marx oder Sartre«, Wien 1964, oder »Sprache und Erkenntnis«, ebd. 1965.

2 Martin Walser, »Halbzeit« (Roman, 1960), als Taschenbuch München ab 1964.

3 Ders., »Das Einhorn« (Roman), Frankfurt a. M 1966. Beide Romane sind nicht in der DDR erschienen.

es, erstens, das »Einhorn« schon als Taschenbuch gibt und, zweitens, nicht hier erscheint. [...] über Radio DDR gab es ein Interview mit Walser und eine Lesung aus dem Roman. [...] Inzwischen wünsche ich Dir Spaß an London; verirr Dich nicht im Nebel, erst recht nicht in Soho – das mir aus Krimis bestens, vielmehr: schlimmstens bekannt ist – und sei herzlich gegrüßt und umarmt von

Deiner Brigitte-sister [...]

167 Von Dorothea Herrmann

Rostock, d. 20. 9. 66

Liebe Brigitte! Lieber Hans!

Vielen herzlichen Dank für Eure Glückwünsche zu unserem »Sohn«[1]. Uwe war so aufgelöst, daß er ganz vergessen hat, Telegramme zu schicken. [...] Wir freuen uns sehr, daß Ihr am Montag zu uns kommt. Natürlich geht es mir schon längst wieder sehr gut. Nur eine Sorge habe ich noch, nämlich den vielen Speck an allen möglichen und unmöglichen Stellen. [...] Obwohl man mit so kleinen Babys noch gar nichts anfangen kann, sind sie durch ihre Unbeholfenheit so niedlich, daß man sie einfach lieb haben muß. [...] Für heute seid lieb gegrüßt von Euren Herrmännern

Uwe, Susanne, Martina und Dorli

168 An die Eltern

Hoy, 28. 9. 66

Liebe Mu, lieber Vati,

[...] Ja, wir sind in Rostock gewesen, wenn auch nur auf ein paar Stunden [...]. Die kleine Martina ist ein ganz süßes

1 Am 8. 9. 1966 wurde Martina, die zweite Tochter von Dorothea und Uwe Herrmann, geboren.

Baby, erstaunlich hübsch für ihre knapp drei Wochen – und gähnen kann sie auch schon. Sie hat überhaupt nicht geplärrt und ließ sich auch geduldig herumschleppen (ihr müßt bloß mal sehen, wenn Uwe die Kleine nimmt – sie verschwindet in seiner Riesenhand). Sie hat lange schwarze Haare, und wir fanden alle, daß sie schon richtig wie ein Mädchen aussieht. Spätzchen war zuerst ein bißchen bockig, wahrscheinlich verwirrt durch den Besuch; wir waren früher auch nicht anders, jedenfalls erinnere ich mich, daß Mu sagte, wenn Besuch da war, hätten wir uns immer »von unserer besten Seite gezeigt«. […]

Gestern habe ich den ganzen Tag mit Hausarbeit zugebracht und erst heute wieder am Buch gearbeitet, allerdings in saumäßiger Laune, weil ich morgens einen Brief von der Deutschen Post bekam, die mir mitteilte, daß Lutz' Paket mit den Schallplatten beschlagnahmt und eingezogen worden ist, weil wir uns gegen die Postbestimmungen[1] vergangen haben. Ich darf gar nicht daran denken, sonst fange ich an zu heulen. […] Und wer, bitte schön, bekommt die beschlagnahmten Platten? […] Ich habe nur einen Hoffnungsschimmer: Morgen ist Vorstandssitzung in Berlin, und ich will versuchen, das Sekretariat zu bewegen, daß es mit dem Zollamt über Rückgabe verhandelt, vielleicht unter dem Vorwand, daß ich die Platten für eine Arbeit über Mahalia Jackson brauche. Und wenn Otto Gotsche da ist, falle ich ihm damit auch auf die Nerven und werde sogar, wenn nötig, ein paar Tränen vergießen – was mir übrigens sehr leicht fallen wird. […]

Das war's für heute. Laßt es euch gut gehen, ihr Lieben, bleibt gesund und seid ganz herzlich gegrüßt und geküßt von

eurer Tochter Brigitte

1 Gemeint sind die Zollbestimmungen. Es war untersagt, aus der BRD Schallplatten einzuführen.

169 Von Ludwig Reimann

4. 11. 66

Liebe Brigitte!

Es ist nur gut, daß wir über FRS immer etwas von einander gehört haben. Seit unserer letzten Korrespondenz sind nun schon wieder zwei Monate fast vergangen. Dieses Mal habe ich Schuld. Dein Brief, der nach London gegangen ist und mir von dort nachgeschickt wurde, hätte eigentlich eine baldige Antwort erfordert. Über einige Wendungen war ich erstaunt und erfreut. Aber es paßte zu der ungewohnten Zurückhaltung, die Du Weihnachten gezeigt hast. Es ist schon alles ein Scheißspiel, würde man sagen, wenn man eine schlechtere Erziehung gehabt hätte. Aber so denkt man sich das nur. In diesem Jahr werden wir nicht nach Burg kommen. Ich habe nur noch einmal bei Vati nachgefragt, ob man mit dem Auto kommen könnte, aber das ist wohl unmöglich. Da ich im Januar einen neuen Job (absichtlich so amerikanisiert ausgedrückt, damit Du Dich ärgerst) antrete, habe ich keinen Urlaub mehr und für Sonnabend, Sonntag und Montag ist die umständliche Fahrerei mit Kontrollen etc. zu zeitraubend und anstrengend, und zu teuer auch. […] Vielleicht kann man im nächsten Jahr im Sommer mal etwas organisieren. –

Sind die Schallplatten nun inzwischen doch noch angekommen? Die Schufte hätten sie ja wenigstens wieder zurückschicken können, wenn sie eine solche Sendung zu beanstanden haben. Aber was soll man sich noch darüber aufregen. […]

Wenn es nicht zu umständlich, zu gewagt und wahrscheinlich auch unmöglich wäre, hätte ich Dich gebeten, mir einige Auszüge aus dem Buch, an dem Du jetzt arbeitest, zu schicken. Aber sicher muß ich mich bis zum Druck gedulden. Ich schrieb das eben in der stillen Hoffnung, daß sich unsere Standpunkte vielleicht doch langsam wieder annähern und ich das aus dem neuen Roman schon herauslesen

1 Die Geschwister Reimann im November 1943

2 Ludwig und Brigitte besuchen mit der Mutter den Vater im Ausbildungslager, 1943

3 Alle vier 1949, Dorothea, Ulrich, Ludwig und Brigitte (v. l. n. r.)

4 Die Familie zum 80. Geburtstag der Großmutter Franziska Besch am 17. Januar 1951

5 Ulrich, Dorothea und Ludwig in der Neuendorfer Straße, 1958

6 Ludwig Reimann als Student

7 Brigitte und Ulrich, die »ungleichen Zwillinge«, haben am 21. Juli Geburtstag

8 Willi Reimann feiert seinen 50. Geburtstag, 26. Mai 1954

9 Elisabeth Reimann

10 Der älteste Sohn und die jüngste Tochter

11 Weihnachten 1961: Brigitte und Daniel zu Besuch in Burg

12 Die beiden »Kleinen«

13 Dorothea auf Rügen, 1961

14 Hochzeit von Dorothea und Uwe Herrmann am 25. September 1962

15 Nach der Taufe von Susanne Herrmann in der Unterkirche von Burg am 2. Juni 1963

16 Dorothea und Susanne, Februar 1964

17 Das neue Arbeitszimmer von Brigitte Reimann in Hoyerswerda

18 Brigitte mit Susanne in Burg, 1963

19 Lesung im Studentenheim Siegmunds Hof in Westberlin am 11. Dezember 1964

20 Lesung in der neuen Bibliothek in Neubrandenburg am 4. März 1967

21/22 Verlobungsreise nach Prag im August 1964: Sigrid und Ulrich auf der Karlsbrücke

23 Ludwig Reimann mit Oliver in Dänemark, 1964

24 Margret Reimann mit ihren beiden Söhnen, Juni 1969

25 Sigrid und Ulrich heiraten am 30. Dezember 1965 in Leipzig

26 Hochzeitsgesellschaft, Ludwig, Margarete, Dorothea und die Väter (v. l. n. r.)

27 Rudolf Burgartz

28 Brigitte Reimann Mitte der sechziger Jahre

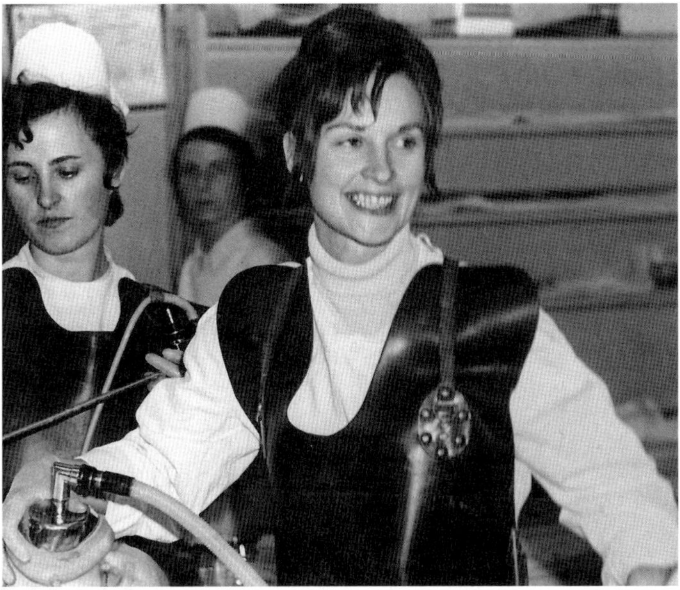

29 Sigrid Reimann bei der Facharztprüfung am 20. Juni 1972

30 Imke und Susanne mit Volker, 1973

31 Die Enkel der Reimanns, Susanne, Florian, Imke, Volker, Martina, Oliver (v. l. n. r.)

32 Ein gemeinsamer Ausflug im Hamburger Hafen: Margret und Ludwig Reimann, Dorothea und Uwe Herrmann, Sigrid Reimann (v. l. n. r., Ulrich Reimann fotografiert), um 2000

könnte. Naiv, was? So, liebe Brigitte, unsere Betriebsversammlung, an der ich nicht teilgenommen habe, um endlich mal Ruhe zum Schreiben zu haben, ist nun gleich zu Ende. Ich muß schließen.

[…] Dein Lutz

170 An Ludwig Reimann

Hoy, 11. 11. 66

Lieber Lutz,

ein Glück, daß Du so spät geantwortet hast, jetzt kann ich Dir wenigstens die frohe Botschaft verkünden, daß ich die Schallplatten bekommen habe. Vorgestern – denn in der Tat waren sie beschlagnahmt worden, ich hatte eine Mitteilung von der Zollverwaltung bekommen und bittere Tränen vergossen. Der Verband ist, wie ich inzwischen erfahren habe, nur dann sicherer Empfänger, wenn es sich um Bücher handelt. […] Verständlich, daß ich Dir nicht schreiben kann, auf welchen Umwegen sie nun doch zu mir gelangt sind – genug, sie sind da, und ich bin glücklich und dankbar, aber trotz einer freundlichen Belehrung nicht imstande, Reue zu empfinden – und weißt Du, warum? Frauen mangelt es an Rechtsempfinden: das habe ich jetzt gerade in einer dicken Schwarte über Kriminal-Psychologie gelesen.

Frauen sind die geborenen Schmuggler und Defraudanten; auch die verständigste Frau kann es sich nicht verkneifen, wenigstens einen Meter Spitze oder ein paar Gramm Kaffee über eine Grenze zu schmuggeln – nicht wegen des Nervenkitzels, sondern aus Unverständnis für die Gesetze eines Staates; sie argumentieren damit, daß das bißchen Zeug, was sie da schmuggeln, keinem zum Schaden gereicht … Ein gescheiter alter Bursche, der darüber geschrieben hat[1]. Er

1 Vermutl. der österreichische Philosoph Otto Weininger (1880 bis

weiß zwar nichts von Gleichberechtigung (das Buch ist 1905 erschienen), aber eine Menge von der Psyche der Frau. Diese Lektüre, nebenbei bemerkt, ist eine erste Einstimmung auf mein nächstes Buch: ich will nämlich einen Kriminal-Roman schreiben[1]. Der Stoff geht mir schon seit Jahren im Kopf herum. In Burg hat es einen Fall gegeben[2], eine Mord-Geschichte, die mich zuerst dadurch fesselte, daß sie bis in Details dem Mord in der »Amerikanischen Tragödie«[3] ähnelte. Inzwischen glaube ich die gesellschaftlichen Hintergründe des Falls entdeckt zu haben, bin ihnen jedenfalls auf der Spur. Ein Verbrechen wird ja erst dann – für die Literatur – interessant, wenn es in einem hohen Sinne typisch ist für eine Gesellschaft. Mord an sich ist durchaus nicht typisch für ein Land wie unseres, aber er kann beschreibbar werden als die äußerste Zuspitzung von Konflikten in einer ganz bestimmten Zeit, die geeignet ist, neben großartigen Menschen miese Karrieristen hervorzubringen. Weißt Du, manchmal in letzter Zeit spüre ich, was für eine Kluft zwischen unseren Büchern und dem Leben klafft: wir leben nämlich in einem ungeheuer aufregenden Lande; man ist nur ewig in Gefahr, große Prozesse aus dem Auge zu verlieren, weil sie sich im Alltag als eine Kette von kleinen Freuden, kleinen Ärgernissen darstellen. Manches, was hier vorgeht, ist viel kühner und phantastischer als in unseren Schreibereien, manches viel gefährlicher und bedrückender.

1903), der in seinem Hauptwerk »Geschlecht und Charakter« (1903) eine philosophisch-psychologische Theorie der Geschlechter entwickelte.

1 Die Idee ist nicht weiter verfolgt worden.

2 Ulrich Reimann kann sich nur erinnern, dass in der Nachbarschaft ein junger Mann, der wenig älter als B. R. war, seinen Vater erschlagen hat.

3 In Theodore Dreisers Roman »Eine amerikanische Tragödie« (1925, dt. 1927) wird die Hoffnung des Aufsteigers Clyde Griffiths, mit einer Ehe in die besseren Kreise gelangen zu können, durch seine schwangere Geliebte, ein Arbeitermädchen, durchkreuzt. Weil sie auf Heirat drängt, will er sie bei einer Bootsfahrt ermorden. Zwar schreckt er in letzter Minute davor zurück, hilft ihr aber auch nicht, als beim Streit das Boot kentert und sie ertrinkt.

Ich schrieb Dir schon in meinem letzten Brief von unseren Illusionen und Idealen ... Das alles ist noch ziemlich unklar, wird sich also in dem Linkerhand-Roman nur andeutend widerspiegeln. Aber wir Prosaiker sind, wie Anna Seghers auf dem Kongreß[1] sagte, langsame Mädchen und Burschen, gewissermaßen mit Zeitzünder. Wenn mir der liebe Gott noch zehn oder zwanzig Jahre beschert, werde ich wenigstens ein Viertel von dem schreiben können, was ich schreiben will (merkwürdig, daß man bei der Arbeit so oft Todesgedanken hat, Angst, dieses Vorhaben nicht mehr zu schaffen – übrigens geht das anderen Schriftstellern auch so).

Mein Gott, das war eine lange Abschweifung! Dabei wollte ich mich für die Platten bedanken. Sie sind wunderschön. Hast Du sie wenigstens mal abgespielt? Du hast eine Platte erwischt, auf der zwei Aufnahmen sind, nach denen ich jahrelang gegiert habe, seit ich sie mal bei Jens Gerlach hörte: »didn't it rain« und »he's got the whole world in his hands«. [...] Jammerschade, daß ihr Weihnachten nicht kommt. Da nun auch die Kleinen mit ihren Babies nicht auf Reisen gehen, habe ich Vati und Mutti zu uns eingeladen, aber lieber wär's mir natürlich gewesen, mit euch in der Neuendorfer Straße unterm Weihnachtsbaum zu sitzen. Ich hätte Dir dann auch mein Manuskript zu lesen gegeben, schicken kann ich es Dir leider nicht. Es gibt nämlich nur zwei Exemplare; das eine hat der Verlag, das andere habe ich, und das schleppe ich ständig mit mir herum, aus Angst, in meinem Haus könnte ein Brand ausbrechen oder sonst eine Katastrophe passieren, die meine Arbeit von mehr als zwei Jahren vernichtet. Man wird abergläubisch wie ein altes Weib.

Ich habe einige Aussicht, nächstes Jahr in die Bundesrepublik zu fahren, allerdings nach Frankfurt. Mein Freund Lewerenz, Cheflektor im Verlag, war dieses Jahr zum ersten-

1 Vermutl. die 1. Jahreskonferenz des DSV in Berlin (2.–4. 11. 1966), an der B. R. teilgenommen hatte. Im Hauptreferat von Anna Seghers findet sich allerdings kein entsprechendes Zitat.

mal auf der Buchmesse und sehr verwirrt durch seine Abenteuer mit Tausenden gefräßiger Autos und mit eleganten Damen (jedenfalls Geschöpfen, die wie Damen aussahen), die ihm unzüchtige Anträge machten. Und er ist Mecklenburger, stell Dir vor, und überhaupt ein braver Junge, wenn er sich auch in all den Jahren Berliner Gewandtheit angeeignet hat. Zur nächsten Messe wird er mich, wenn's nach unseren Plänen geht, mitnehmen. Das hängt natürlich davon ab, wie weit ich mit meinem Buch bin, ob man es dann schon »drüben« vorstellen kann.

Irgendwann werde ich mal aus dem Buch lesen. Bekommst Du den Deutschlandsender[1]? Dann kannst Du mir zuhören (im Januar wahrscheinlich), falls ich selbst lesen darf; ich habe nämlich eine entsetzliche Mikrofonstimme, rauh und lispelnd, also eine Mischung, die einem auf die Nerven geht. Und irgendwann werde ich auch mal was zum Vorabdruck geben, wenn der Verlag einverstanden ist. Wir sind nämlich noch zurückhaltend, verstehst Du? Ausschnitte können immer Mißverständnisse und höchst unerwünschte Diskussionen provozieren, die wir umso weniger brauchen können, als der Verlag wunder was von dem Buch erwartet – mehr, fürchte ich, als ich zu geben vermag. [...]

Übrigens, mit *Job* kannst Du mich überhaupt nicht ärgern. Bei uns haben sich auch die Anglismen den Sprach-Markt erobert, Wörter wie Trend und Image gehören schon zum guten Ton; nur Snobs behelfen sich mit deutschen Wörtern für public relations und dergleichen. Jeder Schlager singende Kretin heult sein baby, darling, sweetheart an ... Diese Vokabel-Invasion ist eine Untersuchung wert. Ich meine nicht Vokabeln, die zur Terminologie eines bestimmten Wissensgebietes gehören, sondern z. B. die – in merkwürdigem Gegensatz zu gewissen Prinzipien – als Lockmittel benutzt werden, also bei allen möglichen Waren und auf Verpackun-

1 Deutschlandprogramm des Staatlichen Komitees für Rundfunk beim Ministerrat der DDR, 1947–1971.

gen. Dieses Ausnützen der Faszination, die für viele vom westlichen Lebensstandard ausgeht, gehört auch zu unseren Zwiespältigkeiten. Auf meinem Knäckebrot-Paket steht »crisp-bread«, auf der Kaffeebüchse »presto instant«, und irgend so ein Schnaps im HO delikat (das ist eine Art Freß-Exquisit) heißt eben »Manager-Cocktail«. Und ohne Hobby bist Du kein ernstzunehmender Mensch … Ich habe auch eins (bloß ein ganz kleines, mehr einen Tick): ich sammle Flaschen. Ich benütze also die Gelegenheit, Dich um Flaschen anzugehen, natürlich leere und mit einem schönen bunten Etikett. Mir fehlen noch sämtliche Whisky-Sorten. Wenn Du dergleichen hast, dann sammle und schick sie mir (auch Bocksbeutel, Steinhäger, Cinzano werden dankbar entgegengenommen). Leere Flaschen verstoßen ja wohl nicht gegen die Zollbestimmungen. Hast Du nicht vielleicht ein paar trinkfeste Freunde? Dann denk an mich und animier sie, angebrochene Flaschen auszutrinken.

[…] grüß Gre – Pardon: Margret und den kleinen Oliver und sei selbst ganz herzlich gegrüßt von Deiner Brigitte

171 Familienrundschrieb Nr. 135

Burg, 18. Dezember 1966

Sonntag morgen 10 Uhr, trübes Wetter, stürmischer Westwind, 9 Grad Wärme (!) …

Es weihnachtet noch nicht sehr, und daß wir, Eure Eltern, in einer Woche, am ersten Feiertag, bei Brigitte und Hans um diese Zeit am Frühstückstisch sitzen, erscheint uns noch etwas unwirklich. Wie schnell ist nur die Zeit vergangen, seit wir die große Familienweihnacht feierten. Alles ist noch so frisch in der Erinnerung, und diese wird uns wohl, je länger die lebhaften, schönen Tage zurückliegen, das Jahresende 1965 unvergeßlich erscheinen lassen, wenn nicht eine Wiederholung ähnlicher Art möglich sein sollte. Aber daran ist zurzeit noch nicht zu denken, und so wollen wir – ich setze einfach Eure Zustimmung voraus – wenigstens eine kurze gemeinsame Feier des gegenseitigen Gedenkens am Heiligen Abend begehen. Und so »ordne ich an«: Am 24. Dezember von 18 bis 19 Uhr wird eine Gedankenbrücke zwischen Hamburg, Hoyerswerda, Kühlungsborn und Rostock [...] geschlagen; jeder von uns wird sich vorstellen, was wohl gerade die anderen tun und denken, ihnen frohe und erholsame Feiertage wünschen! [...] Willi

1967

172 Von Dorothea Herrmann

Rostock, den 14. 2. 67

Meine liebe Brigitte!

[…] Ich möchte Dir noch einmal für die hübschen Weihnachtsgeschenke danken. […] besonders glücklich war ich über den Kleinen Prinzen[1]. Ich habe damals das Buch nicht bekommen und war einigermaßen traurig, um so schöner ist es dann, es so unerwartet zu bekommen. Auch das braune Kleid ist sehr schön. […] Mein ganzer Speck ist wieder weg und ich bilde mir ein, jetzt die beste Figur seit je zu haben (103 Pfund). Du kannst Dir vorstellen, daß mir das Kleid gut paßt.

[…] Heute zieht nun Ulli hier weg, so daß wir ganz allein auf weiter Flur sind. Ein komisches Gefühl, keinen aus der Familie in der Nähe zu haben. […] – Uwe hat neulich Deine Lesung gehört, ich mußte leider zur Volkshochschule[2]. Er war sehr begeistert davon. Ich bin schon wahnsinnig gespannt auf Dein Buch. […]

Wir werden in den letzten Märztagen [eine Eingabe] an den Staatsrat senden und um eine Wohnung bitten, [eigentlich ein für uns]erein[3] nutzloses Unterfangen, aber irgendwas müssen [wir tun]. [Uwe] ist nun schon seit Monaten zu jeder Sprechstunde der Wohnungskommission[4] gelaufen, aber bis-

1 Antoine de Saint-Exupéry, »Der kleine Prinz«, in der Ausgabe des Verlags Volk und Welt, Berlin 1965.

2 Dorothea Herrmann unterrichtete an zwei Abenden der Woche an der Volkshochschule Lüsewitz.

3 Der Brief ist z. T. unleserlich.

4 Wohnungen wurden durch die staatliche Wohnraumlenkung erfasst und vergeben.

her hat man uns noch nicht eine Wohnung nachweisen können. [...] Uwe ist sogar ziemlich [wütend] auf den Staat, weil man ohne Beziehungen einfach nicht weiterkommt. Wir kennen jetzt, wo wir uns mit dem Problem beschäftigen, einige Fälle, wo Leute Wohnungen bekommen haben, ohne viel Lauferei. Es ist ziemlich bitter, daß manche, die noch nichts oder fast nichts für den Staat getan haben, in guten Wohnungen leben, während wir hier im Loch hausen müssen, wo das Wasser von den Wänden läuft und die Betten im Bettkasten verspaken. Weißt Du, man möchte nach fast fünf Jahren Ehe auch mal zur Ruhe kommen. Susanne hat kein Plätzchen, wo sie spielen kann und sie wird nun schon vier. [...] Manchmal haben wir Lust irgendwohin zu gehen, auszuwandern oder so, aber da sind dann wieder die Kinder. [...] – Martina ist schon ein ganz hübscher Kerl mit langsam beginnendem schelmischen Lächeln. [...] Wenn wir genug Geld hätten und eine vernünftige Wohnung, hätte ich Lust, mir noch eins anzuschaffen, aber so werde ich in Zukunft eifrig Antibaby-Pillen schlucken und die Träume von vielen Kindern, die man in Ruhe und Sicherheit aufziehen kann, in der Schublade begraben. So, [...] hoffentlich habe ich nicht zu viel gejammert, es sind nur so kurze Anwandlungen, eigentlich fühlen wir uns doch wohl und ich hoffe, daß es bei Euch auch so ist. Für heute viele liebe Grüße [...]

173 An Dorothea und Uwe Herrmann

Hoy, 22. 2. [67]

Liebe D-Schwester, lieber Uwe,

eben haben wir Dorlis Brief bekommen [...] (Hans leckt sich schon die Lippen bei der Vorstellung von Deiner wiedergewonnenen Lollo-Figur[1]). In aller Eile, weil der Briefkasten

1 Anspielung auf die italienische Schauspielerin Gina Lollobrigida (geb. 1927), die in den 50er/60er Jahren als Sexsymbol galt.

gleich geleert wird: Wir wollten anläßlich unseres Neubrandenburg-Besuchs sowieso zu euch kommen, mußten aber umplanen und möchten euch nun vorschlagen, daß wir zwecks Bekakelung der Wohnungsfrage und anderer, erfreulicherer Dinge (also z. B. Martina) am 28., Dienstag, nach Rostock kommen. Wir können allerdings erst gegen Abend da sein, weil wir noch allerhand in Berlin zu tun haben – mit Beschaffung irgendwelcher Honorare und Vorabdrucke, da im Mai mein Stipendium abläuft und Mütterchen brotlos wird –, und wir wollen nur hoffen, daß der gute alte Karren uns in einem Ritt bis nach Rostock trägt. Könnt ihr uns ein Zimmer besorgen? Ich sehe in der Zeitung andauernd neue Rostocker Hotels »emporschießen«, wie die Dichter sagen. Wir müßten am nächsten Tag gegen Mittag weg, weil ich um 15 Uhr meine erste Lesung in Neubrandenburg habe.

Hans hat eine Idee betreffs Wohnung. Da die Neubrandenburger uns Unterkunft beschaffen, ohne auf unsere Hoyerswerdaschen Wohnungen als Tauschwohnungen zu reflektieren, könnten wir vielleicht mit eurem Wohnungsamt kunkeln, dergestalt, daß wir unsere Wohnungen Rostock zur Verfügung stellen – im Tausch gegen eine Wohnung für euch[1]. Ich bin nicht sicher, ob sich sowas machen läßt; versuchen kann man es auf alle Fälle. [...]

Mit den schönsten Grüßen [...] Deine B-Schwester [...]

174 Von Ulrich Reimann

Oranienbaum, 22. 2. 67

Liebe B-Schwester und lieber Hans,

[...] Wir wohnen hier [in Oranienbaum] in der Heilstätte nur vorübergehend bis unsere eigentliche Wohnung frei wird

1 Da Wohnraum knapp war und die Behörde unflexibel, versuchten Wohnungssuchende, dieses System mit Tausch- und Ringtausch-Aktionen zu umgehen.

und deshalb hat natürlich alles provisorischen Charakter, soll doch aber auch gemütlich sein. Wenn Du diese Zeilen liest, Brigitte, wirst Du bestimmt sagen: »Wird ja Zeit, daß er etwas von sich hören läßt!« Meine Bummelei ist mir allerdings inzwischen selbst peinlich. Zumal Du ja den besten Ruf in Bezug auf Briefpünktlichkeit hast. [...] Wenn es überhaupt eine Entschuldigung für die Bummelei gibt, dann vielleicht die, daß die letzten Wochen für uns ziemlich ereignisreich waren. Das ging gleich nach Weihnachten mit meinen letzten Prüfungen und der Diplomverteidigung los, dann kamen die dazugehörigen Feierlichkeiten. Daneben fiel die Entscheidung über Oranienbaum mit einem Haufen Schreibkram, da ich ja meinen alten Arbeitsvertrag kündigen mußte, der neue abgeschlossen werden mußte usw.

Nun der Umzug mit dem ganzen Drum und Dran – ich bin froh, daß ich noch ein paar Tage Ruhe habe, ehe ich am 1. 3. anfange. Sigrid ist schon mitten drin in ihrer neuen Tätigkeit und dann gleich als Chefin des Hauses, da der eigentliche Chefarzt z. Zt. Urlaub hat. Daß ihr bei der Übernahme der 80 Patienten nicht so ganz wohl war, könnt Ihr Euch denken.

Imke war während unseres Umzuges in Burg und hat dort genug Aufsehen erregt. Sie ist wirklich ein süßes Baby und dabei immer lustig und in Bewegung. Ruhig liegt sie, glaube ich, nur während des Schlafens. Wir sind beide ganz stolz auf die kleine Tochter!

Nun muß nur mit unserer eigentlichen Wohnung hier alles klappen [...]. Übrigens wohnen wir dann nur hundert Meter von der Sommerresidenz des »alten Dessauers«[1] entfernt. [...]

Es grüßen Euch herzlich Eure Uli, Sigrid und Imke

1 Leopold I., Fürst von Anhalt-Dessau (1676–1747).

175 An Ulrich Reimann

Hoy, 6. 3. 67

Lieber U-Bruder,

endlich hat man also ein Lebenszeichen von Dir, und sogar einen Brief (obgleich Du doch sonst Postkarten-Spezialist bist). Ich freue mich für euch, daß ihr gut untergebracht seid – um so mehr, seit ich vor ein paar Tagen in Rostock, bei der D-Schwester, gesehen habe, wie eine Wohnung jemanden deprimieren kann. [...]

Entschuldige, daß ich nur diese kurze Kritzelei absende. Ich bin jetzt noch müde von unserer Reise. [...] Ich schicke Dir das Büchlein von Holub[1] mit, weil es euch wahrscheinlich entgangen ist. Der Hans hat es entdeckt, und wir waren so beglückt über dieses Stück Prosa, daß wir gleich noch für Dich und Lutz und die D-Schwester ein paar Exemplare gekapert haben. Jedenfalls hoffen wir, daß ihr beide unsere Ansicht teilt, wenn ihr das Büchlein gelesen habt.

Gehabt euch wohl in euer neuen Heimat; grüß Deine Si-Frau und das Imke-Mädchen und sei selbst ganz herzlich gegrüßt von

Deiner alten B-Schwester [...]

176 Familienrundschrieb Nr. 139

Burg, 12. März 1967

[...] Lutz schreibt, daß sich die unbeantwortete Post bei ihnen »zu Bergen häuft«. [...] Er empfiehlt uns die Anschaffung eines Telefons (»Das wird zwar teuer, ist aber sehr bequem«). – Nun, auf unsere alten Tage noch damit anzufangen, muß überlegt sein, außerdem läßt die Verbindung nach Hamburg noch recht zu wünschen übrig (vielleicht werden die Ursachen doch einmal in absehbarer Zeit behoben), und dann

1 Vermutl. der Erzählungsband »Engel auf Rädern« von Miroslav Holub, Reclam-Verlag, Leipzig 1967.

sollten auch Dorli und Ulli richtig »angeschlossen« sein, aber man könnte es »im Auge behalten«. [...] Willi

177 Familienrundschrieb Nr. 140

Burg, 29. März 1967

[...] Unser Osterausflug nach Oranienbaum [...] hat uns prima gefallen. [...] Ihr könnt Euch also denken, daß es sich in diesem ehemaligen kleinen Residenzstädtchen mit seinen Kiefernwäldern »vor der Haustür« und den birkenumsäumten Heidewegen recht gut wohnen läßt (abgesehen von der Bahnverbindung nach Dessau mit ihrer einstündigen Fahrzeit für 14 Kilometer!). [...]

Alles in allem geruhsame, aber dabei doch lebhafte Feiertage, die uns auch zeigten, daß es die junge Reimannfamilie doch recht gut getroffen hat und auch die Zukunftsaussichten erhoffen lassen, daß es nur noch schöner und zufriedenstellender werden kann. [...]

Lutz hat sich in seine Arbeit hineingefunden, und es kommt ihm vor, als wäre er schon lange aus dem Flugzeugbau weg. [...] Ansonsten ist es im Familienleben »wieder etwas gemütlicher, da Margret ihre mündliche Prüfung[1] erst im April macht«. Dafür kaufte sie sich ein halbes Dutzend Krimis (sie will sich eine ganze Bibliothek guter Kriminalromane anlegen) und nutzte so die Zeit reichlich aus. [...] Von Oliver haben sie jetzt nicht mehr viel. »Er ist ein richtiger Straßenjunge geworden und tobt den ganzen Tag draußen herum. Jetzt könnten wir wirklich noch so ein kleines Würmchen gebrauchen, eine Stütze unseres Alters. Ich glaube, wir machen nun doch bald ernst damit, bevor mich auch mein Bruder noch überflügelt ...« [...] Willi

1 Ab 1963 arbeitete Margarete Reimann als Fachlehrerin für Deutsch und Russisch. Für ihren zweiten Hochschulabschluss musste sie neben der Berufstätigkeit Prüfungen ablegen; vgl. erste Anm. zu Brief 11.

178 Familienrundschrieb Nr. 142

Burg, 8. Mai 1967

[...] zum letzten Mal begehen wir ja den 8. Mai als offiziellen Feiertag[1] [...]. Ulli meldete sich am Sonnabendmorgen fernmündlich zu dem beabsichtigten Kurzbesuch mit dem Motorrad an und war pünktlich um 13 Uhr zur Stelle. Eigentlich wollte er am Abend wieder nach Oranienbaum zurück, da wir aber zufällig auch einen Familienskatabend bei uns [...] arrangiert hatten, »betäubte« er (Ulli) von Beschs aus telefonisch sein Frauchen, und so verlebten wir einen recht gemütlichen Abend und konnten gestern morgen noch auf dem Balkon Kaffee trinken mit unserem »Söhnchen«, der aber pünktlich auf die Minute um 8 Uhr startete, weil er versprochen hatte, um ½10 Uhr daheim zu sein [...]

Dorli hat nach »furchtbaren Drohungen« (Ausschluß aus der Familie und Enterbung) seitens unserer Mutti zum festgelegten Termin von sich hören lassen. Sie protestierte zwar, gibt aber zu, daß sie »so träge geworden« ist, daß sie einfach nicht mehr schreiben kann, wenn der Tag um ist. [...]

Von Brigitte hörten wir unter dem 27., daß zwei Tage zuvor ihr neues Kapitel fertig geworden ist und es abends bei einer Lesung mit großem Erfolg vorgestellt wurde, allerdings auch eine heftige Diskussion hervorrief. [...]

Inzwischen hat [...] Sigrid ihre Doktorarbeit beendet [...] herzliche Grüße an alle! Willi

1 »Tag der Befreiung des deutschen Volkes vom Hitlerfaschismus«, auf Beschluss der Volkskammer der DDR seit 1950 begangen. Mit Einführung der 5-Tage-Woche und damit einer Verkürzung der Arbeitszeit wurden 1967 einige Feiertage abgeschafft, darunter der Ostermontag und der 8. Mai.

179 An Dorothea Herrmann

Ahrenshoop, 19. 6. [67]

Liebe D-Schwester,

wie Du am Absender siehst, sind wir bei Wolfgang Schreyer in A. und wollen natürlich auf der Rückfahrt bei Euch vorbeikommen. D. h. wir sind sogar gezwungen, eine Nacht in Rostock zu bleiben, weil das Schreyersche Gästehaus am Sonnabend wieder besetzt ist, und wir erst am Sonntag ein Quartier in Neubrandenburg haben, wo wir an einer Schriftstellertagung teilnehmen wollen. Würdet ihr so nett sein, uns ein Zimmer zu besorgen? Zur Not kampieren wir auch im Auto, aber das ist natürlich nicht sehr bequem. […]

Wir kommen, wenn's recht ist, am Sonnabend, wahrscheinlich gegen Mittag, zu euch. Wenn ihr noch nicht zu Hause seid, gehen wir Schaufenster ansehen […].

Mit herzlichen Grüßen (natürlich auch von Hans)

Brigitte

180 Von Dorothea Herrmann

Ückeritz, d. 23. 6. 67

Meine liebe B-Schwester!

[…] Von Euch hört man ja leider nicht immer Gutes, aber Ihr laßt Euch nicht so schnell unterkriegen, und das ist äußerst beruhigend. Wir hatten gehofft, Euch bald mal in Rostock begrüßen zu können. Wie steht es damit? Wir sind beide sehr neugierig auf Dein Buch, gerade weil es schon jetzt so umstritten ist. […] Kommt uns doch bitte mal wieder besuchen, wenn wir unsere neue Wohnung haben, ist auch mehr Platz da. Mutti erzählte, daß Ihr Euch auch für uns um eine Wohnung bemüht. […] Wir werden aber trotzdem in die Teilwohnung ziehen […]. Die ganze Wohnung hat vier Zimmer, gekachelte Küche und Bad, dazu eine große Diele. Das ganze ist in einer schönen Wohngegend in einem Zweifamilienhaus. Wir ziehen eigentlich vor allem unter der Perspektive ein, die Wohnung einmal für uns zu bekommen. Die Wirtin ist 73 Jahre alt und hat keinen Anhang. Das Dumme ist nur, daß in der Wohnung z. Z. noch eine Person wohnt, die einen lockeren Lebenswandel führt und trotz ihrer 43 Jahre nur junge Männer zwischen 18 und 25 [...] anschleppt. [...] Besonders der Gedanke, daß wir mit ihr zusammen die Toilette benutzen müssen, ekelt mich. [...] Die Frau sollte eigentlich in der Hafengegend ein Zimmer bekommen, aber das hat irgendwie nicht geklappt. Vielleicht haben wir dank Eurer Hilfe mehr Glück.

Seit Montag sind wir in Ückeritz. Das Institut hat hier zwei Bungalows. Leider kann man nur eine Woche bleiben, aber bisher hatten wir gutes Wetter, so daß wir die Freuden der See trotzdem genießen können. [...]

Grüß Deinen lieben Mann und sei Du ganz lieb gegrüßt von

Deinen Herrmännern

181 An Dorothea und Uwe Herrmann

Rostock, 25. 6. [67]

Liebe Dorli, lieber Uwe,

heute nacht waren Einbrecher in eurer Wohnung – sie hoffen, keine Spuren hinterlassen zu haben (d. h. Dreckspuren). Aus dem Brief, der euch nicht erreichte, seht ihr, daß wir uns gestern obdachlos in Rostock herumtrieben. Ihr könnt euch denken, wie enttäuscht wir waren, als wir euch nicht antrafen, und da ihr sicher nicht vor Abend wieder hier sein werdet, können wir nicht warten (mittags wollen wir in Neustrelitz sein). Ihr seid doch nicht böse, daß wir uns einfach eingeschlichen haben? (Zu Gegendiensten gern bereit) Bettzeug hatten wir zum Glück mit, auch Essen (die Restbestände unserer Vorräte habe ich in der Küche deponiert).

Macht's gut bis zum nächsten Mal. Hoffentlich habt ihr euch gut erholt.

Grüßt das Spätzchen und das Tinchen von uns und seid selbst ganz herzlich gegrüßt von eurer Brigitte [...]

182 An die Eltern

Hoy, 3. 8. [67]

Liebe Mu, lieber Vati,

da euch eure Gören so schändlich im Stich lassen, was Post betrifft, sollt ihr wenigstens von eurer *vorbildlichen* Tochter einen Brief zum Sonntag bekommen. [...]

Eure Entrüstung kann ich verstehen – über die bummeligen Kinder –, und teile sie auch. [...] Allerdings verschwitze ich auch die Geburtstage der Verwandtschaft, und deshalb möchte ich einen Verbesserungsvorschlag unterbreiten und den FRS-Redakteur bitten, für jede Familie eine kleine Liste zu tippen, die man sich ins Notizbuch kleben oder einlegen kann und auf der die Geburtstage der Angehörigen vermerkt sind [...]. Der Groschen für eine Blümchen-Karte findet sich dann bestimmt in einer Hosentasche.

Einstellung des FRS wird hierorts gar nicht erst erwogen! Daß meine »neuesten Seiten«[1] erschienen sind, habe ich euch geschrieben. Ha, das gibt wieder Geld! Und ich will tüchtig sparen, weil mir eingefallen ist, daß ich in N. ja keine Küche habe [...].

Grüßt die Geschwister, auch die Bummelanten und Verräter – Verzeihen ist die erste Christenpflicht.

Mit vielen lieben Grüßen eure Brigitte

1 »Meine neuesten Seiten«, eine Rubrik für Vorabdrucke auf der Literaturseite des ND. – Aus »Franziska Linkerhand« wurde »Ein Montag morgens« vorabgedruckt (in: ND vom 29. 7. 1967). Im Vorfeld hatte es Auseinandersetzungen mit der Redaktion gegeben, die »Amerikanismen« streichen wollte; vgl. B. R., Briefe an die Eltern, S. 221, und dritte Anm. dazu.

183 An Sigrid und Ulrich Reimann

Hoy, 4. 8. 67

Liebe Sigrid, lieber Uli,

[…] Ihr seid die einzigen von der Familie – außer Vati und Mutti, versteht sich –, die sich am 21. 7. erinnert haben. Aus dem FRS habe ich erfahren, daß es Uli nicht besser ergangen ist.

Im August will ich für ein paar Tage nach Hause fahren; es wär nett, wenn wir uns dann mal wieder sehen könnten und Imkes Fortschritte begutachten. Inzwischen laßt es euch wohl ergehen, macht's euch behaglich in der neuen Wohnung, und habt nochmals schönsten Dank.

Mit herzlichen Grüßen eure Brigitte

{In der letzten Sybille steht ein – übrigens sehr gut geschriebener – Aufsatz von Prof. Henselmann über die Schönheiten von Oranienbaum.[1]}

184 Tagebuch

Hoy, 12. 9. [67]

[…] Einmal war ich in Burg, zu Besuch bei Vati und Mutti. Die Armen – sie geben sich verzweifelt Mühe, die Familie zusammenzuhalten, die dennoch auseinanderfällt, fast unmerklich. Beleidigende Briefe von Lutz, an seine »verirrten Verwandten in der Zone«. Der ist mal wieder politisch durchgedreht. Und Dorli schweigt (freilich hat sie viel Arbeit; sie ist jetzt im Institut bei Uwe); nur Uli ist ein liebevoller Sohn und Bruder. Mir tun die Eltern so leid […]. Ich schreibe jede Woche einen langen Brief, um sie zu trösten.

1 Hermann Henselmann, »Reise in Bekanntes und Unbekanntes, 10. Route. Oranienbaum, Mosigkau, Wörlitz« (in: »Sibylle. Zeitschrift für Mode und Kultur«, Berlin, H. 4/1967).

185 Von Dorothea Herrmann

Rostock, d. 10. 9. 67

Liebe Brigitte!

24. 9. 67. Über die Überschrift bin ich letztes Mal, wie Du siehst, nicht hinausgekommen. Es gibt für mich nichts Schlimmeres, als mit schlechtem Gewissen mich hinzusetzen und Briefe zu schreiben. Ich bin nun in der ganzen Familie als lieblos und undankbar verschrien. In jedem Brief von Zuhause werde ich gemahnt und als das ungeratenste Kind der Familie hingestellt, so daß ich immer mehr Komplexe kriege und manchmal denke, es hat ohnehin keinen Sinn zu schreiben. […] Liebe B-Schwester, ich muß sagen, daß es mir unsagbar leid tut, Dir nicht mal zum Geburtstag gratuliert zu haben. Es gibt dafür keine Entschuldigung. Ich habe es vergessen, weil wir in der Woche gerade umzogen […] Na, mit mir ist eben nicht viel los. Manchmal denke ich, daß ich meinen Aufgaben, 8 Stunden zu arbeiten und einen vier-Personen-Haushalt zu betreuen, doch nicht ganz gewachsen bin. Vielleicht nehme ich mir auch immer zu viel vor […], jedenfalls bin ich im Augenblick in ziemlich mieser Stimmung und sollte keinen Brief schreiben, weil's dann ein bißchen schwarz wird, nimm es bitte nicht so. Von Euch hören wir glücklicherweise immer von Mutti. Du hast ja auch so viel Kummer; ich fürchte nur am meisten, daß Du Deine Gesundheit ruinierst und mal ganz krank wirst. Hoffentlich ist es nicht so schlimm, daß Du am Hungertuch nagen mußt. […]

Nach Hause zu fahren, ist jetzt, wo wir vier sind und Susanne bezahlen muß, einfach zu aufwendig. Tinchen ist außerdem in so einem Alter, daß man mit ihr schlecht reisen kann. – Die beiden Zimmer hier […] sind sehr schön, überhaupt ist das eine ganz tolle Wohnung, aber das Zusammenleben mit anderen Leuten erfordert doch viel Rücksichtnahme. 3 verschiedene Parteien in einer Wohnung sind so ungefähr das letzte, was man sich wünschen sollte, aber trotzdem ist es der Himmel gegen die Eselföterstr. Die Wirtin ist schon seit fast vier Wochen in der Klinik, aber es geht ihr wieder sehr gut. Die andere [...] Dame ist ganz nett, so schlimm wie unsere Vorgänger sie gemacht haben, ist sie nicht [...]. Vielleicht klappt es mal, daß sie auszieht. Wenn wir die Wohnung mal ganz für uns bekommen, können wir ein Vermögen hineinstecken, es ist alles überholungsbedürftig, aber dann ... Wir haben schon hochfliegende Pläne, in Gedanken ist alles eingerichtet. So ist die Jugend, die ältere Dame hat vielleicht noch 20 Jahre zu leben und wir richten bereits ihre Zimmer ein. – Unsere Kinder sind unsere große Wonne. Manchmal bin ich ziemlich niedergeschlagen, daß ich mit meinen 24 Jahren schon so angekettet und so in eine nie abreißende Hausarbeit verstrickt bin, daß ich für mich kaum Zeit habe. Wenn unsere liebe, süße Tine mich dann aber anlacht und ihre paar Worte sagt und Susanne kluge Antworten gibt, bin ich mit meinem Schicksal wieder versöhnt.

Seit einem Monat wohnt meine Freundin Annelie bei uns, sie hat noch keine Arbeit und betreut bis Oktober Martina. Sie ist ledig und ohne Pflichten, aber an ihr sehe ich immer wieder, daß ich vielleicht doch besser dran bin mit meinen Kindern und Uwe. Man müßte nur ein bißchen mehr Geld haben, damit man nicht so sehr zu knausern brauchte und nicht so viel selbst zu nähen und zu stricken brauchte. [...] Am allerschwierigsten ist es aber wirklich, daß ich zum Lesen fast gar keine Zeit habe und meine eigene, verdammt nötige Weiterbildung ganz hintenanstellen muß. Uwe ist im Institut vollkommen ausgelastet. Die Eiweißforschung wird in der DDR seit dem 7. Parteitag ganz groß geschrieben. Unser Institut spielt eine bedeutende Rolle dabei.[1] Für Uwe ist

1 Der VII. Parteitag der SED (17.–22. 4. 1967) beschloss u. a. die Förderung von »Fortschrittsideen«. Im Oskar-Kellner-Institut, Rostock, arbeitete Dorothea Herrmann in der Information und Dokumentation, Uwe Herrmann forschte auf dem Gebiet der Tierernährung.

das sehr günstig, er hat sich genau auf das richtige Thema spezialisiert, aber dadurch ist der Arbeitsaufwand auch größer. Er hat eine Fülle an Literatur zu bewältigen und täglich kommt etwas dazu, aber er ist sehr glücklich dabei. Jetzt war er eine Woche krank und obwohl er bis Donnerstag noch krankgeschrieben ist, sitzt er jetzt schon wieder am Tisch und arbeitet. Er jammert mir die Ohren voll, daß er nicht in sein geliebtes Institut gehen darf. Ich arbeite aber auch sehr gerne dort. Im Januar bekomme ich eine beträchtliche Gehaltserhöhung und dann wird's noch besser. Noch habe ich es keine Minute bereut, den Lehrerberuf an den Nagel gehängt zu haben. Ich könnte ihn unter den gegebenen Bedingungen ohnehin nicht so ausüben, wie es nötig wäre. Die Arbeit im Institut ist eine Erholung, ich hatte aber auch Glück mit meinem Chef. […] Er ist sehr kleinlich, ich sehr großzügig, und wir finden immer einen guten Mittelweg, so daß die Arbeit gut läuft. Ich bin seine linke und seine rechte Hand und genieße so viele Vorteile, daß ich es mir nicht besser wünschen kann und das alles, ohne nur ein bißchen mit ihm zu flirten. […]

Alles Liebe und Gute Für Dich und Hans und viele liebe Grüße von

Deinen Herrmännern

186 Von Dorothea Herrmann

Rostock, d. 14. 11. 67

Liebe Brigitte!

[…] Als ich vor 14 Tagen Zuhause war, habe ich alles über Euch gehört, ich bin nun aber doch gespannt, ob und wann aus Euren Umzugsplänen etwas wird. Es ist doch nicht so einfach, solch ein Vorhaben zu verwirklichen, noch dazu, wo Hans seine Arbeit aufgeben müßte. – Von uns ist eigentlich nur Angenehmes zu berichten, wir haben in der letzten Zeit bei allen Unternehmen soviel Erfolg, daß mir manchmal ganz unheimlich ist. Man denkt dann an das »dicke Ende«, das doch irgendwann einmal kommen muß.

[...] Jetzt haben wir für Martina auch noch einen Krippenplatz bekommen, so daß wir alle unsere Nahziele verwirklicht haben. – Traurig werde ich nur, wenn ich an die Eltern denke. Ich muß gestehen, daß ich Mutti eigentlich noch nie so traurig und mutlos gesehen habe wie jetzt. Was können wir nur tun? Nach Weihnachten will ich Susanne mal hinbringen, sie hängen doch sehr an der Kleinen und werden durch sie sicher etwas abgelenkt, und Susanne macht ja nicht mehr viel Arbeit. Ganz abgesehen von dem Kummer, den Lutz den Eltern macht, bin ich auf ihn auch etwas böse. Nachdem er im Sommer Uwe wegen seiner politischen Einstellung so heftig angegriffen hat, fängt er jetzt mit mir an. So fehlgeleitet fühle ich mich eigentlich gar nicht, ich finde, daß ich genauso meinen Mann stehe, wie alle anderen auch. Daß ich beruflich keinen besonderen Ehrgeiz habe, ist wohl verständlich bei einem Mann, der promoviert, und zwei kleinen Kindern. [...]

Als ich jetzt zum Lehrgang war, wollte ich zu Euch kommen, weil ich aber eigentlich auch Vati und Mutti besuchen wollte, habe ich einen Pfennig hochgeworfen, um mir die Entscheidung abzunehmen. Der Pfennig entschied für die Eltern. [...]

Martina ist ein ganz liebes und süßes Mädchen, jetzt kann sie laufen und Küßchen geben. Ihr würdet sie sicher nicht mehr erkennen, ich glaube, sie wird mal ganz hübsch und pfiffig. Wenn ich mir manchmal die beiden Mädchen ansehe, denke ich, daß es vielleicht doch ganz schön sein muß, noch eines zu haben, aber das ist wohl unter den heutigen Zuständen nicht das Gegebene. Susanne meint, wir hätten genug Kinder und letztlich muß ich ihr Recht geben. Sie ist ohnehin diejenige, die es am schwersten hat. Sie hat so richtig die Rolle der großen beschützenden Schwester übernommen und das ist nicht einfach. Sie wäscht sogar sehr oft ab, paßt auf Tine auf, wenn ich nicht da bin und hat auch sonst so einige Pflichten, die sie zwar selbst übernommen hat, die aber andere Kinder in ihrem Alter selten haben. [...] Seid ganz, ganz lieb gegrüßt

von Euren Herrmännern [...]

187 An Ulrich Reimann

Hoy, 20. 12. [67]

Lieber U-Bruder,

hab schönen Dank für Deine Weihnachtsgrüße. Es tut uns schrecklich leid, daß der armen Sigrid eine so böse Geschichte[1] zugestoßen ist, und wir wünschen von Herzen, daß sie bald wieder gesund und ihr Auge ganz heil wird. Ein Glück nur, daß sie als Ärztin rechtzeitig bemerkt hat, was da geschieht; ein Laie hätte sicher zu lange gewartet oder einem Schatten nicht genug Bedeutung zugemessen. [...]

Unser Weihnachtspäckchen haben wir an Vati und Mutti geschickt, weil wir dachten, daß ihr dort feiert. Entschuldige, daß für das Imke-Kind nichts dabei ist; sie ist ja noch so winzig, daß meine Junggesellen-Phantasie versagt. Nächstes Jahr wird sie aber wohl reif werden für Märchenbücher oder sowas.

Laß es Dir wohl ergehen am Heiligen Abend, trotz Deines Kummers, und sei herzlich gegrüßt von

Deiner B-Schwester und Monsieur Hans [...]

1 Sigrid Reimann erlitt eine Netzhautablösung.

Hoy 31. 12. [67]

[…] Weihnachten waren wir allein (zum erstenmal in meinem Leben ohne die Eltern und Geschwister), wir hatten nur so einen Tannenstrauß geschmückt. Heiligabend für Hagestolze, mit polnischem Wodka und Beethoven. Muß arg sein, später, wenn man alt ist, keine Kinder hat … […]

1968

189 An die Eltern

Hoy, 16. 2. 68

Liebe Mu, lieber Vati,

den Brief schicke ich per Eilboten, damit ihr noch eine Sonntagspost habt. Jetzt kann ich euch ja ruhig schreiben, warum ich solange geschwiegen habe; ich war nämlich völlig zerschmettert, und sicher hättet ihr das am Ton des Briefes gemerkt und euch wunder was für Gedanken gemacht. Ich habe ein paar schlimme Tage hinter mir, [...] weil ich dachte, ich habe Krebs. Mutti kann sicher verstehen, was das für eine Frau bedeutet, wenn sie plötzlich so ein boshaftes kleines Gewächs entdeckt [...]. Ich habe eine mörderische Angst vor Krebs und achte auf jedes Anzeichen, und als ich merkte, daß ich so einen häßlichen Knoten in der Brust habe, war ich natürlich halb verrückt. Auf einmal ging die Arbeit wieder großartig voran – aus lauter Angst, denke ich, aber jedesmal, wenn ich von meiner Schreibmaschine aufblickte, mußte ich gleich wieder nachgrübeln und heulte wie ein Schloßhund. Nun habe ich die Untersuchungen hinter mir; der Chirurg [...] zieht zwar ein bedenkliches Gesicht, sagt aber, es könne sich um eine hormonelle Störung handeln, und der Frauenarzt [...] meint, es sei ein gutartiges Gewächs – vorläufig noch. Es muß regelmäßig kontrolliert werden, und wenn sich irgendwelche Veränderungen oder Entzündungen zeigen, wird eine Gewebeprobe entnommen und eingeschickt. Falls ihr noch an den lieben Gott glaubt, könnt ihr ab und zu ein gutes Wort für mich einlegen. [...] Als ich gestern nachmittag vom Arzt kam, war ich richtig albern und mußte über alles lachen wie ein blödes Gör.

Brustkrebs ist nicht unbedingt lebensgefährlich, wenn er frühzeitig erkannt wird, aber sehr unangenehm, weil einem sofort, wenn sich bloß ein kleiner Herd zeigt, die ganze Brust abgenommen wird. Brutal, was? […]

Übrigens hat sich bei der Gelegenheit – ich bin auch geröntgt worden, herausgestellt, warum ich ewig Kopfschmerzen habe. Ein Halswirbel ist lädiert […] und malträtiert die Nervenstränge. Vielleicht steckt bei unserer Familien-Migräne so was dahinter […]. So, das waren schon alle Neuigkeiten – na, mir haben sie jedenfalls gereicht. […] Manches ist auf der Welt sehr ungerecht verteilt, ich finde, das Hinken allein reichte schon aus für einen Menschen. […]

Von Neubrandenburg gibt es noch nichts zu berichten. Inzwischen beschäftige ich mich damit, Papiermöbelchen in einem Papierzimmer herumzuschieben … […] grüßt die Familie im nächsten FRS und seid selbst ganz herzlich gegrüßt von eurer

wieder frohgemuten Tochter Brigitte

190 Familienrundschrieb Nr. 157

Burg, 5. Mai 1968

[…] Es lag der Vorschlag von Lutz für das Berliner Treffen[1] am Sonnabend, dem 27. April, vor! […] Da die Abfertigung reichlich langsam vor sich ging, mußten wir bis halbelf warten, ehe wir uns nach rund 28monatiger Trennung wieder einmal persönlich begrüßen konnten. Es wurde kein Tagesprogramm aufgestellt, wir suchten nur die Gelegenheit, uns etwas ungestört aussprechen zu können. Wir saßen mehrere Stunden im Café »Linden-Korso« [sic], dann einige Zeit auf den Stühlen auf dem Mittelweg Unter den Linden, um schließlich im Interhotel »Unter den Linden« Kaffee zu trin-

1 Es trafen sich die Eltern, B. R. und Ludwig Reimann.

ken und danach Brigitte zum Zug nach Bahnhof Lichtenberg zu bringen […]; abschließend fuhren die Eltern mit ihrem Ältesten wieder zum Übergang Friedrichstraße, wo wir gegen 20 Uhr Abschied nahmen, da das Flugzeug um 21 Uhr startete. […] Es ging – wie sollte es anders sein – im Reimannschen Temperament recht lebhaft bei den Diskussionen […] zu. Die beiden Geschwister hatten sich besonders viel zu sagen, und es bleibt vorerst schwer zu entscheiden, wie weit sie sich »verständlich« gemacht haben. Es wird immer so sein, daß bei allen Dingen der eigene Standpunkt in den Vordergrund gerückt wird, aber entscheidend dürfte und sollte es schließlich sein, daß man auch die Meinung des anderen irgendwie zu verstehen sucht […].

Aus Lutz' Zeilen: »… gleich heute vormittag hingesetzt, um noch einmal zufriedene Rückschau zu halten. Ich hoffe, daß Ihr auch wenigstens das Prädikat ›zufrieden‹ diesem Tag geben könnt. Er war erforderlich und hat uns wohl wieder ein Stück vorangebracht und das gegenseitige Verständnis vertieft … Sicherlich war es auch sinnvoll, daß wir nicht diese persönlichen kleinen Zwistigkeiten ausdiskutiert haben. […] besser ist ein neuer Anfang auf altem Fundament ›Familie‹. Und ich hatte das Empfinden, das wird möglich sein … Unser Problem ist eigentlich nur der seltene persönliche Kontakt. […]«

[…] Brigitte ist bekümmert darüber, daß sie mit ihrem Bruder nicht klar gekommen ist. Sie ist recht deprimiert nach Hause gekommen […]. Nach ihrer Ansicht hat Lutz wohl eine falsche Vorstellung von ihrem Leben; aber darüber müßten beide sich vielleicht nochmals unterhalten […]. Zuerst gilt es jedoch, daß sie sich erst einmal gründlich auskuriert. Ihr Gesundheitszustand ist wirklich garnicht gut. Sie wird morgen auf mindestens eine Woche ins Krankenhaus zur Beobachtung gehen. Sie hofft, bei ihrem Doktor gut aufgehoben zu sein und viel schlafen und lesen zu können. Wir wünschen ihr von Herzen alles Gute! […] Willi

191 An Sigrid Reimann

Hoy, 4. 7. 68

Liebe Sigrid,

hab schönen Dank für Deine Karte und die guten Wünsche. In aller Eile [...]: für Uli habe ich schon was zum Geburtstag – leider nichts »Praktisches«, aber das läßt sich ja später nachholen. Was meine Wünsche betrifft: anläßlich einer Bewirtung von mehreren Gästen stellte ich fest, daß ich keine Eierbecher besitze. Also das wär so ein Wunsch.

Ich beneide euch, daß ihr jetzt behaglich in eurer Wohnung sitzt – ich habe den ganzen Umzugskram noch vor mir. Ich bin jetzt schon ganz durchgedreht. In der Wohnung wird nun endlich umgebaut; im August oder September geht's also los, leider oder Gott sei Dank. Grüß Uli und Imke und sei selbst herzlich gegrüßt von

Deiner Brigitte

192 An Ulrich Reimann

Hoy, 16. 7. [68]

Mein lieber U-Bruder,

zu Deinem Geburtstag wünsche ich Dir von Herzen alles Gute, Gesundheit, Erfolg in der Arbeit, und – wie Mutti zu sagen pflegte – »artige Kinder«. Hoffentlich hast Du – bezw. habt ihr beide – an der Platte ein bißchen Freude. Ihr besitzt doch noch euren Plattenspieler, nicht wahr? [...] Dein ungleicher Zwilling kann Dir, bei Gelegenheit dieses Schreibens, mitteilen, daß er sein schönstes Geburtstagsgeschenk gestern schon bekommen hat, von Prof. S[...] in Berlin: die sichere Nachricht nämlich, daß ich keinen Krebs habe (bloß einen eingewachsenen und verkapselten Operationsfaden, der nächstens rausgeschnitten wird). Mit vielen herzlichen Grüßen [...]

Deine frohe B-Schwester und Monsieur Hans

193 Von Ludwig Reimann

[Juli 1968]

Liebe Brigitte,

mit den besten Wünsche für Gesundheit und Erfolg gratulieren wir Dir herzlich zum Geburtstag. Ich hatte immer mal mit ein paar Zeilen von Dir gerechnet, aber nun muß ich wohl selbst noch einen Brief schreiben. Ich habe den Mnacko[1] über den Schriftstellerverband an Dich geschickt, obwohl ich glaube, daß es nicht die richtige Lektüre für Dich ist. Für Uli habe ich ein paar Büchlein mit eingelegt.

Herzliche Grüße Dein Lutz

194 An Ludwig Reimann

Hoy, 29. 7. 68

Lieber Lutz,

heute ist Dein Paket gekommen, eher als ich vermutete, und ich kann den Dank dafür verbinden mit dem herzlichen Dank für Deine Glückwünsche, über die ich mich gefreut habe, obgleich ich mich natürlich sofort provoziert fühlte durch Deine Anmerkung, daß mir das Buch selbstverständlich nicht zusagen werde. Ich wollte Dir gleich antworten, aber das war nicht möglich – Gott sei Dank, möchte ich sagen, weil's aus einem positiven Grund nicht möglich war: ich hatte in der ganzen letzten Woche eine prächtige »Strähne« und habe von morgens bis abends gearbeitet und war danach so ausgelaugt, daß mich die schärfste Provokation nicht mehr auf die Barrikaden getrieben hätte. Übrigens handelt es sich um eine ebenfalls positive Barrikade –

1 Vermutl. »Wie die Macht schmeckt« von Ladislav Mňačko, Wien und München 1967. In der DDR erschien zwar von Ladislav Mňačko »Der Tod heißt Engelchen« (Verlag Neues Leben, Berlin 1962), nicht aber dieser Roman über einen korrupten sozialistischen Politiker, der als »antikommunistische Propaganda« galt; vgl. »Lexikon fremdsprachiger Schriftsteller von den Anfängen bis zur Gegenwart«, Leipzig 1979, Bd. 2, S. 448.

(Anmerkung für Leute, an die dieser Brief *nicht* gerichtet ist: bevor Sie weiterlesen, studieren Sie, bitte, den das Postgeheimnis betreffenden Artikel in der Verfassung[1].)

– aber bevor ich das zu erklären versuche (was sich im Brief nicht ohne Mißverständnisse tun läßt), einiges Private [...]. Ich bin nicht so frohgestimmt nach Hause gefahren, wie Du annahmst; das mag an der Depression liegen, von der ich damals befallen war (erst vorige Woche habe ich das definitive Urteil gehört: kein Krebs), aber auch an unseren Gesprächen. Diese »Freiheit für Andersdenkende« – inzwischen habe ich euren Publikationen entnommen, daß das heute ein überaus beliebtes Wort ist, und vermutlich das einzige von der Luxemburg, das die Zitierer kennen –, diese Freiheit also forderst Du zwar, gestehst sie anderen aber nicht zu, oder erst dann, nachdem Du den betreffenden Andersdenkenden zum Psychopathen erklärt hast, in meinem Fall: Psychopath auf Grund physischer Entwicklung ... Du verstehst, wovon ich spreche. Das war ein Schlag unter die Gürtellinie, den ich heute noch spüre, aber da mir scheint, daß Du fast im selben Augenblick selbst gemerkt hast, wie unfair diese Anspielung war, will ich mich nicht weiter darüber verbreiten. Ferner: Du hast eine ganz falsche Vorstellung von meinem Leben, und leider ähnelt sie der mancher Leute hierzulande, die den Schriftsteller immer noch als Mieter eines Elfenbeinturm-Apartments sehen oder sehen wollen [...]. Ich lebe wie jeder normale Mensch, unter lauter »einfachen Menschen« (ein Ausdruck, der mir tief zuwider ist), mit denen ich teils bekannt, teils befreundet bin, jedenfalls unterrichtet: über ihre Art zu leben, über ihre Arbeit, ihre Stimmungen, ihre Ansichten etc. Daß meine Produktionsstätte zu Hause ist, am Schreibtisch, daß ich während der Produktion allein bin, liegt in der Natur des Berufs, ließe sich allerdings ändern,

1 Verfassung der DDR vom 7. 10. 1949, Artikel 31 (1): »Post- und Fernmeldegeheimnis sind unverletzlich.« Auch in der Neufassung vom 9. 4. 1968 blieb der Passus unverändert.

indem man Produktions-Genossenschaften gründete (da sei Gott vor!), eine SPG[1] »Rote Feder« etwa … Ferner: es ist unbillig, drei Bedingungen einem Gespräch voranzustellen (Du erinnerst Dich, welche); ich stelle doch auch keine Bedingungen, etwa der Art: bekenne Dich zum Marxismus, dann werden wir diskutieren. Und noch etwas, eine Kleinigkeit, sehr privat: Du weißt, daß wir uns einig waren im Punkt »Paketeschicken«, daß ich Deinen damaligen Standpunkt verstanden und akzeptiert habe (Büchertausch nehme ich aus, der fällt unter Informationsdienst, nicht unter Geschenkaktion – bei welcher Gelegenheit ich Dir ankündigen kann, daß endlich wieder ein paar interessante Bücher bei uns erscheinen werden, sehr nachdenkliche, auch stilistisch bemerkenswerte Bücher; ich werde sie Dir schicken, unter anderem deshalb, weil ich ohne Neid glücklich bin über diese Schwalben, die hoffentlich einen Literatur-Sommer ankündigen). Also: was mich befremdet hat: daß Du für Vati und Mutti nichts mitgebracht hast. Du begreifst, daß ich nicht von Geschenken, schon gar nicht von ihrem Wert rede, sondern nur von einem Zeichen. Eine Blume, ein paar Pralinen, irgendwas, eben so ein Wimpelchen, mit dem man Zuneigung signalisiert. Und wie Mutti dann ihre Tasche auspackte – nenn mich ruhig sentimental: später im Zug, habe ich beinahe geheult, als ich das Bild wieder vor Augen hatte. Nun ja, Mütter …

Folgt eine Einlage zwecks Erheiterung und, nebenbei, zur Lobpreisung meines lieben Herrn, der bei all seiner Schroffheit ein Talent hat, andere Leute auf nette Art zu überraschen (wobei man nie weiß, wieweit er es zu seinem eigenen Spaß tut). Wir haben jetzt auch weibliche Verkehrspolizisten, die auf der Kreuzung an der Magistrale ihr Ballett tanzen, im Mini-Uniformrock, was bei einigen sehr hübsch anzu-

1 »Schriftsteller-Produktionsgenossenschaft«, ironische Eigenschöpfung.

sehen ist. Neulich, am »Tag der Volkspolizei«[1], stoppte Monsieur mitten auf der Kreuzung, im dicksten Verkehr und im Angesicht einer ganzen Mäuseschar am Straßenrand, und als die Diensthabende mit gezücktem Stempel auf ihn zuging, stieg er aus und überreichte ihr einen Rosenstrauß. Kannst Du Dir den Effekt vorstellen? Der Charme, mit dem man ihn jetzt um die Straßenecke winkt! Außerdem hat er sich selbst damit einen seiner Träume erfüllt: ohne Stempel auf einer Kreuzung parken. Sein Lieblingstraum: einmal, bei einem Fußball-Weltmeisterschaftsspiel, im dramatischsten Augenblick einen zweiten Ball ins Spielfeld werfen. Er wird es irgendwann tun, aber ich fürchte, er wird zerrissen werden wie Orpheus von den Mänaden.

Und damit genug der Gardinenpredigten. Auf das Buch bin ich sehr gespannt. Sicher ist es unangenehm und unbequem, aber man darf annehmen, daß es mit dokumentarischer Treue geschrieben ist. Ich habe einen Band Reportagen[2] vom selben Autor und finde sie ausgezeichnet, hart, genau, unbestechlich, ohne Spekulationen, Lamentiererei, Verschleierungen. Über den Autor haben wir damals in Berlin gesprochen, soweit ich mich entsinne. Sein Schritt nach draußen[3] … ich weiß nicht, ob's der beste Einfall seines Lebens war. Mutig, aber ein bißchen zu attraktiv. Wie seine Kollegen darüber dachten, kannst Du in ihrer Stellungnahme nachlesen: Er hat die Front in der Heimat verlassen. (Zitat). Selbst kluge verantwortungsbewußte Schriftsteller neigen zum Posieren. Man kann schwer unterscheiden, ob sie der Sache oder sich selbst dienen wollen (wahrscheinlich fließt das ineinander). Aber das ist ein weites Feld … Wir – ich meine: Hans und ich – haben überhaupt etwas

1 1. Juli, Tag der Deutschen Volkspolizei.

2 Vermutl. der Erzählungsband »Wo die staubigen Wege enden«, Artia Verlag, Prag 1964.

3 1967 war Mňačko nach Israel emigriert, daraufhin ausgebürgert und aus der KP ausgeschlossen worden; vgl. B. R., Tagebücher 1964–1970, »Chronik 1967–[1970]«, S. 360.

gegen Leute, die sich das Hemd aufreißen und ihre Brust darbieten. Lieber sterben als den neuen Kurs aufgeben! Großartig. Steht bloß zu befürchten, daß sie, wenn's ernst wird, das Hemd zuknöpfen und das Sterben anderen überlassen. Du sagtest, daß die Schriftsteller ein Übel seien; daß man sie aber erfinden müßte, wenn es sie nicht gäbe. Eine wunderliche Truppe! Vielleicht liegt es an ihrer Maßlosigkeit, vielleicht an der Neigung zur schönen Pose – jedenfalls verpassen viele von ihnen den richtigen Augenblick; Tapferkeit schlägt in Donquichotterie um oder Schlimmeres, sie gefallen sich in ihrer Rolle als Sprecher der Nation, Anwälte des kleinen Mannes, der inzwischen wieder, wie M. schreibt, »mit seinem Kännchen ungesüßten Kaffees zur Arbeit geht«[1]. Da lobe ich mir einen Mann wie Kohout[2], der im vorigen Jahr, als es noch riskant war, scharf und aggressiv auftrat (und wußte, was er riskiert), und der jetzt nicht herumschreit, schon gar nicht von Sterben und so, sondern sachlich abwägt und sich ohne Pathos zur Kommunistischen Partei bekennt. Jedenfalls habe ich ihn so in einem Gespräch mit Günter Grass[3] erlebt (der übrigens peinliche Schnitzer machte, die Republiken und die beiden Masaryks[4] durcheinanderbrachte, über die CSSR besser Bescheid wußte als der Tscheche Kohout, ihn über Neomarxismus belehrte und stante pede Südamerika befreien wollte), und ich kann Dir sagen, daß Kohout mit vielen Nasenlängen siegte, unter anderem, weil er mehr Nüchternheit, Takt und Toleranz bewies als

1 »Wodurch bist du nicht schlicht, nicht gewöhnlich [...], sondern außergewöhnlich? Weil du gekämpft hast? Er [...] kannte Hunderte, die ebenfalls gekämpft hatten [...], und als der Kampf zu Ende war, nahmen sie das Kännchen mit dem ungesüßten Kaffee und gingen zur Frühschicht [...].« (Ladislav Mňačko, »Wie die Macht schmeckt«, Kap. 2, Frankfurt a. M. 1968, S. 26 f.)

2 Der tschechische Schriftsteller Pavel Kohout war einer der Wortführer des Prager Frühlings.

3 Günter Grass/Pavel Kohout, »Briefe über die Grenze. Versuche eines Ost-West-Dialogs«, Hamburg 1968.

4 Tomáš G. Masaryk und sein Sohn Jan Masaryk.

sein Gesprächspartner. Die armen Indianer befreien, das ist eine Sache – mit ihnen einen funktionierenden Staat aufbauen, ist eine andere, und zwar eine, für die man nüchternen Verstand braucht. Wir verfolgen mit großer Sympathie die Vorgänge in der CSSR[1], in letzter Zeit aber auch mit Besorgnis (weil wir wünschen, daß das Experiment glückt und nicht vermasselt wird) und mit ärgerlicher Ungeduld, wenn wir tschechische Sendungen hören oder Zeitungen lesen, in denen alles, aber auch alles verdonnert wird, was in den vergangenen Jahren geschehen ist. Das ganze Land ein großes KZ! Die Kunst geknebelt (was einfach nicht stimmt, denn seit Jahren toben sich die Abstrakten, die Tachisten und Gottweißwas völlig ungehemmt aus, und es wurden Filme gedreht, die man in der ganzen Welt zeigt, kritische, realistische Filme), die Leute verarmt ... Es ist richtig, wenn man begangene Fehler in der Öffentlichkeit und mit erbarmungsloser Offenheit darlegt, diskutiert und analysiert (damit sie nicht wiederholt werden), aber man muß sich nicht andauernd selbst in die Fresse hauen. Je schwärzer die Vergangenheit gemalt wird, desto mehr schwindet die Chance, man könnte wirklich ein »Modell« schaffen. Übrigens war so etwas zu erwarten – der Pendelschlag nach der anderen Seite. Offenbar ist es schwierig, sich einer plötzlichen uneingeschränkten Freiheit auf vernünftige Weise zu bedienen, aber das läßt sich lernen, und zum Glück besteht eine Nation nicht bloß aus den Hemdaufreißern, sondern zum größten Teil aus jenen Leuten mit dem Kaffeekännchen.

Entschuldige, das alles ist natürlich sehr vereinfacht gesagt, und wird in dieser Form bestimmt nicht Deine Zustimmung finden. [...] Gespräche wären besser (aber näch-

1 Vgl. B. R., Tagebücher 1964–1970, Eintrag vom 12. 4. [68]. – Wie engagiert B. R. politische Entwicklungen registrierte, zeigt die »Chronik«, die sie von Juni 1967 bis Dezember 1970 führte (ebd., S. 359–382). Notizen über die Ereignisse in der ČSSR nehmen darin einen breiten Raum ein.

stes Mal bringe ich Monsieur K. mit, das wandelnde Lexikon der Zeitgeschichte – dann wetz Deine Zähne!). Wahrscheinlich habe ich auch in der Eile manches absoluter gesagt als beabsichtigt […].

Sei nochmals herzlich bedankt. […] Laß es Dir wohl ergehen und sei herzlich gegrüßt von

Deiner Brigitte

195 An die Eltern

Hoy, 5. 8. 68

Liebe Mu, lieber Vati,

den Brief muß ich ganz eilig hinhauen – […] aber in den nächsten zwei Tagen kann ich vielleicht nicht schreiben, denn morgen früh wird der Knoten rausgeschnitten, und wahrscheinlich muß die Stelle dann genäht werden, und es gibt ein bißchen Fieber und dergleichen kleine Unannehmlichkeiten. […] An Lutz habe ich heute schon geschrieben, dh. an Margret[1] als diejenige, die diese Leistung vorrangig erbracht hat. […] Florian[2] ist ein bißchen altmodisch, aber warum nicht? Außerdem ist der Heilige Florian für Feuer und Brände, bezw. für deren Verhütung zuständig, also ein ganz sympathischer Schutzpatron. Habe ich euch geschrieben, daß Lutz für Uli und mich Bücher geschickt hatte? Da sie über den Schriftsteller-Verband kamen, sind sie anstandslos durch den Zoll gegangen […] (für Uli z. B. war ein Buch über den Israel-Krieg[3] dabei). […]

Mit vielen lieben Grüßen

eure Tochter Brigitte

---

1 Der Brief ist nicht auffindbar.

2 Am 28. 7. 1968 wurde Florian geboren, das zweite Kind von Margarete und Ludwig Reimann.

3 Über den Sechstagekrieg (5.–10. 6. 1967).

196 An Ulrich Reimann

Hoy, 6. 7.
[Poststempel 6. 8. 68]

Lieber Uli,

in aller Eile: von Lutz sind Bücher für Dich gekommen. Ich schicke sie Dir in den nächsten Tagen (heute muß ich erst nochmal ins Krankenhaus, wegen des Knötchens, das nun rausgeschnitten wird). Wenn Du Dich dann bei Lutz bedankst, tu es […] auch für das von Churchill[1]: das erwähne ich deshalb, weil Du dieses Buch ein bißchen später bekommen wirst; wir wollen es vorher auch noch lesen. Deine gütige Erlaubnis voraussetzend. Hoffentlich habt ihr euch gut im Urlaub erholt, trotz miesen Wetters.

Mit herzlichen Grüßen für Sigrid und Dich

Deine B-Schwester

197 An Sigrid und Ulrich Reimann

Hoy, 16. 8. 68

Liebe Sigrid, lieber U-Bruder,

eben habe ich euer Päckchen bekommen […]. Ihr habt's getroffen; ich finde die Dingerchen[2] ganz reizend – viel zu schade zum Gebrauch, würde unsere Mutti sagen. Ich habe sie aber gleich wieder verpackt: inzwischen werdet ihr aus dem FRS wissen, daß der Umzug nun doch vonstatten geht (ich komme noch zurecht, meinen Garten umzugraben). Gestern haben wir den Möbelwagen bestellt, für den 23. September. Zweitausend Bücher! Legt eine stille Gedenkminute für mich ein. – Ich freue mich, daß euch die Platten gefallen. Sowas gibt's halt in Hoyerswerda (wo die normalen Men-

1 Randolph S. Churchill/Winston S. Churchill, »… und siegten am siebenten Tag«, Bern, München, Berlin 1967.

2 Die Eierbecher.

schen bloß Frank-Schöbel-Platten kaufen) und im polnischen Pavillon[1] in Berlin. […]

Noch ein Tip für Gläsersuchende: Weißwasser hat ein Export-Glaswerk und einen Industrieladen, wo man manchmal wunderbare Gläser erwischen kann (für alle Sorten von Alkohol). Zur Zeit versorgen wir alle Neubrandenburger Kollegen mit Glas. Also, solange Hans in Boxberg ist (10 Kilometer von Weißwasser, zum Kundendienst immer bereit)

Mit vielen herzlichen Grüßen eure B-Schwägerin, resp. -Schwester

198 Familienrundschrieb Nr. 160

Burg, 25. August 1968

[…] Das erste Foto von Florian »Einen Tag alt«, […] das muntere Bürschlein mit den erhobenen Ärmchen zeigt eine unverkennbare Ähnlichkeit mit seiner Mutti (ich kann sonst solche Vergleiche schwer ziehen und lächele meist darüber, wenn sich die meisten Verwandten mit diesem »Problem« lebhaft und ständig beschäftigen, aber dieses Mal muß ich zustimmen, und was wird man in ein, zwei Jahren feststellen? – der Red.). Beinahe vergessen; der zweite Vorname »Philipp« […]. Willi

199 An Dorothea Herrmann

Hoy, 12. 9. [68]

Meine liebe D-Schwester,

[…]. Hab schönsten Dank für die Tücher – sie kommen

1 Zwischen der Weidendammer Brücke und dem Gebäudekomplex Friedrichstr. 101/102 stand ein Pavillon, der rechts das polnische und links das tschechoslowakische Kultur- und Informationszentrum beherbergte, jeweils mit einem Laden für Schallplatten, Bücher und Kunstgewerbeartikel.

gerade zur rechten Zeit; ich war »tuchmäßig« ziemlich abgebrannt. Hast Du vergessen, ein Brieflein beizulegen? Jedenfalls fand ich einen leeren Briefumschlag im Paket.

Liebe Dorli, ich muß Dir noch etwas sagen, für den Fall, daß ihr im FRS eine Andeutung lest. Es stimmt also, ich habe Krebs, und ich hab es Vati und Mutti so vorsichtig wie möglich beigebracht. Hans war dagegen, daß ich es ihnen überhaupt schreibe, aber irgendwann wäre es ja doch rausgekommen, und außerdem hätten sie gemerkt, daß etwas nicht in Ordnung ist, weil ich ja nun – vorläufig – nicht nach Neubr. ziehe. (Mutti hatte mir für den 23. Sept., den Umzugstag, schon einen »Einweihungskuchen« angekündigt.) Nächste Woche lasse ich mich operieren, hier in Hoy, wo ich den Hans in der Nähe habe. Du kannst Dir ja denken, daß ich ihn jetzt mehr denn je brauche. Zum Glück stecke ich bis über beide Ohren in Arbeit, weil nun das ganze Umzugszeug rückgängig gemacht werden muß (Möbelwagen, Handwerker, diverse Abmeldungen etc.) Wenn alles gut geht, ziehe ich dann eben später, – November – solange wird's wohl dauern. Bitte schreib mir *nicht*, auch wenn Du das Bedürfnis (und die Zeit) dazu hast. Jedes freundliche sehr mitfühlende Wort würde mich dazu veranlassen, mir selbst leid zu tun. Wenn ich wieder auf den Beinen bin, erfolgt Meldung. Inzwischen kannst Du ein bißchen für mich beten. Mir ist – Pardon! – zum Kotzen elend. […]

Mach's gut, D., grüß Deinen Uwe und die beiden Fratzen und sei selbst ganz herzlich gegrüßt von Deiner B-Schwester

200 Familienrundschrieb Nr. 161

Burg, 14. September 1968

[…] Aus den beiden *Briefen* von Brigitte (28. 8. und 10. 9.) zusammengefaßt: Sie bedankt sich für die meist erfreu-

lichen Nachrichten des langen FRS über unsere weitverzweigte Familie und meint: Ich muß schon an den Fingern nachrechnen, wievielfache Tante ich jetzt bin … Sie war Ende August mit ihrer Bekannten aus Amsterdam in Berlin zusammen und hat wieder eine Einladung nach Holland bekommen (man möchte sie am liebsten ein paar Monate dabehalten). Aber eine Ausreise wird vom Verband als nicht möglich erklärt. Brigitte bedauert, daß alle ihre schönen Reisen, die sie sich vorgenommen haben, bisher nicht realisiert werden konnten. »In Prag ist Geld (dort sind vor ein paar Wochen ›Die Geschwister‹ erschienen), und in Moskau habe ich noch eine Menge Rubel. Und immer steht mir das blöde, verdammte, langweilige, längst überfällige Buch im Wege! …« Auf der anderen Seite wird im zweiten Brief geschrieben, daß sie wegen des Umzuges nun wohl ein paar Wochen nicht richtig zum Arbeiten kommen werde und meint dazu: »Schade, das Kapitel lief gerade ganz gut …«
[…] Willi

201 An Ludwig Reimann

Hoy, 15. 9. [68]

Lieber Lutz,

[…] Du wirst ja irgendwann doch erfahren, daß meine Privat-Diagnose stimmte; ich habe Krebs. Nun möchte ich Dich nur bitten: Wenn Mutti zu euch kommt, dann stellt ihr solch ein Malheur als möglichst harmlos dar, und sorgt dafür, daß sie nicht traurig ist. Ich mache mir solche Sorgen um Mutti und Vati; Du weißt ja, wie sie sich alles zu Herzen nehmen, und für einen (liebenden) Außenstehenden ist so eine Sache manchmal ärger als für den Betroffenen selbst, der ja seine Arbeit hat, nämlich die Anstrengung, mit seinem Mißgeschick auf halbwegs gute Art fertigzuwerden und, vor allem, um seine Gesundheit zu kämpfen. Vielleicht wißt ihr ein paar ähnliche Fälle, die mit happy end ausgegangen sind: die könnt ihr dann Mutti immer wieder von neuem erzählen. Und noch eins. [...] Ich wollte Dir nur ausrichten [...], daß wir, was die CSSR-Angelegenheit betrifft, der gleichen Meinung sind. {Meine Bedenken hinsichtlich der Rolle einiger Intellektueller (oder Pseudo-Int. wie Journalisten etc.) bleiben bestehen.} Ich habe auch die Erklärung des Schriftsteller-Verbandes[1] nicht unterschrieben. Vielleicht sagt Dir das etwas. Soviel also dazu. Habt eine oder zwei nette Wochen miteinander. [...]

Mit herzlichen Grüßen
Deine Schwester Brigitte

202 An die Mutter und Ludwig Reimann

Hoyerswerda, 14. 10. [68]

Liebe Mutti, lieber Lutz,

seit Freitag bin ich schon wieder zu Hause, hätte mich also längst für das prächtige Paket bedanken können – aber aus irgendeinem Grund war ich nicht imstande, eine Zeile zu schreiben. In der Klinik war ich nicht so deprimiert wie jetzt – vielleicht, weil ich hier erst richtig zu spüren kriege, was ich alles *nicht* kann mit dem kaputten Arm, der noch so lächerlich schwach ist. Immerhin übe ich schon Maschine-Schreiben, und wenn ich erst wieder richtig arbeiten kann,

1 In der Zustimmungserklärung zum Einmarsch der Warschauer-Pakt-Staaten in die ČSSR hieß es u. a.: »Auf dem Boden unseres sozialistischen Bruderlandes [...] ist die bestehende sozialistische Ordnung des Sozialismus bedroht, die in 20jährigen Anstrengungen des tschechischen Volkes [...] errungen wurde. Sie mit allen Mitteln gegen die offenen und versteckten Feinde wie gegen die falschen Freunde zu verteidigen, ist eine notwendige Voraussetzung für den Frieden in Europa und den erfolgreichen Kampf der Sozialisten in aller Welt.« (In: B. R., Tagebücher 1964 bis 1970, dritte Anm. zu S. 215, S. 433.)

werde ich auch heiterer werden und meine Hemmungen vergessen oder wenigstens überspielen.

Über das Paket habe ich mich sehr gefreut. Es war ein herrlicher Spaß, mal nicht einzuteilen, sondern üppig aus dem Vollen zu schöpfen. Ich hatte tagelang einen Negerbauch und konnte den Rock nicht mehr zuhaken, zumal ich in der Klinik sowieso ein bißchen Speck angesetzt hatte (3 große und 2 kleine Mahlzeiten pro Tag!)

Hoffentlich hattet ihr eine freundliche – auch »wettermäßig« freundliche – Woche.

Laßt es euch wohl ergehen, seid herzlich bedankt und (eingeschlossen natürlich Margret und die Erbprinzen) gegrüßt von eurer Brigitte

203 An Sigrid und Ulrich Reimann

Hoy, 26. 10. 68

Liebe Sigrid, lieber Uli,

erstens wollte ich mich herzlich bedanken für Sigrids Brief, den ich in der Klinik bekam (übrigens eine wunderbare Klinik, mit einem Märchen-Arzt – Sigrid kennt ihn vielleicht, Prof. Gummel, ein guter Mensch, wißt ihr –, und damit genug von Medizinischem: daß ich nicht gerade brülle vor Begeisterung über meinen Amazonen-Zustand, das könnt ihr euch sowieso denken); zweitens habe ich eine Anfrage und drittens eine Bitte, – letztere an Sigrid.

Die Anfrage an Uli, als den männlichen Erben im Reimann-Clan: Hast Du Interesse an dem »Kaisersessel«[1]? Du weißt, welchen ich meine: Großvater Beschs Sessel mit dem Lederbezug. Um den gab es vor Jahren mal einen kalten Krieg zwischen Lutz und mir, und ich habe gesiegt und die Beute entführt. Er ist nicht gerade bequem und besser zum An-

1 Erbstück von Großvater Wilhelm Besch, in dem Friedrich Wilhelm III. (1831–1888), der 99-Tage-Kaiser, gesessen haben soll.

schauen als zum Sitzen geeignet, aber ein schönes Stück aus der Gründerzeit, und noch dazu von historischer Bedeutung, weil sich dieser arme 99-Tage-Kaiser darin gefläzt hat. Meine neue Wohnung ist zwar reizend, aber ein bißchen kleiner als die in Hoy, und nun weiß ich keinen würdigen Platz für den Sessel. Käufer hätte ich genug (man »trägt« ja wieder Gründerzeit und Jugendstil), aber ich möchte ihn nicht verkaufen, weil er ein Familien-Erbstück ist; zu schweigen davon, daß Lutz, der so scharf darauf war, mit Recht verärgert wäre. [...] Am besten, wir bringen ihn im Wagen mit, wenn wir wieder mal nach Hause fahren – dh. wenn wir das Chaos des Umzugs bewältigt haben (ich will nun doch am 18. Nov. umziehen, obgleich ich ziemliche Angst davor habe), und wenn unser lieber alter Wagen wieder auf den Pneus ist, denn vorläufig rostet er noch in einer Werkstatt in Neubr. vor sich hin, in seine Einzelteile zerlegt, – ein Anblick, der sogar dem Hans ans Herz gegriffen hat.

Und die Bitte an Siegrid: Erlauben es Gesetz und Ethos, daß Du mir mal zwei Rezepte schickst? Auf beiden dasselbe (man kann sie ja verschieden datieren), je zweimal Hepathromb und zweimal Aponeuron. Letzteres ist ein Psychotonikum, das mich wunderbar aufmuntert, übrigens ein völlig harmloses Mittel, trotzdem bekommt man es nur auf Rezept. Bis jetzt hatte ich immer »meinen« Arzt, der mir dies und alles mögliche andere anstandslos verschrieben hat. Aber seit ich in Buch war, traue ich mich nicht mehr zu ihm, und Du weißt ja, daß man während des laufenden Quartals seinen Arzt nicht wechseln darf. Früher haben wir uns sehr gut verstanden, über Literatur gesprochen, uns Bücher ausgeliehen – und auf einmal ist er kühl, geradezu pikiert. [...] jedenfalls bin ich richtig unglücklich darüber und mag nicht mehr zu ihm gehen. Er verübelt es mir, daß ich in die Rössle-Klinik[1] gegangen bin statt in dieses gräßliche Krankenhaus

1 1948 wurde die Klinik für Geschwulstkrankheiten in Berlin-Buch gegründet (ab 1956 Robert-Rössle-Klinik), die mit der Akademie der Wis-

hier (das, da ein neues gebaut wird, völlig verwahrlost, sogar schmutzig ist). Offenbar gibt es eine gewisse Rivalität zwischen Basis und Akademie, das habe ich seinen spitzen Bemerkungen entnommen. Die Ärzte in den Kreisen ärgern sich über die »Kapazitäten«, die ihre Diagnosen anzweifeln, und bei der Akademie zieht man die Brauen hoch. Mein Arzt sagt, er habe fünf Mastdarmkrebse »verloren«, weil man in Berlin seine Diagnose nicht ernst genommen hat (das mag seinen Ärger verständlich machen); hingegen sagen die Leute in der Rössle-Klinik, draußen in den Bezirken und Kreisen seien viele Ärzte nicht aufmerksam genug (um es höflich auszudrücken) und übersähen Anzeichen von Krebs. Wie immer, mein Basis-Doktor verordnet mir so ungefähr das Gegenteil von dem, was Prof. Gummel für die Nachbehandlung empfohlen hat. Eine Art Tauziehen, und der genierte Laie ist das Tau. Sicher wirst Du, Sigrid, auch irgendwann Deine Erfahrungen in diesem vorwiegend stumm ausgetragenen Streit machen. Übrigens möchte ich Dir ein Buch von Mitscherlich empfehlen (er ist Leiter des Freud-Instituts in München), eine hochinteressante Arbeit über psychische und soziologische Ursachen gewisser neuer Krankheiten, und für Schriftsteller genauso spannend wie für Ärzte (die Stellung des Individuums in der Gesellschaft); einige Kapitel widmet M. auch den Spannungen innerhalb der Ärzteschaft. Das Buch heißt »Krankheit als Konflikt« und ist in der Edition Suhrkamp erschienen. [...] Ich kann es Dir auch mal leihen, aber es gehört zu den Büchern, die man besitzen möchte, weil es zum Denken, auch zum Widersprechen provoziert.

Nun, und damit genug. [...] seid herzlich gegrüßt von
eurer Brigitte

senschaften zu Berlin das Zentralinstitut für Krebsforschung der DDR aufbaute. Dort entstand auch seit 1953 das Zentrale Krebsregister der DDR.

204 Familienrundschrieb Nr. 162

Burg, 30. Oktober 1968

[…] Ich habe eben gezählt, was an Korrespondenz von Euch seit Mitte September hier in Burg […] eingelaufen ist: 20 Briefe bzw. Briefkarten und Postkarten, davon entfallen genau 10 allein auf Brigitte! Daneben waren dann noch der große Treff in Hamburg und die zweimaligen Begegnungen meinerseits mit der Herrmann-Familie. Hier ist uns als Eltern doch wieder einmal mehr bewußt geworden, wie schön es ist und zugleich auch tröstend, wenn alle Familienmitglieder sowohl in guten als auch in schweren Tagen zusammenhalten. Möge es so bleiben, auch wenn wir »Alten« einmal abgetreten sind. Vielleicht trägt später einmal auch so ein FRS-Blatt dazu bei, wenn es dann zur Hand genommen wird.

[…] ich [will] vor allem wenigstens von Brigitte berichten, die uns […] ihren ersten mit Schreibmaschine getippten Brief zukommen ließ […]. Wir haben uns über ihren Mut, ihre Energie und ihren eisernen Willen, sich durchzubeißen, recht von Herzen gefreut. Sie fühlt sich körperlich recht gut, auch wenn zuweilen die Narbe etwas zwickt, besonders morgens. […] Daß die seelischen Auswirkungen einer solchen Operation verständlicherweise nicht so schnell überwunden werden, kann wohl jeder von uns ermessen, doch wollen wir alle mit guten Gedanken dazu beitragen, daß unsere Brigitte recht bald wieder froher in die Welt schaut und mit voller Schaffenskraft wieder in ihre Arbeit einsteigt. Im übrigen hat sie sich trotz allem entschlossen, Mitte November […] umzuziehen. Hans wird allerdings nur einige Tage oben bleiben, da er keinen Urlaub mehr hat und zum anderen sein Programm in Boxberg durchkämpfen muß […]. Unter diesen Umständen wird Mutti für ein paar Tage nach Neubrandenburg fahren und beim Einräumen helfen. […] Ich habe schon im Kursbuch studiert; die Verbindung nach N. von hier ist nicht ungünstig, rund 5 Stunden eine Fahrt. […]

Ach, noch kurz zu Brigittes Anregung, daß wir uns einen Fernsehapparat anschaffen sollten – von wegen der Ablenkung und auch Anregung ohne große Eigenarbeit: Er steht schon seit längerem zur Debatte und wird voraussichtlich nach der Anerkennung als Rentner (von wegen der dann günstigeren Zahlungsbedingungen[1]) angeschafft werden.

So, und nun warte ich auf »Material« für den nächsten Familienrundschrieb! Willi

205 An Sigrid Reimann

Hoy, 4. 11. 68

Liebe Sigrid,

mit großer Genugtuung habe ich dieses »Frau *Dr.*« auf den Umschlag geschrieben. Herzlichen Glückwunsch! Du hast Deine Arbeit so in aller Stille getan, daß ich ganz verblüfft war, zu lesen, daß Du nun schon promoviert hast. Jetzt brauchen wir bloß noch einen Juristen, und unserer Sippe könnte nichts mehr passieren.

Hab schönen Dank für das Rezept. Ich bin heilfroh, daß ich meinen Arzt nicht damit zu inkommodieren brauche.

Grüß Uli und das Imke-Kind und sei selbst herzlich gegrüßt von

Deiner Brigitte

206 Familienrundschrieb Nr. 163

Burg, 21. November 1968

[…] der Apparat kam am vorigen Freitag ins Haus, auf Abzahlungsbasis für die Rentnerin Elisabeth Reimann in mo-

1 Rentner mussten bei Ratenkäufen hochwertiger Industriewaren keine Zinsen zahlen.

natlichen Raten von M 30.– über 55 (!) Monate mit einer kleinen Anzahlung [...]. Am Sonnabendabend haben wir – vor uns den Fernsehschirm – unsere junge Doktorin [...] mit einem Gläschen Wein geruhsam gefeiert. [...]

Noch kurz etwas aus den von Brigitte vorliegenden Zeilen: [...] Sie bittet darum, daß über die ganze Geschichte nicht viel gesprochen wird. Wenn sie gefragt wird, sagt sie immer, es sei ein Lymphdrüsenkrebs gewesen. [...] Ich glaube, im Namen aller FRS-Teilnehmer hier kund zu tun: Wir wünschen unserer Brigitte für das *neue* Leben in *Neu*brandenburg von Herzen alles, alles Gute! [...] Willi

207 An Dorothea Herrmann

Neubrandenburg, 8. 12. 68

Liebe D-Schwester,

nun sind wir also Nachbarn, jedenfalls wenn man die Entfernung bedenkt, die bis jetzt zwischen unseren Wohnorten war. [...]

Inzwischen bin ich halbwegs eingerichtet, aber es fehlen halt doch noch eine Menge Dinge, die man braucht, um den Winter zu überstehen. Nur die beiden Zimmer sind heizbar, und die Elektro-Öfen[1] darin sind auch nicht gerade die ideale Lösung; nachmittags kühlen sie sich ab, und gegen Abend fange ich an zu zittern vor Kälte. Ich brauche unbedingt irgendein Zusatzgerät und laufe jeden Tag ins Centrum, wo es irgendwann einmal Warmluftwerfer geben soll, aber die kommen und kommen nicht. Soviel gefroren wie in den letzten zwei Wochen habe ich nur nach 45, soweit ich mich erinnern kann. Ach ja, die Fernheizung in Hoy ... Zum Glück habe ich endlich die Elektriker herumgekriegt, daß sie morgen früh kommen und in der Küche und im Badezimmer

1 Nachtspeicheröfen waren damals sehr verbreitet. Mit preiswertem Nachtstrom gespeist, sollten sie am Tag die gespeicherte Wärme abgeben.

solche Infrarotstrahler anbringen, damit man wenigstens einen Hauch von Wärme reinzaubern kann. Meine Diele ist im Winter gar nicht zu benutzen; schade, ich hatte mir das so hübsch gedacht mit einer Eßecke. Nun, im Sommer wird man froh sein über so einen kühlen Raum; die Leute, die über mir wohnen, sagten, daß man im Sommer einfach verschmort, weil alle Fenster nach Süden liegen. Aber im Augenblick kann ich nur mit dem größten Vergnügen an Schmoren denken … Mit dem Badezimmer habe ich am meisten Kummer; irgendwas ist falsch installiert worden, überall steht Wasser, die Wände triefen und fangen an zu schimmeln, und die lieben Klempner, obgleich flehentlich herbeigerufen, lassen sich nicht blicken. Ich habe die Garagenheizung reingestellt, um nicht zu erfrieren oder zu ertrinken – na, die Stromrechnung jeden Monat … Aber wie gesagt, im Sommer wird's sicher reizend, ich werde im Garten arbeiten, soweit das möglich ist (weißt Du, mein Arm ist doch ziemlich lädiert, und ich kann keine schweren Arbeiten mehr machen, nicht mal Fensterputzen, was früher meine Lieblingsbeschäftigung war, wenn ich mit meiner Arbeit nicht weiterkam). Im Herbst kann ich euch für den ganzen Winter mit Äpfeln versorgen; in meinem Garten stehen vier Apfelbäume, gute Sorten, auch ein Gravensteiner. In diesem Herbst sollen sie zentnerweise getragen haben; die Äpfel sind zum Teil von meinem Nachbarn geborgen, zum Teil von Fremden geklaut worden. Eure Versorgung ist jedenfalls gesichert, und wenn ich an die Unmassen von Falläpfeln denke, finde ich, es lohnt, daß Du einwecken lernst und Dir hundert Gläser Apfelmus hinstellen kannst. Vielleicht setze ich auch noch ein paar Beerensträucher, aber sonst wird's bloß Blumen geben und höchstens irgendwelche Küchenkräuter. Im Sommer können sich Deine Gören hier verlustieren; vorläufig allerdings empfiehlt sich ein Kinder-Besuch nicht, erstmal muß ich die Wohnung trocken kriegen (d. h. die Deinen sind ja von der Eselföter-Straße auch allerhand gewöhnt).

Nun eine Anfrage: wie steht's bei Dir an der Stiefel-Front? Ich habe nämlich mal wieder dumm gekauft, ich meine ungünstig für mich – ein Paar Stiefel, ganz modern, aus dieser Art Wildleder, Robiled oder wie sich das nennt (keine Ahnung, wie man das schreibt), bequem genug, daß man auch dicke Strümpfe drin tragen kann, und habe mir noch extra – wegen meines hohen Spanns – hinten einen Reißverschluß einnähen lassen. Alles schön und gut, bloß habe ich nicht bedacht, daß ich nicht so mini gehe wie jüngere Frauen, und da die Stiefel sehr hoch sind, sieht es furchtbar blöd aus zu meinen Mänteln. Ich könnte sie zwar zum Schuster bringen und umnähen lassen, aber dann ist auch der Pfiff weg. […] Magst Du sie mal anprobieren und, wenn sie Dir gefallen, nehmen? (Rabatt wird gewährt.) Du könntest doch sowieso mal einen Tag herkommen, sonnabends vielleicht, falls Du unter der Woche nicht Dein Institut schwänzen kannst. Wahrscheinlich gibt es auch noch das eine oder andere hier »abzustauben«. Wie wär's in der Woche vor Weihnachten? Jetzt, also kommende Woche, bin ich ausgelastet, wir haben zum Wochenende zwei Tagungen, und Sonntag ist der Hans hier (endlich wieder!), der dann am Montag nach Lubmin fährt, um sich um seinen neuen Job im künftigen Atomkraftwerk zu kümmern. Raff Dich mal zu einer Karte auf […]. Und wenn Du ganz nett sein willst, dann laß mal Deine Blicke in Rostock schweifen, ob es diese Strohmatten dort gibt. Ich muß unbedingt meine Diele auslegen, und Linoleum geht nicht wegen der holprigen Dielenbretter. […] laß bald von Dir hören, und inzwischen grüß den Uwe und Deine Fratzen und sei selbst herzlich gegrüßt von

Deiner B-Schwester

1969

208 An die Eltern

[o. D.]

Herzlichen Glückwunsch zum neuen Jahr 1969 – und alles Gute für euch, vor allem Gesundheit und Spaß am Leben.

Liebe Eltern, ich hoffe, ihr hattet ein fröhliches Weihnachten in O[ranienbaum]. Dorli ist einen Sonntag hier gewesen. Sie […] hat uns sehr gefallen und nicht bloß, weil sie so hübsch ist und wie ein junges Mädchen aussieht, sondern wegen ihrer Vernunft. Sie will noch einmal studieren. Alle Achtung!

[…] viele Grüße und einen Kuß von
eurer Tochter Brigitte

209 An Sigrid Reimann[1]

Nbg. 7. 1. [69]

Liebe Sigrid,

hab herzlichen Dank für Deinen Brief (ich freue mich, daß ihr ein bißchen Spaß an dem kleinen Weihnachts-Angebinde habt) und für das Rezept, das mir gerade recht kam. Mein Genosse Nachbar[2] hat mich jetzt einem Arzt (dem Chef der Poliklinik[3], offenbar ein netter Mensch) ans Herz gelegt; ich hoffe, der wird mich in Zukunft »rezeptmäßig« wohl versorgen. […] Falls ich's auf der letzten Karte verges-

1 Kunstpostkarte: Nowgoroder Ikone. Der heilige Georg.

2 Gerhard Müller, 1965–1974 Erster Sekretär der SED-Kreisleitung Neubrandenburg, wohnte in der Gartenstraße im Nebenhaus.

3 Dr. Ulrich Staaks.

sen hatte: alles Gute fürs neue Jahr (samt Auto zum Jahresende).

Herzliche Grüße für Dich und Uli und das Imke-Kind – Brigitte

210 An die Eltern

Nbg., 29. 1. 69

Liebe Mu, lieber Vati,

[...] Über Muttis Brief habe ich mich teils gefreut [...], teils hat er mich betrübt – wegen der »Tante Leila«[1]. [...] sie ist doch gewissermaßen ein Stück Kindheitserinnerung [...]. Gibt es nicht sogar noch ein Bild, auf dem der alte Onkel Leila zu sehen ist? Irgendsowas habe ich in Erinnerung – und zwei kleine Bälger und ein Dreirad sind auch dabei, und die Bälger sind natürlich Lutz und ich ... Bei solchen Nachrichten kriegt man immer einen Schreck, weil man plötzlich merkt, wieviel Zeit vergangen ist – und dann tut einem so ein unnützer, vergeudeter Tag besonders leid. Ein Bücherschreiber müßte mit seiner Zeit viel geiziger sein. Kein Tag ohne eine Seite!

[...] grüßt alle Geschwister [...], und seid selbst ganz lieb gegrüßt und geküßt von eurer

Tochter Brigitte

211 An die Eltern

Nbg., 14. 3. 69

Liebe Mu, lieber Vati,

eben ist euer Eilbrief gekommen, und ich möchte euch von ganzem Herzen Dank sagen dafür, daß ihr soviel Ver-

1 Das kinderlose Ehepaar Leilich war Vermieter des Hauses Neuendorfer Str. 2. Beide wurden zu Freunden der Familie.

ständnis habt und überhaupt so wunderbare Eltern seid. In gewisser Weise bin ich sogar erleichtert, weil Vati auch solche Zustände kennt, solche seelischen Bedrückungen, die Angst vorm Alleinsein und sowas. Und es stimmt auch, was Mutti schreibt: daß ich schon immer eine Abneigung gegen Friedhöfe und Beerdigungen hatte. […]

An Ursel[1] werde ich ein Briefchen schreiben, und wenn ihr beide ihr noch zu erklären versucht, warum ich solchen Graus habe, wird sie es sicher verstehen und mir verzeihen, daß ich Tante Trudchen[2] nicht begleite. Wichtiger ist ja, daß man jemanden in Erinnerung behält […] und das werde ich bestimmt […]. Ich könnte jetzt noch genau die Wohnung in der Bahnhofstraße[3] beschreiben, sogar das Stilleben mit den Früchten im Eßzimmer, und das Bild im Schlafzimmer: zwei Kinder, die sich am Feuer wärmen, und an den Vorratsschrank unterm Fenster in der Küche und an tausend andere Kleinigkeiten, auch an meinen ersten Schwips, als Tante Trudchen mir ein Glas Eierlikör gegeben hatte. Irgendwann wird das sicher mal in einem Buch auftauchen … […]

Mit vielen Grüßen und Küssen

eure Tochter Brigitte […]

212 Familienrundschrieb Nr. 167

Burg, 18. März 1969

[…] Wir waren eine kleine Trauergemeinde, bedingt auch durch die Wetterunbilden; kalter Ostwind, schneeverwehte, vereiste Straßen und Felder. So kam Ulli […] erst Mittags in

1 Ursula Niemann, Cousine der Geschwister Reimann.

2 Gertrud Niemann starb am 10. 3. 1969, wenige Wochen nach »Tante Leila«.

3 In der Bahnhofstraße 5 in Burg wurde B. R. geboren. In dem Haus wohnte auch Familie Niemann.

Burg an und mußte direkt mit der Taxe zum Friedhof fahren. [...]

Brigitte und Dorli [...] konnten nicht kommen, und es war wohl auch gut so bei den überhaupt nicht einzuschätzenden Zugverbindungen. Für Brigitte gab den Anlaß zur Absage ihre seelische und körperliche Verfassung; sie hat einmal ehrlich und offen geschrieben, daß sie die Auswirkungen der vorjährigen schweren Krise noch nicht überwunden hat [...]. Ulli hat für alle Reimann-Kinder »Unserer lieben Tante Gertrud als letzten Gruß« einen Kranz mit Euren Vornamen auf den Schleifen am Sarg und nachher an der Gruft niedergelegt. [...] Euer Willi

213 An Sigrid und Ulrich Reimann

Nbg., 2. 5. 69

Liebe Sigrid, lieber U-Bruder,

[...] heute früh habe ich eure Karte bekommen. Wenn unser Vater sich so ein Schränkchen wünscht ... Gut. Jedenfalls bin ich gleich ins Centrum gegangen, und dort gibt es diese Maschinchen, schwarz und weiß und zweitürig, wie auf der Zeichnung angegeben. Sie [...] kosten 45 Mark, sind also durchaus erschwinglich, da wir uns den Spaß teilen. Am besten, ich lasse den Schrank gleich richtig verpacken und schicke ihn dann nach Burg; wenn man mit der Eisenbahn fährt, ist es ja nicht eben angenehm, mit diesem unhandlichen Kästchen von Bahnsteig zu Bahnsteig zu wetzen.

Wär schön, wenn wir uns Pfingsten mal treffen könnten. Bloß, ich weiß noch nicht, ob wir nach Rostock fahren können. Ich werde wahrscheinlich viel zu aufgeregt sein und allerlei Vorbereitungen treffen müssen, weil am Tag darauf Anreise nach Berlin ist, zum Schriftsteller-Kongreß[1]. Große

1 VI. Deutscher Schriftstellerkongress in Berlin (28. – 30. 5. 1969).

Angelegenheit, wißt ihr, drei Tage Konferenz, und sicher eine Menge entnervender Reden. Das Beste werden, wie üblich, die Foyer-Gespräche sein und die Begegnungen mit Kollegen und Freunden. Falls ihr die vorbereitenden Reden und Aufsätze in der Zeitung verfolgt, habt ihr ja wohl mitgekriegt, daß wir Prosa-Schreiber mal wieder unangenehm aufgefallen sind (du lieber Gott, und bei den paar Büchern, die so erscheinen!). Wie gesagt, wegen Rostock weiß ich noch nicht. […] Könntet ihr denn nicht auf der Hin- oder auf der Rückfahrt mal ein bißchen Station machen und euch meine Bude und meinen Garten angucken? Bis dahin werden sicher schon allerhand nette Blumen blühen, und wir können auf der Terrasse sitzen (falls es doch noch Frühling wird – hier regnet es andauernd Strippen) und Kaffee trinken. Überlegt es euch. Ja, Telefon habe ich auch: 6025. Wenn ihr mal anruft und man sagt euch, daß es so eine hohe Nummer gar nicht gibt, dann laßt euch nicht abschrecken und bleibt beharrlich – bis zum Fernamt[1], jedenfalls bis zu einigen Damen dort hat es sich noch nicht rumgesprochen, daß es 6er-Nummern gibt. Alles Gute für euch. Tschüs und auf Wiedersehen und herzliche Grüße

eure Brigitte

214 Von Ludwig Reimann

16. 7. 69

Meine liebe Brigitte-Schwester,

[…] Meinen herzlichen Glückwunsch zum Geburtstag, verbunden mit den besten Hoffnungen, daß Du doch noch einmal mit zunehmendem Alter ein vernünftiger Mensch wirst.

Ich wünsche Dir vor allem gute Gesundheit und – ehrlich – viel Erfolg in Deiner Arbeit. Ich kann mir immer noch

1 Ferngespräche mussten damals über das Fernamt vermittelt werden.

nicht so ganz vorstellen, daß wir schon Mittdreißiger sind. Richtige erwachsene Menschen.

Die Zeit ist doch fix vergangen, und dabei haben wir die letzten zehn Jahre in mehr oder minder freundlicher Zwietracht gelebt. Eigentlich schade. Dennoch berührte das meine brüderliche Zuneigung in keiner Weise. Ich hatte bei Gesprächen mit den Eltern das Empfinden, daß sie diesen scheinbaren Widerspruch nicht ganz verstanden. Sie konnten nicht begreifen, daß die Zankereien der letzten Jahre, die ich mit Teilen der Familie hatte, bei mir überhaupt keine Tiefenwirkung verursachten. Da wir gerade beim Thema sind. Ich muß Euch, die Ihr mit Vati doch ständig Kontakt gehabt habt, einen bitteren Vorwurf machen. Ihr hättet ihn schon vor mindestens drei Jahren mit aller Macht dazu bringen müssen, seinen Beruf hinzuschmeißen. Ich war einigermaßen über seinen nervlichen Zustand erschüttert. Hoffentlich kommt das noch einmal zu einer guten Besserung. Aber wem sage ich das! Auf Dich müßte man ja auch ständig aufpassen. – […]

Mit vielen lieben Grüßen
Dein Lutz

215 An Ludwig Reimann

Nbg., 23. 7. 69

Mein lieber Lutz-Bruder,

eben habe ich Deinen Brief bekommen und weil ich mich so freue über Deine Glückwünsche (und einfach darüber, daß Du überhaupt geschrieben hast), unterbreche ich mal eben meine Arbeit, um ebenfalls ein Brieflein zu produzieren. Ich sitze nämlich schon seit fünf (morgens, versteht sich) am Schreibtisch und arbeite an einem Exposé, das morgen abgeschickt werden soll. Insgesamt vier Tage Zeit für das Ding; einer davon ist schon entfallen, weil ich ganz verrückt vor Magenschmerzen war. Hab mir da so eine blöde Magengeschichte zugelegt. Seele natürlich, die in dieser Gegend rumort, und sie meldete sich prompt, als Hans Sonntag nacht weggefahren war. Unsere schöne Mamor-Ehe … Die Trennung bekommt uns nicht, wir sehen uns nur alle zwei Wochen, und dann sitzen wir uns zunächst mal wie Fremde gegenüber, jeder kommt aus einer anderen Welt, einem Erlebnisbereich, der seinem Partner verschlossen ist, und zum Aufschließen ist einfach die Zeit zu knapp. Verständlich – denn das gehört zur Selbsterhaltung –, daß ich mir hier meine eigene Welt aufgebaut und eingerichtet habe, eine Menge Leute kenne, mit einigen sogar befreundet bin, oft in Cafés und Restaurants sitze oder auf dem Wall herumspaziere, mit anderen Männern also, teils Verehrern (die armen Troubadours ahnen ja nicht, daß sie es mit einer Amazone zu tun haben – inzwischen habe ich ganz gut gelernt, den gewissen Mangel, Du weißt schon, zu kaschieren, obgleich meine Sicherheit dadurch immer noch oder noch mehr als früher beeinträchtigt ist). Kurzum, der Hans, ist »draußen«, und das spürt er natürlich und fühlt sich als Gast, und spätestens am zweiten Tag gibt es Streit, der – wie üblich bei uns – in Form eisernen Schweigens ausgetragen wird. Schlimm, sage ich Dir. Ich leide entsetzlich unter diesem Zustand, und der Hans wird immer grauer und magerer, woran freilich auch seine Arbeit schuld ist: er übernimmt sich, er zerbricht sich Kopf und Herz über seinen Daten und Programmierungen (jetzt will er auch noch ein weiteres Studium beginnen: Operationsforschung), und ich bin zuweilen eifersüchtig auf seine Arbeit und habe ihn in einem Wutanfall einen Computer genannt. Eine Wohnung für ihn ist immer noch nicht da, und wir sind nun mal solche Junggesellentypen, die nicht in zwei Zimmern zusammen hausen können, schon gar nicht bei der aufreibenden Arbeit, die jeder von uns zu leisten hat. Am Montag war ich so groggy, daß ich zum erstenmal unhöflich, aufdringlich, mit Tränen und Schimpfen allen Leuten auf die Pelle gerückt bin, die sich freundlich, aber gelassen (mecklenburgisch!) um Hans' Wohnungsangelegenheit kümmern oder kümmern sollten. Wenn nicht bald was geschieht, geht unsere Ehe krachen ... aber das sage ich bloß Dir [...]; ich habe ja noch Hoffnung, daß sich alles wieder einrenken wird.

Davon abgesehen, finde ich N. immer noch bezaubernd und schön und freundlich; keine Spur Heimweh nach Hoy. Mein Garten ist von Blumen überwuchert, und auf irgendeine umwegige Art hat mir das – zusehen, wie etwas wächst, was man gesät und gepflanzt hat – trotz der bedenklichen Magensache über die ewige Angst vor einer Wiederholung der Krankheit hinweggeholfen. Und die Arbeit natürlich ... Das Buch ist allerdings noch lange nicht fertig, und, unter uns gesagt, das ist vielleicht gar nicht schlecht; wer weiß, was alle möglichen zuständigen (na, nennen wir sie mal so: »zuständig«) Leute, die jetzt durch Christa Wolfs Buch[1] aufgeschreckt und empört oder verstört sind, aus dem Manuskript herauslesen würden, denn allerdings ist meine kleine Franzi ein »kompliziertes« Geschöpf mit allerhand diffizilen Problemen. Beim Kongreß war – im negativen Sinne – vom »Anspruchshelden«[2] die Rede ... Übrigens waren wir beim Kongreß alle sehr artig. Deine Schwester ist leider zweimal unangenehm aufgefallen – einmal, als sie türenschlagend das Lokal verließ (beim Hauptreferat; abends habe ich mich mit dem Referenten[3] – ach Gott, eine alte Liebe von mir! – schrecklich gezankt und dann bei der Wahl für den neuen

1 Bereits im Vorfeld des VI. Schriftstellerkongresses wurde durch Kampagnen gegen Bücher wie »Nachdenken über Christa T.« von Christa Wolf klar, dass man einen harten Kurs gegenüber den Autoren einschlagen würde.

2 Der pejorative Begriff »Anspruchsliteratur« galt Werken, die den Anspruch auf Selbstverwirklichung verteidigten und vom Bestehen antagonistischer Widersprüche im Sozialismus ausgingen; vgl. »VI. Deutscher Schriftstellerkongreß ... Protokoll«, Berlin und Weimar 1969, S. 155–162.

3 Max Walter Schulz hielt das Hauptreferat »Das Neue und das Bleibende in unserer Literatur« (ebd., S. 23–59).

Vorstand, in den ich nicht wieder reinkommen sollte. Bin aber doch drin. Nun, das ist eine Geschichte für sich.)

Inzwischen habe ich meine Buch-Arbeit unterbrochen und mache ein Fernsehfilmchen[1], eine Art Dokumentarfilm, freundlich, womöglich charmant. Keine Gewissens-Verrenkungen. Unser Thema: die Stadt, die Straße als Kommunikationszone, Leute auf dem Bürgersteig. So in der Art: Menschen beobachten, ihr Verhalten zueinander, Du verstehst. Wir haben N. als Stadt für den Film gewählt, und da läßt sich allerhand Hübsches und Erfreuliches beobachten. Es scheint, ich habe auch mit dem Regisseur Glück: zuerst wirkt er bloß wie ein netter Junge, aber nach ein paar Tagen gemeinsamer Arbeit merkt man, daß da Hintergrund ist, viele Schichten, ein interessanter Charakter, Empfindsamkeit ... Sieht so aus, als ob wir ein ganz gutes Gespann abgeben. Was mir zu schaffen macht, ist der irrsinnig kurze Termin. Der Film soll ins zweite Programm[2] (Farbe), das Rohdrehbuch muß am 11. August vorliegen, weil wir Ende August schon anfangen wollen zu drehen. Macht sich besser bei Sonnenschein und Sommerzeit, wenn die Leute mehr Lust und Gelegenheit haben, ihre Gefühle herumzutragen und ihre – hier geradezu auffallend modische bis elegante Kleidung. Tatsächlich, Du staunst, wenn Du siehst, wie die hier durch die Straßen spazieren, in Ausstellungen, in Cafés, ins Kino oder in die Galerie gehen – soviel Chic, daß niemand vermuten würde, daß N. die Hauptstadt eines Agrarbezirks[3] ist,

1 B. R. (Drehbuch) und der Regisseur Bernd Scharioth erarbeiteten im Auftrag des Fernsehfunks das Filmfeuilleton »Sonntag, den ... Briefe aus einer Stadt«, gedreht wurde in Neubrandenburg. Sprecherin Jessy Rameik, Musik André Asriel, es sang Manfred Krug. Vgl. B. R., Tagebücher 1964 bis 1970, S. 248 f.

2 Anlässlich des 20. Jahrestages der DDR nahm der Deutsche Fernsehfunk am 3. 10. 1969 den Betrieb des Zweiten (teilweise in Farbe gesendeten) Programms auf.

3 Neubrandenburg war 1952–1990 Verwaltungszentrum und Behördensitz des gleichnamigen Bezirks, den die Landwirtschaft prägte. Dem Vorurteil von Rückständigkeit arbeitete man ehrgeizig entgegen, getreu

ausgerechnet des ehemals sprichwörtlich rückständigen Mecklenburg. Man bekommt wieder Lust (das war in Hoy ganz verschüttet), sich ebenfalls nett anzuziehen; es war geradezu nötig, daß ich mir ein paar neue Sachen kaufte; von meinem Stipendium hätte ich das allerdings nicht bezahlen können (450 Mark, das ist nicht die Wucht, wenn man Steuern etc. abrechnet), aber der Verlag hatte noch ein bißchen Schulden bei mir, eine Nachzahlung, die hat für einige »Extras« gereicht. Was ich jetzt beim Fernsehen verdiene, muß ich zurücklegen fürs nächste Jahr, damit ich mein Buch zuende schreiben kann. Das ist sowieso ein Risiko: vielleicht wird es nicht fertig, vielleicht erscheint es nicht oder mit Verspätung … wir haben halt einen unsicheren Job, aber was tut's? Spaß macht er einem doch, bei allem Kummer und Ärger und den bitteren Stunden des Zweifels und der Angst vorm Versagen.

Na, genug davon. Jedenfalls schufte ich jetzt wie ein Kümmeltürke, und inzwischen erobert das Unkraut meinen Garten, hundert Briefe bleiben liegen; ich komme nicht mal dazu, auf ein paar Stunden zu der polnischen Band zu gehen, die im »Kosmos« spielt (ich bin nämlich in den Saxophonisten verliebt – so aus der Ferne, versteht sich, platonisch mit Gruß und Wimperngeklapper), eine gute Truppe, die den »Schiwago«[1] drauf hat und den Kolo[2] aus dem »Zorbas«-Film[3] und zur Tee-Tanz-Zeit ein paar Jazznummern. Schade,

der zeitgenössischen Vision, dass sich die Lebensbedingungen in Stadt und Land angleichen würden. Vgl. Heide Hampel, »Falls man Heimat wählen kann«, in: »Als habe ich zwei Leben«, federchen Verlag Neubrandenburg 1998, S. 103–112.

1 Filmmusik von Maurice Jarre zu »Doktor Schiwago« (I/GB/USA 1965), nach dem gleichnamigen Roman von Boris Pasternak, der in der DDR nicht erschien.

2 Kolo: ein Reigentanz aus dem Balkan; hier ist der »Sirtaki« gemeint, der eigens für den Schauspieler Anthony Quinn als Alexis Sorbas geschaffen wurde.

3 »Alexis Sorbas« (Gr./USA 1964), Verfilmung des gleichnamigen Romans von Nikos Kazantzakis.

im September gehen sie nach Kopenhagen. Auch etwas, was man hierzulande nicht erwartet: ein getreues Jazzpublikum. Bevor Papa Bue[1] nach Amerika abdampfte, hat er noch in Rostock und Neubrandenburg gespielt, und die nordische Kühle gestattete zwar keine Pfiffe und kein Gebuhe, aber doch enthusiastischen Beifall für jede Solo-Einlage. Was mich etwas störte, war das Aufgebot an Abendkleidern und untadeligen Anzügen – die Leute hier haben keinen Sinn fürs Legere oder Saloppe (das kann auch daran liegen, daß das studentische Element hier fehlt). Jazz und Brokat, ich bitte dich! Übrigens schreibe ich wahrscheinlich nur deshalb so ausführlich davon, weil mich das alles für den Film beschäftigt, denn wir wollen ja das Gesicht einer ganz bestimmten Stadt zeigen, und das sind nun mal solche besonderen Züge. Also entschuldige meine Schwatzsucht.

Ich hoffe, ihr hattet wirklich einen erbaulichen Urlaub, und Du, altes Streitroß, hast unseren armen Eltern nicht zu arg zugesetzt, was Politisches angeht. Für sie hat sowas eben doch »Tiefenwirkung«, sie können da nicht trennen, der Streitende ist eben ihr geliebter Sohn … Ach, und unser Vater – weißt Du, solange er im Dienst war, haben wir gar nicht so sehr gespürt, wie fertig er war, vielleicht weil jeder selbst diese Anspannung, oft Überspannung kennt. Allerdings habe ich ihm schon seit zwei Jahren zugeredet, sich allmählich zurückzuziehen, weil mir wenigstens soviel klar war, daß seine Kräfte nicht seinem Ehrgeiz, mit den Jüngeren Schritt zu halten, gewachsen waren. Aber wie nervös und erledigt er ist, habe ich eigentlich erst richtig gemerkt, als ich im Frühling zu Besuch in Burg war. Ein Fernseh-Abend war geradezu erschreckend: immerzu mußte er aufspringen, an dem dummen Ding, das einwandfrei lief, herumdrehen und korrigieren … Jetzt kommt auch noch eine gewisse Rentner-Psychose hinzu, er vermißt seine berufliche Überanstrengung,

1 Papa Bue's Viking Jazzband, dänische Jazzformation.

kommt sich womöglich überflüssig vor, ausgebootet – das Gefühl muß man ihm unbedingt nehmen, Du hast ja sicher gesehen, welche unnötige Geschäftigkeit er bei allen Angelegenheiten entwickelt [...]. Ein Glück, daß Mutti nun zu Hause ist; ich habe gesehen, wie heftig er sie vermißte, sobald sie zu ihrer Schule ging, und vermutlich mißhagte ihm auch im Innersten seine Rolle als Hausbesorger, obgleich sie ihn für Stunden beschäftigte und etwas ablenkte (aber eben nicht ausfüllte). Es war eine gute und liebevolle Idee von euch, diesen Urlaub zu arrangieren, und ich wünschte wirklich, Vati ist ein bißchen zur Ruhe gekommen. Unsere Mutter ist ja dagegen die verkörperte Heiterkeit und Gelassenheit, eine richtig köllsche Natur, und ohne sie – also, das ist einfach nicht auszudenken.

[...] Nochmal: danke für die brüderlichen Grüße. [...] und sei selbst ganz herzlich gegrüßt

von Deiner Schwester Brigitte

216 Familienrundschrieb Nr. 171

Burg, 30. Juli 1969

[...] Am Donnerstag, dem 24. 7., abends sind wir wohlbehalten mit einem großen Rucksack voller Erlebnisse – allerdings von der vor einer Woche bereits herrschenden Hitze leicht abgekämpft – hier in Burg wieder gelandet, das wir genau einen Monat vorher [...] mit großem Gepäck und frohen Erwartungen verlassen hatten. Dazwischen liegen rund eine Woche Aufenthalt in Hamburg, drei Wochen an der Nordsee [...].

Die Tage bis zum Wochenende nutzten wir fleißig, um wenigstens etwas von der schönen neuen Heimat unserer Kinder kennen zu lernen und vor allem uns mit unserem jüngsten Enkel »anzufreunden«. Was uns wohl auch bei dem lieben kleinen fröhlichen Kerlchen gelungen sein dürfte. Er

war für uns alle während der vier Wochen der Mittelpunkt: er bereitete allen Freude, ob er wie eine kleine Schildkröte durch alle Räume krabbelte oder über den weißen Dünensand, […] sich von jedem einmal rund um das Ferienhaus in den Schlaf schieben ließ oder guten Appetit und Durst entwickelte. Oliver, unserer Großer, hatte dafür in seinem Vati seinen besten Freund, der mit ihm die Hänge hinabtobte, was den Großeltern doch schon etwas schwerer fiel. Aber Boccia spielten wir alle mit gleicher Begeisterung sowohl am Strand als auch vor dem Hause mit ihm. […] Es liegt wirklich ganz verwunschen in einer fast unwirklich anmutenden Dünenlandschaft. […] Bei untergehender Sonne hatte man auf dem Heimweg von der See den Eindruck in einer Relieflandschaft auf dem Mond oder sonstwo zu sein, zumal man durch hohes Kraut, über weißsandiges Hügelgelände und kleinsteinige Wege stapft. (Der Redakteur wird romantisch.[1])
[…] Willi

217 An Ludwig Reimann

Neubrandenburg, 6. 9. 69

Lieber Lutz,

Deine Karte habe ich bekommen, und ich bin sehr froh, daß Du mir mal wieder schreiben und Dich […] sogar mit mir treffen willst. Dorli war vor ein paar Tagen hier (aus traurigem Anlaß – aber davon später), und sie erzählte, daß Vati die Ferien gut getan haben und daß er nicht mehr so nervös ist wie früher. Überhaupt, die beiden – also unsere Eltern – sind richtig glücklich und aufgelebt, weil alles so gut verlief, und unsere liebe vergeßliche Mutter geht inzwischen schon soweit, zu behaupten, mit ihren Söhnen habe sie niemals Kummer gehabt, während die Töchter … Nun ja,

1 Ludwig Reimann hatte seine Eltern in den Urlaub nach Dänemark mitgenommen.

wie gesagt, liebende Mütter sind vergeßlich, und was die Töchter betrifft, so hat sie auch recht, jedenfalls in Bezug auf die Älteste. Leider bin ich jetzt wieder in der unglücklichen Lage, ihnen – aber diesmal ohne meine Schuld – einen neuen Schlag versetzen zu müssen.

Ich hoffe, daß etwaige Briefschnüffler soviel Takt besitzen, die folgenden Zeilen nicht zu lesen, die wirklich privatester Natur sind. Weißt Du, meine Ehe ist an allen Fronten zusammengebrochen, und leider bin ich, bei aller Zähigkeit, ebenfalls zusammengebrochen [...]. Jetzt versuche ich mich wieder auf die Füße zu stellen, nachdem ich eine Zeitlang gedacht habe, ich wäre ausgezählt. Daß seit Monaten Spannungen herrschten, ist verständlich, denn wir leben ja immer noch getrennt [...]. Ich habe mir sogar bereitwillig die Schuld zuschieben lassen, denn natürlich bin ich – obgleich ich mich mit meinem Amazonen-Zustand einigermaßen abgefunden habe – noch etwas labil, noch mehr von Stimmungen abhängig als früher und zeitweilig auch von Ängsten geplagt. Übrigens ist es für einen Mann wahrscheinlich doch nicht ganz nachfühlbar, was so eine Operation für eine Frau bedeutet. Frag mal Deine Frau – vielleicht kann sie es sich vorstellen. Und dazu die physischen Folgen, die Schwäche ausgerechnet des rechten Arms [...] und die Schmerzen bei jeder körperlichen Anstrengung ... Nun ja, ich sage das bloß, damit Du verstehst, warum ich jetzt mehr denn je ein Bedürfnis nach Schutz und Hilfe verspüre. Wie immer: vor ein paar Wochen habe ich – zunächst teilweise – erfahren, was hinter allen intellektuell aufgetragenen Vorwürfen von Herrn K. steckt. Gott, ja, die alte Geschichte, Du weißt, was ich meine. Das Übliche. Das ließe sich zur Not noch verzeihen, obgleich – weißt Du, ich habe so tief vertraut, ich hätte für ihn die Hand ins Feuer gelegt. [...] Und dann kam allmählich, im Verlauf »vernünftiger Aussprachen«, immer mehr heraus, eine Geschichte, die ich weder Dir noch einem anderen schreiben kann [...] – eine Geschichte, die ich mit dem korrekten, vernünftigen Herrn K. einfach nicht in Verbindung bringen kann. Aber es gibt sie, es ist passiert, davor kann man die Augen nicht einfach zumachen, und das will ich auch nicht. Wahrscheinlich gibt es einen Punkt, wo die Grenze des Erträglichen überschritten ist – dann kann man sich umbringen oder aufstehen und »nein« sagen. Nochmals: ich bin wirklich ein zäher Hund – aber bei einer gewissen Eröffnung bin ich ohnmächtig geworden und hatte danach eine Sprachlähmung, von der jetzt noch ein leichtes Stottern zurückgeblieben ist. Glaub mir, Du an meiner Stelle – und natürlich mit vertauschten Rollen –, Du hättest Deine Frau erwürgt.

Seit drei Tagen nehme ich das Zeug nicht mehr ein, mit dem man mich in eine Art Narkose versetzt hat –, seit dem Tag, als Dorli hier war, und als ich ihr die Geschichte erzählt habe, gewissermaßen wie eine Romanfabel, verstehst Du?, mit einem Schritt Abstand. Das hat geholfen – vorläufig. Am nächsten Tag konnte ich mit ganz kalter Stimme sprechen, als Hans anrief – aus Angst vermutlich, denn er rechnet immer noch damit, daß ich mich umbringe, und er sagt, in diesem Fall könnte er auch nicht weiterleben. Klingt wie ein Melodrama, was? Das Verrückte ist, daß er eine Scheidung nicht in Betracht zieht, daß er sich eine Chance für uns ausrechnet, eine vage Möglichkeit, wieder zusammenzuleben. Eine Weile habe ich mich auch daran geklammert, und manchmal, offen gestanden, spüre ich trotz Abscheu und Entsetzen ein bißchen Hoffnung – aber jetzt, ich weiß nicht … Wahrscheinlich gibt es Dinge, die sich nicht reparieren lassen; besser, man trennt sich in guter Haltung, als eine Ehe weiterzuführen, in der Unvergeßliches herumspukt, verdrängt wird und irgendwann doch wieder hochkommt. Also, ja, ein Fünkchen Hoffnung, aber in der Realität richte ich mich auf ein Leben ohne Herrn K. ein und mache Pläne, in denen er keine Rolle spielt, auch ganz praktische Pläne: z. B. muß ich das Auto verkaufen, um mein Buch zu finanzieren, also zuende zu schreiben, gleichgültig, ob es veröffentlicht wird oder nicht. [...] Danach werde ich dann vielleicht einiges für den Film oder fürs Fernsehen machen, Angebote habe ich genug, und bis jetzt habe ich sie wegen des Romans immer ausgeschlagen. D. h. eine kleine Arbeit habe ich doch zwischendurch mal übernommen; ich weiß nicht, ob ich Dir davon schrieb: so ein Fernsehfilmchen [...]. Das Ganze war recht poetisch und hätte mir beinahe selbst gefallen. Inzwischen haben Rotstifte drin herumgefuhrwerkt;[1] bezeichnend ist das Urteil: Ein literarischer Genuß, aber etwas indifferent. Also nochmal und zum tausendstenmal sagen, daß es hierzulande keinen Standesdünkel und keine Rassen-Vorurteile[2] gibt und dergleichen. Warum haben alle diese Leute zu sich selbst sowenig Vertrauen? [...] In den letzten Wochen konnte ich mich um das Drehbuch nicht mehr kümmern [...], aber ich hoffe, ich kann während der Dreharbeiten noch am Text arbeiten und »schleifen«. Was das Honorar angeht, war die Sache nicht sehr lukrativ, aber das macht nichts, ich hatte Freude an der Arbeit, die sowieso in einer inneren Beziehung zu dem Roman steht, und nun beschert sie mir noch eine willkommene Ablenkung, denn nächste Woche sollen hier die Dreharbeiten beginnen, und ich werde möglichst oft dabei sein, neue Leute kennenlernen, ein anderes Milieu, – und wenn mich jemand wieder zum Lachen bringen kann, dann ist es der Regisseur, ein kluger und einfühlsamer und dabei sehr lustiger Bursche [...].

1 Im BRA, Sig. 379, befindet sich ein 16-seitiges Manuskript: »Berlin, den 25. 11. 69, ›Sonntag den ...‹«. Nach der Erinnerung von Bernd Scharioth kann es sich nicht um das letztgültige Drehbuch handeln. Am 18. 2. 1970 wird im Tagebuch eine Abnahme des Films beschrieben, der alle Anwesenden überzeugte; vgl. B. R., Tagebücher 1964–1970, S. 304 f.

2 Der Film, am 20. 3. 1970 gesendet, wurde nach der Ausreise von Manfred Krug 1977 gesperrt und 1984 vernichtet. Daher muss vermutet werden, worauf sich die Bemerkung bezieht. In einer Szene des Manuskriptes heißt es: »Gesichter und Hände, ein Zeitungsleser. Ein Neger, der den Fahrplan buchstabiert; Einheimische versuchen ihm den Weg zu erklären, überlaut und einander widersprechend«.

Aber das ist alles Zukunft, und jetzt muß ich erstmal mit der Gegenwart fertigwerden. Was die Ehe-Sache angeht: kein Wort darüber zu Vati und Mutti, nicht wahr? Sie bekommen eine andere Version zu hören [...]. Nächste Woche kommen sie von Rostock aus hierher, und da sie mit ihrem sechsten Sinn, den Eltern für sowas entwickeln, schon ahnen, daß irgendwas hier nicht in Ordnung ist (und da man es mir leider auch ansieht, denn ich bin in diesen Wochen ganz hübsch zusammengeschmolzen, ganz abgesehen von dieser blöden Sprachstörung), werde ich ihnen eine halbwegs beruhigende Geschichte auftischen. Und was später sein wird – Gott, darüber will ich mir noch nicht den Kopf zerbrechen. Ich weiß ja auch gar nichts, und wenn, dann glaube ich nichts, weil ich mich einfach nicht mehr zurechtfinde und Lügen von Wahrheiten oder Halbwahrheiten nicht unterscheiden kann – und vielleicht kann das nicht mal mehr Herr K. selbst.

So, und jetzt endlich zu was anderem. Für die Bücher bedanke ich mich im voraus [...]; die Bücher für Uli werden weitergegeben, vorausgesetzt, das Paket kommt an. Ich habe einige Bedenken wegen der Platte. Zwar kann man aus jedem anderen Land – eingeschlossen alle westlichen Länder – Platten geschickt bekommen, aber eben nicht aus Westdeutschland und Westberlin, und seien sie auch harmlosester Natur. Meine Freundin in Amsterdam schickt mir manchmal eine Jazz-Platte, das wird nicht beanstandet, kostet bloß Zoll, aber der ist nicht hoch. Es wäre also vernünftiger – obgleich ein bißchen umwegig –, wenn Du künftig, falls Du jemanden mit einer Musik beglücken willst, die Platte an meine Freundin schickst. Außerdem empfiehlt es sich, Päckchen als Einschreiben zu schicken; wenn eins verlorengeht (wir wollen mal freundlicherweise annehmen: aus Versehen), dann kannst Du reklamieren und bekommst das Geld zurückerstattet. Die Deutsche Post läßt nach, scheint's – jedenfalls habe ich in letzter Zeit ein paar schlechte Erfahrungen gemacht, auch im Inlandverkehr. Deshalb habe ich mich auf Einschreiben umgestellt [...]. Übrigens fällt mir gerade ein, daß es zur Zeit ein sehr interessantes Buch gibt (ich nehme an, Du bevorzugst Dokumentarisches), nämlich das Tagebuch des amerikanischen Botschafters Dodd, »Diplomat auf heißem Boden«[1]. Obgleich es eher nüchtern geschrieben ist, liest man es gespannt (wenn auch auf andere Art gespannt), als wärs ein Krimi.

Sei mir nicht böse, weil ich Dir soviel von mir geschrieben habe. Es muß sich um eine Art Clan-Bewußtsein handeln: auf einmal meldet sich in einer so schändlich betrogenen Person die Schwester, die den Großen Bruder um Hilfe anruft. Schade, daß Brüder heutzutage nicht durch ungeschriebene Gesetze verpflichtet sind, Rache zu üben ...

Ich wollte Dir bloß noch sagen: falls wir uns im Herbst mal treffen, mußt Du nicht befürchten, daß ich Heulszenen mache. Was näher liegt, ist Vereisung, ich meine: daß es eine Zeit geben wird, in der mir keiner mehr mit dem ganzen Gefühlskitt kommen darf ...

[...] grüß Dein Weib und Deine Söhne und sei selbst herzlich gegrüßt von

Deiner B-Schwester

218 Tagebuch

Nbg. 8. 9. [69]

[...] Eines Tages bin ich aufgestanden und habe »nein« gesagt. [...]

Den Zeitpunkt, an dem die Verzweiflung aufgehört hat,

1 William Edward Dodd war 1933–1937 US-Botschafter in Berlin. Seine Tochter Martha Dodd und sein Sohn William E. Dodd jr. engagierten sich aufgrund ihrer Erfahrungen in Deutschland in der antifaschistischen Bewegung. Beide gaben 1941 das Tagebuch ihres Vaters heraus: »Diplomat auf heißem Boden«, dt. Verlag der Nation, Berlin 1962.

weiß ich aber genau. Das war an dem Tag, als die D-Schwester zu mir kam. Irgendjemandem mußte ich die Geschichte erzählen, aber es durfte nur ein ganz vertrauter Mensch [sein] […]. Seit ich hier in N. wohne, sind wir Schwestern uns auch in anderer Weise als nur räumlich näher gekommen; sie ist verständiger und verständnisvoller als früher, natürlich, sie ist älter geworden, sie hat einiges erlebt, was meinen Erlebnissen gleicht […]. Und außerdem sind wir uns – ungeachtet der äußeren Verschiedenheit – sehr ähnlich, ich meine, gerade in diesen Charakterzügen, die der ganze Reimann-Clan hat. (Ja, und dieses Clan-Bewußtsein spielt auch mit; […] das ist es, etwas Archaisches, mag sein, aber so sind wir nun mal – und alle vier potentielle Mörder aus Eifersucht –, und Jon hatte schon recht, als er uns entsetzt als einen Indianerstamm oder dergleichen bezeichnete.) […]

219 An Sigrid und Ulrich Reimann

Nbg., 9. 9. 69

Liebe Sigrid, lieber U-Bruder,

habt schönen Dank für die Karte aus Glowe[1]. Der Gruß an Hans ist leider überflüssig – wie werden uns kaum noch wiedersehen, und wenn, dann vor dem Scheidungsgericht, aber das wird noch eine Weile dauern, denn der Arzt, bei dem ich hier in Behandlung bin, hat mir dringend geraten, diese mörderische Prozedur noch solange wie möglich hinauszuschieben (einfach deshalb, weil zu befürchten ist, daß ich sie nicht überstehe). Vielleicht gehe ich vorher freiwillig in eine Klinik und lasse mich wieder ein bißchen herrichten. […] Unsere Ehe ist zusammengekracht, und leider unter Umständen, die so arg sind, daß sie auch eine innerlich robustere Frau erledigt hätten. Aber ich bin nie sehr robust

1 Erholungs- und Badeort auf der Insel Rügen.

gewesen – wenn auch auf eine bestimmte Art zäh –, und dann spukt auch immer noch diese Krebserei herum.

Nicht, daß ich denke, es käme an irgendeiner anderen Stelle wieder – aber ich bin eben immer noch nicht die seelische Belastung los [...]. Manchmal komme ich mir vor, als ob ich in einem wüsten Traum lebe. Das Zusammensein mit anderen Menschen hilft auch bloß für kurze Zeit, genauer gesagt: solange diese anderen anwesend sind. Allein und all diesen Gedanken und Erinnerungen ausgeliefert – nein, das ist höllisch. Und zu alledem kann ich nicht schlafen. Vor der Nacht habe ich am meisten Angst.

Ich wußte nicht, daß ihr noch in Glowe seid, und wollte dieser Tage an Sigrid schreiben und sie bitten – obgleich sie nichts für diese Medikamente übrig hat, d. h. für diese Art von Selbstbetäubung –, mir starke Schlaftabletten zu verschreiben. Mein Arzt gibt mir keine, weil er denkt, ich werde mich umbringen. Aber das werde ich nicht, ganz bestimmt nicht, über diese Klippe bin ich hinweg. Vor ein paar Wochen (du lieber Gott, und da wußte ich noch nicht mal das Schlimmste!) war ich wirklich am Rande der Existenz, aber mit der letzten Reserve an Kraft habe ich mich wieder auf die Füße gestellt und bin entschlossen zu arbeiten, obgleich ich natürlich weiß, daß ich eine verdammt bittere Zeit vor mir habe. Ich habe in meinem Manuskript gelesen, das hundertmal besser ist als alles, was ich vorher geschrieben habe, und da dachte ich, es wäre doch schandbar, sein Leben wegzuschmeißen, wenn man so ein unfertiges Buch liegen hat [...]. Wenn ich bloß weiterarbeiten könnte! Aber das ganze Buch ist ja eine Liebeserklärung[1] an Hans, und außerdem bin ich nicht mal physisch in der Lage, weil ich durch diese schreckliche Schlaflosigkeit den ganzen Tag in einem Zustand von Halbwachsein verbringe. [...]

Wenn ihr auf der Heimreise im Städtchen N. Station ma-

1 Vgl. erste Anm. S. 124.

chen wollt und könnt, seid ihr herzlich willkommen. Zwar gibt es in meinem Junggesellen-Haushalt nur eine Bettcouch und einen – immerhin geräumigen Sessel, aber meine Nachbarn haben Luftmatratzen, und so wird sich das Übernachtungsproblem schon lösen lassen. Nur wegen des Termins müßten wir uns ein bißchen genauer verständigen. Ich bin nämlich vom 15. bis 17. in Berlin […] – teils dienstlich, teils aus Fluchtgründen oder wie man das nennen will; u. a. bin ich einen Tag bei Christa Wolf[1]. Wir sind gut befreundet, und neulich rief sie an, weil sie, wie sie sagte, so eine merkwürdige Unruhe hatte, und als ich zögernd damit rausrückte, daß ihr ungutes Vorgefühl sie nicht getrogen hat, schlug sie mir ein Gespräch vor, und da habe ich zugesagt. Sie ist eine wunderbare Frau mit tiefem Verständnis für andere, absolut verschwiegen, und bei allem Gefühl mit dem richtigen Verstand begabt, um so eine Katastrophe (denn das ist es wirklich) hin und her zu wenden und dem anderen womöglich eine neue Sicht zu vermitteln. […] Inzwischen laßt es euch noch wohl ergehen auf Rügen und seid ganz herzlich gegrüßt

von eurer Brigitte […]

220 Von Ludwig Reimann

[16. 9. 69]

Liebe Brigitte,

[…] Ich wünschte, ich brauchte jetzt nicht zu schreiben, sondern wir könnten uns unterhalten. Das wäre einfacher und – wenn überhaupt möglich – tröstender für Dich. Laß mich aber noch eines vorausschicken, daß ich froh über Deinen offenen und vertraulichen Brief war. Es ist also zwischen

1 Vgl. Brigitte Reimann/Christa Wolf, »Sei gegrüßt und lebe. Eine Freundschaft in Briefen und Tagebüchern 1963–1973«, hrsg. von Angela Drescher, Aufbau Verlag, Berlin 2016.

uns alles gut, so wie ich es trotz unserer zeitweiligen Querelen immer vorausgesetzt habe. [...] Es wird kein Trost für Dich sein, wenn ich Dir sage, daß ich zu Hans leider keine innere Antenne finden konnte. Aber das will nicht viel besagen, denn wir haben uns ja auch nur wenig gesehen. Außerdem ist Euer beider künftiger Weg noch nicht endgültig abgesteckt. Ich kenne die Einzelheiten nicht, und vielleicht reicht auch meine Phantasie nicht ganz aus, aber ich kann mir vorstellen, daß nach einer gründlichen Aussprache, sofern der Wille auf beiden Seiten vorhanden ist, dennoch wieder die Chance besteht, Vertrauen zu gewinnen und Vertrauen zu schenken. Ihr hättet nie so lange getrennt leben dürfen. Das ist in keinem Fall gut und müßte auch bei einem Neuanfang vermieden werden. Warum sollte denn ewig Unvergeßliches zwischen Euch herumspuken, wie Du sagst? Wer sind wir denn, daß wir nicht doch irgendwann verzeihen könnten, sofern nicht mehr als ein Versagen und keine geplante Böswilligkeit dahinter steckt? [...] Bei allem habe ich schließlich einen tiefen Glauben an Dich. Du bist wirklich ein »zäher Hund«, und ich bin gewiß, daß Du Dich auch seelisch wieder herausboxt, eventuell ganz letzten Endes sogar mit Gewinn für Deine Arbeit. Aus Deinem Brief entnehme ich, daß die Dreharbeiten für das »Fernsehfilmchen« beginnen. Aber vielleicht kannst Du Dich doch für einen Tag loseisen und am Sonnabend, dem 27. 9. 69, nach Berlin kommen? Gerade dieser Tag paßt uns auf weite Sicht sehr gut, denn Margret hat Sportfest und kann dann mal fehlen in der Schule. Vati und Mutti habe ich schon geschrieben. Vielleicht kommt Uli auch. [...] Aber u. U. ist es Dir gar nicht recht, wenn wir so viele sind, obwohl ich glaube, daß man gerade dann auch genügend Zeit für ein Zwiegespräch finden wird. Das Allerbeste wäre überhaupt, Du würdest Dir eine Reisegenehmigung besorgen und hier zu uns kommen, um Abstand zu gewinnen und andere Eindrücke auf Dich wirken zu lassen. Schreib' oder telegrafiere bitte umgehend, wie Du zum vorgeschlagenen Treffen stehst. […]

Dein Lutz

221 Familienrundschrieb Nr. 173

Burg, 18. September 1969

Vor genau einer Woche – um Mitternacht zwischen Mittwoch und Donnerstag – traf das neugebackene Rentnerehepaar von seinen offiziellen Antrittsbesuchen in den Domizilen der FRS-Teilnehmer wieder in der Neuendorfer Straße ein. In dem knappen Vierteljahr – vom 24. 6. bis 11. 9. – wurden bei den Fahrten nach Hamburg und seiner »weiteren Umgebung«, nach Oranienbaum und Rostock mit Rückkehr über Neubrandenburg insgesamt rund 2300 Kilometer zurückgelegt! Aber die »Strapazen« haben sich bestimmt gelohnt. Überall war es schön, sehr schön sogar, alles verlief in bester Harmonie, allen hat das Zusammensein Freude bereitet, und jeder wird noch lange daran zurückdenken. Wenn das alles, was wir uns erzählten und worüber wir unsere Meinungen austauschten, auf Tonband aufgenommen wäre, man müßte es wohl einige Tage abspulen. Eines dürfte sicher sein: Wir, die doch ziemlich getrennt lebende »Großfamilie«, sind ein Stück näher zusammengerückt durch diese Rundreise, und hoffen wir, daß es so bleiben möge! Vor allem freute uns als Eltern auch das vertrauensvolle, kameradschaftliche Verhältnis, das zwischen unseren Kindern und uns überall zum Ausdruck kam. […]

Der letzte Tag unserer Rostocker Reise war dem Treffen mit Brigitte vorbehalten, die wir kurz vor Mittag auf der Hauptstraße von Neubrandenburg begrüßen konnten. Hatten wir auch nur gut fünf Stunden Zeit füreinander, so haben wir diese doch restlos genutzt, ob beim Mittagessen im

Interhotel, beim Kaffeetrinken in der Gartenstraße oder bei der Gartenbegehung. Diese zeigte uns, daß Brigitte auch schon allerlei von der Gärtnerei versteht und sich viel Mühe damit gibt, um dabei entsprechend Freude zu finden. [...] Gut ist nur, daß sie in ihrer Wohnung einen so schönen großen Arbeitsplatz im Erker an der Veranda hat, dort zu sitzen macht schon Spaß. Sie müßte jedoch einmal ordentlich ausspannen, doch predigt man bekanntlich seit langem tauben Ohren. (So, da hat sie es. Der Red.) [...] Willi

222 An Ludwig Reimann

Neubrandenburg, 19. 9. 69

Lieber Lutz,

eben habe ich Deinen Brief bekommen (kurz nachdem Uli und Sigrid abgereist sind, die für einen Tag hier Station gemacht haben) [...]. Ich bin restlos erledigt und so schrecklich allein – mit allem allein, weißt Du, mit meinem Kummer und mit dem ganzen Alltagskram, den ich einfach physisch nicht bewältigen kann, und mir ist zumute, als könnten jeden Augenblick meine Nerven zerreißen. Gestern haben wir bis tief in die Nacht über den Film geredet; die Dreharbeiten laufen schon, aber wir haben festgestellt, daß unsere Konzeption nicht stimmt, ich muß also die Texte umschreiben oder neu schreiben – bloß, wann? und wie? Am Montag beginnt die Woche des Buches[1], und ich habe jeden Tag Lesungen [...], und so fehlen mir eben fünf oder sechs Tage Zeit für die Texte. Anderseits kann ich verstehen, daß mein Regisseur drängt, denn wir müssen die letzten freundlichen Herbsttage ausnützen, wir brauchen unbedingt Sonne wegen

1 Alljährlich fanden im Spätherbst während der »Woche des Buches« republikweit verstärkt Lesungen und Veranstaltungen in Großbetrieben, Schulen, Buchhandlungen usw. statt. Ende der 60er Jahre wurde sie auf Anfang Mai verlegt, um an die Bücherverbrennung (10. 5. 1933) zu erinnern.

des Farbfilm-Materials, und jeder Tag kostet einen Haufen Geld. Und dann diese seelische Belastung ... Dorli und Ulli habe ich die Geschichte erzählt, aber anderen kann man sie eben nicht erzählen [...]. Und was hilft's? Die Arbeit muß ja doch gemacht werden, und wahrscheinlich ist es ganz gut so, jedenfalls besser, als wenn ich einsam herumsitze und grübele, wie es zu dem ganzen scheußlichen Zeug gekommen ist. Inzwischen habe ich mich von Hans getrennt – richtig, weißt Du, für immer. Es war höchste Zeit, denn sonst wäre ich draufgegangen (auch ohne Nachhilfe mit Tabletten oder sowas) zumindest moralisch draufgegangen. Ich kann solche entwürdigenden Zustände nicht ertragen. Und kämpfen? Wofür denn noch? Oder gegen wen? Gegen einen fremdgewordenen Mann, den gewisse Umstände so verändert haben, daß er jeglichen Anstand vergessen hat? Er hat mir Hilfe angeboten ... Du lieber Gott! Wie denn? Tröstliche Anrufe aus 400 Kilometer Entfernung [...]. Das Übliche, ein Verhältnis, Ehebruch – eine Bagatelle nannte es Hans, als ich davon erfuhr. Eine »unbedeutende Person«, wie er sagte, aber ein lebenslustiges Mädchen und nicht so anstrengend wie die eigene Frau. Übrigens wollte er Schluß machen, kündigen und herkommen. Nun, und prompt stellt sich ein Kind ein – ein bißchen zu prompt. [...] Es waren entsetzliche Wochen. Kurzum, wir haben uns dann per Telefon verabschiedet, in dem Augenblick, als er von mir forderte [...], ich müßte mich ändern, ausgeglichen und vernünftig werden und – ach, was weiß ich. Nein und nein. Da konnte ich nicht mehr mitmachen, schon gar nicht, als ich merkte, daß er das Risiko scheut, seine Stellung zu wechseln und hier, in dem neuen Rechenzentrum, zu beginnen, möglicherweise mit qualifizierten Mitarbeitern und jedenfalls nicht als Chef wie dort in Boxberg. Das ist nicht mehr der Hans, den ich geheiratet habe. Und ich wäre ja auch nicht über diesen Ehebruch hinweggekommen, nicht nach all den Jahren, in denen ich ein so felsenfestes Vertrauen in ihn gesetzt habe. [...] Unsere

Ehe, selbst wenn wir sie wieder zusammengeflickt hätten, wäre ewig durch Mißtrauen vergiftet gewesen. [...] Wenn ich an die kommenden Jahre denke, graut mir. Die große Liebe, der Mann, mit dem zusammen ich alt werden wollte ... Und dann passiert diese Schweinerei mit dem Krebs, und man ist halbiert, und der große starke Mann hält es nicht mal ein halbes Jahr lang durch, seine Frau ein bißchen zu stützen. Mein Gott, ist das alles jämmerlich und schäbig!

Wie soll ich das bloß Vati und Mutti beibringen? [...] Neulich waren sie hier und fragten so allerlei, und ich [...] mußte so tun, als wär's bloß so eine kleine Krise. Und unsere liebe Mutter, die mich für ein Biest hält, sagte, bestimmt sei ich schuld, und der Hans sei bloß eifersüchtig ... Auf dem Bahnhof fing sie nochmal davon an: ich solle ja den Hans festhalten, so einen lieben und treuen Mann bekäme ich nicht wieder ... in diesem Moment hätte ich mich am liebsten vor den Zug geworfen. Aber nein, man muß lächeln und beruhigen, während man losbrüllen möchte vor Verzweiflung.

Ach, genug davon. [...] Du schreibst, daß wir uns am 27. treffen könnten. An diesem Tag wollte ich sowieso nach Berlin, d. h. auch Dorli und Uwe sind da (Dorli hat ihre Immatrikulation[1]), und Uwe wollte an diesem Tag den Wagen von Hans in Empfang nehmen und hierher nach N. überführen. Ich habe ja immer noch keine Fahrerlaubnis. Natürlich werde ich bei dieser Gelegenheit den Hans nicht sehen, sondern mich zurückziehen, wenn er ankommt und Uwe die Schlüssel und den ganzen Papierkram übergibt. Allerdings ist das mit der Wagen-Übergabe noch nicht ganz sicher, denn vorläufig steht der Wagen noch in der Werkstatt, und Hans sagte am Telefon, es sei nicht genau vorauszusagen, ob er an diesem Sonnabend fertig ist. Aber das ist ja nun auch schnuppe, dann wird es eben eine Woche später [...].

1 Dorothea Herrmann nahm ein zweijähriges postgraduales Studium der Informations- und Dokumentationswissenschaft an der Humboldt-Universität zu Berlin auf.

Wie immer, wir könnten, wenn es euch recht ist, am 27. ein Geschwister-Treffen veranstalten und mal wieder ein bißchen miteinander reden (ich meine, natürlich nicht immerzu bloß wegen dieser Kerschek-Geschichte, sondern überhaupt), und falls Vati und Mutti dabei sind, werde ich meine Schauspieler-Künste aufbieten. [...] Grüß Deine Familie und halt mir gelegentlich ein bißchen den Daumen, daß ich mit Anstand über diese böse Zeit hinwegkomme; ich gebe mir jedenfalls alle Mühe, und vielleicht – da wirst Du recht haben – ist es am Ende von Nutzen für meine Arbeit. Ein bißchen Bitterkeit gibt erst den richtigen Geschmack – bei Schnäpsen und bei Büchern.

Sei ganz herzlich gegrüßt von
Deiner B-Schwester

223 Von Ulrich Reimann

Oranienbaum, 28. 9. 69

Liebe Brigitte,

seit einer Woche hat uns die sozialistische Wirtschaft wieder und der Urlaub nimmt langsam seinen ihm zustehenden Platz in der Vergangenheit ein. Nicht so unser Besuch bei Dir. Wir haben inzwischen schon oft überlegt, wie »der Frau geholfen werden könne«. Über die beiden Therapien Arbeit und Zeit sind wir meist nicht hinausgekommen. Als Vati wegen des Lutz-Besuches anrief, der ja leider ins Wasser fiel, fragte er gleich wieder, ob Du irgend etwas besonderes erzählt hättest. Wir haben natürlich, Deinem Wunsch gemäß, nichts gesagt. Aber schieb Deine Erklärung nicht zu lange hinaus, denn zu Hans' Geburtstag oder Weihnachten werden die Eltern sicher doch alles erfahren müssen. Vergiß unsere Einladung dabei nicht: wenn Du mal ein bißchen andere Umgebung brauchst – in O'baum bist Du immer willkommen.

Übrigens haben wir bei unserem Besuch über den Sessel nicht mehr gesprochen. Wir würden ihn gerne nehmen, müßten Dich jedoch bitten, ihn noch ein bißchen aufzubewahren, bis wir ihn abholen kommen können.

[...] Es wünschen Dir alles Gute deine Oranienbaumer

Sigrid, Uli und Imke

224 An Sigrid und Ulrich Reimann

Nbg. 4. 10. 69

Liebe Sigrid, lieber Ulli,

habt herzlichen Dank für euren lieben Brief. Es ist tröstlich, zu wissen, daß man nicht allein ist, wenn man Kummer hat, und notfalls seine Geschwister um Hilfe anrufen kann. Natürlich habt ihr recht: andere Mittel als die Zeit und die Arbeit gibt es nicht. Wenn nur erst eine lange Spanne Zeit vergangen wäre ... Und unsere Arbeit ist ja leider auch dazu angetan, einen in Grübelstimmung zu versetzen. Mir graut schon beim Gedanken daran, daß ich irgendwann wieder an mein Buch gehen muß. Zum Glück sind meine Fernseh-Leute noch hier, und der Regisseur schleift mich immer mit zu den Dreharbeiten. Er kümmert sich wirklich in rührender Weise um mich, und ich bin sehr froh, daß er für ein Jahr nach N. ziehen will. Er möchte mal wieder eine Zeitlang unter »normalen« Menschen arbeiten und wird zum VEB Hochbau gehen, und eine Wohnung für ihn ist auch da – nämlich Hans' (die Einweisung, die teuer bezahlte, habe ich noch nicht aus der Hand gegeben). Durch Scharioth – also den Regisseur – bin ich auch zum Hochbau gekommen, der Direktor hat mich gleich »eingekauft«, und jetzt habe ich wieder im Kombinat eine Brigade[1]. Gestern, anläßlich einer

1 Seit Herbst 1969 hatte B. R. Kontakt zu einer Baubrigade in Neubrandenburg-Ost, mit der sie ein Brigadetagebuch schreiben sollte; vgl. B. R., Briefe an die Eltern, S. 327.

der hundert Feiern, zu denen man in diesen Wochen wankt,[1] habe ich die Truppe kennengelernt, lauter harte Männer, aber ritterlich und taktvoll im richtigen Augenblick – eben die Typen, die es bloß auf dem Bau gibt. Der Brigadier ist ein ganz toller Bursche, so ähnlich wie mein lieber Meister Hamann alias Hanke[2] aus der »Ankunft«, nur äußerlich ganz anders, das richtige Gesicht für eine Hauptrolle in einem Seeräuber-Film. Na, mal sehen, ob wir miteinander klar kommen. Den ersten – bauüblichen – Test habe ich hinter mir: sie haben natürlich gleich versucht, mich unter den Tisch zu saufen, aber da ich in Form war, habe ich als einzige ohne Schlagseite das Lokal verlassen. Nächste Woche steigt der nächste Test: eine Fahrt auf der Segel-Yacht des Brigadiers; da darf man nicht zimperlich sein und muß notfalls mit Gummistiefeln ins Wasser fallen können, ohne zu quieken. Jedenfalls habe ich mich gestern zum ersten Mal wieder richtig wohl gefühlt, auch im Sinne von »zu Hause sein«, denn der Bau ist nun mal meine große Liebe.

Also, man tut sein Bestes, um sich über die Misere hinwegzuretten. Und mein Freund Jürgen – er ist Sprecher beim Rundfunk – [...] wird im Winter sein Hauptquartier in der Gartenstraße aufschlagen. Vor den langen dunklen Winterabenden habe ich am meisten Angst, aber wenn der Jürgen hier ist, wird's schon gehen. Wir machen schon eine Menge Pläne, z. B. wollen wir zu Silvester nach Warschau fahren, zu polnischen Rundfunk-Kollegen. Übrigens, damit es keine Mißverständnisse gibt, der Jürgen ist zwar mein liebster Freund, aber keine intime Beziehung – ich bin ja, leider, all die Zeit eine treue Ehefrau gewesen. Natürlich, nachts ist mir

1 Am 7. 10. 1969 wurde der 20. Jahrestag der Gründung der DDR begangen.

2 Erwin Hanke war von 1958 bis zu seinem Unfalltod 1965 Meister der Brigade »10. Jahrestag«, in der B. R. im Rahmen ihres Freundschaftsvertrags mit dem Kombinat Schwarze Pumpe mitarbeitete. Er war das Vorbild zur Figur des guten und strengen Meisters Hamann in der Erzählung »Ankunft im Alltag«.

manchmal schlimm zumute, aber dagegen helfen dann Schlaftabletten, und ich werde bloß im Traum von meiner verlorenen Liebe heimgesucht. Wißt ihr, das Ärgste oder beinahe das Ärgste bei der Geschichte ist, daß dieser Vertrauensbruch zunächst mal und vielleicht für lange Zeit irgendetwas Lebenswichtiges zertrümmert hat, was ich nur notdürftig umschreiben kann, Vertrauen zu anderen Menschen oder sowas, ihr versteht. Ein Glück, daß ich kein Talent zum Zynismus habe, sonst wäre ich bald eine unausstehliche Zicke.

Es hat sich nun doch so ergeben, daß ich Mutti von der Affäre erzählt habe. Wir haben telefoniert, und sie fragte nach Hans – wieder mit dem Unterton, als ob ich schuld sei und er, der Arme, eifersüchtig. Da habe ich es halt gesagt. Unsere arme Mutter war ziemlich zerschmettert, und ich mußte sie trösten und den starken Max markieren. Und dann ihre süße Reaktion: Ich schicke Dir einen Kuchen. – Ach, die Eltern … mit unseren haben wir jedenfalls Glück gehabt. Wenn ihr mal in Burg seid, redet ihnen auch ein bißchen zu, damit sie nicht die Ohren hängen lassen, weil ihr Kummerkind schon wieder geschieden wird. Übrigens wird sich die Bezirksleitung um die Scheidung kümmern[1] und dafür sorgen, daß ich nicht selber vor Gericht auftreten muß, sondern durch einen Anwalt vertreten werde. Ich glaube, bei dieser Prozedur würde ich doch die Nerven verlieren. Na, genug von diesem Thema.

Der Sessel wird für euch reserviert. […] Und habt schönen Dank für euer Angebot, daß ich mal in O-baum auftauchen darf; das ist wirklich sehr lieb von euch. Sehen wir uns inzwischen mal bei den Eltern? Ach ja, da ist ja noch das Familientreffen in Berlin … Bis dann also! Und drückt mir die Daumen, daß es keine bösen Rückfälle gibt. […]

eure Brigitte – Schwester, Schwägerin und Tante

1 Dass sich die Bezirksleitung der SED um eine Scheidung kümmerte, erklärt sich aus dem Anspruch, für Lebens- und Arbeitsbedingungen ansässiger Künstler, selbst wenn sie nicht SED-Mitglied waren, zuständig zu sein.

225 Familienrundschrieb Nr. 174

Burg, 5. Oktober 1969

Heute von 22 Jahren – auch Sonntag und zugleich Erntedankfest – kehrte Euer Vater aus der Kriegsgefangenschaft zurück, und außerdem sind heute Eure Eltern – wir schreiben den 5. des Monats – 39¼ Jahre = 471 Monate verheiratet. Nun, wir werden nur bescheiden zusammen mit Beschs Kaffee trinken und einen Broiler auf dem Mittagstisch haben, dafür aber Zeit genug haben, die Gedanken zurückwandern zu lassen. Und Ihr werdet, wenn dieser FRS vor Euch liegt, uns zustimmen, daß wir dem Schicksal dankbar sein können, es doch immerhin recht gut bisher mit uns gemeint zu haben. Die unausbleiblichen Sorgen und Schwierigkeiten über zwei Jahrzehnte hinweg wurden im allgemeinen bald wieder überwunden, und daß wir sie meisterten, dazu hat wohl jeder von uns seinen Teil beigetragen […]. Wünschen wir uns, daß dieser Familienzusammenhalt noch einen recht langen Bestand hat, uns allen und jedem einzelnen zur Freude! […] Willi

226 An Ludwig Reimann

Nbg. 20. 10. [69]

Lieber Lutz-Bruder,

erstens schreibe ich Dir bloß so, weil heute Sonntag ist (das Datum, sehe ich eben, ist falsch), und sonntags fühle ich mich einsam und muß wenigstens per Brief oder Karte mit jemandem sprechen; zweitens will ich Dir melden, daß die Bücher nicht angekommen sind, und da auch keine Benachrichtigung vom Zoll (wegen etwaiger Beschlagnahme) vorliegt, hoffe ich, das Paket ist an Dich zurückgeschickt worden. Wenn nicht, dann protestiere höflich, aber energisch. […]

Ich freue mich schon aufs Familientreffen […]. Und keine

politischen Huddeleien, wenn's geht; denk an Deine armen alten Eltern (klingt wie aus einem Erbauungsbüchlein, was?) und an das gebrochene Herz Deiner Schwester Brigitte, die Dich und die Deinen herzlich grüßt und Wohlergehen wünscht.

227 Familienrundschrieb Nr. »175«

Burg, 20. Oktober 1969 – 7.00 Uhr morgens

Wieder einmal eine Jubiläumsnummer! Wie schnell doch die Zeit vergeht – die Nr. 150 datiert vom 31. Dezember 1967, wann und in welcher Stimmung werden wir die Nr. 200 schreiben? […]

So, nun kurz zum Treffen selbst an diesem Sonnabend, dem 25. Oktober (ein Glück nur, daß ein Rentnerehepaar die Zeit hat, diese Dinge gründlich zu durchdenken und ausführlich darzulegen!). Es bleibt also, wie im letzten FRS dargelegt, dabei, daß der Bahnhof Schöneweide das Sammelziel ist. Nach einem letzten Blick ins Kursbuch treffen ein

in Berlin-Schöneweide	Ulli (mit Sigrid?)			
	9.28 Uhr	(ab Dessau	7.13 Uhr)	
" "	Mutti mit Vati			
	9.59 "	(" Burg	8.06 ")	
" Ostbahnhof	Dorli (mit Uwe?)			
	9.08 "	(" Rostock	6.37 ")	
" -Lichtenberg	Brigitte			
	8.54 "	(" Nbrdbg.	7.12 ").	

Wann Margret und Lutz in Schöneweide aufkreuzen, hängt davon ab, wie schnell sie am Kontrollübergang abgefertigt werden. Hoffen wir auch hier das beste, damit wir möglichst lange zusammen sein können. Und wer freut sich am meisten auf das große Wiedersehn nach Weihnachten 1965? […] Willi

Burg, 28. Oktober 1969

Sonntag, 26. Oktober, morgens 5. 05 Uhr wurde das Licht im Schlafzimmer der Neuendorfer Straße 2 ausgeknipst, und damit ging ein schöner, nein ein wunderschöner Tag zu Ende, der allerdings für Eure Eltern fast 24 Stunden umfaßte. Aber diese Strapaze ist gern ertragen worden und auch gut bekommen; denn schließlich ist dieser etwas kompliziert angelaufene Familientreff bestimmt zu einem unvergeßlichen Erlebnis für alle Festteilnehmer geworden. Darum sei […] für die Erinnerung im Stenogrammstil für alle kurz festgehalten:

Die lebhafte Begrüßung der Eltern durch die zum Empfang auf dem Bahnsteig in Schöneweide angetretenen Kinder – Fahrt und Suche nach einem geeigneten Tagungslokal mit dem Ergebnis: ein wirklich schöner Fensterplatz im Restaurant »Warschau« mit Blick auf die Hauptstraße, bestens geeignet zum ungestörten Plaudern und Schmausen – Davon auch regsten Gebrauch bis nach dem Kaffeetrinken gemacht – Zwischendurch der lustige Regenspaziergang rund um das Restaurant und der amüsante »Tauschhandel« am Wagen – Das große Abschiednehmen von Brigitte und Dorli auf dem Parkplatz sowie von Uli am Bahnhof Schöneweide […]

Nach der Verabschiedung von Ulli ging es auf die Suche nach einem geruhsamen Platz für die Abendmahlzeit. Im Café und Restaurant »Moskau« alles besetzt, aber gegenüber im Hotel »Berolina« […] klappte es gut. […] Dann aber ging der »Spaß« mit der Autofahrt nach dem Bahnhof Karlshorst los. Ihn in der Dunkelheit der Parks zu finden, war schon nicht leicht, und die Überraschung an der Sperre besonders »erfreulich«: die Züge in Richtung Potsdam fahren zurzeit wegen Bauarbeiten nicht, der Weg nach dorthin über Ostkreuz nach Flughafen Schönefeld, anschließend umsteigen

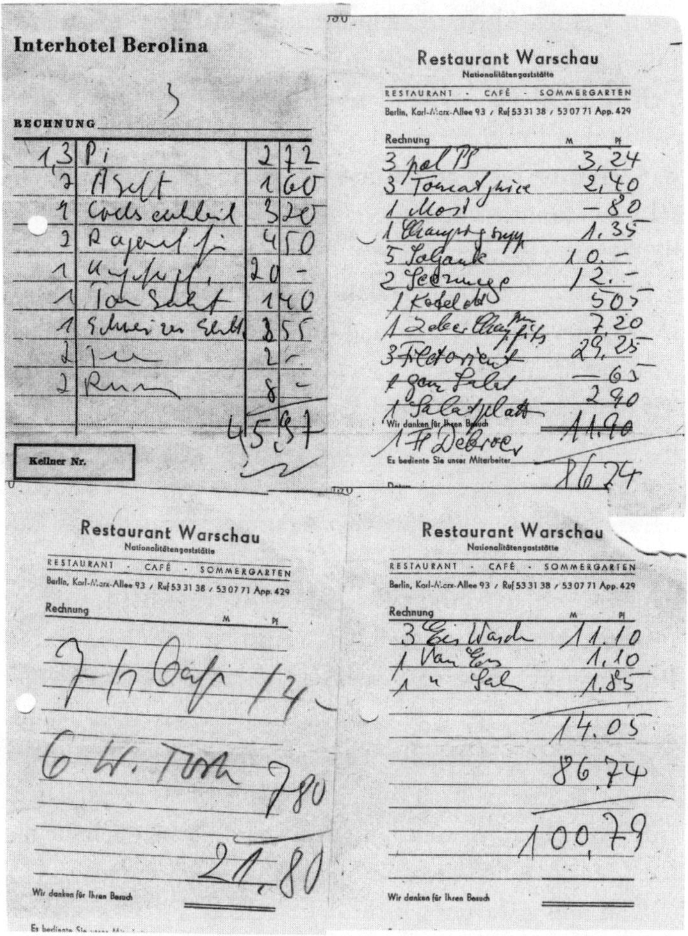

Willi Reimann archivierte mit dem Familienrundschrieb »175« auch die Gaststättenbelege des Familientreffens nach Werder. Also zurück in Richtung Ostkreuz zusammen mit »Leidensgenossen«, einem westdeutschen Wagen, in dem sich Mitfahrer aus Brandenburg befanden [...]. Auf dem S-Bahnhof Ostkreuz stand gerade ein Zug abfahrbereit, so daß wir uns von Margret und Lutz nur im Eiltempo verabschieden konnten und alle Herzlichkeitsbekundungen beiderseits unterbleiben mußten. [...]

Im Zuge erfuhren wir dann freundlicherweise, daß wir in Schöneweide noch einmal umsteigen müßten, um nach Schönefeld zu gelangen. Dort eine neue Überraschung: der Verkehr nach Werder durch einen Unfall durcheinander gebracht, aber gegen 23.30 Uhr landeten wir doch in der Baumblütenstadt. Hier war »zur Freude« auch der anderen Mitreisenden der Mitropa-Warteraum geschlossen, so daß wir die anderthalb Stunden bis zur Weiterfahrt nach Brandenburg in der Fahrkartenausgabe, die eine Bank für vier Personen als Ausstattung besaß, verbringen konnten [...] in Brandenburg war entgegen bösen Voraussagen ein kleiner Raum der Mitropa geöffnet, wo wir bei einer Tasse Kaffee noch einmal anderthalb Stunden auf den letzten Akt der Reise, die Abfahrt nach Burg um 2. 50 Uhr, warten durften. Im Zug stellten wir uns dann den Reisewecker, doch die nahende Heimat ließ uns kurz vor 4 Uhr wach werden. [...]

Und nun erwarten wir für den nächsten FRS als Stoff einen kleinen Rückblick auf das große »Jahrestreffen 1969« und wie es sich in der Erinnerung, die ein Paradies sein soll, aus dem wir nicht vertrieben werden können, darstellt. Willi

229 An die Eltern

Nbg., 3. 11. 69

Meine lieben Eltern,

[...] da unser Redakteur uns zur Stellungnahme aufgefordert hat, möchte ich noch einmal nachdrücklich betonen, daß ich sehr, sehr froh war über unser filmreifes Familientreffen. Lutz kann immer noch so schöne Fratzen wie früher, das ist ein gutes Zeichen. Es sieht auch so aus, als ob beide Seiten – was die politischen Standpunkte betrifft – ein wenig weiser geworden sind, nicht mehr so schroff und absolut … ach ja, wir kommen halt in die Jahre. Ein bißchen traurig war ich bloß, als die anderen ihre Familienbilder herumzeigten und ich als einzige [mit] nichts aufzuwarten hatte. Nun ja, ich werde halt die gute alte Erbtante werden, auf deren Uhren und Brillanten (letztere müssen noch angeschafft werden) sich die Nichten und Neffen freuen … Ferner habe ich zu bemängeln, daß wir es nicht mehr bis zu den Bukarester Törtchen geschafft haben, die ein echtes Argument für das sozialistische Lager sind. Hoffentlich haben wir bald mal wieder Gelegenheit, uns zu treffen. Wie wär's, wenn wir im nächsten Herbst eine große Weinlese in N. veranstalten?

[…] seid […] ganz herzlich gegrüßt von eurer
Tochter Brigitte

230 An Margarete und Ludwig Reimann

Rostock/Warnemünde, 9. 11. [69]

Liebe Margret, lieber Lutz,

wir sind heute en famille meerwärts gegangen und sitzen im »Teepott«[1] (siehe Anlage). Eine freundliche Gelegenheit, euch – nebst den üblichen Touristen-Grüßen – unseren schönsten Dank zu übermitteln. Vati und Mutti haben zuverlässig eure Geschenke an die Mitglieder des Clans verteilt, und wir haben uns sehr gefreut. Unsere Stellungnahmen zu Familientreffen (positive, versteht sich) haben wir dem FRS-

1 Der »Teepott« auf der Strandpromenade von Warnemünde entstand 1968, ein markantes Beispiel der Hyperschalenarchitektur des Ingenieurs Ulrich Müther, Architekt war Erich Kaufmann.

Redakteur übermittelt. Laßt es euch wohlergehen! Mit vielen herzlichen Grüßen von Meer zu Meer und von Mensch zu Mensch –

eure Brigitte + Dorli, sowie Familie

231 An Margarete und Ludwig Reimann

Neubrandenburg, 19. 11. 69

Liebe Margret, lieber Lutz,

eigentlich müßte ich jetzt eine brave Arbeitsbiene sein und an meinem Fernseh-Text herumfummeln, aber der ödet mich so an, daß ich begeistert nach einem angenehmen Vorwand greife, ihn in der nächsten halben Stunde nicht mehr ansehen zu müssen. Gestern ist nämlich euer Paket gekommen, und ich möchte euch – das heißt, zuallererst Margret, die so rasch ihr Versprechen eingelöst hat – schönsten Dank sagen. Die Bücher kamen gerade im richtigen Augenblick. Ich hatte in der Nacht ganz intensiv von Hans geträumt ... irgendwas Zärtliches, was aber auf schreckliche Weise endete, jedenfalls mit Rückkehr zusammenhing (mein Unterbewußtsein funktioniert immer noch tadellos: verdrängte Hoffnungen, die im Traum aufsteigen), und das Erwachen war schlimm. Daß man mit so einer Liebesgeschichte nicht fertig wird ... Wie immer, im rechten Moment also kamen mir die Bücher unter die tränenumflorten Augen, und abends saß ich immer noch wie festgenagelt in meinem Erker und schmökerte. »Festgenagelt« deshalb, weil ich nicht mehr aufzustehen wagte ... Die Rollos waren nicht runtergelassen, durch die Fenster grinste die schwarze Nacht, der Sturm heulte, die Bäume ächzten, und meine im Sommer so romantischen Weinreben kratzten auf eine widerwärtige Art an den Scheiben. Schade, ihr kennt meine Wohnung nicht, sonst würdet ihr mir glauben, daß man sich wirklich dort zu

Tode gruseln kann. Wolfgang Schreyer hat sie die »Agatha-Christie«-Wohnung getauft. Irgendwann habe ich dann doch den rettenden Sprung zum Lichtschalter gewagt; also, es war ein kurzweiliger Abend. Übrigens finde ich diese Dame Patricia [Highsmith] sehr bemerkenswert, eine kluge und feinfühlige Psychologin. Daß man solche Bücher, zumindest lange Passagen, getrost unter den strengen Begriff »Literatur« einordnen kann, ist in gewisser Weise deprimierend – für unsereinen, meine ich, der jahrelang an einem Buch herumkritzelt, mit einem Anspruch, dem er dann doch nicht gerecht wird. Ach, unsere Maßstäbe! Aber das ist ein weites und unerfreuliches Feld.

Habt ihr schon etwas über den Verbleib der anderen Bücher erfahren? Daß die Quelle (Verband) verstopft ist, habe ich euch ja wohl schon mitgeteilt. Genau gesagt: Büchersendungen über den Verband sind nur dann noch möglich, wenn ein schriftlicher Nachweis eingereicht ist, daß man die Bücher für seine Arbeit braucht. Ansonsten privat wie gehabt, aber auch dies ist nicht gerade erwünscht, und für den Privatfall – so ungefähr formuliert hörte ich es in Berlin – gibt es zwei Alternativen: das Zeug wird beschlagnahmt, und man bekommt ein Zettelchen vom Zoll; oder es wird beschlagnahmt, und man bekommt kein Zettelchen vom Zoll. Im übrigen sind wir für Kontakte und für Gespräche auf Familien-, Regierungs- und Literaten-Ebene, vorausgesetzt, ihr laßt endlich die Hallstein-Doktrin fallen. Also, tut mal was für die Anerkennung.

Na, jetzt werde ich schon wieder gallig. In letzter Zeit ist halt ein bißchen viel zusammengekommen [...]. Ich bin ziemlich allein in dieser Stadt, und am meisten vermisse ich einen richtigen Gesprächspartner. Meine Freunde – die wirklichen, die wenigen Freunde, die man so im Leben hat – wohnen weit weg, und Briefe sind ein magerer Ersatz für ein Gespräch. Außerdem bin ich seit zwei Wochen nicht mehr aus dem Haus gekommen, weil ich vor Rückenschmerzen nicht laufen kann, und das trägt natürlich auch nicht dazu bei, meine Lebenslust zu steigern. Die großartige Christa, die trotz ihrer vielen eigenen Schwierigkeiten noch Herz und Mut genug hat, sich um einen Unglücksraben zu kümmern, hat mir noch einmal vorgeschlagen, mich in einer Klinik unterzubringen, und wahrscheinlich werde ich ihrem Rat folgen und mich seelisch und körperlich aufmöbeln lassen. Sonst fahre ich eines Tages doch noch nach B. und bringe Herrn K. um. Den Gedanken hatte ich schon öfter, – er ist also nicht etwa die Wirkung demoralisierender Lektüre.

… Liebe Margret, eben erst, als ich mir eine neue Patricia holte, finde ich Deine Karte in dem Buch und lese mit wehmütigem Neid Deine spaßige Schilderung Reimannschen Familienlebens. Ich wünsche euch von Herzen, daß ihr es auch in Zukunft so gut habt miteinander. Vater und Sohn im Bad, die Schularbeiten, Mutters Vitaminsalat … das klingt für einen vergnazten alten Hagestolz wie eine Nachricht aus einer verlorenen (oder nie gefundenen) freundlicheren Welt. Kinder, wenn ich an die Adventszeit denke! Nun, mit Gottes Hilfe wird man auch diese gefühlvollen Wochen überstehen. […]

Laßt es euch wohl ergehen, seid bedankt und alle zusammen herzlich gegrüßt von

Eurer Tante, Schwägerin und Schwester Brigitte

1970

232 An Dorothea und Uwe Herrmann[1]

Nbg. 2. 1. 70

Liebe D-Schwester, lieber Uwe,

alles Gute und Schöne für das neue Jahr! Hoffentlich hattet ihr eine freundliche Silvesterfeier. Bei uns ging es sehr friedlich zu, geradezu gutbürgerlich (wie wir Schriftsteller eben so sind), Meister Sakowski[2] schuf eine Feuerzangen-Bowle, die NP[3] reif war.

[...] Liebe D, »Spee«[4] habe ich organisiert, 5 Päckchen – gibt es hier auch nur einmal im Monat, Zuteilung ans Centrum. Wolle habe ich bis jetzt nicht bekommen können, erstens sowieso nicht, und zweitens nützt die Farbpartie-Nr. nichts, weil die sich bei der jeweils nächsten eingefärbten Partie Wolle ändert. Ich bräuchte also ein Probe-Fädchen. Grüßt Eure Fratzen, laßt es euch liebesmäßig, gesundheitsmäßig, studienmäßig, glücksmäßig etc. wohl ergehen! Eure B-Schwester [...]

1 Kunstpostkarte: Giorgione, Schlummernde Venus.

2 Helmut Sakowski wohnte in Neustrelitz. B. R. und er kannten sich bereits aus dem Magdeburger DSV. Obwohl beide unterschiedliche Lebens- und Schreibkonzepte verfolgten, waren sie befreundet. Er hatte B. R. ermutigt und unterstützt, trotz ihrer Krankheit nach Neubrandenburg zu ziehen.

3 Nationalpreis; Helmut Sakowski erhielt ihn 1959, 1965, 1968 (im Team des Fernsehmehrteilers »Wege übers Land«) und 1972.

4 Waschmittel.

233 An Sigrid und Ulrich Reimann

Nbg., 2. 1. 70

Liebe Sigrid, lieber Uli,

zuerst die besten Wünsche für das neue Jahr, Gesundheit und Glück euch beiden und dem Imke-Kind. […] – Habt schönen Dank für die Riesenflasche mit 60 duftenden Bädern. Hoffentlich hält mein elektrischer Boiler noch solange durch (Ersatzteile gibt es hier nicht). Das Badezeug ist wirklich prima, ich habe es gleich ausprobiert und fand meine Haut und die Emaillehaut der Wanne in erfreulichem Zustand. – Lieber Uli, ich fürchte, mein Zähler ist in Ordnung. Flüchtiges Überrechnen ergibt tatsächlich einen horrenden Strompreis. Trotzdem möchte ich ihn überprüfen lassen. Ach, ich müßte soviel Technisches im Haushalt tun oder tun lassen, es fällt mir immer noch schwer, allein zurechtzukommen, und die praktischste Person bin ich ja nicht gerade. – Laßt es euch wohlergehen und seid herzlich gegrüßt von

eurer Brigitte

{Weihnachten in Rostock war sehr hübsch und friedlich. Vati scheint es bedeutend besser zu gehen und Mutti ist immer fidel.}

234 An Margarete und Ludwig Reimann

Mahlow, 14. 1. 70

Liebe Margret, lieber Lutz,

seit dem 9. bin ich hier in der Mahlower Klinik[1] und lebe beunruhigend gesund: immerzu Vitamine und Bäder und so Zeug, dafür kein Kaffee (arg für unsereinen) und keine

1 In Mahlow bei Berlin eröffnete 1927 das Prießnitz-Krankenhaus als erstes deutsches Krankenhaus für Naturheilkunde. In der DDR wurde 1961 durch die Arbeit von Prof. Herbert Krauß (1909–1991) die Naturheilkunde als medizinische Disziplin der Physiotherapie anerkannt.

Zigaretten (noch ärger). Diese plötzliche Abstinenz ist äußerst anstrengend; seit Tagen sitze ich über einem Aufsatz (über Prof. Henselmann)[1] und komme nicht voran. Außerdem habe ich die ersten Tage nur geheult. Der Verlag hatte mich hierher gefahren. Trotzdem drängte sich die Erinnerung an den Einzug damals in die Klinik in Buch auf, und ich kam mir plötzlich vor wie eine Witwe. Es war scheußlich; während dieser ersten Tage merkte ich so richtig, wie groggy ich bin, und wie unverheilt diese Wunde ist. Na ja, kämpfen wir also mit Rohkost und kaltem Wasser gegen den Liebeskummer. Schreibt mir mal ein Briefchen, bloß so, ein paar Zeilen, im Krankenhaus wartet man immerzu auf Post. Ich bleibe bis etwa 5. Februar, dann rücke ich aus und arbeite wieder.

Alles Gute für euch! Sehr herzlich eure Brigitte

235 An Ulrich und Sigrid Reimann

Mahlow, 17. 1. 70

Lieber U-Bruder, liebe Sigrid,

Verzeihung, unschickliche Anrede: natürlich hat die Dame den Vortritt. Eure Karte habe ich noch bekommen, bevor ich hierher abberufen wurde (»abberufen« klingt so nach Beerdigung, pfui Teufel). Jawohl, Uli, die Deutsche Post fahndet noch nach dem Paket mit Büchern und Schallplatte (das wahrscheinlich längst vom Zoll einkassiert worden ist) – so um Weihnachten herum bekam ich eine entsprechende Nachricht. […] Bloß gut, daß keine Bananen drin waren – stellt euch vor, was inzwischen in dem Paket los wäre, bei dem Tempo, das die Deutsche Post bei ihren Suchaktionen entfaltet!

Also, wenn ihr einen Trabant habt und zur See rauffahrt,

1 B. R., »Hermann Henselmann zum 65.« (in: Sonntag, Berlin, Nr. 5/1970).

dann müßt ihr unbedingt vorfahren (in N., meine ich), – mit oder ohne Werkzeugkasten. Gott, wenn ich bloß schon mein Auto hätte! Ich traue der ganzen Geschichte nicht – Hans hat so viele und immer neue Ausreden, daß ich manchmal bezweifle, ob der Wagen noch da ist, ich meine: in seinem, resp. meinem Besitz. [...] wenn alle Stricke reißen, muß ein großer Bruder mal seine Kehle präparieren und Herrn K. wenigstens durchs Telefon anbrüllen. Ich weiß mir nicht mehr zu helfen, und Energie oder gar sowas wie Grobheit bringe ich nicht auf; dazu schmerzt mich die ganze Affäre zu sehr – immer noch, leider. [...] Die ersten Tage habe ich nur geheult. Man hat zuviel Zeit zum Nachdenken, und wenn dann der erste Sonntag ohne Besuch verstreicht, während nebenan die lieben Ehemänner mit Blumen und Küssen anrücken ... Jedenfalls ist alles wieder zusammengebrochen, und ich bin so verwundbar wie zuvor. Wär ich lieber zu Hause geblieben und hätte gearbeitet! Arbeit ist doch das beste Heilmittel. Die Seele können sie einem hier jedenfalls nicht reparieren, und mein Rücken tut so schauderhaft weh wie vorher. Physiotherapie ist ja vielleicht ganz gut – Du, Sigrid, wirst das besser beurteilen können als ich –, aber sie operiert wohl doch zu sehr mit der Natur. Hier gibt's keine Spritze, und wenn einem vor Schmerzen die Tränen kullern.

Heilerde! Na schön. Mit den Vitaminen bin ich ja einverstanden, auch mit all diesen Wasserkuren, in Gottesnamen. Aber jetzt bin ich so vollgestopft mit gesunder Rohkost, daß mein Magen unüberhörbar nach einem Schnitzel brüllt. [...] Aber Natur hin oder her – wenn ich wieder in N. bin und arbeite (doppelt soviel wie früher arbeiten muß, um all das Versäumte nachzuholen), darf ich dann mal wieder Sigrid um ein Rezept anhauen? [...] friedliche Mittelchen und jedenfalls immer noch besser als 30 Karo täglich. Gott, habe ich das Krankenhaus schon satt! Aber bis Anfang Februar werde ich wohl noch ausharren müssen. Bis dahin habe ich mich in ein durchgewässertes Grünfutter-Karnickel verwandelt (mit unheilbarem Liebeskummer). Kinder, habt euch lieb. Ihr wißt gar nicht, wie gut ihr dran seid.

[...] seid ganz herzlich gegrüßt von eurer

B-Schwester, -Schwägerin, -Tante etc. [...]

236 An Dorothea Herrmann

Mahlow, 23. 1. 70

Liebe D-Schwester,

heute habe ich den Pullover bekommen: allerschönsten Dank dafür! Ich [...] werde ihn nachher im Fernsehraum vorführen; er paßt ausgezeichnet und ist sehr, sehr gelb, und wenn mir witzig zumute wäre, würde ich mich wie ein Zitronenschmetterling fühlen. Herzlichen Dank auch für die Katzenzungen! Als ob Du es geahnt hättest ... Ich war wie verrückt nach Schokolade (die hier natürlich verboten ist); aber ich kann rückenmäßig nicht in die »Stadt«, der Weg ist ziemlich weit, außerdem ist das Betreten von Lebensmittelläden verboten, und meine Gäste – meistens ehemalige »Mahlower« – wissen Bescheid und bringen bloß Vitamine und Bücher. Nur unsere lieben Eltern haben ein Tabu verletzt und – natürlich verbotenen! – Presto[1] eingeschmuggelt. Du siehst, hier werden einem alle Genüsse des Lebens untersagt, und ich giere schon nach der Kanne Kaffee, die Christa mir am Sonntag kochen wird (für den Nachmittag habe ich Urlaub bekommen, und Christa holt mich nach Kleinmachnow). Keine Zigaretten. Der Chefarzt ging so weit, meine Karo zu beschlagnahmen. Er hat allerdings nicht mit der List des Rauchers gerechnet, der weitere 3–4 Schachteln im Koffer hat. Merkwürdigerweise habe ich trotz dieser Reserven aufgehört zu rauchen; es war viel zu umständlich, wegen einer Zigarette in den letzten Winkel des Parks zu latschen

1 Pulverkaffeemarke.

– und dann machte es nicht mal Spaß, heimlich – und in der schönen klaren Winterluft – eine zu rauchen. Die ersten Tage war es schrecklich, was Du als Nichtraucher freilich nicht nachfühlen kannst (hast Du mal eine richtig intensive Schilderung einer Rauschgift-Entziehungskur gelesen? So etwa), aber jetzt geht es schon, und es wäre mir ganz lieb, wenn ich nicht wieder anfangen würde. Leider muß ich stattdessen unaufhörlich um mich herum fressen. Und kaue andauernd Äpfel und Brotkrusten. Komisch, daß ich nicht schon wahnsinnig dick bin. Weißt Du noch – Weihnachten? Und Deine gräßliche Waage? 110! Aber als ich hierher kam und am ersten Tag gewogen wurde, war ich schon wieder auf 105, und jetzt bin ich weitere Pfunde losgeworden; das merke ich an meinen Hosengürteln und den Reißverschlüssen, die endlich wieder zugehen. Das Essen, wie angedeutet, ist schauderhaft – Müsli, Rohkost, Knäckebrot, Rohkost, Rohkost ... Keine Scheibe Wurst. Diese Folter nennt sich »Entschlackung« und hat sicher was für sich, jedenfalls blühe ich zusehends auf und gelte bei jedermann als Endzwanzigerin – aber neulich, als Prof. Henselmann hier war und heimlich ein paar Bockwürste holen ließ, da hättest Du mal jemanden schlingen sehen können! Henselmann ist eine Wucht. Natürlich macht es ihm Spaß, die Hausordnung zu verletzen; also blieb er bis zum späten Abend, kniff alle Schwestern in den Po, lachte und brüllte mit seiner professoralen Stimme und fraß mit mir um die Wette die Würste aus dem Papier. Es war wie Urlaub vom Knast. Ach, und am 2. 2.[1] hat er Geburtstag, und ich bin eingeladen, und es wär so schön – die ganze Crème ist da, und Manfred Krug singt schmutzige Lieder, und es gibt – aus Schockgründen – Bier und Schinkenrollen (oder heißt es Rollschinken?, jedenfalls was Rustikales), und H. wird eine Super-Show abziehen, und ach, ich muß hier rumliegen. Du hättest ihn bloß sehen und hören

1 Hermann Henselmann hatte am 3. 2. Geburtstag.

sollen, als er mir den Charakter von »Herrn Kertscher« analysierte [...] mir sind die Tränen runtergelaufen, aber vor Lachen.

Mittwoch nachmittag werde ich vielleicht nochmal ausfliegen dürfen (nach Berlin, Club-Gespräch der Verlage), aber sonst sitze ich auf dem Tablett und freue mich über Besuche. Ich kann Dir ernährungswissenschaftliche Hinweise geben – garantiert schlanke Taille. [...] Wenn Du außerhalb der offiziellen Besuchszeit kommst, sagst Du einfach, Du bist angemeldet. Das machen alle, und bis jetzt hatte ich nur illegale Besuche. Allerdings, die strenge Regel: bloß nachmittags, nach 14 Uhr, schlimmstenfalls 13 Uhr. Morgens wird geduscht, gebadet, gestriegelt etc. [...]

Ganz herzlich Deine B-Schwester

237 Familienrundschrieb Nr. 180

Burg, 3. Februar 1970

[...] Meine lieben Kinder! Da Vati gestern nicht zum Schreiben gekommen ist und auch heute keine Zeit hat, werde ich den FRS fortsetzen, vor allem auch, weil Dr. Grüning[1] gestern Vati sagte, er solle bis zum 20. 2. ganz kurz treten. So soll er lieber durch den schönen Sonnenschein spazieren und sich nicht mit Maschinetippen anstrengen.

Heute wollten wir ursprünglich bei Brigitte wieder einen Besuch abstatten, aber das ist nun nichts mehr geworden, leider! Es ist gut, daß wir gleich zu Anfang unseren Besuch abgestattet hatten. [...] Mahlow [...] erinnert an Oranienbaum, so richtig hübsch von Wäldern umgeben. Da Schnee lag und die Sonne schien, war es eine schöne Fahrt. Brigitte hatte sich auch gefreut, ihre alten Eltern wiederzusehen. Lei-

1 Hausarzt der Familie Reimann in Burg. Vater des Journalisten Michael Grüning (»Der Wachsmann-Report. Auskünfte eines Architekten«, 1985).

der war unser Zusammensein nur 1½ Stunden, da wir nicht genau wußten, wie lange der Bus bis Schönefeld fährt. Brigitte wird Euch anderen Geschwistern schon mitgeteilt haben, was sie für schwere Tage hatte, sie durfte nicht rauchen! [...] Mutti

238 Von Dorothea Herrmann

Rostock, d. 4. 2. 70

Liebe Brigitte!

[...] Du sitzt da in Deinem Grünfutterkäfig während wir hier in Schokolade und Schlackwurst schwimmen und Du bekommst von uns nicht mal einen kleinen Trostbrief.

[...] Wie gerne hätte ich ebenfalls mal ein paar Bockwürste und Schokoladenberge eingeschmuggelt, aber leider war es bisher noch nicht möglich. Ich war 10 Tage krank [...].

Ich habe ein furchtbar schlechtes Gewissen wegen Deines Kleides, aber es gibt keine Wolle und ich habe nicht mehr genug rote [...]. Zu dem wirklich sehr gelben Pullover wollte ich noch sagen, daß es sicher sehr gut wäre, wenn Du ihn mit einem braunen Gürtel tragen würdest, über dem Rock. Das ist ja jetzt ganz modern und lang genug ist er (der Pullover) sicher auch. Irgendwie muß man die Grelle des Gelbtons jedenfalls abfangen [...]. Na, Du wirst schon sehen.

Wie lange mußt Du denn noch Vegetarier spielen? Ich habe mir nämlich extra meinen Haushaltstag[1] von Januar aufgehoben. [...]

Deine Traurigkeit über die versäumte Henselmann-Geburtstagsfeier kann ich, obwohl ich den Mann nicht kenne, nachfühlen, schon wegen der frechen Lieder Krugs.

[...] Übrigens stehe ich jetzt mit dem Psychologie-Profes-

1 Seit 1952 erhielt in der DDR jede vollbeschäftigte verheiratete Frau einen bezahlten Haushaltstag pro Monat, ab 1965 auch Unverheiratete mit Kindern unter 18 Jahren. Später wurde die Regelung ausgeweitet.

sor der Uni hier in Verhandlungen wegen einer Stellung. Ich habe mich nun doch entschlossen, mir etwas anderes zu suchen, vorausgesetzt, ich verschlechtere mich nicht finanziell. In der Psychologie und Pädagogik sollte man, meine ich, auch Informationsarbeit betreiben und ich finde mich dafür ganz passend, so überzeugt sind die zuständigen Stellen davon allerdings noch nicht. Es gibt keine Planstellen[1] und keine Räume, mal sehen, was sich machen läßt, wenn's nichts wird, muß ich eben auf meiner etwas langweiligen, aber sonst ganz fetten Pfründe bleiben, zumindest die nächste Zeit. – [...]

Wie wird denn in Eurem Krankenhaus der Fasching gefeiert? Vielleicht mit Kohlbowle? Wir sind in diesem Jahr solide und bleiben zu Hause, dadurch sparen wir nicht nur Geld, sondern auch die Nerven, die durch überflüssige Eifersuchtsszenen draufgehen.

So, meine liebe Schwester, wenn Du nächsten Donnerstag noch dort sein solltest, werde ich Dich eventuell besuchen und dann, heiliges Ehrenwort, das Kleid mitbringen. [...] Schreib doch bitte recht bald, damit ich mich dann mal auf die Bahn schwingen kann mit herrlichen Freßalien. [...] grüß Deine Franziska und sei selbst herzlichst gegrüßt von

Deiner Dorli

239 An Dorothea Herrmann

Mahlow, 7. 2. 70

Liebe D-Schwester,

hab allerschönsten Dank für Deinen unglaubhaft langen

1 Die sozialistische Planwirtschaft regelte auch die Arbeitskräftestruktur von Betrieben, Institutionen, Behörden usw., indem sie für einen festgelegten Zeitraum in jedem Bereich Planstellen für bestimmte Aufgaben und mit entsprechender Qualifikation (z. B. Absolventen, Meister) festschrieb.

Brief. Ich hatte schon von Mutti gehört, daß Du krank bist. [...] Ich schreibe Dir bloß so ein Kärtchen, weil ich hoffe, daß Du am Donnerstag rauskommen kannst. (Aber keine Fressalien, Du, höchstens eine Tafel Cocosschokolade, – ich bin wahnsinnig dick geworden; das ist die Reaktion aufs Nichtrauchen – jedenfalls habe ich Dich jetzt über*rundet*!) Wär wirklich hübsch, Dich zu sehen, und wir könnten mal wieder schwatzen, auch über Deinen Berufs- oder Umgebungswechsel. [...]

Mir geht's scheußlich (Krieg mit dem Arzt, wahnsinnige Rückenschmerzen), aber ich habe glänzende Laune. Wir Dikken sind gemütlich. Henselmann will mich nochmal zu Gummel bringen, aber ehe der mir den Bauch aufschlitzt, schreibe ich erstmal mein Buch zuende. Laßt euch nicht von Hongkong[1] erwischen!

Herzliche Grüße für Dich und Family – Deine B.

PS 1) Freu mich auf das Kleid.

PS 2) Herr K. schweigt. Auto verschwunden.

PS 3) Hab mich mit Maetzig[2] angelegt.

PS 4) Werde am 18. 2. entlassen.

240 An Margarete und Ludwig Reimann

Neubrandenburg, 25. 2. 70

Liebe Margret, lieber Lutz,

allerschönsten Dank für euer Paket! Ich freue mich sehr, daß ihr so lieb seid und an Madame Huckebein denkt. Ich war gerade seit drei oder vier Tagen aus Mahlow zurück, und das Paket ist mir nachgeschickt worden. Leider haben die

1 Gemeint ist die Hongkong-Grippe, eine Grippepandemie, an der 1968–1970 weltweit ca. eine Million Menschen starben.

2 Vermutl. gab es auf der Geburtstagsfeier von H. Henselmann am 3. 2., an der B. R. teilnahm, einen Disput.

Bananen das etwas übel genommen, und einige waren schwarz geworden, aber schon sehr schwarz … kurz und gut, sie haben sich auf irgendeine Art aus dem Beutel geschlichen und über die Krimis hergemacht, wenn auch nicht über alle, aber zwei haben ziemlich gelitten, und ich mußte sie auf dem Ofen trocknen. Das erwähne ich bloß, damit Du, Margret, nicht denkst, ich bin so ein Ferkel, das auf andrer Leut's Büchern herumspuckt.

M. ist mir sehr gut bekommen, ich habe zwölf Pfund zugenommen (Kummerspeck, sagen die Ärzte), rauche nicht mehr (d.h. seit 6 Wochen, was noch gar nichts besagt; seit ich wieder an der Schreibmaschine sitze, habe ich quälendes Verlangen nach einer Zigarette, aber die eine wär ja dann doch bloß die erste von ich weiß nicht wievielen) und meine Nerven sind so gestärkt, daß ich die Huddeleien mit Herrn Kerschek sehr gelassen hinnehme. Allerdings, manchmal wünschte ich sehr, einen starken Großen Bruder hier zu haben, der meiner »letzten und einzigen Liebe« (Hemingway) für jede Lüge einen Katzenkopf verpaßt – das ergäbe schon eine ausschweifende Tracht Prügel. Geschieden sind wir immer noch nicht […]. Er wohnt schon mit seiner Freundin in der Hoyerswerdaer Wohnung zusammen (das ist etwas, was ich mir nicht so genau vorstellen darf: unser Zimmer, in dem ich die glücklichsten Sonntage meines Lebens verbracht habe). Wenn ich aus der Klinik zurückkomme, werde ich mich mal stark machen und die Scheidungsklage einreichen. Inzwischen haben Freunde eine Möglichkeit ausgetüftelt, wie die Scheidung mit dem Termin erfolgen kann, ohne daß ich nach Hoyerswerda zu fahren und den Hans wiederzusehen brauche. Ich glaube, ich würde auf der Stelle ohnmächtig umfallen, wenn er ins Zimmer käme …

Nächste Woche fahre ich erstmal nach Buch zur Untersuchung – wieder zu Prof. Gummel, bei dem fühle ich mich wenigstens gut aufgehoben. In M. haben sie nämlich auf einem Röntgenbild entdeckt, daß ich eine Geschwulst in meinen Innereien habe, und da es sich im schlimmsten Fall um einen Ableger vom Krebs handeln kann, ist Eile geboten – das heißt, eigentlich nicht, denn schlimme Nachrichten kommen immer noch zu früh, und wenn das Ding wirklich für meine scheußlichen Rückenschmerzen verantwortlich ist, – also nein, bei einer Krebsgeschwulst, die schon so weh tut, kann auch mein Wunderdoktor bloß noch aufklappen, reinschauen, wieder zunähen und ein Gebet sprechen. Und das ist eine Vorstellung, die ich einfach nicht akzeptiere, obgleich ich mir natürlich bewußt bin, daß es kein Maß für Unglücksfälle gibt und keine Gerechtigkeit bei ihrer Zuteilung, und daß es völlig sinnlos ist, irgendein Fatum in nörglerischem Ton zu fragen: Warum, bitte sehr, ausgerechnet ich? Wie immer, ich kann es abwarten, und das dusslige Buch muß, leider, auch noch warten. Nun ja, ein Jahr mehr oder weniger … Wenn ich mir mal so durchrechne, was die Leute meiner Generation, die als Begabungen und Hoffnungen unserer Literatur angefangen haben, in den letzten vier bis sechs Jahren veröffentlicht haben, dann bin ich einerseits getröstet (nämlich um meines Schweigens willen) und anderseits niedergeschlagen (nämlich um der deutschen Literatur willen), aber das ist mal wieder ein weites Feld.

[…] Sehen wir uns mal wieder in Berlin? Aber bei gutem Wetter und im Bukarest[1], wegen der kitschigen rumänischen Törtchen. […] Von Lutz' Bücherpaket (das mit der Platte) gibt es noch keine neue Nachricht. Geduld, Geduld! Die Post sucht noch.

[…] seid allesamt sehr herzlich gegrüßt von eurer

Brigitte

1 Das Restaurant »Haus Bukarest«, 1969 eröffnet, war eines von sieben Nationalitätenrestaurants in der Berliner Karl-Marx-Allee.

241 An Sigrid und Ulrich Reimann

Neubrandenburg, 15. 3. 70

Liebe Sigrid, lieber Uli,

habt schönen Dank für euren Brief. Entschuldigt, daß ich euch auf Antwort warten ließ: es geht mir ziemlich mies, d. h. ich habe schlimme Rückenschmerzen und kann oft nicht laufen, und das deprimiert mich sehr; die Arbeit leidet darunter (aber die hat auch schon vorher gelitten, weil ich seit der Kerschek-Geschichte nicht wieder die richtige Beziehung zu dem Buch gefunden habe). Also, wenn ihr es mit einer alten Hexe aufnehmen wollt … Im Prinzip bin ich zu Ostern allein; die vagen Verabredungen, die ich getroffen habe – um eben nicht allein zu sein – werden sowieso platzen, weil ich nicht reisefähig bin und auch den Wagen nicht hier habe, mit dem mein Freund Jürgen mich notfalls in der Gegend herumgefahren hätte. Aber Hans […] wird es in diesem Leben wohl auch nicht mehr schaffen, mir das Auto zu überbringen; seine neueste und wirklich sehr aktuelle Ausrede heißt »gefährlicher Straßenzustand«. […]

Habt ihr spezielle Ostersonntagspläne (Rostock oder sowas?)? Was muß ich organisieren, was nicht noch am Freitag oder Sonnabend erledigt werden kann? Kommt Imke mit oder bleibt sie bei den Großeltern? Im ersteren Fall: welche Sorte Bett braucht Imke? (Ich kann mich nicht erinnern, wo wir das arme Kind damals verstaut haben, als ihr von der Ostsee kamt.) Muß ich die Fenster vorher putzen? Oder genügt es, wenn ich euch jeden Morgen beim Aufwachen schwöre, daß draußen kein Nebel ist? Aber vielleicht kriege ich inzwischen noch einen Hausfrauen-Anfall und steige doch auf Leitern – vorausgesetzt, mein Viehdoktor hat mich mal wieder eingerenkt. Letztesmal hat es nicht geklappt, und das hat er mir – statt sich selbst – übelgenommen.

Lieber Uli, eine Montage-Ausrüstung brauchst Du nicht mitzubringen, soviel ist nicht zu handwerkern. Die Fenster lassen sich alle öffnen, seit ich sie mit dem Beil bearbeitet habe. Bloß ums Elektrische könntest Du Dich mal kümmern – eine Antenne hängt beziehungslos vom Dach runter, Lampenstrippen müßten verlegt oder verlängert und rausgefallene Steckdosen wieder an die Wand geklebt (oder etwa gemörtelt?) werden. Kurz, so Zeug, was in Dein Fach fällt, wenn auch allerniedrigste praktische Stufe. Ich allerdings traue mich an nichts ran, was mit Strom zu tun hat. Ja, und mehr fällt mir jetzt nicht ein, aber schließlich sollst Du den Feiertag heiligen. [...]

Setzt euer Rößlein in Trab und reitet gegen N. [...]

eure Brigitte

242 An Sigrid und Ulrich Reimann[1]

Nbg, 19. 3. [70]

Liebe S. + U., bekomme eben Ulis Karte. Sehr schade, wirklich, aber gegen einen Dienstplan kann man nichts machen. Nun, der Sommer ist lang, und sicher können wir uns für ein anderes Wochenende verabreden, da ihr jetzt beritten seid. Fahrt ihr Ostern zu den Eltern? Ich wünsche euch ein fröhliches Osterfest und der kleinen Imke eine fleißigen Lege-Hasen. Seid ganz herzlich gegrüßt von eurer alten Jungfer Brigitte

243 An Dorothea Herrmann

Nbg., 14. 4. 70

Liebe D-Schwester,

gestern sagte mir Sakowski, daß man in B[uch] jede Woche zweimal zum Schwimmen geht, und da ich [...] mei-

1 Kunstpostkarte: Josef Hegenbarth, In der Manege.

nen – für meine halbierte Figur präparierten – Badeanzug brauchte, wollte ich Dich bitten, ihn mir zu schicken oder mitzubringen[1], vorausgesetzt, Du hast Gelegenheit, in meine Wohnung zu kommen. [...] Im Schlafzimmer, in der Kommode, auf der der Fernsehapparat steht, findest Du im untersten Schubfach einen weißen Silastic-Badeanzug und dabei, wenn ich nicht irre, auch so ein Ersatzteil, Du verstehst, so einen Schaumgummi-Busen. Weißt Du, jemanden anders, womöglich meine gute Margarete [Neumann][2], wollte ich nicht bitten, den Anzug zu holen – ich glaube, hoffe jedenfalls, meine Kollegen haben noch nicht gemerkt, daß ich eine Amazone bin (oder vermeiden sie aus Takt eine Anspielung?). Im rechten Kleiderschrank findest Du ein Pepitakleid mit schwarzem Samtkragen und ein dunkelgrünes ärmelloses Polycon-Kleid. [...] wenn sie Dir passen, und wenn Du sie gebrauchen kannst, nimm sie mit (Hans konnte sie gut leiden, deshalb habe ich sie nicht mehr angezogen). [...] sei ganz herzlich gegrüßt von Deiner B-Schwester

244 An Ludwig Reimann

Berlin, 19. 4. [70]

Lieber Lutz-Bruder,

da liege ich nun also wieder auf der Nase [...]. Ihr müßt entschuldigen, daß ich die Bücher noch nicht zurückgeschickt habe; ich konnte ja schon all die Wochen vorher nicht mehr aus dem Haus und habe mich bloß noch so vom Bett zur Schreibmaschine geschleppt. Der Joyce Cary (»Des Pudels Kern«)[3] hat mich sehr bewegt – sowohl die Geschichte

1 B. R. ist im Krankenhaus in Neubrandenburg in der Pfaffenstraße.

2 Die Schriftstellerin lebte in Neubrandenburg. Beide Frauen lernten sich im DSV kennen und waren befreundet.

3 Dt. Ausgabe Hamburg 1955. In der DDR erschien der Roman im Aufbau-Verlag Berlin und Weimar erst 1974.

dieses Malers wie die Geschichte des Autors, der schon gelähmt und todkrank war, als er sein weises und heiteres Buch schrieb.

Sag der Margret für den »Pudel« einen Extra-Dank. Inzwischen habe ich bei dem Wunderdoktor Gummel ein Einzelzimmer bekommen und bin frohgemut, obgleich es mein Krebszimmer von damals ist. Ich arbeite viel, und bis zur Taille fühle ich mich großartig, bloß von der Taille abwärts ist es der schiere Schmerz und überhaupt eine Schweinerei: Ich höre was von 6 Wochen Stilliegen. Na, danke. Und gerade jetzt, wo es endlich Frühling wird. Hauptsache, dieser blöde Wirbel kommt wieder in Reih und Glied, wie es sich gehört. Gut, daß wir den Familientreff auf Sommeranfang verlegt haben; bis dahin bin ich wieder fit, hab's mir jedenfalls fest vorgenommen [...].

Sehr herzlich Deine olle B-Schwester [...]

245 An die Eltern

Berlin, 20. 4. 70

Meine lieben Eltern,

[...] Die kleine D-Schwester [...] war vorige Woche in Neubrandenburg, hat meine wüste Wohnung ein bißchen in Ordnung gebracht und den Kühlschrank abgetaut. Sie [...] ist ein sehr liebes und vernünftiges Mädchen, und überhaupt habe ich großartige Geschwister, und ich finde, ihr könnt euch alles in allem doch über eure Kinder freuen. Und wenn unsere Art zu leben in manchem anders ist als eure, so daß ihr es manchmal nicht recht versteht und uns für ein bißchen verrückt oder wenigstens leichtsinnig haltet – das ist nun mal zeitbedingt, und die Lebenshaltungen haben sich geändert. Grüßt im nächsten FRS das ganze Reimann-Volk und sagt allen, daß ich mich freue über jeden freundlichen Gedanken und über das Gefühl, nicht allein zu sein. [...]

Liebe Eltern, […] bleibt gesund und frohgemut und seid ganz herzlich gegrüßt und geküßt von eurer Tochter Brigitte […]

246 An Sigrid und Ulrich Reimann

Berlin, 22. 4. [70]

Liebe Sigrid, lieber U-Bruder,

zuerst möchte ich noch einmal meinen allerschönsten Dank sagen dafür, daß ihr damals mit Vati und Mutti nach N[eubrandenburg] gekommen seid. Das war wirklich ein großer Trost; eine Zeitlang fühlt man sich, wenn man auf einmal keinen Mann mehr hat, ziemlich verlassen, und dann kommen die Geschwister und Eltern, und auf einmal weiß man wieder, daß man gar nicht verlassen und verloren ist.

Seit drei Tagen bin ich auf Prof. Gummels Station, und es sieht ganz so aus, als ob der Wunderdoktor in 2–3 Wochen das schafft, was vorher in einem halben Jahr nicht zu schaffen war. Natürlich hat die Akademie ganz andere Möglichkeiten und neue Methoden und Ideen – aber das weißt Du ja, Sigrid. Soviel ich verstanden habe, ist der Wirbelkörper im Begriff, sich aufzulösen (durch Kalkverlust oder sowas), und nun wird er wieder aufgebaut, bekommt Kalkzufuhr und Tiefenbestrahlung, und notfalls wird ein Knochenspänchen eingesetzt. Aber wahrscheinlich geht's ohne Operation, und Prof. Gummel meint, im Mai könnte ich wieder laufen und gesund sein und den Frühling genießen. […] Zeit wird's. Ich bin schon ganz begierig auf das Leben »draußen«. Ein Glück, daß ich hier arbeiten kann; ich habe sogar ganz schön was geschafft. (Wenn Gott will, werde ich in diesem Jahr wohl doch mit dem Unglücksbuch fertig). […]

[…] erfreut euch an Frühling und Auto und Schloßpark, und seid ganz herzlich gegrüßt von eurer Brigitte

247 An Dorothea Herrmann

Berlin, 23. 4. [70]

Liebe D-Schwester,

eben habe ich Dein Telegramm bekommen. Ich hatte gestern sehr gewartet, weißt Du, aber anderseits war es ganz gut, daß Du nicht kamst, denn ich war ziemlich down, hatte einen fürchterlichen »Strahlenkater«. Ich werde jetzt aus so einer Kobalt-Kanone beschossen, das ist nicht gerade amüsant.

[…] Es wär sehr lieb von Dir, wenn Du was für mich einkaufen könntest: Karo (ich darf hier rauchen), ein Glas Staubkaffee und, vor allem, eine Flasche Kognac. Nicht, daß ich Appetit auf Schnaps hätte, aber während der Bestrahlung soll man Kognac trinken, sagt der Arzt; das ist ziemlich das einzige, was einem über die ekelhaften Nebenerscheinungen hinweghilft. – […]

Ich freue mich sehr, daß Du zu mir kommen wirst. Wann wirst Du hier sein? Vorhin erzählte mir eine Schwester, daß es in dem Laden bei der Klinik schöne Silastikpullover und gute Wolle gibt. Vielleicht möchtest Du es Dir mal ansehen; der Laden hat aber bloß bis 15 Uhr auf. Grüß Uwe!

Herzlich Deine B-Schwester

248 An Dorothea Herrmann

Berlin, 6. 5. [70]

Liebe D-Schwester,

[…] sei herzlich bedankt, […] daß Du diese Weltreise nach Buch gemacht hast.

Heute habe ich arbeitsmäßig ordentlich was geschafft, ferner auf der Terrasse gesessen und mich gesonnt, ferner allerlei besinnliche Selbstgespräche geführt. Man sieht hier arge Dinge und bekommt einen immer genaueren Begriff von Zeit (ich meine: vom Wert der zugemessenen Zeit). Inzwischen galoppieren meine weißen Blutkörperchen davon, und nächstens werde ich irgendjemandes Blut eingepumpt bekommen. Wenn's von einem Dichter wäre … oder, noch besser, von einem eminent gescheiten Mathematiker … wer weiß, vielleicht würde ich an Verstand zunehmen. (Ein Rückfall in kannibalische Denkweise.)

Mein Anwalt meldet, daß Herr K. auf den Brief – das Auto betreffend – nicht mal geantwortet hat. Auch das Gericht schweigt. Wie mich das alles ankotzt! Trotzdem, es lebe der Frühling, die Liebe und das Leninsche Prinzip[1]!

Sehr herzlich Deine und eure Brigitte

249 Familienrundschrieb Nr. 185

Burg, 1. Juni 1970

[…] Wir denken uns den Ablauf des Familientages [6. 6.] […] etwa folgendermaßen: Wir, die »Auswärtigen«, treffen uns wie im Vorjahr wieder am Vormittag auf dem Bahnhof Bln-Schöneweide […]. Und unsere beiden Söhne werden insofern unabhängig von der Schiene sein, als sie mit dem Wagen – notfalls mit dem Flugzeug – kommen. […]

Wenn wir dann alle zusammen sind, werden wir eine »Lageberatung« durchführen […], um danach zu Brigitte hinauszufahren. Wenn die Entlassung klar ist, werden wir gemeinsam den Tag im Zentrum von Berlin verbringen […]. Für die Rückfahrt bestehen nur einige kleine Probleme für uns, die wir nach Neubrandenburg wollen […] Willi

1 Anläßlich von Lenins 100. Geburtstags (22. 4.) wurde 1970 zum »Leninjahr« erklärt. – B. R.s ironische Bemerkung reflektiert den Überdruss an der damit verbundenen Propagandakampagne.

250 An Margarete und Ludwig Reimann

Nbg., 16. 6. [70]

Liebe Margret, lieber Lutz,

ich möchte euch nochmal schönen Dank sagen für alle eure Freundlichkeiten, und speziell Dir, Margret, für die Hose (»zu schade zum Anziehen«, würde Mutti sagen), die einzige – außer meinen Niethosen –, die mir paßt. Mutti muß alle meine Kleider weiter machen; ich sprenge mit den überschüssigen 12 Pfund sämtliche Nähte. Na, auch so Sorgen ...

Manchmal bin ich sehr deprimiert, [...] die Strahlen haben kein Wunder bewirkt. Im Juli wieder ins Krankenhaus, das ist nicht gerade lustig. Ein Glück, daß Vati und Mutti hier sind, ich wäre nie mit dem Gemöhle in der Wohnung fertiggeworden, zu schweigen von den tausend Wegen und Besorgungen. Gott weiß, was nachher wird. – Herr Kerschek [...] ruft jetzt wieder öfter an: vor und nach der Ehe sind die Männer am höflichsten. – [...] habt einen schönen Urlaub und seid sehr herzlich gegrüßt von

eurer Brigitte

251 Familienrundschrieb Nr. 186

Burg, 28. Juni 1970

[...] Nun aber erst einmal zurückgeblendet in die Zeit ab 6. Juni. Die zweistündige Zugverspätung [...] wurde zwar etwas aufgeholt, aber dafür mußten wir in Nbdbg. noch einige Zeit auf die pendelnden Taxen warten; immerhin waren wir gegen 23 Uhr zu Hause, was uns, insbesondere natürlich unserer Brigitte, aber auch genügte. Danach begann [...] eine schöne gemeinsame zwei Wochen währende Zeit, in der jeder von uns Dreien im Rahmen seiner Kräfte und seines Könnens seine Aufgaben hatte. Selbstverständlich war der »Motor« unsere Mutti, die unermüdlich vom Reinemachen über Fensterputz und Gardinenwaschen [...] und als Küchenchef tätig war. Ich betätigte mich als Einkäufer für die »Fressalien« und die »tausend kleinen Dinge« des täglichen Bedarfes, wobei ich die schöne historische und auch moderne Stadt kennen lernte, dazu auch gleich den Mecklenburger Menschenschlag, der allerdings manchmal auch einen »heiligen Zorn« in mir auslöste. Dazwischen spritzten und verschönerten wir den Garten, auch Brigitte half mit dabei und mußte des öfteren von uns »zur Ordnung gerufen« werden, weil sie sich zuviel zumutete. Im ganzen ging es ihr aber in den letzten Tagen besser, nachdem zwischendurch einige seelische Belastungsmomente überwunden werden mußten. Wir bereiteten uns aber auch geruhsame Stunden, [...] Frühstücken auf dem Rasenplatz vor der Veranda, [...] Faulenzen und Lesen in den Liegestühlen [...]. Am Donnerstag und Freitag der zweiten Woche fuhren wir mit dem Bus nach Rostock, am ersten Tag gleich [...] mit der ganzen Uwe-Familie nach Warnemünde zum Baden [...] bei natürlich tropischer Hitze. [...] Brigitte überstand diese zwei Tage des Alleinseins recht gut, und die anschließenden beiden letzten unseres Neubrandenburger »Urlaubs« wurden noch einmal zum »Rein-Schiff-machen« genutzt. [...] Willi

252 An Ulrich Reimann

Nbg., 17. 7. [70]

Mein lieber U-Bruder,

zu Deinem Geburtstag wünsche ich Dir von ganzem Herzen alles Gute und Schöne. [...]

Hoffentlich magst Du die Sorte Musik, die ich da ausgesucht habe. Garner war immer Pitschmanns und mein Lieblingspianist.

Entschuldige, daß ich das Päckchen so schlampig zusammenwickle – der Jürgen steht hinter mir und will zur Post rasen. Die letzte Zeit ging's hier irrsinnig zu; vorige Nacht habe ich einen Heiratsantrag bekommen, aber gratulieren braucht ihr noch nicht, ich hab um Bedenkzeit gebeten. Eigentlich gefällt's mir ganz gut als Junggeselle. [...]

Sehr herzlich Deine B-Schwester

253 An Margarete und Ludwig Reimann

Nbg., 17. 7. [70]

Liebe Margret, lieber Lutz,

ich habe schon ein ganz schlechtes Gewissen, weil ich euch nicht längst geschrieben und mich für euer fabelhaftes Paket bedankt habe. Ich war wieder richtig glücklich – ihr wißt schon, nicht bloß wegen Bananen (die alle heil angekommen sind). Ihr seid sehr lieb zu mir. Nächstens muß ich euch einen richtigen Brief schreiben; hier geschehen große Dinge, und ich bin in heilloser Verwirrung und stelle lauter Dummheiten an. Es ist einfach eine Sensation, nach mehr als einem halben Jahr Krankheit wieder laufen zu können und nahezu keine Schmerzen zu haben, und jetzt lebe ich erstmal wie verrückt, ehe ich wieder ins Krankenhaus gehe. [...] Bis bald!

Eure Brigitte

254 An die Eltern, Margarete und Ludwig Reimann

Nbg., 13. 8. [70]

Meine lieben Eltern, reizende Margret, bester Lutz,

[...] heute ist zum erstenmal wieder prachtvoller Sonnenschein, und ich habe mich mit meiner Maschine auf die Treppe zum Garten gesetzt (irgendwie habe ich das Gefühl, es lohnt doch nicht mehr, die Gartenmöbel in Bewegung zu setzen; die Dahlien und die ersten Chrysanthemen blühen schon – es wird bald Herbst).

Morgen kommt Dorli zu mir, und wir werden die letzten Kirschen abnehmen und uns einen lustigen Tag machen, mal ganz ohne eifersüchtige Männer, und vielleicht zerre ich sie abends noch in meine Stamm-Bar[1], und wir saufen Sekt mit Bols. Mit dem Barkeeper habe ich mich gut angefreundet, und während ich jetzt wieder »Fiesta« lese (aus Gründen der Sprachdisziplin), finde ich mich durch Hemingway bestätigt, der sagt, daß Jockeys und Barkeeper die anständigsten Kerle von der Welt sind (was er über Bars sagt, will ich hier lieber nicht wiederholen, sonst denkt unsere empfindsame Mutter, ich hänge jeden Abend über einem Tresen). Apropos Kirschen, liebe Mutti: ich […] wecke selber ein. Da staunst Du, was? Mit »Blitz«[2]; das geht wirklich blitzschnell und ist idiotensicher, und man kann sich bloß die Pfoten dabei verbrennen. Jedenfalls steht jetzt schon eine ganze Batterie von Kirsch- und Apfelmusgläsern in der Küche – ein stolzer Anblick, bei dem Jürgen mir sofort die Ehe angetragen hat. Tatsächlich, wir waren schon ein paarmal auf dem Sprung, heiraten zu gehen, aber diese schöne Idee kam uns immer gerade dann, wenn das Standesamt geschlossen hatte. Ich darf ja nun wieder; das Urteil ist beschlossen und verkündigt, das übrigens, soweit es mich betrifft, bedenklich nach Jagdschein klingt: Exzessive Arbeitsweise und extreme Stimmungsumschwünge. Na, es ist ja was Wahres daran, und

1 Die Bar im Keller des alten Hotels »Vier Tore«: »[…] eine schwüle Nachtbar, schummrig bis dunkel, zuwenig Frauen, Menge abenteuerlustiger Männer, vorwiegend schwarzbebrillte Ausländer, die herumstreifen und dabei aussehen, als ob sie koksen und Mädchenhandel betreiben – oh, mein braves, ländlich unschuldiges Neubrandenburg!« Brief an Wolfgang Schreyer, in: Brigitte Reimann. Eine Biographie in Bildern, Aufbau-Verlag, Berlin 2004, S. 186.

2 »Original BLITZ Einmachglas-Verschließmittel«, VEB DHW Rodleben, BT Herbach. – Durch das Verbrennen einer alkoholischen Lösung mit 8 % Benzoesäure wurde der Deckel angesaugt und das Glas hermetisch verschlossen.

so wollen wir dem leidgeprüften Herrn Kerschek ein stilles, wenn auch nicht ehrendes Gedenken bewahren. Zur Zeit macht er mich wieder ziemlich nervös – sowohl der erinnerte Jon (denn es ist jetzt fast auf den Tag genau ein Jahr her, seit er sich, sagen wir mal: verabschiedet hat) als auch der reale Herr K., der [...] sehr pikiert [ist], weil er sich laut Gerichtsbeschluß an den Scheidungskosten beteiligen soll, die ich einstweilen allein getragen habe [...].

Inzwischen bin ich in Buch gewesen, und Prof. Gummel hat sich sehr gefreut, daß es mir so gut geht – besser jedenfalls, als er erwartet zu haben scheint. Ich brauche auch nicht nochmal ins Krankenhaus, zu dieser Hormon-Umstellung [...]. Die Anpassungsschwierigkeiten der ersten Wochen sind auch überwunden; sie waren ziemlich schlimm, manchmal konnte ich überhaupt keinen Menschen sehen, manchmal war ich ganz verrückt nach Trubel und Menschenmengen; ein paar Wochen lang [...] habe ich mich jeden Tag entsetzlich betrunken, meistens allein, und ich weiß bis heute nicht, ob vor Angst oder vor Freude – man rutscht eben so rein und muß dann zusehen, daß man rechtzeitig bremst. Es ist schon ein merkwürdiges Gefühl, nach einem halben Jahr Krankenhaus, wo man doch behütet und isoliert ist, wieder ins normale Leben zu kommen und sich den alltäglichen Anforderungen zu stellen, noch dazu ohne einen Mann oder Liebsten, der einem wirklich seelischen Halt gibt, von dem ganzen praktischen Kram zu schweigen. Und es ist einfach eine Sensation, nach so langer Zeit (schließlich lag ich ja schon seit Oktober vergangenen Jahres hilflos und von Schmerzen geplagt in meiner Wohnung herum) wieder nahezu unbeschwert über die Straße und in Restaurants und überhaupt unter Menschen zu gehen; das kann einen (ohnehin labilen) Menschen schon mal für eine Weile aus dem inneren Gleichgewicht bringen. Aber jetzt hat es sich wieder eingependelt, ich bin fleißig und rechtschaffen und gehe jeden Morgen um halb sechs zum Milchwagen, falls ich nicht die Zeit verschlafe, weil ich ziemlich oft Gäste habe, und zwar anstrengende Gäste, große Diskutierer, Schreiber und Maler und dergleichen Gelichter, und meinen guten Christoph, [...] seine Entwürfe für Schmuckstücke haben mich stutzig gemacht. [...] Habt ihr Disneys »Dornröschen« gesehen? Wenn ja, dann könnt ihr euch diesen Schmuck vorstellen, von dem jeder, dem ich die Entwürfe zeige, sofort sagt: Das wäre ja was für die böse Fee Malefiz. Jeder ist begeistert, aber leicht übergruselt, und wir fragen uns verwundert, woher dieser brave (oder so brav wirkende) Junge seine Einfälle hat. Natürlich kriegt er hierzulande kein Bein auf die Erde [...].

Und damit genug [...], ich muß jetzt [...] mal wieder an mein Buch und das dusslige Liebespaar. Ich kann keine Liebesszenen schreiben, teils aus mangelnder Erfahrung, na, sagen wir besser: wegen Gedächtnisschwund (denn seit einem Jahr weiß ich nichts mehr von Liebe und will auch nichts wissen), teils wegen Herrn K., der sich immer wieder vor die Gestalt meines etwas dubiosen Helden Trojanowicz[1] schiebt, mit dem Erfolg, daß jeder Satz von Skepsis vergiftet ist, und jeder Anfang schon den Abschied einschließt.

Seht mir meine Geschwätzigkeit nach. Wenn ich mit meinem Buch nicht vorankomme, schreibe ich zu lange Briefe. [...] habt noch ein paar freundliche Tage zusammen in Hamburg, grüßt Kinder und Kindeskinder, und ihr, liebe Eltern, kommt gesund nach Hause.

Sehr herzlich eure Brigitte

1 Ben Trojanowicz ist die männliche Hauptfigur in »Franziska Linkerhand«.

255 An Sigrid und Ulrich Reimann

Nbg., 15. 8. [70]

Liebe Sigrid, lieber Uli,

verzeiht mir, wenn ihr könnt, daß ich solange geschwiegen und mich nicht für euren lieben Geburtstagsgruß bedankt und überhaupt ganz unchristlich benommen habe. Natürlich war die Arbeit schuld; ich lebe in einer geradezu panischen Angst, weil ich diesen Monat noch ein Kapitel schreiben soll (was aber durchaus nicht zu schaffen ist) – davon hängt nicht bloß das Wohlwollen des Verlages ab, sondern auch meine Existenz (schrecklich komplizierte Stipendien-Angelegenheit). [...] Schreibt mir rechtzeitig, wann ihr kommt, damit ich meine Termine koordinieren kann. Man merkt, daß die Sommersaison zuende geht – die Träne quillt, die Öffentlichkeit hat uns wieder.[1] Erholt euch gut auf Rügen; ich wünsche euch prachtvollen Sonnenschein [...]!

Mit herzlichen Grüßen eure Brigitte

256 An die Eltern

Nbg., 16. 9. 70

Meine lieben Eltern,

[...] auch bei mir stapeln sich die unbeantworteten Briefe [...]. Zum Glück läßt sich ja vieles telefonisch erledigen; mit Dorli verkehre ich sehr lebhaft per Telefon. [...] Zur Weinlese[2] wollen die beiden aber auf jeden Fall hierher kommen; wenn wir uns satt gefuttert haben, werde ich Trauben einwecken und vielleicht auch ein paar Flaschen Most machen. Die Ernte ist nicht ganz so üppig wie im vorigen Jahr,

1 Anspielung auf Fausts letzten Vers »Die Träne quillt, die Erde hat mich wieder!«, in: Johann Wolfgang Goethe, »Faust. Der Tragödie Erster Teil. Nacht«.

2 Am Haus Gartenstraße 6 wuchs ein alter Weinstock, den B. R. abernten konnte.

aber die einzelnen Trauben sind riesengroß, und ich hoffe, wir haben noch eine Reihe sonniger Tage, damit sie schön ausreifen und süß werden.

Daß die Ulis hier waren, wißt ihr sicher [...], und abends kam noch der Christoph [...]. Sie fanden ihn gar nicht doof, und bei einem Streit um Malerei, bei dem ich ihn ziemlich heftig angriff, stellten sie sich beide auf seine Seite (ich hatte aber doch recht!). Uli hat bei Ch. einen Armreifen für Sigrid bestellt, den er ihr schenken will, wenn sie ihren Facharzt gemacht hat. Es soll aber eine Überraschung sein (er hat sich sogar ein sehr teures Stück vorgestellt, und ich freue mich, daß mein Bruder ein so netter und aufmerksamer Ehemann ist) [...]. Hoffentlich reißt diese erfreuliche Goldschmied-Beziehung jetzt nicht vorzeitig ab, weil ich seit einiger Zeit [...] ein »Verhältnis« habe [...], übrigens das erste, seit ich mich von Herrn K. getrennt habe, und zum erstenmal bin ich auch etwas verliebt [...]. Er ist Arzt[1] und Chef der Hygieneinspektion [...]. Mal sehen, wie sich die Sache entwikkelt [...], und wenn ich eine Weile mit meinem Doktor zusammenbleiben würde, wäre es sehr hübsch, und wenn es schiefgeht, dann sterbe ich auch nicht daran. [...] Man freut sich halt über jeden freundlichen Tag. [...] seid ganz herzlich gegrüßt von eurer in diesem Augenblick glücklichen

Brigitte

257 An Sigrid und Ulrich Reimann

Nbg., 19. 9. [70]

Liebe Sigrid, lieber Uli,

[...] Inzwischen habt ihr hoffentlich die Wohnzimmer- und Teppich-Schlacht hinter euch. Etwas Ähnliches steht hier auch bevor; ich muß Wände streichen und neue Bücher-

1 Rudolf (Rudi) Burgartz.

regale anbringen, und eventuell werden wir auch das kleine Zimmer ganz umräumen und anders einrichten, denn mein geliebter dicker Doktor wohnt seit ein paar Wochen bei mir (obgleich er sein Zimmer behalten hat), und es sieht ganz so aus, als sollten es noch sehr viele Wochen werden. Wir sind glücklich bis zum Schwachsinn (Näheres über den Dicken könnt ihr von den Eltern erfahren), die Arbeit macht wieder Spaß, und zum erstenmal fühle ich mich richtig gut aufgehoben.

Bloß physisch geht es mir miserabel, immerzu Rückenschmerzen, und zur Zeit hänge ich ein bißchen durch, weil mich das Auftauchen der Leute von der Krebs-Fürsorge[1] wieder in Angst versetzt hat. Ich soll nun doch zwei Jahre invalid geschrieben werden. Na, dann kann ich wenigstens mal den Lutz besuchen.[2]

Laßt es euch gut gehen und seid herzlich gegrüßt von eurer Brigitte [...]

258 Familienrundschrieb Nr. 189

Burg, 27. Oktober 1970

[...] In dem uns vorliegenden vierseitigen Brief nach den »Bummelferien« in Plau[3], die [Brigitte] sehr gefallen haben, hat sie uns bereits ein Bild von ihrem jetzigen Leben in Gemeinschaft mit ihrem »Rudi« [...] gegeben, aus dem erkennbar ist, daß sie beide richtig verliebt und glücklich sind, sich auch gut miteinander verstehen, wobei Brigitte nicht an eine mögliche Heirat denkt. Sie sind beide keinem gegenüber ver-

1 Die Mitarbeiter der Krebsfürsorge kamen, weil B. R. ihre Termine zur Nachsorge versäumt hatte.

2 Rentner und Invaliden genossen Reisefreiheit.

3 Bei Plau am See in Mecklenburg lebten die Eltern von Rudolf Burgartz.

pflichtet, »sondern ledige und freie Leute ... man kann auch so zusammen leben, so lange es eben gut geht ... auch auf das Risiko, daß es eines Tages zu Ende ist ... Jetzt jedenfalls ist es schön, und ich hoffe, das wird sich auch auf meine Arbeit auswirken ...« [...], und »in ganz Neubrandenburg nimmt niemand Anstoß daran, daß wir ein Paar sind«. [...]
Willi

259 Von Ludwig Reimann

20. 11. 70

Liebe Brigitte,

[...] Ich habe schon in einer stillen Stunde daran gedacht, daß irgendeiner von uns diesen FRS weiterführen müßte, wenn Mutti und Vati das nicht mehr können. Wollen hoffen, daß dieser Zeitpunkt noch sehr weit entfernt ist, aber immerhin, manchmal kommen einem solche Gedanken. Wahrscheinlich deshalb, weil ich mehr als Ihr, die Ihr beliebig oft Euch besuchen könnt, auf diesen FRS angewiesen bin und darauf warte. Als die Älteste müßtest Du diese Aufgabe übernehmen. Ich möchte meinen, so einige wichtige Voraussetzungen bringst Du ja mit, ein bißchen Familiensinn und etwas Schreibtalent. Außer Vatis Informationen hätte ich natürlich auch gerne mal wieder von Dir ein paar Zeilen bekommen. Aber genau genommen kann ich das auch wieder nicht erwarten, da ich, wenn ich mich recht erinnere, an der Reihe gewesen bin. Und Du hast offenbar aufgrund Deiner neuen Bekanntschaften nicht mehr viel Zeit für profane Dinge wie Briefeschreiben. Sag mal, kann man »ihn« eigentlich auch mal kennenlernen? Wie wird das Weihnachten? Nach Plan müßten wir Dich in Rostock treffen, wenn wir Dorli besuchen. Vati schreibt uns, daß wir keine Genehmigung für eine Reise in eine andere Stadt bekommen könnten. Auf den netten Spaß gehen wir ein und fahren einfach ohne Propusk. Wenn unser Programm nicht schon so irre vollgepfropft wäre, hätten wir sehr gerne auch Neubrandenburg einen Besuch abgestattet. […] Ich stelle mir immer vor, Deine Wohnung und Gärtchen lägen unmittelbar am Tollensesee. Solch ein Unsinn, ich kann diese Vorstellung nicht verdrängen. Wahrscheinlich kommt es daher, daß ich von einer kurzen Durchfahrt nur das Bild des Sees, der mich sehr beeindruckt hat, behalten habe. Fotografien bekommt man von Dir ja nicht! Das war ein Vorwurf! Aber nun noch etwas von uns. Wir freuen uns natürlich schon mächtig auf unsere Reise. Seitdem nun Margrets Eltern auch tot sind, fahren wir gerade Weihnachten ganz besonders gerne nach Hause. Es ist eben sehr viel schöner, wenn sich am Heiligabend viele zusammenfinden. Für die Zukunft gibt es für uns da natürlich nur eine Alternative. Selbst eine große Familie schaffen. Aber das ist leichter in die Wege geleitet als später auch wirklich mit Anstand durchgehalten. Jetzt ist mir erst mit kleinem Vorgeschmack klar, was unsere Eltern da hinter sich gebracht haben. Eigene Freizeit mit Bücherlesen, wie sich das die Gilde der Schriftsteller zu eigenem Nutz und Frommen so schön vorstellt, ist nicht. Von sonstigen anderen Müßiggang-Beschäftigungen ganz zu schweigen. Von den Büchern, die ich von Dir bekommen habe, konnte ich bisher noch keines bis zum Ende schaffen. Aber die Bücher, die ich mir mit großem Enthusiasmus mal selbst gekauft habe, wurden auch nicht würdiger behandelt. Das bleibt alles bis zum Rentnerdasein aufbewahrt. Na, dann aber. Ein Grund mehr, möglichst früh aufzuhören. Falls dann die eigenen Kinder nicht die Enkel zur Aufbewahrung geben, wie ja andernorts schon vorgekommen sein soll […]. Obwohl, im Vertrauen gesagt, wir uns entsprechend unseren heutigen Vorstellungen gerade das mit den Enkeln wünschten. Da man dann auch noch mehr Zeit hätte, müßte das mit den Kinderchen schön sein. Es müßten ja nicht gleich solche Bürschchen mit solch starkem Willen wie unser Florian sein. […] Da bleiben alle guten Vorsätze über antiautoritäre Erziehung auf der Strecke. Und der verunsicherte Vater langt dann doch mal kräftig dazwischen. Trotzdem bestimmt der Herr Florian, wann Radio, Fernsehen und Plattenspieler ein- oder auszuschalten sind. […]

Halt die Ohren steif und schone die Männerwelt etwas, verunsichere sie nicht ständig. Sei von uns allen recht herzlich gegrüßt

Dein Lutz

260 An Ludwig Reimann

Nbg., 26. 11. 70

Lieber Lutz,

eben habe ich Deinen Brief bekommen, und ehe ich Dank und Antwort hinauszögere (man weiß ja, dann bleibt's wieder wochenlang liegen), und ehe der Dicke nach Hause kommt, während der Mittagspause (er hat seine Dienststelle schräg gegenüber, in der Gartenstraße 7), will ich Dir flink ein paar Zeilen schreiben, wenn auch nicht in bester Verfassung, – aber wenn ich auf einen Tag guter Verfassung warten will, du lieber Himmel, nein, nicht, daß ich noch psychisch angeknackst wäre (Herr Kerschek … das war in einem anderen Land[1]), aber Schmerzen habe ich zum Verrücktwerden. Merkwürdig, daß man sich daran nicht gewöhnt, aber mit der Zeit lernt man es vielleicht. Zwei Jahre habe ich Galgenfrist; dann stellt sich heraus, ob die Kobalt-Strahlen gewirkt haben. Die Alternative mag ich mir lieber nicht vorstellen, tue es auch selten: es ist so beruhigend, mit einem Arzt zusammen[zu]leben, diese Leute sind so gelassen in allem, was Krankheit und Tod angeht, und allmählich übernimmt man etwas von dieser Gelassenheit. Immerhin, rechnet nicht zu

1 Von B. R. oft gebrauchte Anspielung auf Ernest Hemingways Roman »In einem andern Land« (1929).

sicher auf einen neuen FRS-Redakteur. Falls das trübselig klingt: es ist nicht so gemeint, und mir ist auch nicht trübselig zumute. Ich bin nahezu glücklich und immer noch erstaunt über das Wunder, daß ich einen Menschen liebgewinnen konnte nach dieser bösen und erniedrigenden Geschichte mit K., und daß jemand mich liebt, so sehr, daß er sein Leben von Grund auf ändert und mir den Komplex nimmt, den K. mir mit seinem schrecklichen Urteil »untauglich« eingepflanzt hatte. Einen anderen glücklich machen, das ist schon was. Er liebt zum erstenmal (ungerechnet die üblichen Gelegenheitslieben und Eine-Nacht-Abenteuer), und er hat sich aus einem Weiberverächter in den zärtlichsten Mann verwandelt, den Du Dir vorstellen kannst, und seine Arbeit macht ihm wieder Spaß, er schafft mehr als früher, beschäftigt sich wieder mit jahrelang vernachlässigter Forschungsarbeit, und er trinkt nicht mehr, [...] und nach der ersten wilden Zeit, die wir vorwiegend in Bars verbracht haben, ist er häuslich geworden ... beinahe zu häuslich, finde ich, denn plötzlich sehe ich mich eingekreist im Familienleben (wir wohnen zusammen, weißt Du, wie ein richtiges Ehepaar), habe wieder Hausfrauenpflichten, muß liebgewonnene Junggesellen-Gewohnheiten aufgeben, kann nicht mehr soviele Bücher lesen wie früher, einfach, weil sich der Tag verkürzt dadurch, daß ein Mann da ist, der zu einer bestimmten Zeit aus dem Haus geht und zu bestimmter Zeit heimkommt; sogar der Fernsehapparat wird wieder angestellt, sogar das Fußballspiel am Sonntag sieht sich dieses Ungeheuer an. Übrigens haben die meisten jüngeren Mediziner solche schlichten Neigungen; entweder reden sie mit entnervender Gründlichkeit über irgendwelche bildschönen Metastasen oder eben über Sport, Skat und alle möglichen Affären im Krankenhausmilieu. Allerdings sind sie auch furchtbar überlastet, und nach 36 Stunden Dienst ist einem wahrscheinlich nicht mehr nach anspruchsvoller Literatur zumute.

Lieber Lutz, nun ist es inzwischen doch Sonntag geworden (und der Dicke liegt nebenan in seinem Zimmer und guckt sich einen Märchenfilm an); an jenem Tag, als [...] ich den Brief anfing, ging es mir so arg, daß der Dicke mir eine Spritze geben mußte, und danach schlief ich anderthalb Tage, und zwischendurch telefonierte ich, ohne es zu wissen, mit irgendwelchen Freunden, die ganz entsetzt beim Dicken anriefen und ihm meldeten, daß sein Weib sternhagelvoll ist. Gestern abend hatten wir eine schöne lange Diskussion mit ein paar Ärzten, und ich nehme, was ich oben sagte, reuig zurück; also auch Literatur, Politik, Euthanasie, Jazz, und für unsereinen ist es sehr lohnend, zu allen möglichen Problemen, die einen bewegen, die Ansichten dieser höchst unromantischen Leute zu hören.

Trotzdem, manchmal schreie ich noch Protest, weil wir so friedlich leben, und weil ich eine brave Frau geworden bin, und weil ich im tiefsten Inneren immer noch denke, daß zum Schreiben Nicht-Bravheit und Unruhe und Widerspruch und vielleicht so etwas wie Traurigkeit gehört, verstehst Du?, daß also Glück, nenn es meinetwegen sogar Sattheit, kein Stimulans für schöpferische Arbeit ist. Und hier, scheint mir, liegt das Problematische unserer Beziehung, und ich muß zusehen, wie ich aus diesem Dilemma herauskomme, denn anderseits will ich nicht zurück ins Alleinsein, in die gelegentlichen einsamen Saufereien, zu meinen verrückten oder halbverrückten oder anderweitig verkorksten Freunden. Aber man kann eben nicht alles zusammen haben, und vorläufig bekommt es mir jedenfalls sehr gut, daß ich mich zum erstenmal ganz geborgen und in Sicherheit fühle, sogar was die äußeren Umstände anlangt. Weißt Du, der Dicke ist der erste Mann, den ich nicht miternähren oder dessen Schulden ich bezahlen muß, sondern der mehr verdient und jetzt, seit ich in Schwierigkeiten bin, mit Selbstverständlichkeit den Haushalt bestreitet. Ein merkwürdiges Gefühl, so ohne die [...] ständige Existenzangst zu leben, die einen auch in guten Zeiten nie ganz verläßt, weil halt der Beruf so unsicher ist und das nächste Buch scheitern oder sonstwas passieren kann.

Übrigens ist der Dicke gar nicht dick, sondern massig, so ein Berber, der Klaviere trägt, früher Leistungssportler und Rettungsschwimmer … ein bißchen Bauch hat er angesetzt, nun ja, aber ich finde […] ihn süß und vereitele seine Abmagerungskuren. »Laßt dicke Männer um mich sein, mit runden Köpfen, und die nachts gut schlafen«, sagt Cäsar[1]. Was mich mehr bekümmert, ist der große Altersunterschied. Zehn Jahre, das ist allerhand. Noch sieht man ihn uns nicht an, aber in ein paar Jahren … Als wir uns kennenlernten, dachten meine Kollegen, der Dicke sei älter als ich, aber inzwischen haben ihn das Glück und das solide Leben merklich verjüngt. Ihn stören die zehn Jahre nicht, aber ich bin skeptischer (und habe zuviele traurige Romane gelesen). Heute morgen sagte er, wir sollten im Frühjahr heiraten, wenn wir es bis dahin miteinander ausgehalten haben … Nun, man wird sehen.

Ich denke doch, ihr werdet ihn während eures Besuchs kennen lernen. Ich komme nicht nach Burg, das habe ich mit den Eltern schon abgesprochen. Mir ist bange davor, allein zu reisen, und dann ist es zu Hause auch ziemlich trubelig mit sovielen Gästen, zu schweigen von der Betten-Kapazität. Aber wir werden uns bei Dorli treffen, hoffe ich, falls ihr nicht doch unterwegs in N. aussteigt und meine Stadt und meine Behausung mal besichtigt. Du hast recht, man sollte auch die äußeren Lebensumstände der anderen kennen und sich vorstellen können. […] vielleicht kann der Dicke seinen Dienstwagen nehmen, und wir fahren zusammen von R. hierher (ein eigener Wagen ist erst für nächstes Jahr eingeplant, aber ich glaube nicht dran – bei unserer schlampigen Haushaltsführung –, und mein alter Wagen ist

1 Frei nach William Shakespeares Drama »Julius Cäsar« (I, 2.).

ja wohl eines sanften Todes entschlafen; verkaufen kann ich ihn auch noch nicht, weil Herr Kerschek noch immer nicht die Wagenpapiere herausgegeben hat [...]).

Du fragst wegen eines Buches. Wenn Du einen Solschenizyn auftreiben könntest ... Den »Tag des Iwan Denissowitsch« kenne ich, bleibt der »Höllenkreis« oder »Krebsstation«[1], aber nach allem, was ich über das letztere Buch gehört habe, wird es mir nicht gerade bekommen, schon wegen Krebs, und wenn er bloß symbolisch gemeint wäre.

Die Furcht ist immer noch so tief verwurzelt, daß ich neulich schlankweg und zu meinem eigenen Erstaunen in Ohnmacht gefallen bin, als ein Kollege von Rudi einen Fall von Lungenmetastasen nach Mamma-Amputation schilderte. Hinterher entschuldigte er sich tausendmal für seine Eselei, denn er hatte meine Krankengeschichte gelesen (das ist auch eine Art, die Frau eines Kollegen kennen zu lernen). Oder such was anderes aus, ich überlasse es Dir; zur Zeit bin ich über den Büchermarkt sehr schlecht informiert.

Wenn's geht, bringt ein paar Psychothriller mit; mir ist mal wieder so. [...]

Der Märchenfilm ist zuende, ich muß Schluß machen. Also, bis Weihnachten! Laßt es euch gut gehen, grüß Deine Margret und die anstrengenden Prinzen und sei ganz herzlich gegrüßt von

Deiner Schwester Brigitte

1 Die Romane »Ein Tag im Leben des Iwan Denissowitsch« (1963), »Der erste Kreis der Hölle« (1968) und »Krebsstation«, Buch 1 und 2 (1968/69) von Alexander Solschenizyn erschienen nicht in der DDR.

1971

261 Familienrundschrieb Nr. 192

Burg, 21. Januar 1971

Eigentlich könnte ich den ersten FRS des Jahres 1971 vom Inhalt her zu einem großen Teil fast wörtlich aus dem FRS 114 vom 16. Januar 1966 abschreiben. […] Jedenfalls besagen die »Prädikate« über das nach fünfjähriger Pause gestartete große Familientreffen zu den Festtagen des Jahresendes 1970, wenn es auch an zwei Orten[1] durchgeführt werden mußte, daß es mindestens ebenso schön, wenn nicht gar erlebnisreicher war und gleichermaßen unvergeßlich sein wird. Wollen wir uns wünschen, daß wir 1975 wiederum ein solches Geschwister- und Elternfest organisieren und durchführen können! […]

22. 1. 71 Brigitte […] ließ den […] angekündigten Brief […] folgen … »Die paar Tage in Rostock haben mir sehr gefallen, und ich war froh, meinen lieben alten Bruder mal wiederzusehen. Meinem Rücken ist die Reise allerdings garnicht bekommen, aber am Silvestertag war ich doch wieder imstande, abends mit dem ›Dicken‹ auszugehen …« Es hat ihnen jedoch im Theatercafé[2] mit seinem lauten Betrieb nicht gefallen, so daß sie zu Hause weiter ihre Pläne für die nächste Zeit erörtert haben. Die Wohnung soll so nach und nach »umgemöbelt« werden […], und für die Zukunft sind langfristigere Vorhaben in Aussicht genommen. Zunächst wollen sie sich über den Hochzeitstermin einigen […]! Willi

1 Treffen in Burg und Rostock.

2 Das Theatercafé im Neubrandenburger Haus der Kultur und Bildung war zugleich Restaurant und Tanzgaststätte.

262 An Margarete und Ludwig Reimann

Berlin, 13. 2. 71

Liebe Margret, lieber Lutz,

um gleich mit der Tür ins Haus zu fallen: schickt ihr mir ein paar von M.s Krimis?

Prof. H.s Krimi-Bibliothek habe ich schon durchgeschmökert (bei der letzten Stationierung in Buch), und ich muß noch ziemlich lange hierbleiben und ich bin nicht immer in der Stimmung zu arbeiten. Habe schauderhafte Schmerzen und darf nicht aufstehen, und die Hochzeit, die für den 9. 2. geplant war, ist ins Wasser oder vielmehr ins Bett gefallen leider nicht in ein Himmelbett, und soll am 2. April nachgeholt werden, aber dann bin ich keine Frau mehr, scheußliche Vorstellung. Sie wollen meinen Bauch auseinandernehmen. Ich ein Neutrum! Mein armer Dicker tut mir leid. Schade, daß ihr ihn nicht richtig kennengelernt habt (zwei Tage reichen nicht, um Jung-Mecklenburg aufzutauen) – er ist ein Goldschatz, wirklich, und die zwei Wochen, als ich krank zu Hause lag, hat er mich als ein Vater gepflegt und war noch glücklich dabei. […] Laßt es euch gut gehen und seid herzlich gegrüßt von

eurer Brigitte

263 Von Ludwig Reimann

21. 2. 71

Liebe Brigitte,

[…] Der Ton Deiner Karte gefällt mir gar nicht. Wenn es Dir helfen könnte, würde ich wieder zu beten anfangen. Ich habe Dich in Rostock sehr bewundert. Trotz Deiner Schmerzen hattest Du Dich wunderbar gehalten. Kann ich aus Deinen Zeilen entnehmen, daß Du am 2. April wieder draußen sein wirst, da Ihr dann heiraten wollt? Wir sind froh, daß

Du jetzt Deinen »Dicken«, wie Du so liebevoll sagst, als moralische und tatkräftige Stütze hast. Ich muß seine Hilfe ja auch loben, denn immerhin hatte er mich innerhalb eines Tages kuriert. [...] Margret wird Dir in den nächsten Tagen einige Krimis besorgen. Dieses Mal aber ohne zurückzuschicken, das ist zu umständlich. [...] Wenn wir jetzt nicht in Urlaub fahren würden, hätten wir Dich im März besucht. Halt Dich tapfer und sei vielmals von uns allen gegrüßt.

Dein Lutz

264 An Ludwig Reimann

2. März 1971

Lieber Lutz-Bruder, zunächst: sieh mir nach, daß ich unschicklicherweise auf Kalenderblättern[1] schreibe; der Dicke ist zwar imstande, Sektflaschen in die Klinik zu bringen, vergißt aber beharrlich Briefpapier – vielleicht, weil er selber nie Briefe schreibt (aber Gedichte!). Ich war sehr froh über Deine Karte, weil sie so brüderlich war wie früher, Du verstehst schon. Was ich da geschrieben habe, klang wohl ziemlich deprimiert, wie? Manchmal kommt halt soviel blödes Zeug zusammen: die verpaßte Hochzeit, ein ebenfalls (wie schon im vergangenen Jahr) verpaßter Vorfrühling; [...] die ekelhaften Bestrahlungen (zum Glück sollen es diesmal nicht soviele sein) und die noch ausstehende Operation, die mir das Gefühl gibt, nachher keine richtige Frau mehr zu sein – was übrigens ein Blödsinn und femininer Aberglaube ist (der Dicke arbeitet schon wacker daran, diesen Komplex abzubauen). Außerdem öden mich Krankenzimmer allmählich an, vor allem die endlos langen Abende, an denen man nur das Geblaff der Versuchshunde hört und aus der Isotopen-Abteilung am Korridorende das Ticken des Geiger-Zählers,

1 Brief auf den Seiten eines Taschenkalenders vom Februar 1971.

das manchmal eintönig klingt, manchmal wie eine verrückt gewordene Schreibmaschine.

Geradezu hysterisch bin ich bloß einmal geworden, vor ein paar Tagen, als ich wieder einen Knoten in der Brust entdeckte. Ich sah mich schon vollends busenlos und fing an zu spinnen: ich wollte mich unter irgendeinem Vorwand von dem Dicken trennen … Sag mal selber: so eine Rest-Frau kann man doch dem gutmütigsten Mann der Welt nicht zumuten. Obgleich der Dicke sehr erstaunliche Ansichten dazu hat: er erzählt mir von Fällen, wo einer der beiden Partner jahrelang ans Bett gefesselt war, und die beiden trotzdem eine glückliche Ehe führten. Und manchmal denke ich, daß mit ihm zusammen sogar solch ein Wunder möglich wäre […].

Nun, jedenfalls habe ich mich wieder gefaßt. Prof. Gummel wird den Knoten herausnehmen und untersuchen lassen, und wenn's wirklich was Gehässiges ist, so ist es jedenfalls im frühesten Stadium. Wie immer, man muß mit allem, was da so anfällt, in einigermaßen guter Haltung fertigwerden; den Kinderglauben, daß der liebe Gott mir das nicht auch noch antun kann, habe ich ja nun doch nicht mehr. Er kann. Ich sehe und höre jeden Tag in der Klinik, was einem Menschen so widerfahren kann – ach, Lutz, dagegen sind wir die reinsten Sonntagskinder. Und ich hab's ja auch gut, laß mich durch Leiden veredeln, arbeite (hier allerdings bloß am Nachmittag), habe einen Mann, der sein Gewicht in Gold wert ist (immerhin 190 Pfund!), wir machen Pläne … Weißt Du, ich glaube, so richtig und »von ganzem Herzen«, wie man so sagt, haben wir uns erst in den letzten Monaten liebgewonnen, als es mir in jeder Hinsicht schlecht ging. Der Dicke hat jetzt auch ein tieferes Verständnis für meine Arbeit, ich meine: für ihre Probleme, die Kompromisse und die Qual, die es bedeutet, Kompromisse eingehen zu müssen (wer schreibt schon gern für seine Privatschublade?) und die Suche nach dem eigenen Thema, der unverwechselbar eigenen Stimme. Mein Buch werde ich noch abschließen, möglichst so, daß es gedruckt werden kann (und das nicht bloß, weil ich seit langem kein Geld mehr verdient habe – vor allem will ich noch einmal eine Publikation haben, bevor ich mich zurückziehe). Und dann – das ist mit dem Dicken abgesprochen – werde ich nach außen bloß noch die Arztgattin sein, während ich in aller Stille mich ausprobiere: Schreiben ohne Blick auf Veröffentlichung. Ein Risiko, natürlich. Vielleicht nützt mir diese Sorte Freiheit gar nichts, vielleicht stellt sich heraus, daß ich überhaupt nichts zu sagen habe oder daß ein einstmals vorhandenes Talent längst verschüttet ist … Aber auf jeden Fall muß man es probieren. Und wenn wirklich ein paar Seiten guter Prosa dabei herauskommen, können sie auch in zehn Jahren erscheinen.

Ja, ich möchte es schaffen, bis zum 2. April hier rauskommen. Aber die Internisten sind langweilige Leute, und es vergeht eine Unmenge Zeit mit all den Tests und Laboruntersuchungen. Ich habe […] tüchtig Heimweh nach unserer kunterbunten Wohnung ({die ihr wirklich mal besichtigen müßt:} es gibt ein paar schöne Barockmöbel, allerhand Firlefanz und einige wirklich gute Bilder zu sehen).

Lutz, Du fragst, ob ich etwas brauche oder wünsche. Na, Du weißt ja, ich habe da meine Hemmungen, die stärker sind als gelegentliche Wünsche (die ich mir hier nicht mal erfüllen könnte, wenn ich Geld hätte – und wenn Du aus dieser Bemerkung einen nörgelnden Unterton raushörst, dann hörst Du richtig), aber da jetzt gewissermaßen Ausnahmezustand ist … Ich wünsche mir ein bestimmtes Parfüm (oder ist es ein Eau de Cologne?, na, ist ja schnuppe); voriges Jahr hatte ich es mal von Prof. H. bekommen, und aus irgendeinem Grund gefiel es mir mehr [als] jedes andere, und was noch viel wichtiger ist – der Dicke mochte es immer sehr gern schnuppern. Der Duft, mit dem ich ihn an unserem ersten Abend im Hotel betört habe. Also ein sentimentaler Wunsch, aber ich würde mich sehr freuen … Es heißt

NONCHALANCE […]. So, das wär's, und ich habe es – was man einem Brief zum Glück nicht ansieht – einigermaßen stotternd vorgebracht. Es beschämt mich wahnsinnig, Dich um etwas zu bitten – erstens prinzipiell und persönlich, weil ich in einem Winkel meiner Seele rasend hochmütig bin; zweitens, weil es wie das Eingeständnis einer Niederlage [ist]. Daß es in dem von mir gewählten Land eine erhebliche Anzahl materieller Dinge noch nicht oder nicht mehr gibt, läßt sich notfalls verschmerzen, ist aber ärgerlich bis aufreibend (und ich fürchte, die Unzufriedenheit mit Ökonomischem ist nur ein Symptom für tiefergehende Unstimmigkeiten); daß es aber im geistigen Bereich mangelt, trifft mich mehr. Protest ist natürlich blödsinnig, solange man selbst nichts besseres zu bieten hat, als den literarischen Mief, der in der NEUEN DEUTSCHEN LITERATUR publiziert wird. Provinzialismus, der sich als revolutionär ausgibt.

Engstirnige Abgrenzung nicht nur von Kunst und künstlerischen Versuchen westlicher Länder, sondern auch unserer Bruderländer. Neulich hat mir die Christa u. a. einen Roman von Jerzy Andrzejewski geborgt, den hier kein Mensch kennt (d. h. den Autor kennt man: der Mann, der »Asche und Diamant«[1] geschrieben hat, was mit beträchtlicher Verspätung hier erschienen ist). Wenn Du kannst, besorg mir dieses neue Buch von ihm (1969 im Deutschen Taschenbuch Verlag), »Siehe, er kommt hüpfend über die Berge«. Ihr solltet es auch lesen, es ist glänzend geschrieben, boshaft und traurig, und bei den letzten Seiten sind mir wahrhaft die Tränen gekommen – teils aus Begeisterung, besser: Ergriffenheit bei der Begegnung mit Literatur; teils aus Zorn, weil wir nichts Vergleichbares zu bieten haben (aber gibt es in unserer Generation etwa keine Talente, keine Möglichkeiten, die sich aus hundert Gründen nicht verwirklichen können?)

1 Jerzy Andrzejewskis Roman »Asche und Diamant« (1947) erschien im Aufbau-Verlag Berlin und Weimar 1964.

[…] Eben ist die Visite hier gewesen, und meine Ärztin[1] (übrigens eine charmante und sehr belesene Frau, mit der ich mich oft unterhalte) hat mir etwas schüchtern beigebracht, daß ich irgendeine kleine Schweinerei in der Lunge habe. Mal sehen, was da ausgebrütet wird. Zunächst muß ich aufhören zu rauchen, was schon bitter genug ist. Diese Serie von unfreundlichen Entdeckungen entbehrt nicht der Komik: ich komme mir vor wie ein ehrwürdiges altes Gebäude, das in allen Etagen bröckelt, hier einen Balkon, dort eine Säule verliert (und am Ende länger steht als der Betonbau nebenan).

Laß es Dir gut gehen, grüß Margret, der ich für die Krimis danke (die hoffentlich nicht die Zollburschen lesen werden), seid alle zusammen vergnügt und habt schöne Ferien.

Ich grüße Dich herzlich

Deine B-Schwester

265 An Uwe Herrmann[2]

[Berlin-Buch, Poststempel: 5. 3. 71]

Lieber Uwe,

eben erfahre ich aus dem FRS, daß Du Dich siegreich verteidigt hast. Großer Glückwunsch! (Blumen werden nachgeliefert!) Laß Dich umarmen und auf Deine bedeutende Stirn küssen. Ich freue mich schrecklich für Dich. Und nun laß Dich mal ein paar Tage richtig durchhängen, sauf Sekt und kose Dein süßes Weib und die beiden Fratzen. Grüß Schwesterchen und sei ganz herzlich gegrüßt von

Deiner Brigitte und dem Dicken […]

1 Dr. Marie-Louise Matthes.

2 Kunstpostkarte: Miniatur der Moghul-Schule, Bildnis des Prinzen Shah Shodyah.

266 An Margarete Reimann

Berlin, 20. 3. 71

Liebe Margret,

wieder so eine rausgerissene Seite (diesmal aus dem Tagebuch) [...]. Die Schilderung Deines Kaffeekonzert-Nachmittags mit anschließender toller (auch im alten Sinn des Wortes »toller«) Stimmung habe [ich] mit Lachen, dabei ein bißchen wehmütig gelesen. Ach, unsere ungezielten und immer ungestillten Sehnsüchte! Sowas kenne ich auch, bloß bin ich noch nie auf die Idee gekommen, russische Folklore zu singen. Aber unsereiner kann ja seine Ideen, die irgendetwas mit dem Verlangen nach »Leben« – was immer das sein mag – zu tun haben, beim Schreiben abreagieren und schlau anderen zuschieben. Trotzdem werde ich nächstens vielleicht Knef-Imitationen singen, weil ich mir jetzt, dank der virilen Hormone, einen rauhen Tenor zulege und bald womöglich – Gott bewahr mich! – ein flottes Musketier-Schnurrbärtchen. Die Bauchoperation habe ich sehr gut überstanden, und die Narbe sitzt zum Glück an einer so unanständigen Stelle, daß sie bloß der Ehemann zu sehen bekommt (und der hat seine professionelle Freude an wirklich künstlerischen Schnitten).

Auf die Krimis freue ich mich, und noch mehr auf Nonchalance. Fein, daß Du es auch magst, – ich bin ja immer noch unsicher, was meinen Geschmack angeht, der ehemals tatsächlich barbarisch war. Aber sei nicht böse oder nur befremdet, daß ich so herumgestammelt hab, ich weiß ja, daß der Lutz mich mag und er ist nun mal ebenfalls mein Lieblings-Geschwister (durch meinen neuen Roman zieht sich wieder das Bruder-Schwester-Motiv[1], das hat ja seinen Grund), aber Du weißt auch um unsere gelegentlichen politischen Unstimmigkeiten. Zusammen mit meinem verklemmten Stolz (der eine DDR-Eigenschaft zu sein scheint,

1 Die Figur des Wilhelm in »Franziska Linkerhand« trägt Züge von Ludwig Reimann.

ein interessantes Phänomen!) manövrierten sie mich in diese Scheu, einen Wunsch zu äußern, verstehst Du? (Meine Buch-Heldin ist da viel unbekümmerter, aber meistens gibt man seinen Helden die Ausstattung, die man sich selbst nicht leistet).

Inzwischen ist der Lutz wahrscheinlich aus der Schweiz zurück. Küß ihn in meinem Namen auf seine »hohe reine Mädchenstirn«, bleib gesund und sei ganz herzlich gegrüßt von

Deiner Brigitte

267 Von Ludwig Reimann

20.3.71

Liebe Brigitte,

wir sind nun schon zwei Wochen hier an unserem vertrauten Ferienort in der Schweiz. Aber im Urlaub geht es einem wie den Rentnern, man hat keine Zeit [...]. Ich habe in der letzten Zeit sehr oft an Dich gedacht, mit einer Mischung aus schmerzlichem Mitleid und schlechtem Gewissen. Ja, so etwas wie schlechtem Gewissen, daß wir so unverschämt gesund sind, zufrieden sind, Urlaub machen, während Du Dich dort wieder in Berlin-Buch herumquälst. [...] Wenn man, gefühlsmäßig engagiert wie man es als Bruder ist, darüber nachdenkt, neigt man dazu, in Deinem Schicksal eine Fügung walten zu sehen. Vielleicht solltest Du durch diese Prüfungen geläuterter und weiser werden, damit Du etwas Besonderes schaffen kannst. Bei uns gewöhnlichen Plattfußindianern lohnt sich das anscheinend nicht. In gleicher Weise wie Dich, muß ich auch Deinen »Dicken« hochachten. Sei dankbar für diesen fabelhaften Menschen, keiner von uns hätte Dir eine solche Stütze sein können. Ich glaube auch, daß die Trennung von Hans ebenfalls eine Art weise Fügung war. Sicherlich hätte er Dir bei aller Liebe nicht so wie Rudi helfen können. Es ist besser so! Wenn Eure Pläne in Erfüllung gehen und Du Dir als kluge, gebildete Arztgattin es leisten kannst, für die Schublade zu schreiben, so wird das sicherlich Deine bisherigen Arbeiten überragen. In Eurem Klima der Lobhudelei und Zensur kann keine besondere Literatur reifen, auch wenn Ihr Euch das immer gerne gegenseitig einreden wollt. Ich glaube, Bemerkenswertes kann nur wachsen, wenn die Probleme offen und rückhaltlos kritisch aufgegriffen werden. Auch wenn es an die vermeintliche innere Substanz gehen sollte. Na ja, letztlich kann ich mir kein Urteil erlauben. Sicherlich bin ich da auch voreingenommen. Aber letztlich kann man doch wohl Deine Situation aus diesem Blickwinkel betrachten. Und das alles setzt den tiefen Glauben an vollkommene Genesung voraus.

[...] So, abschließend noch drei Worte, daß uns, Oliver und mir, unser Skiurlaub hier prächtig bekommt, nur vermissen wir Margret und Muschi sehr.

Für Deine Genesung alles Gute, herzliche Grüße von
Deinem Lutz

268 An Margarete Reimann[1]

Berlin, 23. 3. 71

Liebe Margret,

eben ist euer Paket gekommen, und ich schreibe an Dich, weil es so hübsch und ganz wie das Werk einer Frau aussah [...]. Du, ich habe mich schrecklich gefreut, – über alles und über euch und weil ich einen kindischen Spaß am Auspacken habe. Und weil bei euch alles so schön bunt ist (obgleich ich natürlich über die psycholog. und soziolog. Gründe dieser Buntheit aufgeklärt bin; hast Du mal Vance Packard[2] gelesen?) [...]

1 Kunstpostkarte: Pablo Picasso, Stilleben auf einem runden Tisch.
2 Gemeint ist Packards Sachbuch »Die geheimen Verführer. Der Griff nach dem Unterbewußten in jedermann« (dt. 1958).

Nächste Woche, hoffe ich, holt mich der Dicke hier raus: wir sind doch für den 2. April zur Hochzeit angemeldet (was unsre Mutter »bürgerlich« findet!) Ich bin ein noch schwächliches, aber zähes Pflänzchen und hab Appetit auf Arbeit. Seid bedankt, ihr beiden, grüß meinen Lutz-Bruder und sei selbst herzlich gegrüßt

von Deiner Brigitte

269 An Dorothea Herrmann

[ca. 26. 3. 71]

Meine liebe D-Schwester,

verzeihst Du mir diese formlose Kritzelei? Ich hab kein Briefpapier mehr – aber die Glückwünsche zu Deinem Geburtstag sind deswegen doch genauso herzlich wie auf Bütten. [...]

Heute bekomme ich einen Tag Urlaub, um mit dem Dikken in die Stadt zu fahren. Ein Trostpreis gewissermaßen, denn gestern kam der große Hammer (nachdem ich hoffnungsvoll schon die Reisetasche gepackt hatte, um zum Wochenende heimwärts zu ziehen): ich muß noch bleiben und habe, um den Spaß vollends delikat zu machen, weitere zwei Operationen. Die beiden Nebennieren werden rausgenommen, aus technischen Gründen jeweils bloß eine im Abstand von einer Woche. Du kannst Dir denken, daß ich erstmal das Heulen kriegte, aber heute bin ich wieder beruhigt (na, was anderes bleibt mir sowieso nicht übrig), und die liebe Dr. Matthes sorgt dafür, daß ich schon am Montag »auf den Tisch« komme. Zu Ostern werde ich wohl noch hier sein, aber gleich danach ... und falls dem Chef nicht noch was einfällt, was er mir rausnehmen könnte ... Gott, es ist schon eine Scheiße, Pardon!

Liebe D-Schwester, laß es Dir wohl ergehen, denk an mich (und an die rote Weste!) und bleib gesund und grüß den lieben und klugen Uwe und Deine beiden Fratzen und sei selbst ganz lieb gegrüßt von

Deiner B-Schwester

270 An Dorothea Herrmann

Berlin, weiß nicht, wievielten [19. 4. 71]

Meine liebe D-Schwester,

eben habe ich Deinen Brief aus Stralsund bekommen und möchte Dir schönen Dank sagen (ich kenne ja Deine Leidenschaft fürs Briefeschreiben). Nächste Woche werde ich bestimmt hier rauskommen, die Hormon-Einstellung geht ganz gut vonstatten. Die beiden Nieren-Operationen waren ein furchtbarer Hammer, weißt Du, vor allem die erste, bei der auch eine Rippe abgesägt wurde, es tat schauderhaft weh und in der ersten Nacht unten auf der Wachstation betete ich immerzu, der liebe Gott möge mich doch bitteschön lieber endlich sterben lassen. Also, für die 2. Op., eine Woche später, hatte ich nicht den nötigen Enthusiasmus und brauchte auch ein paar Tage mehr, um wieder auf die Beine zu kommen – aber da bin ich nun wieder und wackele in der Gegend rum und sehe mit meinen vielen Narben wie eine rechte Flickenpuppe aus. Bloß

– Eine halbe Stunde später. Ich glaube, ich wollte irgendwas Nettes über den Dicken und sein Verhältnis zu Narben schreiben. Eben haben wir gerade ausführlich miteinander telefoniert. Ach Dorli, es ist doch verdammt schwierig, mit einem Mann zu leben. Nicht, daß ich jetzt etwas weniger Nettes schreiben möchte – die Schwierigkeiten mache ich. Ich glaube, ich werde es nie lernen, mit einem Mann [...] alles zu teilen, äußere und innere Bezirke. Schon erwacht wieder das Gefühl in mir, okkupiert zu werden, und das geht so weit, daß ich eine Art wütender Eifersucht empfinde, wenn ein anderer Gegenstände berührt oder nur ansieht, die ich besonders liebe. Ich bin ein ganz verbissener alter Junggeselle und bestimmt untauglich für die Ehe. Schon der freundlich gemeinte Gedanke, daß Rudis Mutter zu uns kommen und Frühjahrsputz machen will, regt mich auf wie ein Einbruch in meine Privatsphäre. Das ist doch absurd. Wenn Du zu mir kamst, um die Fenster zu putzen, fand ich es süß und lustig. Warum reagiere ich jetzt so idiotisch? Der arme Rudi versteht überhaupt nicht, was mit mir los ist. Ich glaube, ich war beim letzten Besuch auch nicht sehr nett zu ihm. Manchmal habe ich schon Angst vor mir selber und vor meinen schwarzen Gedanken. Vielleicht will ich gar keinen guten Mann und bin nur glücklich, solange ich mich nach Glück sehne und liebe nur das Unerfüllbare.

Mein einst so geliebtes Arbeitszimmer ist mir richtig verleidet, seit ich es mit einem anderen und ziemlich oft mit fremden Leuten teilen muß. Nun will ich mir wenigstens eine gewisse territoriale Unabhängigkeit retten und mit einem Teil meiner Schätze und vor allem meinem Arbeitskram in das kleine Zimmer umziehen. Kommst Du zum Umkramen? Weißt Du eigentlich, daß Du der einzige Mensch bist, dem ich alles gönne, was ich anderen vorenthalten möchte? Du darfst auch in meiner neuen Arbeitsbude schlafen; für andere wird sie versperrt. Ich denke, Du verstehst, daß dieser Besitz eines Raumes für mich allein mehr ein Symbol ist für andere unbetretbare Räume. Sag mal, ob ich nicht doch stellenweise verrückt bin? Ich werde wieder so grantig wie vor der Hochzeit mit K., die ich auch mehrmals verschoben habe.

Außerdem wird mir jetzt sowieso bange vor der Entlassung. Wie voriges Jahr … damals fing ich an zu saufen, als ich endlich wieder draußen war. Ein paar Monate Abgeschlossenheit ohne den Alltagsärger sind sehr gefährlich. Hast Du mal den »Zauberberg« gelesen? So ungefähr.

Na, genug geunkt. […] sei ganz herzlich gegrüßt von

Deiner B-Schwester

271 Familienrundschrieb Nr. 196

Burg, 27. April 1971

[…] Die Meldung des Tages: Unsere Brigitte ist seit Freitag, dem 22. April, wieder daheim in Neubrandenburg, nachdem sie zehn Wochen und zwei Tage in Buch verbringen und fast übermenschlich Schweres ertragen mußte. Sie sollte dafür, wie man ihr scherzhaft erklärte, eine Tapferkeitsmedaille erhalten. […] von dem Berlinbesuch unserer Hamburger [ist noch] nachzutragen, daß dieser insbesondere für unsere Brigitte eine ganz große Freude war. Die konnte auch nicht getrübt werden dadurch, daß man einmal unterwegs bei Perleberg durch ein saftiges Strafmandat unsere »lieben Gäste« in »gute Stimmung« versetzte und zum anderen sich mit ihnen beim Grenzübertritt »nur« zwei Stunden »herzlich« beschäftigte. Als wir gegen 13 Uhr in Buch eintrafen, war man, trotzdem […] schon wieder bester Laune […]. So blieben wir auch entgegen unserer ursprünglichen Absicht, Brigitte nach der erst vier Tage zurückliegenden dritten Operation nicht zu überanstrengen, alle zusammen, bis uns Margret und Lutz zum Ostbahnhof brachten, auf dem kurz nach 18 Uhr buchstäblich der letzte Zug nach Burg abfuhr […] Willi

272 An Sigrid und Ulrich Reimann

Nbg., 10. 5. 71

Liebe Sigrid, lieber U-Bruder,

[…] Heute habe ich den ersten Brief-Tag seit der Entlassung eingelegt. Die erste Woche war ganz blöd, ich mochte überhaupt keinen Menschen sehen und ging nicht ans Telefon und hatte – trotz der Fürsorge des Dicken – manchmal geradezu Sehnsucht nach meinem Krankenzimmer. Dann kam das Großreinemachen, der Dicke fand zwar alles in bester Ordnung, hatte aber seit drei Monaten solche Kleinigkeiten wie Staubwischen vergessen. Inzwischen ist auch der Garten besät, und die ersten Blumen blühen, und ich sitze an meinem Rolltischchen auf der Terrasse und versuche mein handgeschriebenes Manuskript zu entziffern. Es steht also alles zum Besten – bloß mein Schnurr-, Kinn- und Backenbart[1] sprießt wie Maiengrün (und leider gibt's dagegen bloß die Ausrupf-Methode), und ab und zu bringt sich der Rükken mal wieder in Erinnerung, aber sanft im Vergleich zu früher, und es ist für mich immer noch wie ein Wunder, daß ich wieder über die Straße gehen und Treppen steigen und – wenn der Dicke außer Sichtweite ist – im Garten Unkraut zupfen kann.

Ja, und nun kommt noch eine feierliche Mitteilung: am Freitag, den 14. 5., werden wir endlich heiraten, um ½ 9 Uhr (Zeitangabe wegen einer stillen Gedenkminute) – falls der Teufel nicht einem von uns beiden ein Bein stellt und auch noch den dritten Anlauf vereitelt. Der Dicke ist schon mächtig aufgeregt, und merkwürdigerweise bin ich es auch, trotz Übung. Ich wünschte sehr, daß es von Dauer ist und gut geht mit uns beiden, obgleich wir so gegensätzlich wie nur möglich sind. Also, denkt ein bißchen an uns, ja? Ein Programm für den Großen Tag haben wir noch nicht, aber das wird uns schon einfallen, wenn die Zeremonie vorbei ist (hoffentlich spielen sie nicht wie immer und überall diesen Mendelsohn-Bartholdy!)

[…] seid ganz herzlich gegrüßt von eurer Brigitte (demnächst Burgartz – aber wer sich an Reimann gewöhnt [hat], kann dabei bleiben.)

1 Eine Folge der Hormontherapie.

273 An Dorothea und Uwe Herrmann[1]

Wir haben uns vermählt
Rudolf Burgartz
Brigitte Burgartz geb. Reimann
Neubrandenburg, Gartenstraße 6, am 14. Mai 1971

Liebe Dorli, lieber Uwe,

es ist ja man bloß, daß ihr es schwarz auf weiß besitzt, daß wir nicht mehr im Stande der Todsünde leben. Was die eigentliche Heiratszeremonie betrifft, haben wir einen Schnelligkeitsrekord aufgestellt: genau 10 Minuten. Drückt uns die Daumen, daß es gut geht mit uns beiden.

Seid herzlich gegrüßt von eurer Brigitte und von dem Dicken.

274 Von Ludwig Reimann

6. 6. 71

Liebe Brigitte, lieber Rudi,

[...] Ich hoffe, Ihr werdet [...] Nachsicht üben, daß wir Euch jetzt erst zur Vermählung gratulieren. Es sei aber am Rande vermerkt, daß wir erst eine Woche nach dem großen Ereignis Kenntnis bekamen [...]. Man meint immer, dieser Gang zum Standesamt sei nur ein formaler Bürokratenakt, der an dem ganzen Verhältnis nichts ändert und keine Bedeutung hat, aber letztlich ist es dann doch mehr. Jetzt habe ich es: es ist »Umschlag von Quantität in Qualität«[2]. [...] Wir wünschen Euch für Euren gemeinsamen Weg von ganzem

1 Gedruckte Vermählungsanzeige.

2 Ironische Anspielung auf das Gesetz vom Umschlagen quantitativer Veränderungen in qualitative, eines der Grundgesetze der materialistischen Dialektik.

Herzen alles Gute, Glück in der Gemeinsamkeit und im gegenseitigen Beistehen.

Lieber Rudi, beschütze unsere kleine große Schwester gut, denn wir lieben sie alle sehr. Sie ist sozusagen ein Kleinod der Familie, und bei all ihrer Klugheit ist sie manchmal so naiv gut, daß sie nicht in unsere Welt paßt und Beistand braucht. [...]

Kinder, ich muß sagen, ich freue mich ehrlich, und außerdem muß ich hinzufügen, daß ich im Vergleich zur vergessenen Vergangenheit dieses Mal, dieses letzte Mal mit der Wahl voll einverstanden bin. Es kommt zwar nicht auf meine Meinung an, aber immerhin, ich darf sie wohl äußern. [...]

Seid herzlich gegrüßt
von Lutz, Margret und von den Söhnchen

275 Familienrundschrieb Nr. 197

Burg, 9. Juni 1971

[...] 36 Stunden – von Sonntag abend bis Dienstag morgen –, die Brigitte und Rudi in der Neuendorfer Straße weilten, aber die Eltern haben sich doch sehr gefreut darüber, erstmals nach zwei Jahren wieder ihre älteste Tochter daheim zu haben. Sie kamen recht munter hier an, obwohl sie erst noch Christa Wolf in Klein-Machnow auf der Fahrt von Neubrandenburg nach hier besucht hatten. [...] Schade, daß die Zeit zu kurz bemessen war und man am Dienstagvormittag in Buch erwartet wurde. Die Hauptsache, daß man auch dort mit seiner Patientin zufrieden ist und es weiter aufwärts geht. – [...] Der Rudi sorgt jedenfalls dafür, daß die täglichen drei Tablettenmahlzeiten eingehalten werden und die ebenfalls lebenslängliche/wöchentliche Hormonspritze, die leider vorläufig noch einen unangenehmen Hautausschlag verursacht, nicht vergessen wird. [...] Der konsultierte Nervenarzt hat im übrigen allerlei Beruhigungsmittel verordnet, meint aber, vor allem müßte Brigitte mit der Arbeit fertig werden, das wäre die beste Beruhigung, was von ihr als durchaus richtig bestätigt wird ... [...] Willi

276 An Ludwig Reimann

Neubrandenburg, 28. 6. 71

Lieber Lutz-Bruder,

es ist Abend, ich bin groggy, dabei schrecklich aufgeregt: sieh es mir nach, wenn's im Brief ein bißchen durcheinander geht. Heute habe ich endlich das neue (das 13.!) Kapitel geboren, Konzept und Anfangsmonolog [...]. Die letzten Wochen waren überhaupt schlimm. Zuerst habe ich das Kapitel, das ich in der Klinik gekritzelt hatte, abgeschrieben und überarbeitet und fand es, wie üblich nach der Euphorie des eigentlichen Arbeitsprozesses, unter aller Würde (erst jetzt, beim Korrekturlesen und nachdem wieder läuternde Zeit vergangen ist, entdecke ich ganz erstaunt, daß es doch allerlei hübsche Stellen hat – und am besten sind die traurigen oder bitteren, wo es um Tod und Abschied und die ewige überflüssige und hochwichtige Frage nach dem Glück geht); dann konnte ich zwei Wochen gar nicht mehr schreiben, weil wir Urlaub hatten – und was für einen! Tag für Tag goß es in Strömen, wir konnten nichts unternehmen [...]. Der an Dich adressierte Briefumschlag liegt schon wer weiß wie lange auf dem Schreibtisch, aber ich konnte mich nicht zum Briefeschreiben aufraffen angesichts dieses weinerlichen Himmels.

Und das alles bei meiner – wenn auch meist ins Unterbewußte verbannten – Zeitangst ... Weißt Du, in der Klinik hat ein guter Bekannter, der es wohlmeinte und zur Vorsicht raten wollte, die Indiskretion begangen, mir mitzuteilen, daß ich Metastasen im Rückenwirbel hatte. Freilich hatte ich sowas geahnt oder doch befürchtet, wegen dieser Kobalt-

Bombardierung, aber dann war es doch ein gewaltiger Schock, und in der Nacht, allein in meinem Krankenzimmer, wär ich bald verrückt geworden und stand auf und ging zur Nachtschwester, so einer lustigen jungen Person, und wir schwatzten über ihre Liebesgeschichten und Mode und sowas, und am nächsten Tag hatte ich mich wieder gefangen und schrieb weiter, was denn sonst? Der Tag, erst recht der Alltag zu Hause, mit seinen tausend kleinen Schwierigkeiten, macht die verzweifeltesten Situationen auf eine unmerkliche Weise undramatisch. [...] Jetzt habe ich – vom ersten CA an gerechnet, noch etwa zwei Jahre Zeit, während der sich herausstellen wird, ob die lieben Kleinen ausgerottet sind oder sich woanders ansiedeln, aber zwei Jahre sind eine lange Zeit, in der man beträchtlich glücklich sein und allerhand schaffen kann, und dann bin ich ja ständig unter Kontrolle, der Dicke zapft mir jede Woche Blut ab und läßt es untersuchen, und die junge Stationsärztin in Buch hat die persönliche Verantwortung für mich übernommen (übrigens eine zauberhaft Frau, ungemein belesen – eine Rarität bei jungen Ärzten –, ganz schüchtern im persönlichen Umgang und dabei von eiserner Konsequenz und ohne eine Spur von Autoritätsgläubigkeit, wenn sie sich gegen Maßnahmen ihrer Chefs oder irgendwelcher Instanzen wehrt und durchsetzt, falls sie deren Anordnung nicht billigen kann; daß sich auch die Christa mit ihr befreundet hat, will schon was heißen, und ich erwähne es, damit Du nicht glaubst, ich wär mal wieder in eine blinde Schwärmerei für jemanden verfallen).

Seit ich soviel mit Ärzten zusammen bin, empfinde ich immer stärker, wie absurd die Welt ist, in der wir leben. Zur selben Zeit, während irgendwo Millionen Flüchtlinge in Lagern vegetieren, Menschen gefoltert werden oder auf der Straße verhungern, kämpft man woanders um einen einzelnen Menschen mit allen Mitteln an Fachwissen und Geld, – und Du mußt nicht denken, daß z. B. ich ein Vorzugskind bin; ich habe die anderen Leute auf der Station kennen gelernt, sogenannte einfache Leute, für die die Ärzte bis in die Nacht hinein auf der Station oder in ihren Labors sind, und dem Dicken und seinen Freunden sind Rang, Alter, Aussehen ihrer Patienten absolut gleichgültig: es sind eben kranke Menschen, denen man helfen muß. Aber manchmal streite ich mit ihnen herum, weil ich es in gewissen Fällen schon für eine Art von pervertiertem Humanismus halte: wenn ein kaum menschenähnliches Geschöpf (ein Herz-Muskel-Präparat, wie sie es nennen) geduldig am Leben gehalten wird, oder wenn einer, der es einfach nicht mehr ertragen kann, vergebens um einen gnädigen Tod bittet … Aber das ist ein uferloses Problem, und überhaupt ist jetzt Schluß mit Krankheitsgeschichten. Nur noch eins: Erwähne um Himmelswillen den Eltern gegenüber nichts von diesen blöden Metastasen; sie machen sich bloß einen Haufen überflüssiger Sorgen […].

Lieber Lutz,

der Brief ist wieder liegen geblieben, wir hatten Vorstandssitzung in Berlin[1] (deprimierend: in Auswertung des 8. Parteitages stundenlanges Gesülze über die heitere Muse[2]), und dann hatte ich eine gute Strähne und habe gedichtet (nicht heiter), und […] all so Zeug.

Im ersten Teil habe ich geschwatzt und geschwatzt, und dabei wollte ich Dir doch zuerst für den Hochzeitsbrief danken – mit Abstand der schönste, den wir bekommen haben. Ein richtiger Großer-Bruder-Brief, und ich war sehr glück-

1 Vorstandssitzung des DSV vom 1. 7. 1971: »Erste Auswertung des VIII. Parteitages«.

2 Erich Honecker, seit Mai 1971 in der Nachfolge Walter Ulbrichts Erster Sekretär der SED, leitete mit dem VIII. Parteitag (15.–19. 6. 1971) eine neue, flexiblere Politik ein. Mit der »Einheit von Wirtschafts- und Sozialpolitik« sollte das materielle und kulturelle Lebensniveau erhöht werden. Auch in der Kulturpolitik deutete sich in Stichworten wie Weite und Vielfalt eine Umorientierung und Öffnung an, die in den nachfolgenden 4. und 6. ZK-Tagungen noch deutlicher wurden.

lich und dabei ein bißchen heulig, Du verstehst schon, und sogar dem Dicken ging's ans mecklenburgische Gemüt. Nach drei Stunden Schlaf habe ich heute einige Schwierigkeiten, mich auszudrücken – also stell Dir vor, daß ich Dich fest umarme und Dir einen Kuß gebe für all die guten Wünsche.

Mir ist jetzt nicht mehr so bange wie am Anfang, ob es gut gehen wird mit uns beiden. Diese verdammten zehn Jahre Altersunterschied ... Aber jetzt vergesse ich sie schon meistens, ich sehe wieder ganz ordentlich aus und fühle mich auch nicht so, als ob ich demnächst 38 werde (das liegt vielleicht daran, daß ich keine eigenen Kinder um mich aufwachsen sehe), bloß manchmal tauchen gewisse Generationsprobleme auf, Erinnerungen und Erfahrungen klaffen auseinander; politische Ereignisse, die uns schmerzlich getroffen haben (und bei vielen von uns ein Gefühl von Unerfülltheit oder Resignation zurückgelassen haben), sind an diesen Jüngeren nahezu spurlos vorübergegangen – die saßen damals noch auf der Schulbank und übernahmen schon Ansichten und Urteile, nach denen wir noch mühselig und umwegig und zweiflerisch gesucht haben. Weißt Du, diese jüngere Generation hält nicht viel von uns und gibt uns die Schuld an einer Entwicklung, unter der wir doch am meisten leiden, weil wir mit so einem schweren Gepäck an Idealen losmarschiert sind. Aber das ist ein sehr, sehr weites Feld und als Briefthema völlig ungeeignet.

Der Dicke ist wirklich ein Guter – außer, wenn er besoffen ist (aber das kommt bloß noch ganz selten vor); dann fällt ihm ein, daß er im medizinischen Rang der zweitgrößte Mann im Staate N. ist, und er kriegt einen Dickkopf und diese Autoritätsstimme, die ich auf den Tod nicht ausstehen kann, weder bei ihm noch bei sonst jemandem; aber bei Ärzten wird Rang noch ernst genommen, und sie haben kein Gefühl für die Lächerlichkeit ihrer hierarchischen Ordnung, und das gläubige Volk unterstützt sie noch darin. Nun ja, wenn der Leib krank ist, klammert sich der Mensch an Wunder und Wundertäter … Bei einer soziologischen Umfrage, das Sozialprestige von 30 Berufen betreffend, standen die Ärzte an der ersten Stelle, Künstler an der zweiten, Arbeiter irgendwo bei der Zwanzig, und an letzter Stelle Offiziere und Funktionäre. Übrigens ist das Ergebnis dieser Umfrage nicht veröffentlicht worden.

Mit der Frage nach einem Hochzeitsgeschenk setzt Du mich in Verlegenheit. […] worüber ich mich aber sehr freuen würde, wär eine Platte, alte Blues natürlich […] oder – der Wunsch klingt merkwürdig – die Préludes von Chopin. Merkwürdig, weil wir hierzulande mit klassischer oder nahezu klassischer Musik an sich gut versorgt sind, – bloß Chopin ist einfach nicht aufzutreiben. Aus den Pitschmann-Jahren habe ich noch die Walzer und Etüden […]. Übrigens ruft Pitschmann öfter mal an, immer nachts, und wir schwatzen eine Stunde und mögen uns leiden und stellen fest, daß wir immer noch dieselben Arbeitsmethoden haben wie damals (und jetzt schreibe ich schon beinahe so langsam und quälerisch wie er) und uns an Musik hochschaukeln, eben Chopin und Errol Gardener[1] und Spirits … Gott, was machst Du in einem Land, wo es nicht mal Hasch zu kaufen gibt? Eben höre ich El condor pasa[2], das Gretchen damals in Rostock immer vor sich hin gesungen hat, […] ich habe den Abend für mich wie zur Junggesellenzeit, das ist auch mal hübsch. Die Ehe ist schon eine vertrackte Einrichtung … oder ich bin eine vertrackte Person, und was Glück wirklich ist, weiß ich immer noch nicht, auf Seite 570 meines Monstre-Romans.

[…] Tschüs, Lutz-Bruder! Immer Deine Brigitte

1 Errol Garner.

2 Peruanisches Volkslied: »Der Kondor fliegt vorüber«, 1970 durch die Version von Simon & Garfunkel bekannt geworden.

277 An Ulrich Reimann[1]

Nbg., 19. 7. 71

Lieber U-Bruder,

[…] Sag mal, wirst Du dieses Jahr nicht runde 30? Das ist ja beinahe eine feierliche Zahl und klingt so richtig nach Erwachsensein.

Entschuldige, daß ich diesmal so spät dran bin mit meinem Glückwunsch; ich bin so tief in der Arbeit, daß ich kein Datum mehr weiß und erst heute zufällig im Kalender entdeckt habe, daß wir am Mittwoch einen Grund zum Feiern haben. Laßt es euch wohl ergehen, grüß Sigrid und das Imke-Kind und sei ganz herzlich gegrüßt von

Deiner B-Schwester

278 An Sigrid und Ulrich Reimann

Nbg., 28. 10. [71]

Liebe Sigrid, lieber Uli,

ich glaube, es wird höchste Zeit (die Sanddorn-Zweige mahnen mich jeden Tag daran), daß ich mich bei euch entschuldige, weil ich damals, als ihr kamt, so abwesend war – aber ich war es wirklich: absolut weggetreten, schwunglos, zerschmettert, habe mit niemandem mehr sprechen können […].

Aber jetzt, von einem Tag zum anderen – mir kommt es vor wie ein Wunder – ist die Apathie und diese höllische Schreibhemmung von mir abgefallen, ich bin wahnsinnig aufgeregt, das schon, aber glücklich, weil ich wieder Sätze formulieren und an meinem Manuskript arbeiten kann, wenn auch noch mühselig, schon deshalb, weil ich alles vergessen hatte, was bisher in dem Buch steht.

Alles, was mich jetzt noch bedrückt, ist die Angst vor

1 Kunstpostkarte: Wilhelm Lachnit, Blumenstilleben mit Iris.

Rudis Rückfällen ins Trinken (natürlich bin ich daran mitschuldig, die vergangenen Wochen haben ihn tüchtig mitgenommen; er begriff meinen Zustand nicht (schon deshalb, weil er Schreiben für einen Beruf, ja ein Handwerk hält wie jedes andere), wir hatten oft Streit, er lief aus dem Haus und fiel in die Flasche – und ein Mann mit pathologischem Rausch ist einfach das Letzte. [...]

Jetzt hat es sich wieder gebessert, aber ich zittere jedesmal, wenn er allein unterwegs ist. Eine Wiederholung dieser Szenen würde mich wieder zurückwerfen (noch bewege [ich] mich wie auf einem Drahtseil).

Liebe Sigrid, ich frage Dich, weil ich keinen seiner Kollegen fragen kann [...]: Gibt es nicht irgendwelche Tabletten oder irgendso ein Zeug, das man jemandem unbemerkt ins Essen oder in ein Glas Milch praktizieren kann, so daß er nach dem ersten Kognac anfängt zu kotzen? [...] Wie gesagt: es kommt selten vor, aber besser wär's – auch für ihn – es käme gar nicht mehr vor.

[...] Lebt wohl, laßt es euch gut ergehen und seid herzlich gegrüßt

von eurer Brigitte

279 An Dorothea Herrmann

Nbg., 23. 11. [71]

Liebe D-Schwester,

da Du jetzt telefonisch nicht zu erreichen bist, ein Briefchen, wenn auch in aller Eile [...]: Erstens hatte ich gleich auf dem Busbahnhof Krach mit dem Dicken, weil er die zwei Nächte, während ich in R[ostock] war, genützt hat, sich zu besaufen. [...] Gestern haben wir wieder miteinander gesprochen, und da habe ich endlich begriffen, daß er nicht bloß so aus Daffke säuft. Er ist viel unglücklicher als ich; während ich [...] wenigstens vorläufig mit Gelassenheit meine befristete Zeit hinnehme, ist er schrecklich belastet durch den Gedanken, seine Erste und Einzige in ein paar Jahren zu verlieren (er ist dann ja erst Mitte Dreißig, bestenfalls). Außerdem ist er auf eine merkwürdige, mir vorläufig unerklärliche Weise eifersüchtig auf meinen Beruf (ahnt er, daß mir die Schreiberei im Grunde meines Herzens mehr bedeutet als ein Partner?); er will Brigitte haben, sagt er, nicht Frau Reimann. Als ob die eine von der anderen zu trennen wäre … Na, so haben wir halt unsere Schwierigkeiten, und meistens rühre ich sie ein, weil ich wegen irgendwelcher Lappalien herumzicke, statt öfter mal daran zu denken, welche Charakterstärke der Junge bewiesen hat. […]

Nämlich, zweitens: Einen indischen Schal für Dich habe ich noch bekommen (48 Eierchen, aber wir sind ja diese freundlichen Preise gewöhnt), türkisgrün wie meiner, aber mit einem hübscheren Muster; der muß mir damals bei der Wühlerei im Schal-Kasten entgangen sein. […]

Drittens: nach einem Ring für Mutti habe ich mich schon umgetan, und es gibt auch ein paar hübsche Dinge, schmal, dezent, einer mit drei nebeneinander gereihten Amethysten hat mir sehr gefallen, noch mehr so ein filigranhaftes, ebenfalls schmales Gebilde mit einem Goldtopas. Jedoch: Falle Nummer Eins – sie kosten 250–280 Mark, und was sagt unser Budget dazu? […]

Folgt Falle Nummer Zwei, welche ernster ist: Mutti hat mir einen Brief geschrieben, von ihrer Renovierung der Wohnung erzählt, von Gardinen für die Küche […] und einem Läufer fürs Bad. Dieser Haus-Eifer! Ich fürchte, sie ist schon von Vati angesteckt worden, und das gefällt mir gar nicht. Jedenfalls bittet sie dringend, nichts »Unnützes« zu schenken, sondern was Praktisches, eben für dieses blöde Haus. Also, was mich betrifft – ich bin dagegen. Wenn unsere Mutter sich wirklich und sehr einen Ring wünscht, dann sollte sie ihn auch haben. Ich kann mir auch nicht gut vorstellen, daß Vater – bei seiner Vorsicht und Sparsamkeit –

sein Konto soweit erschöpft hat, daß das Geld nicht mehr für einen Läufer langt. Immer sind es die Frauen, die man mit diesen verdammten praktischen Haushaltsdingen beglückt. Bestimmt würde sie sich über einen Ring freuen, aber anderseits hat sie vielleicht ein schlechtes Gewissen, oder Vater macht ihr Zeck, und dann ist ihr der Spaß verdorben. Also, das müssen wir nochmal durchkakeln. [...]

Inzwischen laß es Dir wohlergehen, trag mit Würde Deine Narbe (denk an Papa Hemingway![1]) und laß mich rechtzeitig wissen, wann Du hier aufkreuzt. Grüß Üwing und Deine Trabanten und sei selbst herzlich gegrüßt von

Deiner B-Schwester

280 Von Ludwig Reimann

23. 11. 71

Liebe Brigitte,

Dein Brief ist nun bald wieder fünf Monate alt und noch älter ist meine (von Margret immer wieder belächelte) Art, einen Brief mit Entschuldigungen zu beginnen. An Ausreden bin ich nicht verlegen. Dieses Mal sind Deine Yancey-Platten schuld, die natürlich nirgends zu bekommen sind. Weil ich das nicht erledigt hatte, schrieb ich nicht und schwups sind fünf Monate vergangen. [...]

Wenn ich aus Deinen Briefen lese, wie viele Bücher Du so nebenbei verschlingst, werde ich richtig neidisch. Seit meiner Studentenzeit habe ich nur noch sehr wenig Zeit zur Lektüre gehabt. Das kannst Du Dir wahrscheinlich kaum vorstellen, aber mit Beruf, Familie und ein bißchen Sport ist man völlig ausgelastet, möchte bald sagen überlastet [...]. Vielleicht verstehst Du das besser, wenn ich Dir schildere, daß im Normalfall mit der Heimkehr aus dem Büro um 17.30, 18.00

1 Hemingway hatte etliche Narben, u. a. aus dem 1. Weltkrieg und von seinen Abenteuern als Hochseefischer und Großwildjäger.

oder 18.30 noch so ein paar häusliche Erledigungen und die jüngeren Bäckerburschen die Zeit bis 20.30 in Anspruch nehmen und dann noch ein Stündchen für die Firma zu Hause gemacht werden muß. An zwei Abenden in der Woche ist dann noch Sport […] oder dergleichen. Da bleibt nicht viel nach. Am Wochenende muß ich auch noch ein paar Stunden für die Kapitalisten etwas tun, dann stehen ebenfalls die Kinder mehr im Vordergrund und nebenbei haben wir ja auch eine berufstätige Mami. […] Daß ich dennoch das Lesen nicht verlernt habe, bewies ich mir im Urlaub, als ich innerhalb von zwei Tagen die »Deutschstunde«[1] schaffte […].

27. 11. 71

Gute Dinge sollten ihre Fortsetzung haben […]. Es ist jetzt gute Gelegenheit, […] ich höre Jazzplatten, die wir heute erstanden haben. Wir waren heute nachmittag (Sonnabend) in der Stadt, um zu bummeln […]. Wir haben auch noch einmal nach Jimmy [Yancey] […] geforscht. […] Eine kundige, beschlagene Verkäuferin, die sofort wußte, was wir wollten, konnte uns zwar nicht das Gewünschte vermitteln, aber auf unsere Fragen gab sie uns zwei Platten, die vielleicht in der gewünschten Richtung liegen. […]

Auch wenn wir seit langem nicht korrespondierten, denke ich oft, sehr oft, an Dich. Die letzten Male, die wir – unter welchen Umständen auch immer – zusammen waren, haben mich froh gemacht, da wir uns […] wieder näher gekommen waren. Vielleicht liegt das doch daran, daß wir, ich habe es in der vergangenen Zeit oft überdenken müssen, doch den Sprung aus dem Jugendgefühl ins Erwachsenendasein vollzogen haben. Ich habe in Deinen Briefen […] zwischen den Zeilen zu lesen versucht und hatte den Eindruck, daß Du und Rudi doch hin und wieder in einem unübersehbaren

1 Roman von Siegfried Lenz (1968).

Spannungsfeld lebten. Wer mit Dir zusammen lebt, ist immer in einem Spannungsfeld, nunmehr durch Deine Krankheit noch verschärft. Rudi hat es sicher nicht so leicht. Ich glaube, Du hättest kaum jemanden finden können, der besser für diese Aufgabe, ich möchte es mal so nennen, geeignet wäre, aber dennoch bedenke, [...] er [...] ist noch jünger als wir, ein paar Jahre zählen da durchaus. Man brauchte Zeit, Ruhe und Willensanstrengung, seine Mitte zu finden. Dieser Ausdruck kommt aus meinem komischen Sport, dem Karate, dem durchaus eine gewisse Philosophie unterlegt ist. [...] Manchmal glaube ich, daß ich meine »Mitte«, das Erkennen der eigenen Möglichkeiten und Reichweite und das Verstehen und die Achtung des Mitmenschen, hin und wieder gefunden hätte. Wir leben leider in einer Welt, die aufgrund ihrer fast totalen Information uns immer wieder mit Neuem, das wir gefühls- und verstandesmäßig verkraften müssen, konfrontiert. Da Eure Welt mehr statisch verharrt, wirst Du das nicht so bedeutsam finden, aber hier ist selbst für einen Linken eine beängstigende Dynamik spürbar, die es einem schwer macht, seinen Standpunkt zu finden. Aber auf der anderen Seite macht gerade das unsere heutige Welt so interessant. Daß man durchaus auch als älterer Mensch dem Neuen folgen kann und mitgestaltend wirken kann, bewies mir am letzten Mittwoch gerade mal wieder der olle Herbert Wehner, diese brummige, bärbeißige Bulldogge. Auf einer Kreisversammlung hatte er kurz über die Ergebnisse des SPD-Sonderparteitages[1] berichtet. So etwas wär auch mal etwas für Dich. Kannst Du nicht jetzt aufgrund Deiner Invalidität auch in den Westen fahren? Wenn es Dein Gesundheitszustand erlaubte und die Arbeit am Buch es zuließe, würde ich Dich doch bitten, uns zu besuchen.

Überdenke das bitte ganz ernsthaft [...]. Ich mache ein interessantes Programm, wie Du es willst. [...] Du siehst, die

1 Ein außerordentlicher Parteitag der SPD (18.–20. 11. 1971) zur Steuerpolitik.

Wertschätzung meiner großen Schwester ist doch entscheidend größer als es manchmal in den vergangenen Zeiten schien. So, ich glaube das war deutlich und erheischt eine positive Antwort. […]

Dein Lutz

281 An Ludwig Reimann

Nbg., 26. 11. 71

Lieber Lutz-Bruder, vorhin hatte ich den Umschlag adressiert; ich wollte eigentlich nur eine Karte reinstecken (Kunstpostkarte, versteht sich […]) und bloß mal anfragen, ob ihr noch lebt und was ihr für Weihnachtswünsche habt […]. Inzwischen habe ich aber den FRS gelesen, und da ist mir einen Augenblick ganz elend geworden: alle machen Pläne; Vater bastelt mit Übereifer an seinen Zimmern und Zäunen; ihr baut demnächst ein Haus … Und Vater schreibt auch noch zu allem Überfluß, wie munter ich mit ihm am Telefon plausche, – aber was bleibt einem anderes übrig? […] Du kannst Dir denken: also doch Krebs im Rückenwirbel, d. h. inoperabel. Du brauchst keinen Schreck zu kriegen; durch die Nierenoperation ist der Prozeß für einige Zeit gestoppt worden, ein bißchen Zeit habe ich noch. Man gewöhnt sich an den Gedanken, bloß die Pläne sind halt kurzfristiger. […] Also, bis bald. […]

Herzlich Deine B-Schwester

282 An Sigrid und Ulrich Reimann

Nbg., 6. 12. 71

Liebe Sigrid, lieber U-Bruder,

in aller Eile (es ist schon wieder wahnsinnig spät, und morgen muß ich in aller Frühe nach Buch zur Untersuchung fahren, Gottlob mit einem Wagen, den mir die Bezirksleitung netterweise zur Verfügung gestellt hat): Erstens meinen verspäteten Dank für Sigrids Karte und ihre Bemühungen wegen dieser Tabletten. Wißt ihr, vielleicht sehe ich dank meines miserablen Zustandes alles viel schlimmer, als es in Wirklichkeit ist; der Dicke ist ja um Himmelswillen kein Trinker [...]. Natürlich habt ihr recht: die munteren Schilderungen für den FRS entsprechen keineswegs der Wahrheit, aber die Eltern müssen auf jeden Fall von Sorgen verschont werden. Ich nehme an, Sigrid, daß Du als Ärztin weißt, warum im Frühjahr diese Operationen gemacht worden sind; es waren also doch Metastasen in der Wirbelsäule, der Prozeß ist jetzt gestoppt, aber der Herd ist eben da; ich habe es immer nicht wahrhaben wollen, aber seit einigen Wochen weiß ich Bescheid und kenne so ungefähr meine Lebenserwartung. Kein erbaulicher Gedanke, aber man versucht eben, eine halbwegs gute Haltung zu wahren und lebt von Hoffnungen.

8. 12. Gut, daß ich vorgestern abend doch aufhören mußte zu schreiben, ich hing furchtbar durch, und fühlte mich gewissermaßen wie unter dem Fallbeil. Gestern war ich nun in Buch und habe meine liebe Frau Dr. Matthes mal ernsthaft befragt, und sie hat mir endlich alles richtig erklärt. Damals, als ich [in] B. lag, haben sie's nicht gewagt; Prof. Gummel hatte mich bereits aufgegeben (er ist ein phantastischer Chirurg, aber ein bißchen konservativ, was neue Methoden angeht), und er wollte mich nach Hause schicken lassen, und ich hätte dann noch ungefähr ein halbes Jahr gehabt. Aber Frau Matthes bestand auf Ausprobieren, und jetzt sagt sie mir also – und nicht bloß aus Trostgründen –, es sei ein richtiges Wunder geschehen, freilich sei der Krebs da, aber ich sei ein Ausnahmefall, bei dem die Hormon-Umstellung auf erstaunliche Weise angeschlagen hat, so daß sie mir guten Gewissens noch eine beträchtliche Frist versprechen kann.

Herrgott, bin ich glücklich! Also doch noch ein Buch und noch eins ... Nach all den gräßlichen Wochen muß ich mich erstmal an den Gedanken gewöhnen, daß mir nun doch noch Zeit bleibt. Drückt mir die Daumen! Wie sehr ich am Leben hänge, trotz aller gelegentlichen Huddeleien, das [ist] mir erst in dieser letzten Zeit richtig bewußt geworden. Trotzdem sollen die Eltern nichts erfahren, Krebs ist so ein häßliches Wort, ihr versteht.

Zweitens [...]: was den Wagen anlangt, werden wir höchstwahrscheinlich nicht ins Geschäft kommen. Daß wir einen Unfall hatten, wißt ihr ja aus dem FRS (das zerknautschte auto-ähnliche Etwas steht jetzt als abstrakte Plastik im Garten), wir bekommen zwar das Geld von der Versicherung für die Instandsetzung, aber leider keine Werkstatt, d. h. keine Ersatzteile und schon gar nicht die eigentlich fällige neue Karosserie. Gott weiß, wie lange es dauern wird, bis der arme Wagen [...] in einem halbwegs ansehnlichen Zustand verkauft werden kann, damit wir uns diesen Kleinwagen zulegen können (und dies auch nur unter der Voraussetzung, daß mein Buch nächstes Jahr endlich fertig wird, und ich mein Honorar bekomme ... bis jetzt fehlen uns nämlich genau 18 000.– für einen Wartburg, den der Dicke so optimistisch als Student bestellt hat). Neulich bekamen wir Bescheid vom IFA-Vertrieb in Berlin, daß er nächstes Jahr dran ist; gleichzeitig wurde ihm vorgeschlagen, statt des Wartburgs einen Shiguli zu nehmen [...]. Wir haben zwar ein Sparprogramm eingeführt, aber unsere Sparbücher sehen noch sehr, sehr kläglich aus – wir kommen mit meiner Invalidenrente und Rudis Gehalt gerade immer so über die Runden. Der Dicke hat ja nie was erspart in den drei Jahren, seit er als Arzt arbeitet (das Gehalt am Hygiene-Institut war wirklich lächerlich klein [...]). Und bis jetzt haben wir alles, was wir bei guter Wirtschaftsführung beiseitelegen konnten, im wesentlichen dafür ausgegeben, ihn endlich mal mit einem wirklich guten Anzug, Schuhen, Hemden und vor allem mit

Pullovern auszustaffieren. Er […] hat – typisch Junggeselle – einfach keinen Blick dafür, daß man in seiner Stellung gewisse Sachen nicht tragen kann […]. Irgendwie finde ich das ganz lustig, aber es wurde doch höchste Zeit, daß er mal einer Frau mit einer Spur von Geschmack in die Hände fiel.

Also die Auto-Frage: Da wir uns darüber klar waren, daß wir uns weder Wartburg noch Shiguli leisten können, haben wir bei IFA einen Saporoshez bestellt (den neuen Typ), und das war eben der Kleinwagen, den Vati meinte. Schade, daß ihr mit eurer Trabant-Idee ein paar Wochen zu spät gekommen seid. Die Bestellung können wir nicht wieder rückgängig machen. Außerdem gibt es, wie Uwe mir neulich erklärte, irgendeinen Haken bei der Sache: Die Bestellung läuft auf den Namen von Rudi, und Vertauschen oder (inoffizielles) Verschenken ist nur unter Verwandten ersten Grades gestattet. Wenn ich Uwe recht verstanden habe, darf der Dicke nicht mal mir, seiner Frau, offiziell oder pro forma den Wagen schenken, so daß ich ihn dann an meinen Blutsverwandten, in diesem Falle Uli, weitergeben könnte. Kurz und gut, die Sache ist gestorben, leider […]. Leb wohl, laßt es euch gut ergehen und seid ganz herzlich gegrüßt

von eurer Brigitte

283 An Ludwig Reimann

Nbg., 27. 12. 71

Lieber Lutz,

bevor ich meinen immer noch etwas wirren Kopf soweit in Ordnung habe, daß ich Dir gebührlich auf Deinen schönen Brief antworten kann, will ich wenigstens vorerst Margret und Dir herzlich danken für euer Päckchen, ferner für die Platten, auf die ich sehr gespannt [bin]. Irmchen hat sie mir schon angekündigt. Morgen fahren wir für einen Tag zu ihr nach Berlin – die zweite große Reise, die ich nach Monaten der Apathie riskiere. Die erste führte an den Feiertagen nach Rostock, wo ein Teil der Familie versammelt war – nur ein Bruchteil, trotzdem ging es zu wie in einem Indianerstamm, und Rudi war richtig geschafft. Der müßte uns mal alle zusammen erleben, den ganzen Clan! Ich wünsche euch von Herzen ein gutes neues Jahr, Glück und Gesundheit

Deine (und eure) Brigitte

1972

284 Familienrundschrieb Nr. 204

Burg, 13. Januar 1972

[…] Beginnen wir ohne große Vorrede zunächst mit Rostock, das durch die Anreise der Eltern am 18. Dezember den Auftakt für Weihnachten gab.

Das kleine Familientreffen – Brigitte und Rudi waren am ersten und zweiten Festtag mit von der Partie – […] ging […] recht lebhaft und munter zu […]. Uwe traf erst einen Tag vor Heiligabend von Moskau kommend ein, half jedoch noch fleißig mit, vor allem bei der Zubereitung des Festtagsbratens, eines Puters. […] Die beiden Kleinen konnten zunächst gar nicht überblicken, was ihnen beschert war, aber auch die Großen freuten sich über das gute Gedächtnis des Weihnachtsmannes, erwähnt sei nur so einmal am Rande, daß unsere beiden Töchter die Mutti mit einem goldenen Ring mit Perle überraschten. […] Willi

285 An Ludwig Reimann

Nbg., 18. 01. 72

Lieber Lutz,

Du hast mir damals einen so schönen Brief geschrieben, daß ich ganz erstaunt, beinahe bestürzt war darüber, wie mein großer Bruder zugenommen hat an Weisheit und Güte. Hätte ich Dir damals gleich geantwortet! Aber vermutlich war ich zu der Zeit wieder mal in meinem Dämmerzustand, und außerdem war die blöde Karte von mir unterwegs (Brief und Karte müssen sich gekreuzt haben), die ich schon am nächsten Tag bedauerte. Nicht sehr geschmackvoll, wie [ich] euch meinen demnächst zu erwartenden Tod ankündigte, einfach so hingekritzelt – sieh es mir nach, manchmal hat man doch, trotz aller Hoffnungen und zur Schau getragener guter Haltung, solche Verzweiflungsanfälle [...], wenn man von den weitreichenden Plänen anderer erfährt, während man selbst das Planen aufgegeben hat (aber in Wirklichkeit gibt man es ja doch nicht ganz auf – die Fristen sind bloß kürzer, und überhaupt lebt der Mensch vom Glauben an Wunder).

Lieber Lutz, das wird wieder so ein Etappenbrief, jeden Tag paar Zeilen; ich bin mal wieder völlig am Boden und sehe alles wie durch eine Mattglasscheibe – derselbe teuflische Zustand wie damals, als ich ahnte, aber nicht wahrhaben wollte, daß ich Krebs habe, nicht diesen blöden Bandscheibenschaden [...]. Offenbar haben es hundert andere Leute längst gewußt, auch Dorli (mit der ich neulich in Rostock über den Nachlaß gesprochen habe, für den Eventualfall, – da gibt es meine Tagebücher, die ich aufgehoben wissen möchte, und allerlei Krimskrams, den ich zusammengeschleppt habe und der, weil ich an ihm hänge, in gute Hände kommen soll), und vielleicht auch Du. Bloß die Eltern sind ahnungslos und sollen es bleiben, und sie wissen auch nichts von meiner Ehe, die längst in Auflösung begriffen ist [...]. Ach, Lutz, ich bin es so müde, und wenn ich nicht ohnehin verurteilt wäre, und wenn ich nicht immer noch hoffte, trotz aller Widrigkeiten mein Buch zuende zu schreiben, würde ich einfach Schluß machen. Bestimmt werde ich mich aber über kurz oder lang von Rudi trennen, jetzt, gerade jetzt ist meine Arbeit wichtiger und ich kann nicht leben, erst recht nicht schreiben unter dieser ewigen Angst und Bedrükkung, und obgleich ich weiß, daß ich nie ein guter Schriftsteller werde, wie ich es früher erträumte, möchte ich doch noch dieses und vielleicht ein nächstes Buch schreiben. Man darf doch nicht so umsonst auf der Welt gewesen sein, verstehst Du?

Ein paar Wochen ist es ganz gut und friedlich mit uns gegangen, nachdem es ihm endlich in seinen mecklenburgischen Querschädel gedrungen war, daß mir ernst war mit Trennung […]. Wenn er nüchtern ist, kann er ganz reizend sein, richtig gut (und vielleicht bin ich der einzige Mensch, zu dem er wirklich gut ist); allerdings muß ich dann immer für ihn da sein, sobald er nach Hause kommt, mir auch Fernsehzeug ansehen, das mich den Teufel interessiert – also um halb fünf ist der Tag für mich gelaufen, und dabei müßte ich soviel arbeiten, Haushalt, Nähkram, Dutzende Briefe beantworten (von denen die Hälfte noch ungeöffnet herumliegt), Tagebuch führen (ich schreib ja nicht bloß Privates, sondern über Begegnungen mit Schriftstellern und anderen interessanten Leuten, über politische Ereignisse u. dergl.) und müßte vor allem noch an meinem Manus rackern, zu dem ich jede Beziehung verloren habe, teils durch die langen Unterbrechungen, teils durch Zweifel, ob ich nicht Kompromisse eingegangen oder, anderseits, zu kühn bin. Die »Linie« ist bei uns z. Z. tüchtig verworren; ich hatte Streit mit der Bezirksleitung, mit der Parteigruppe, die jenes 11. Plenum[1] nachdrücklich begrüßte, das ich immer »die Hexenjagd« genannt habe, und sowjetische Bücher[2] höchst bedenklich findet (einen Lipatow[3] z. B., von dem ich sehr angetan war: vergebliches Warten auf Bedenken …). Aber auch das ist auf einmal möglich: auf der ersten Seite des ND findet man eine Würdigung für Franz Dahlem[4] (ist Dir der noch ein Be-

1 Vgl. erste Anm. S. 190.

2 Seit Ende der 60er Jahre erschienen zunehmend Übersetzungen sowj. Autoren wie Aitmatow, Babel, Bulgakow, Granin, Valentin Katajew, Platonow und Tynjanow, die ein kritisches Bild der Gesellschaft zeichneten und damit Ermutigung und Anregung für DDR-Autoren boten.

3 Gemeint ist der Roman »Die Mär vom Direktor P.« (1969) von Wil Lipatow, dt. Verlag Volk und Welt, Berlin 1971.

4 Franz Dahlem, führender KPD-Funktionär im Pariser Exil, Spa-

griff?) und darin den Satz, daß er seine Treue zur Partei auch bewiesen habe, als er unter falschen Anschuldigungen seiner Funktionen enthoben wurde. Dies also offiziell – das gab es noch nicht, daß er auch ein paar Jahre im Zuchthaus gesessen hat, stand allerdings nicht dabei … Aber solche Dinge, die uns, Leute meiner Generation, sehr erregen, werden Dich wohl kaum berühren, einfach, weil Du in einem anderen Land bist; R. und seine Freunde, Altersgefährten, berühren sie nicht, weil sie einer anderen Generation angehören; sie konnten mein hoffendes Erstaunen gar nicht verstehen: der Name D. sagte ihnen überhaupt nichts. Damals saßen sie noch auf der Schulbank. Aber wir, wir haben es gewußt und müssen damit fertigwerden.

Schluß mit dieser Etappe des Briefes; jetzt werde ich erstmal versuchen, ein bißchen an meinem Buch zu pinseln – Stunden um Stunden für ein paar läppische Zeilen …

Bloß noch, ehe mein Gedächtnis mir wieder einen Streich spielt: Die Blues-Platten sind richtig angekommen, und ich finde sie wunderschön und danke euch herzlich dafür, auch für den Pullover, den mir Irmchen mitgebracht hat, als wir uns in Berlin trafen (ich dachte zuerst, es wäre ein Kinderpulli, aber siehe, er paßt). Und habt ihr mein Päckchen bekommen? Die chinesischen Gedichte[1] sind zwar nicht zum

nienkämpfer, 1943–1945 KZ Mauthausen, nach 1945 Mitglied des ZK der KPD bzw. SED. 1953 unter der Anschuldigung politischer Blindheit gegenüber der Tätigkeit imperialistischer Agenten in der Emigration aus dem ZK ausgeschlossen. 1956 rehabilitiert, Wiederaufnahme ins ZK der SED, u. a. Stellvertreter des Ministers für Hoch- und Fachschulwesen. In der Gratulation zu Dahlems 80. Geburtstag heißt es: »Unwandelbar blieb diese Treue [zum Marxismus-Leninismus] auch in den Jahren, in denen Du auf Grund falscher Anklagen aller gesellschaftlichen Funktionen enthoben wurdest. Nach der Rehabilitierung nahmst Du mit der Dir eigenen Unermüdlichkeit sofort wieder am Kampf der Partei um den Aufbau des Sozialismus in der Deutschen Demokratischen Republik teil.« In: ND vom 14. 1. 1972, S. 1.

1 »Chrysanthemen im Spiegel. Klassische chinesische Dichtung«, hrsg., übertragen und nachgedichtet von Ernst Schwarz, Rütten & Loening, Berlin 1969.

Hintereinanderweglesen (was für ein Wortungeheuer!), aber wenn man sie einzeln rausfischt, merkt man, wie schön und weise sie sind. [...]

Lieber Lutz, soweit ich mich erinnere, wollte ich [...] meine dusslige Karte wiedergutmachen, indem ich Dir, euch erzähle, was eigentlich anliegt. Irgendwann hat mir der Rudi (übrigens im Suff, denn sonst hätte ihm sein ärztliches Ethos Schweigen geboten) die Wahrheit gesagt: daß ich einen inoperablen Krebs habe, nämlich in einem Rückenwirbel, und daß ich etwa zwei bis höchstens fünf Jahre noch zu leben habe. Er wußte es schon seit der Buch-Zeit, also bevor wir geheiratet haben, und ich fand es ganz großartig von ihm, daß er eine Frau genommen hat – na, Du verstehst. Ich war gar nicht mal sehr geschockt, hab's ja die ganze Zeit geahnt, und Gewißheit ist besser als finstere Ahnung. Auf einmal konnte ich wieder schreiben, und die absolute Unfähigkeit, auch nur einen Karten-Satz zu formulieren, war vorbei, ha, ich empfand sogar eine gewisse Heiterkeit, eine Art Erlösung. Manchmal allerdings – z. B. nach den regelmäßigen Besuchen der Krebs-Fürsorgerin (die voraussetzte, daß ich Bescheid weiß) und wenn ich hier so allein herumsaß, bekam ich doch Anfälle panischer Angst und hätte laut schreien mögen vor Verzweiflung. Zwei oder gar fünf Jahre scheinen eine lange Zeit, aber wenn man dann nachrechnet, daß man – im besten Fall – etwa 42 ist, in dem Alter, wo man gerade anfängt, als Schriftsteller zu reifen ... Der Rudi hat es übrigens danach schrecklich bereut, und nun mußte ich ihn trösten, und das hat mir wiederum geholfen, und eine Weile dachte ich, er trinkt vielleicht aus Kummer (denn merkwürdigerweise hängt er sehr an mir und ist rasend eifersüchtig, [...] auf Dorli [...] und auf Dich, bloß, weil ich so gern von Dir erzähle, und aus Eifersucht hat er die »Geschwister« nicht zuende gelesen, und einmal sagte er ganz bitter: »Für dich zählt die Familie mehr als ich«, und gar die

Schriftstellerei – die betrachtet er als seinen schlimmsten Rivalen[…]).

R. ist heute schon wieder, trotz Grippe, zum Dienst gegangen und eben nach Hause gekommen und gleich wieder abgeschwirrt zum Einkaufen. Wolle Gott, er fällt nicht einem Kollegen in die Hände! Das Warenhaus ist gerade gegenüber dem Hotel, wo sich immer einer dieser verdammten Kerle aufzuhalten pflegt […]. Wir haben noch kein privates Wort gewechselt. Dieses tagelange entsetzliche Schweigen nach seinen Ausschweifungen … Lieber eine richtige Szene mit Streit und Geschrei.

Wo war ich stehen geblieben? Richtig, diese Krebserei. Bei der letzten Kontroll-Untersuchung in Buch habe ich meine nette junge Paten-Ärztin gefragt (wir sind befreundet, und ich war privat, in ihrer Wohnung, bei ihr: sie bekommt ein Baby und ist ganz unglücklich, weil ihr die Klinik so fehlt: sie ist so ein Mensch, der ganz seinem Beruf lebt, eine eher schüchterne, aber zu allen Patienten liebevolle Frau, dabei tapfer, sie setzt sich gegen ihre Chefs durch, weil sie sich einfach nicht mit dem Gedanken abfinden kann, einen Menschen aufzugeben, und wenn es noch so bös um ihn steht). Sie fand, ich könnte jetzt die Wahrheit vertragen […]: Es ist Knochenkrebs, und als ich damals in Buch eingeliefert wurde, war der Prozeß schon so weit fortgeschritten und der Wirbel derart zerfressen, daß keine Hoffnung mehr bestand. Prof. Gummel hatte mich aufgegeben und wollte mich nach Hause schicken lassen, damit ich mit meiner neuen Liebe noch ein paar glückliche Wochen habe […]. Na, glücklich … Wenn ich an die wahnsinnigen Schmerzen denke, als ich noch zu Hause lag … wie muß es da erst im Finalstadium aussehen? Die reine Hölle. Ich hätte doch bloß noch unter Morphium gelebt. Jedenfalls bekamen mich die Internisten, gewissermaßen auf Anforderung meiner lieben Frau Matthes, und ich erinnere mich, wie G. einmal an meinem Bett sagte: Erspart dem Mädchen doch die Quälereien, – womit er all die Operationen meinte, mit denen die Internen an mir herumprobierten. Er ist wirklich ein großer Chirurg, aber wo er mit seinem Skalpell nicht mehr ran kann, ist der Fall gestorben. Aber sie haben in Buch eben ihre geheimen Wunderwaffen, irgendwelche chemotherapeutischen Methoden, die noch nicht mal an den Universitäten gelehrt werden, und manchmal glückt's halt, und sie können einem noch ein paar Jahre schenken. Allerdings sei ich ein Ausnahmefall, sagte Frau M., und sei fabelhaft auf die Versuche angesprungen und hätte auch mit einer unglaublichen Energie und Lebenswillen mitgearbeitet – was mir natürlich gar nicht bewußt geworden ist; das tut man eben, wenn man Grund hat zum Leben und Gesundwerden … ach Gott, damals habe ich R. so geliebt, so voller Hoffnung und ohne die Skepsis wie heute, und ich habe in der Klinik ein ganzes Kapitel geschrieben – mehr als im letzten halben Jahr –, und es ist richtig gut geworden; das habe ich erst beim Abtippen zu Haus gemerkt.

Nun ist das liebe Tierchen im Rücken also zwar da, aber eingekesselt und beim Knabbern behindert. Eine bestimmte Frist konnte mir Frau M. freilich nicht sagen; sie […] haben noch keine Erfahrungswerte und Kontrolle bei anderen Patienten. Bleibt einem bloß übrig, weiterhin an Wunder zu glauben (wenn denn schon eins geschehen ist) und sich vorzunehmen, es noch möglichst lange zu machen.

Jetzt, wie gesagt, interessiert mich vor allem anderen das Buch, das ums Verrecken fertig werden muß, und ein bißchen denke ich auch schon über die nächste Arbeit nach, die Nacherzählungen von Ovids »Metamorphosen«[1], mit denen ich schon lange liebäugele. Gewisse andere Dinge sind mir freilich schnuppe – ob und wann mal die Risse in den Wänden verputzt werden, die Diele umgeräumt, Möbel angeschafft werden (für die wir erstens sowieso kein Geld haben,

1 Das Vorhaben konnte nicht realisiert werden.

und zweitens liegen die Bestellzeiten bei etwa zwei Jahren, du lieber Himmel, das ist Prognose), aber im übrigen ist die ganze Geschichte völlig undramatisch, der Alltag ist stärker, man ärgert sich genau wie früher, daß es immer noch keine Lippenstifte gibt, daß keine Salamander-Schuhe[1]-Lieferung Bezirk N. erreicht hat, daß Einkaufen nach wie vor ein Jagd-Abenteuer ist, daß die Kollegen keine oder miese Bücher schreiben, daß das Geld bei unsereinem nie reicht, während irgendwelche stinkreichen NÖP-Kerle[2] mit ihren goldbehängten Damen die Interhotels[3] bevölkern und für eine Flasche Sekt ungefähr das bezahlen, was ich an Wirtschaftsgeld für eine Woche habe … Ein interessantes Land, trotz allem, und es lohnt sich wieder, sich zu schlagen: für das, was wir uns einmal unter Sozialismus vorgestellt haben.

Aber darüber schreibe ich in meinem Buch und nicht in diesem Brief, der ohnehin schon viel zu lang geraten ist. Außerdem ist R. zurückgekommen und gleich ins Bett gekrochen, […] es war ein heroischer Quatsch, heute schon wieder zum Dienst zu laufen, bloß weil er keinen Stellvertreter fürs Impfen hat. Ach, wir wackeren Deutschen!

Lebt wohl, bleibt gesund und guter Dinge trotz Hausbau (was ich mir schrecklich zermürbend vorstelle), grüß Margret und Deine Erbprinzen, lieber Lutz, und sei selbst ganz herzlich gegrüßt von

Deiner B-Schwester

1 Um die Bevölkerung besser zu versorgen, begann man in den 70er Jahren mit der sog. Gestattungsproduktion. Westliche Markenartikel wurden in DDR-Betrieben für Firmen wie Salamander produziert. Dafür konnte ein Teil der Produkte über den volkseigenen Handel vertrieben werden.

2 Die Neue Ökonomische Politik (NÖP), ein 1921 von Lenin entwickeltes wirtschaftspolitisches Konzept, das marktwirtschaftliche Methoden einbezog. Hier benutzt als Ausdruck für neureiche Profiteure der veränderten Verhältnisse.

3 Hotels gehobener Klasse für Gäste aus dem Sozialistischen (SW) und »Nichtsozialistischen Wirtschaftsgebiet« (NSW), aber auch für zahlungskräftige Bürger der DDR.

286 An Ludwig Reimann

Nbg., 23. 1. 72

Lieber Lutz,

gestern oder vorgestern habe ich einen langen Brief an Dich abgeschickt – als Einschreiben. Bitte bestätige mir nur mit ein paar Zeilen, ob er bei Dir angekommen ist. In letzter Zeit hatte ich mehrmals Anfragen, weil Briefe von mir (auch von anderen an mich) entweder wochenlang unterwegs waren [...] oder überhaupt nicht angekommen sind. Versteh ich nicht. Aber mit einem Einschreibe-Zettel könnte ich so einer Sache mal nachgehen.

Herzliche Grüße
Deine B-Schwester

287 Von Ludwig Reimann

2. 2. 72

Liebe Brigitte-Schwester,

[...] Wir sind schon zwei Tage in Würzburg, Augsburg und hier in München zu technischen Beratungen unterwegs, und das ist anstrengender als man sich das immer vorher ausmalt. Also bleibe ich heute abend schön in meinem Zimmer und werde meine Briefschulden tilgen.

Deinen langen Brief und die nachfolgende Karte haben wir erhalten. Dein Mißtrauen war also diesmal unbegründet. Aber: »Vertrauen ist gut, Kontrolle ist besser«. So oder ähnlich lehrte unser großer Lenin [...]. Das herrliche Buch mit den chinesischen Gedichten hat mich sehr gefreut, und ich [...] habe schon einige Male von diesen Leckerbissen genascht, nur braucht man dafür besinnliche, ruhige Minuten, die nur leider in einer echten Reimann-Familie selten sind [...]. Beängstigend ist es nur festzustellen, daß diese Burschen ihre Sprüche in hoher Kunst schon seit einigen tausend Jährchen fabrizieren. Das bedenkend kann man sich ausmalen, was wir noch von denen zu erwarten haben, wenn die erst so recht in Form gekommen sind. Ich meine dabei nicht nur auf diesem Gebiet. Nach der Lektüre dieses Buchs [...] wird einem nur die Irrelevanz des eigenen bißchen Lebens bewußt und man merkt, daß man sich nicht auf das Wesentliche konzentriert, sondern auf allen möglichen anderen Quatsch. Bei Dir jedenfalls hatte ich immer den Eindruck, daß Du Dich um das Wesentliche bemüht hast. Aber dazu muß man sich – innerlich und auch weitgehend von den umgebenden äußeren Dingen – frei und unabhängig gemacht haben. Das glückt nur wenigen. [...] Um einen Vergleich zu gebrauchen, ich habe mich zwar auch tüchtig bewegt und bin auf vielen Wegen getrottet, aber immer nur wie ein Warzenschwein mit gesenktem Kopf und dem Rüssel am Boden. Dagegen hast Du sozusagen sinnierend mit erhobenem Haupte die Umgebung, sprich unsere gesellschaftliche und kulturelle und und und ... Landschaft betrachtet. Du siehst, für mich ist die »große« Schwester immer die außergewöhnliche und bewunderungswürdige Frau. Und das ganz besonders, seit ich sehe, wie mit welch bewundernswerter Energie Du Dein jetziges Leben meisterst. Dein letzter Brief hat mich sehr bewegt. [...] Laß Dich durch die Querelen mit Rudi nicht umwerfen. Rudis Verhalten [...] ist tief enttäuschend [...]. Aber bedenke, er wird sich Dir gegenüber sehr oft unterlegen fühlen – und das hat ein Mann nicht so schrecklich gern. Er muß erst das Selbstverständnis finden, neben einer solchen Frau, wie Du es bist, zu leben.

Der große Bruder macht große Sprüche. Was solls, genug davon. [...]

Wir sollten uns übrigens auch mal wieder in Berlin treffen. [...]

Viele liebe Grüße Dein Lutz [...]

288 An Sigrid und Ulrich Reimann

Nbg., 16. 2. 72

Liebe Sigrid, lieber U-Bruder,

Dank für euren Brief, – aber, um Himmelswillen, Entschuldigungen sind ganz unnötig. Ich weiß selbst, wie das so ist mit Zeit, und raffe mich kaum noch zu Briefen auf. [...] der Tag ist einfach zu kurz: ich stehe zwar um 5 auf, um noch eine Stunde lesen zu können und was im Haushalt zu tun, kann aber erst gegen 8 anfangen zu arbeiten, weil der Rudi um ½8 das Haus verläßt, und um ½5 ist er wieder hier, und damit ist der Tag für mich gelaufen. In der Zwischenzeit wird man hundertmal abgelenkt durch Telefon, Besucher, na, was eben so anfällt. Und da ich sowieso noch ziemlich angeschlagen bin, falle ich um 8 wie tot ins Bett.

Ab nächste Woche ist der Dicke für nahezu 5 Wochen zu einem Lehrgang, und ich bin richtig froh darüber. Mal wieder Junggesellen-Leben wie früher ...

Ach, noch flink zu den Büchern: von Stefan Zweig habe ich leider auch nichts weiter (ist auch nichts erschienen außer den Novellen), selbst »Ungeduld des Herzens«[1] ist mir leider entgangen. [...]

Lebt wohl, ihr beiden, seid gesund und fröhlich, verliebt euch nicht ins Fernsehen (sonst bleibt die Literatur auf der Strecke) und

seid herzlich gegrüßt von eurer Brigitte [...]

289 An Ludwig Reimann

Neubrandenburg, 25. 3. 72

Mein lieber Lutz-Bruder,

Du hast mir damals aus München so einen schönen Brief geschrieben, und ich hätte meinem ersten Impuls folgen und

1 Gemeint ist die Ausgabe des Aufbau-Verlags, Berlin und Weimar 1971.

mich hinsetzen und Dir gleich antworten sollen. Aber nein, das Buch und der Haushalt und irgendwelche Verpflichtungen (Sitzungen oder sonstwas – warum geht unsereiner überhaupt noch zu Sitzungen, jetzt, wo die Zeit rar wird?) [...] Und nun sehe ich, daß schon fast anderthalb oder gar zwei Monate verflossen sind, [...] und ich frage mich mit Entsetzen – das ist wörtlich gemeint: Entsetzen –, wo die Zeit geblieben ist. Du kannst Dir nicht vorstellen, wie qualvoll langsam ich an diesem Manuskript pinsele, zudem gehandycapt durch die ewige Versager-Angst. So, wie es jetzt aussieht, wird es dieses Jahr zwar fertig, aber nicht mehr erscheinen – das schafft der freundlichste Verlag und die flinkeste Druckerei nicht. Schade, doppelt schade, weil bei uns zur Zeit eine warme kulturpolitische Sonne[1] scheint. Ich glaube, jetzt käme ich auch durch mit meiner Prozeßgeschichte[2] des Herrn Trojanowicz (also was Franziskas Liebster ist), eine bitterböse Geschichte, aber wahr – das haben böse Geschichten so an sich –, ich habe sie nach authentischen Fällen geschrieben, hab ja genug Freunde, denen derartiges zugestoßen ist: Anklage unter falschen Anschuldigungen etc. Vielleicht war es nötig, das zu schreiben – meinetwegen, verstehst Du, aus Gewissensgründen. Übrigens hatte ich schon

1 Nach dem VIII. Parteitag der SED (vgl. zweite Anm. S. 352) setzte zunächst eine gewisse Liberalisierung der Kulturpolitik ein. Als symptomatisch dafür wurden die Schlussworte auf der 4. Tagung des ZK der SED vom 16./17. 12. 1971 aufgefasst: »Wenn man von den festen Positionen des Sozialismus ausgeht, kann es [...] auf dem Gebiet von Kunst und Literatur keine Tabus geben. Das betrifft sowohl die Fragen der inhaltlichen Gestaltung als auch des Stils – kurz gesagt: die Fragen dessen, was man die künstlerische Meisterschaft nennt.« (In: ND vom 18. 12. 1971.)

2 Im 13. Kapitel von »Franziska Linkerhand« erzählt Ben Trojanowicz von seiner Verurteilung zu vier Jahren Zuchthaus in der Folge des Ungarn-Aufstandes von 1956. Als Vorbilder für diesen politischen Prozess dienten B. R. die Fälle der Schriftsteller Erich Loest und Reiner Kunze. – Das 13. Kapitel blieb zwar in der posthum erschienenen Ausgabe, wichtige politische Aussagen wurden jedoch gestrichen; vgl. Withold Bonner, »Franziska Linkerhand: Vom Typoskript zur Druckfassung«, in: B. R., »Franziska Linkerhand«, a. a. O.

immer die Absicht, dem Herrn T. so eine bitterliche Vergangenheit anzuhängen, bin aber noch zusätzlich ermutigt worden (oder schrieb ich Dir das schon?) durch die Würdigung für Dahlem[1] […], wo zum erstenmal, soweit ich mich entsinnen kann, von falschen Anschuldigungen die Rede war. […] das hat mich damals schrecklich aufgeregt, und mindestens genauso die Reaktion meines R. und seiner Freunde, die überhaupt nichts begriffen […]. Zehn Jahre jünger – und manchmal kommst Du Dir vor, als wären es ebensoviele Jahrzehnte. Und so ist auch die Reaktion meiner Dame F. ausgefallen, die ebenfalls einer anderen Generation angehört, der diese Prozesse, diese Leute nichts bedeuten, die nicht versteht, warum man wegen ein paar Haftjahren sein ganzes Leben lang gewissermaßen neben sich selbst stehen bleibt, sich zusieht, nicht mehr teilnimmt (übrigens kenne ich genug Gegenbeispiele zu T., Leute, die sehr Arges hinter sich haben und trotzdem weiterhin wackere Kämpen sind, außerdem heitere Menschen – Genossen, wie wir sie uns immer vorgestellt haben, treu ohne Orthodoxie, unbeirrt durch Irrtümer). Klingt alles blöd, wenn ich das so runterrassele, aber wenn Du ein paar von der Sorte kennen lernen würdest, könntest Du mich besser verstehen. Die haben wirklich eine IDEE und leben danach. Dagegen sind wir – ich meine unsere Generation – ziemlich miese Burschen, vergnatzt wegen – vergleichsweise – Kleinigkeiten … Na ja, ganz leicht haben wir es auch nicht gehabt, speziell wir Schreiberlinge, und aus manchem wäre mehr geworden unter kunstgünstigeren Umständen. Das alte Lied, meine alte Klage …

[…] R. war einen Monat zu einem Lehrgang, und während dieser Zeit habe ich mich völlig eingesperrt, bin bloß mal in den »Goya«-Film[2] gegangen (der zweite Teil ist sehr bemerkenswert, allerdings setzt er voraus, daß man die Ca-

1 Vgl. vierte Anm. S. 368.

2 »Goya – oder Der arge Weg der Erkenntnis« (1971), Regie Konrad Wolf, nach dem gleichnamigen Roman von Lion Feuchtwanger.

priccios und die Kriegsblätter von G. kennt[1]), war ab und zu mit meinem getreuen Knappen Jürgen zusammen […], und im übrigen habe ich von morgens bis abends an dem vertrackten 13. Kapitel geschuftet, jeden Tag zwei bis drei Schachteln Zigaretten geraucht, nichts gegessen (falls Jürgen nicht mal ein Stück Brot ins Haus brachte), seh also entsprechend aus, habe zu den üblichen, schon gewohnten Schmerzen auch noch wüste Herzbeschwerden und bin jetzt in einem Zustand von Erschöpfung, daß ich andauernd einschlafe und durch keine Aufputschmittel mehr auf die Beine zu bringen bin […]. Übrigens ist das Kapitel gar nicht so schlecht geworden, wie ich dachte (ich hielt mich doch schon für völlig schreibunfähig) – einmal haben wir eine Lesung im kleinen Kreis veranstaltet, und der Jürgen jubelte, von wegen Literatur, und sein […] Freund Dr. K. war ordentlich erschlagen und fand's ungeheuer anspruchsvoll, und wir hatten eine lange Diskussion […]. Das hat mir wieder ein bißchen Mut gemacht. Bloß, wie ich die letzten Kapitel nun noch durchstehen soll, ist mir schleierhaft. Ich gehe dabei buchstäblich physisch zugrunde, und wenn das dreimal verfluchte Mistding fertig ist, kann ich gleich in ein Sanatorium gehen. Aber was hilft's? Mir sitzt die Zeitnot im Nacken, ich will und muß das schaffen, um jeden, wirklich jeden Preis. Wenn ich das Gefühl haben dürfte, ich hätte noch eine Unmenge Jahre vor mir …

Hoffentlich schafft mir mein lieber Herr Rudi halbwegs günstige Arbeitsbedingungen, indem er mehr auf Ordnung sieht, mir viel Zeit läßt (im Mai und Juni geht [er] zu den Soldaten zwecks Erlangung eines Offiziersrangs[2], für Ärzte)

1 »Caprichos« (1793–1797), ein Zyklus von 80 gesellschaftskritischen Aquatintablättern, und »Desastres de la Guerra« (1810–1814, dt. »Die Schrecken des Krieges«), 82 Radierungen über die Gräueltaten von Napoleons Armee im Kampf gegen die aufständischen Spanier.

2 Ab 1962 galt die allgemeine Wehrpflicht. Für eine Ausbildung zum Offizier der Reserve wurden vorrangig Hoch- und Fachschulabsolventen herangezogen.

und vor allem, indem er nicht mehr in die Flasche fällt und mir auch noch diesen Kummer auflädt. Aber vielleicht, ich hoffe zu Gott, vielleicht wird er jetzt endlich gescheiter. [...] er fängt jetzt seine vierte Promotionsarbeit[1] an. Die letzte, die er mit einem Team zusammen begonnen hat, ist gestorben – eben am Teamwork. Ein paar Leute, die nicht richtig mitziehen, und schon ist die ganze Arbeit zum Teufel. Ich bin froh, daß er nun ein Thema für sich allein hat, und zusätzlich froh, weil sein Doktorvater in Dresden sitzt, so daß [wir] Grund haben, gelegentlich mal nach Dresden zu fahren – für meinen Begriff eine der schönsten deutschen Städte. Ich freue mich schon auf den Zwinger und meine Lieblinge in der Galerie – die Venus von Giorgione und so ein Heiliger Johannes von einem kaum bekannten französischen Maler –, denn Arbeit hin oder her: für Dresden zwacke ich mir doch mal einen Tag ab. Und vielleicht schauen wir so nebenbei mal Hoyerswerda an, jetzt habe ich wieder Mut dazu und kann den Anblick dieser Anti-Stadt ertragen, ohne von schlimmen Erinnerungen überwältigt zu werden. K. ist tot und begraben (trotzdem möchte ich ihm nicht auf der Magistrale begegnen ...). [...]

Du schreibst, wir könnten, würden uns ev. im April in Berlin treffen ... Das wär fein, Du, ich würde mich sehr freuen, wenn ihr es einrichten könntet. Nebenbei: laß den Dicken nicht merken, daß ich ihn bei Dir verpetzt habe; er ist ja sonst wirklich ein Lieber, gibt sich jedenfalls große Mühe, und überhaupt finde ich es nach wie vor großartig, daß er sich mit so einer – sagen wir mal: gezeichneten Frau zusammengetan hat und ihr treu ist und sie liebt. Und er hat es wirklich nicht leicht mit mir, ich bin so wahnsinnig nervös, zu schweigen davon, daß er nun weiß Gott nicht gerade die Hübscheste hat und zur Zeit ist er überhaupt bloß mit

1 Rudolf Burgartz, Zur Methode der umwelthygienischen Bewertung von Binnenseen als Erholungszentrum und ihrer gesundheitsrelevanten Umweltbedingungen. Dresden, Med. Akad., Diss. A, 1976.

einer Schreibmaschine verheiratet, die sich bloß gelegentlich noch menschliche Züge gestattet, z. B. eine Liebesromanze (meinerseits natürlich platonisch) – so ein junger, hochbegabter Dichter[1], der hier andauernd angereist kommt, aus Leipzig, und wunderschöne, aber sehr beunruhigende Liebesbriefe schreibt. Herrje, haben wir Gesprächsorgien veranstaltet – über Schreiben und Schreiben und Gott und Krähen und das Semikolon … Daß er nun eine Liebe daraus macht, hatte ich nicht beabsichtigt, aber schön ist es doch – denk mal, so eine häßliche olle Person, und immer noch Gegenstand der Anbetung, einfach nicht zu fassen.

Leb wohl, Lutz-Bruder, […] und sei ganz herzlich

gegrüßt von Deiner müden, geschwätzigen, Dich liebenden Schwester Brigitte

290 Von Willi Reimann

Burg, 16. Juni 1972

Kurze Vorbemerkung:

Bitte die nachstehenden Ausführungen als einen individuellen FRS für Hamburg, Oranienbaum und Rostock zu bewerten!

Liebe Kinder!

Wir waren gestern auf fünf Stunden bei Brigitte in Neubrandenburg, und da sicher auch Euch die betrüblichen Nachrichten von ihr bewegt haben – Lutz hat gestern spätabends in Burg angerufen, als wir uns noch auf der Heimfahrt befanden, und Uli tags zuvor bereits einen lieben Brief geschrieben –, möchten wir Euch über unsere Eindrücke in der Gartenstraße und das dort Gehörte doch umgehend unterrichten. Ich will versuchen, aus unseren Gesprächen mit Brigitte und Rudi, die wir zum Teil einzeln mit ihnen

1 Gert Neumann, Sohn von Margarete Neumann.

führten, das wesentlichste darzulegen, wobei ich vielleicht die fachärztlichen Dinge nicht ganz konkret wiedergebe (ich denke dabei an unsere Sigrid, die das entschuldigen möge).

Immerhin möchte ich glauben, daß Rudi ganz offen mit mir – auch über den Besuch in Buch am Montag – gesprochen hat. Ebenso hat Brigitte uns wissen lassen, daß sie selbst weiß, wie es um sie steht (Euch hätte sie es schon Ende vorigen Jahres mitgeteilt, und sie nahm an, daß wir noch im ungewissen darüber seien.) Nach dieser Klärung konnten wir uns doch über manches unterhalten, was bisher unausgesprochen geblieben war.

Im Ergebnis der Fahrt nach Buch am Montag – sie waren gegen 17 Uhr bereits wieder zurück – ist zunächst festzuhalten [...], daß kein neuer Krebsherd festgestellt werden konnte, was als ein Erfolg der durchgeführten Hormon-Umstellung gewertet wird. Die fast unerträglichen Schmerzen werden auf die weitere Veränderung des beschädigten Wirbels und statische Belastungen zurückgeführt. Über die Behandlung haben inzwischen zwei Experten beraten, und man hat am Mittwoch fernmündlich von Buch aus wissen lassen [...], daß Brigitte am 21. Juni nach dort kommen solle. Es wurde von einer »Schmerz«-Bestrahlung gesprochen, und klar ist auch noch nicht, ob Brigitte in Buch bleiben müßte [...]. Brigitte sträubt sich mit aller Energie gegen einen längeren Aufenthalt in der Klinik, weil sie unbedingt an ihrem Buch weiterarbeiten will, obwohl es an manchen Tagen trotz aller Willensstärke einfach nicht möglich ist. [...]

Es ist wirklich bewundernswert und einmalig tapfer zu nennen, wie hier ein Menschenkind zu seiner ihm gegebenen Lebensaufgabe steht. [...] Auch Rudi meinte zu mir, sie müsse, wenn sie jetzt ihre Aufgabe gelöst habe – es sind immerhin nach Brigittes Einschätzung an 60 Schreibmaschinenseiten [...] zu bewältigen – sofort an eine neue herangehen. Nur so könne sie wahrscheinlich nicht zu behebenden Schmerzerscheinungen begegnen und fest bleiben. Nach Ansicht von Fachverständigen bestehe, sofern nicht einzuschätzende Komplikationen eintreten, in einem solchen wie dem vorliegenden Fall noch eine Lebenserwartung bis zu fünf, sechs Jahren. Aber wie schon angedeutet, ist schwer zu sagen, wie weit es sich dabei nur um eine Vertröstung handelt. Doch wollen wir geduldig hoffen und uns Brigitte zum Vorbild nehmen.

Als wir gestern Mittag bei ihr eintrafen, ging es ihr nicht sonderlich gut. Auch die Spritze half zunächst wenig, doch unsere Anwesenheit erfreute schließlich sichtlich, und so vergingen die vier Stunden bis zur Abfahrt des Zuges fast zu schnell. Wir sollten eigentlich über Nacht bleiben […], doch hielten wir es für richtiger, daß Brigitte ihre Ruhe bekam. Sie war eigentlich in der Unterhaltung und im Aussehen so, wie wir sie in ihrer Art kennen, so daß wir uns nicht allzu schweren Herzens trennten, zumindest ließ es sich keiner anmerken. Wir denken doch, daß es richtig war, diese »Blitztour« zu unternehmen, und wir werden etwas ähnliches wiederholen, wenn wir damit eine Freude bereiten können.

Unser »Ausflug« fand im übrigen noch einen ganz bemerkenswerten Abschluß, der vielleicht aussagt, daß wir doch noch nicht trotz mancher Wehwehchen »ganz alt« sind. In Berlin hatten wir einen zweistündigen Aufenthalt (von 19.30 bis 21.30 Uhr), und da es nicht weit vom Ostbahnhof bis Bahnhof Schöneweide ist, beschlossen wir, uns den neuen Alexanderplatz im Abendlicht anzusehen. Doch der dicht am S-Bahnhof liegende Fernsehturm[1] verlockte uns, da ausnahmsweise mal wenig Betrieb herrschte, in die »Gondel« zu steigen und uns zum Aussichtsgeschoß – immerhin 203 Meter Höhe – befördern zu lassen. Es war zwar schon etwas diesig, aber der Blick auf das »kleine« 30geschossige Interhotel

1 Der Fernsehturm (erbaut 1965–1969) war mit 365 m damals das zweithöchste Bauwerk Europas. Architektenkollektiv Fritz Dieter, Günter Franke, Hermann Henselmann.

»Stadt Berlin«[1] und seine Umgebung bis zum Brandenburger Tor bzw. auf die schnurgerade Frankfurter Allee war doch recht beeindruckend. Die halbe Stunde da oben hat uns nicht gereut. Daß wir um Mitternacht nach fast 20-stündigem »Auf-den-Beinen-sein« recht zufrieden waren, wieder in das liebe alte Bett zu steigen, dürfte verständlich erscheinen. [...]

Euer Vati

291 An Sigrid und Ulrich Reimann

[6. 7. 72]

Liebe Sigrid,

wir haben jetzt erst durch den FRS erfahren, daß Du Deinen Facharzt[2] gemacht hast. Unseren herzlichen Glückwunsch dazu! Eigentlich hast Du einen großen Blumenstrauß verdient, aber wenn ich den Dicken mit der Bestellung beauftrage, kriegst Du ihn vermutlich erst zu Deiner Ernennung zum Professor.

Lieber U-Bruder, meine solidarischen Kampfesgrüße von Bett zu Bett sind Dir sicher übermittelt worden. Inzwischen bist Du hoffentlich wieder ganz munter.

Mutti nimmt ein kleines Geburtstagsangebinde für Dich mit. Falls ich so um den 21. in Buch liege oder noch ärger dran bin als zur Zeit, fühle [Dich], auch wenn ich nicht schreiben kann, herzlich beglückwünscht. Laßt es euch gut gehen, ihr beiden, und seid gegrüßt von eurer B. Lazarus[3]

Mutti ist gerade hier und grüßt natürlich auch.

1 Das 1970 eröffnete Interhotel »Stadt Berlin« (Architekten Roland Korn, Heinz Scharlipp, Hans-Erich Bogatzky) hatte 39 Stockwerke.

2 Facharzt für Pneumologie.

3 Anspielung auf die biblische Gestalt des Lazarus von Bethanien (Johannesevangelium), den Jesus von den Toten auferweckt.

292 An Ulrich Reimann[1]

18. 7. [72]

Lieber Uli-Bruder, ich hörte von Mutti, daß ihr mich demnächst besuchen wolltet. Ist nicht, leider. Der lahme Vogel ist ausgeflogen: ab morgen bin ich wieder in Buch. Dir, lieber Uli, von Herzen alles Gute zum Geburtstag (Gott, werde ich am Freitag plärren!), und euch beiden viele Grüße von eurer Brigitte

293 An die Eltern und Ludwig Reimann

Buch, 21. 7. [72]

Meine lieben Eltern, lieber Lutz,

heute hat mir der Dicke, der für 2 Stunden hier war […], euren lieben Glückwunschbrief mitgebracht, für den ich euch herzlich danke. Ja, das war nun kein sehr lustiger Geburtstag, trotz netter Besucher und vieler Telefonanrufe, aber ich mußte Anfang der Woche schleunigst ins Krankenhaus – es ist mal wieder höchste Zeit. Seid nicht allzu bekümmert, liebe Eltern; ihr wißt ja nun Bescheid, und wir brauchen uns nichts vorzumachen; es sieht wieder böse aus, aber die Zauberer meinen doch, sie werden es nochmal hinkriegen. Leider wird es wieder eine ganze Zeit dauern, aber was hilft's? Vielleicht finde ich bald Mut und Kraft, an dem Buch weiterzuarbeiten. Ich hab ein Einzelzimmer auf Prof. Gummels Station, und er hat mir sogar das Rauchen erlaubt; z. Zt. bin ich bloß gehandicapt durch die mörderische Hitze (ein Zimmer zur dicksten Sonnenseite!) und durch die blödsinnigen Schmerzen. Entschuldigt, daß ich nur so ein paar Zeilen kritzele; die rechte Hand ist auch lädiert. Na, irgendwie wird man es schon schaffen. Auf meinem Tisch steht der dickste Strauß, den ich je gesehen

1 Kunstpostkarte: Vincent van Gogh, Café-Terrasse am Abend.

habe – so dick wie Rudi, der ihn angeschleppt hat, mindestens 50 Rosen. Wenn die geizigen Mecklenburger sich mal gehenlassen … Schreibt mir mal ein Briefchen trotz Hausbau. Seid alle zusammen ganz herzlich gegrüßt von eurer steinalten (39!) Brigitte

{Das arme Irmchen[1] sitzt traurig und allein in N., sie will nun doch wieder nach Berlin und jeden Tag nach Buch kommen.

Sogar der Oberbürgermeister von N. hat einen Glückwunsch geschickt; nächstens ernennen sie mich noch zum Ehrenbürger der Stadt.}

294 Von Ludwig Reimann

17. 8. 72

Liebe Brigitte,

nach mehrfachen Versuchen Dich anzurufen, hatte ich nun heute endlich Erfolg, aber leider war die Verständigung schon mit der Telefonzentrale so schlecht, daß das Gespräch abgebrochen werden mußte. Ich hatte die Absicht, am kommenden Sonnabend, den 19. 8. 72, nach Buch zu kommen, muß mein Vorhaben aber verschieben. Vorgestern ist der kleine Florian vom Dach gefallen und ich bin hinterhergesprungen. Ihm ist das ganz gut bekommen, aber ich habe mir erheblich den Fuß verstaucht. Also komme ich nun eine Woche später und hoffe, Dich wohl anzutreffen. Sei mir nicht böse, daß ich nicht schon eher bei Dir war. Immer waren irgendwelche dringenden Arbeiten am Hausbau, aber was ist schon dringend?

Laß mich jetzt nicht viele Worte machen, ich denke, wir werden uns bald ausgiebig unterhalten können. Ich möchte einiges von Dir hören, insbesondere endlich einmal sehr viel

1 Irmgard Weinhofen war aus Amsterdam zu Besuch in Neubrandenburg.

über Deine Arbeit, Dein Buch. Man kann Versäumtes nicht immer nachholen, und leider haben wir viel versäumt.

Halt die Ohren steif.

Mit lieben Grüßen Dein Lutz

295 An Ludwig Reimann von Rudolf Burgartz

Buch, 23. VIII. 72

Lieber Lutz!

Heute darf ich im Auftrage von Brigitte schreiben. Ihr Zustand hat sich sehr gebessert[1], ich kann mit ihr sprechen und der Oberarzt äußerte sich auch wieder optimistisch. Grundlegend kann natürlich nichts geändert werden, aber es ist schön daß die Schmerzen etwas nachgelassen haben und daß sie sprechen und hören kann.

Brigitte sagte mir, ich soll schreiben, daß sie sehr, sehr traurig darüber ist, daß sie nicht weiß, daß Du hier warst und daß sie sich sehr freuen würde, wenn Ihr Euch in diesem Jahr noch einmal sehen würdet.

Es grüßt Dich und Deine Frau nett im Auftrag von Brigitte

Rudi

296 Von Ludwig Reimann

[vermutl. Oktober/November 72]

Liebes Schwesterlein,

am gestrigen Sonnabend hatte ich Dich besuchen wollen, aber mir machten echte Altersbeschwerden (nicht lachen!) einen Strich durch die Rechnung. Ich war krank. Seit län-

1 B. R. durchlebte eine schwere physische Krise und war im Verlaufe des Augusts zum Teil nicht mehr ansprechbar.

gerem hatte ich häufig Genick- und Kopfschmerzen. Bei einer zu heftigen Kopfgymnastik hatte ich mir nun am Sonnabend den Rest gegeben. Heftiges Schwindelgefühl, Erbrechen, Schweißausbruch. Diagnose: Beginnende Verkalkung der Nackenwirbel, Verkrampfung der Muskulatur, eingeklemmter Nerv. So fängt es an.

Es machte wohl einiges aus, daß ich seit einem halben Jahr keinen Sport mehr getrieben habe und mich nur auf meinem Bau abschuftete und das bei erhöhter nervlicher Belastung.

Ja, nun merkt man doch, wir werden älter und müssen uns danach richten. Als schäbiger Ersatz für meinen Besuch dieser Brief. Leider kann ich am kommenden und wahrscheinlich auch an dem darauffolgenden Wochenende nicht kommen. Da müssen einige Arbeiten fertig werden, die ich nicht hinausschieben kann, weil daran der Fortgang bei einigen Handwerkern abhängt. Ich weiß, es ist albern, denn der Schuppen kann auch ein paar Wochen später fertig werden. Aber ich befürchte, daß bald der Frost kommt. –

Ich denke oft an Dich, jeden Tag. Und ich muß Dir noch sagen, daß ich am letzten Mal sehr glücklich von Dir gegangen bin. Seitdem bin ich sicher, daß Du Deine Arbeit schaffen wirst und das nächste, was Du Dir vornehmen solltest, ebenfalls noch. Ich habe noch niemanden kennengelernt, der mit derartiger Energie und einem solchen Willen gekämpft hat. Mach so weiter.

Wie ist das eigentlich, hattest Du mir nicht zugesagt, mir nochmals einige Exemplare Deiner Bücher zu geben? Ich habe nur noch »Die Geschwister«. Anderes habe ich verliehen und, wie das so üblich ist, dann nicht wieder bekommen. […]

So liebes Schwesterlein, halt die Ohren steif. […] mit zärtlichem Bruderkuß

Dein Lutz

297 Familienrundschrieb Nr. 210

Burg, 12. November 1972

[…] Brigitte hat sich […] über [Ludwigs] lieben Brief so gefreut, daß sie sich umgehend bemühte, ihn zu beantworten, und wir haben das Schreiben gemeinsam fertig gemacht, um es auf unserer Heimfahrt in Berlin aufzugeben.

Brigitte hat uns gleichzeitig gebeten, Euch mit diesem FRS ihre herzlichsten Grüße zu übermitteln, und sie dankt auch auf diesem Wege Sigrid für ihre lieben Zeilen. Sie kann zurzeit nicht bei einem verhältnismäßig lebhaften Posteingang so viel schreiben, zumal ihr in erster Linie der Fortgang ihres Romanes am Herzen liegt. So hilft Mutti schon manchmal als Sekretärin. […] Und uns sind die wöchentlichen Fahrten nach Buch schon zu einer lieben Gewohnheit geworden, zumal wir glauben, daß sich auch unsere Brigitte jedes Mal darauf freut. Willi

298 An die Eltern

Buch, 21. 12. [72]

Liebe Eltern,

liebe S.- und U.-Familie, bevor ich hier abschwirre (offen gestanden: zitternd vor Angst vor dem Draußen), möchte ich euch doch meine Weihnachtsgrüße schicken. Sicher werdet ihr mit 1½ Kind[1] und einem richtigen Weihnachtsbaum, ein schönes und würdiges Fest feiern, und dann denkt mal ein bißchen an eure anverwandten ollen Junggesellen, die dieses Jahr ziemlich armselig dastehen. Nun ja, wenn die sorgliche Hand des Weibes fehlt … Laßt es euch wohl ergehen, bleibt gesund und seid ganz herzlich gegrüßt von

eurer Brigitte

1 Sigrid und Ulrich Reimann erwarten ihr zweites Kind; Volker Reimann wird am 10. 3. 1973 geboren.

299 An Margarete und Ludwig Reimann[1]

Nbg, [?] 12. [72]

Liebe Margret, lieber Lutz-Bruder –

mit dem Wunsch, daß ihr ein fröhliches und friedliches Weihnachtsfest habt, und vielen herzlichen Grüßen!

eure Brigitte, die Heiligabend ganz besonders an euch denken wird.

1 Kunstpostkarte: Deodato Orlandi, Thronende Madonna mit dem Kinde.

Nachtrag

Am 12. November 1972 schrieb Willi Reimann mit der Nr. 210 seinen vorläufig letzten Familienrundschrieb. Am 29. Juni 1974 nahm der Vater, nun 70-jährig, mit der Nr. 211 die Tradition wieder auf, um sie nach der Nr. 214 ganz einzustellen. Immer öfter hielt in Zukunft Elisabeth Reimann die Korrespondenz mit Kindern und Enkeln aufrecht.

Familienrundschrieb Nr. 211

Burg, 29. Juni 1973

Eine kleine und – wie ich wohl hoffen darf – sicher begrüßte Überraschung die Wiederaufnahme unseres FRS-Dienstes nach der über siebenmonatigen Pause! Ihr werdet mit mir übereinstimmen, wenn ich keine besondere Rückschau auf die Wochen und Tage dieses Zeitablaufes halte. Sie werden uns immer in schmerzlicher Erinnerung bleiben. Aber ebenso wird unsere liebe Brigitte weiter unter uns weilen. Die Zusammenkünfte der Familien haben mir die Überzeugung gegeben, daß sie unter uns lebt und wir sie auch jetzt noch besitzen, wenngleich sie uns vorausgehen mußte. So möchte ich die Familienrundschriebe in diesem Sinne gesehen weiterführen, die ganz einfach ein Stück des guten Zusammenhaltes geworden sind, das wohl keiner von uns missen möchte. […] Willi

Familienrundschrieb Nr. 213

Burg, 25. August 1974

[…] nachdem sich in der abgelaufenen Woche[1] noch so einiges ereignet hat, […] habe ich mich entschlossen, unsern Nachrichtendienst statt des persönlichen Schriebes nach Hamburg zu wählen […]. Gleich in den ersten Tagen sind wir zweimal nachmittags zum Friedhof gefahren und zurück über den Fläming gelaufen. Für Brigitte lag seit Wochen ein Blumengruß von Neubrandenburger Freunden vor […]. – Dieser Tage ging uns von Tante Liesels Schwester, die bei Dresden wohnt, eine kleine Zeitungsnotiz zu, […] die uns einerseits mit wehmütiger Freude für Brigitte erfüllt, andererseits uns zutiefst schmerzlich berührt. – »Der im DDR-Verlag ›Neues Leben‹ erscheinende Titel ›Franziska Linkerhand‹ von Brigitte Reimann wird als Lizenzausgabe vom Kindler Verlag München herausgebracht.« […] das »Forum« [hat] schon im 1. Augustheft als Vorabdruck zwei Kapitel auf einer Sonderbeilage im Umfang von 32 Seiten gebracht. […] Willi

Familienrundschrieb Nr. 214

Burg, 22. September 1974

[…] Die Lizenzauflage für den Kindler Verlag München – 5.000 Exemplare – wurde gleich in Pößneck mitgedruckt […]. Interessant auch, daß der Schutzumschlag vom Graphiker[2] des Kindler-Verlages entworfen und auch für die DDR-Auflage verwendet ist. […] Erhalten haben wir im übrigen 12 Exemplare[3] (das für Dorli geht direkt nach Ro-

1 Die Eltern waren von einer längeren Reise aus Hamburg zurückgekehrt.

2 Falk-Ulrich Rogner.

3 Die Vergabe der Belegexemplare an die Eltern verfügte offenbar der Lektor Walter Lewerenz.

stock, für Lutz nimmt Ulli, der am kommenden Sonntag mit der Familie in Burg sein wird, nach Oranienbaum mit in der Hoffnung, daß unsere Hamburger am 12. und 13. Oktober nach dort kommen können).

[…] Willi

Anhang

Abkürzungen

B. R. – Brigitte Reimann
G. R. – Geschwister Reimann
BRA – Brigitte-Reimann-Archiv Neubrandenburg
DSV – Deutscher Schriftstellerverband
FDGB – Freier Deutscher Gewerkschaftsbund
FDJ – Freie Deutsche Jugend
ND – »Neues Deutschland. Zentralorgan der Sozialistischen Einheitspartei Deutschlands« (Berlin)
NDL/ndl – »Neue Deutsche Literatur« (Berlin)
SBZ – Sowjetische Besatzungszone
SVA – Stiftung Archiv der Akademie der Künste, Archiv des DSV

Personenregister

Personen aus dem familiären Umfeld B. R.s sind im Register dann verzeichnet, wenn sie Adressaten oder Absender eines Briefes sind oder über die Nennung hinaus weitergehende Auskünfte gegeben werden.

Lebensdaten Brigitte Reimann

1933 Brigitte Reimann wird am 21. Juli als Tochter des Bankkaufmanns Willi Reimann und seiner Frau Elisabeth in Burg bei Magdeburg als ältestes von vier Geschwistern geboren.

1934 Geburt des Bruders Ludwig (Lutz).

1939 Einschulung.

1941 Geburt des Bruders Ulrich (Uli/Ulli).

1943 Geburt der Schwester Dorothea (Dorli).
Der Vater wird eingezogen und kommt an die Ostfront.

1947 Konfirmation. Eintritt in die Oberschule. Rückkehr des Vaters aus der Kriegsgefangenschaft. B. R. erkrankt schwer an Kinderlähmung.

1951 Abitur. Veröffentlichung erster Laienspiele. Bis Herbst 1953 Grundschullehrerin.

1953 Aufnahme in die Arbeitsgemeinschaft Junger Autoren des Deutschen Schriftstellerverbandes (DSV) in Magdeburg.
Heirat mit Günter Domnik.

1954 Fehlgeburt.
Selbstmordversuch.

1955 »Der Tod der schönen Helena« (Erzählung), Verlag des Ministeriums des Innern, Berlin.

1956 »Die Frau am Pranger« (Erzählung), Verlag Neues Leben, Berlin.
»Kinder von Hellas« (Erzählung), Verlag des Ministeriums für Nationale Verteidigung, Berlin.
Aufnahme in den DSV.

1958 Scheidung von Günter Domnik.

1959 Im Februar Heirat mit dem Schriftsteller Siegfried Pitschmann.

1960 Im Januar Umzug nach Hoyerswerda. Im Kombinat Schwarze Pumpe arbeitet B. R. in einer Brigade mit und leitet mit Siegfried Pitschmann einen Zirkel schreibender Arbeiter.

Nachdem in den Jahren zuvor zwei Romanprojekte von Verlagen abgelehnt wurden, erscheint die Erzählung »Das Geständnis« im Aufbau-Verlag, Berlin.

»Ein Mann steht vor der Tür« und »Sieben Scheffel Salz« (Hörspiele, gemeinsam mit Siegfried Pitschmann).

1961 »Ankunft im Alltag« (Erzählung), Verlag Neues Leben, Berlin.

1961 Literaturpreis des Freien Deutschen Gewerkschaftsbundes (FDGB) für die Hörspiele »Ein Mann steht vor der Tür« und »Sieben Scheffel Salz« (gemeinsam mit Siegfried Pitschmann).

Im September Reise nach Prag.

1962 »Die Frau am Pranger« (Fernsehspiel).

Literaturpreis des FDGB für »Ankunft im Alltag«.

1963 »Die Geschwister« (Erzählung), Aufbau-Verlag. Beginn der Arbeit an dem Roman »Franziska Linkerhand«.

Wahl in den Vorstand des DSV. Seit Oktober Mitglied der Jugendkommission beim Politbüro des ZK der SED, die Kommission wird 1966 aufgelöst.

Im Oktober auf Einladung des Sowjetischen Schriftstellerverbandes mit Christa Wolf Reise nach Moskau.

1964 Im April Teilnahme an der II. Bitterfelder Konferenz.

Im Juli Sibirienreise als Mitglied einer Delegation des Zentralrats der FDJ.

Scheidung von Siegfried Pitschmann.

Im Oktober Heirat mit Hans Kerschek.

1965 »Das grüne Licht der Steppen. Tagebuch einer Sibirienreise« (Reportage), Verlag Neues Leben, Berlin.

Heinrich-Mann-Preis der Deutschen Akademie der Künste für »Die Geschwister«, außerdem Carl-Blechen-Preis des Rates des Bezirkes Cottbus.
Im Mai Teilnahme am Internationalen Schriftstellertreffen Berlin und Weimar.

1967 Filmdrehbuch mit Roland Oehme und Lothar Warneke nach Günter Kähnes Roman »Martin Jalitschka heiratet nicht«; der Film wird nicht realisiert.

1968 Im Juni unterzeichnet B. R. mit 32 anderen Mitgliedern des Kulturbundes Hoyerswerda eine Beschwerde an den Staatsrat wegen fehlender kultureller Einrichtungen in Hoyerswerda-Neustadt.
Am 20. August Einmarsch von Truppen der Warschauer-Pakt-Staaten in die ČSSR. B. R. weigert sich, eine zustimmende Erklärung des DSV zu unterschreiben.
Im Sommer erste Krebserkrankung und Operation.
Im November Umzug nach Neubrandenburg.

1969 Fernsehessay »›Sonntag, den …‹ – Briefe aus einer Stadt«.

1970 Scheidung von Hans Kerschek.

1971 Erneute Krankenhausaufenthalte und schwere Operationen.
Im Mai Heirat mit dem Arzt Rudolf Burgartz.

1973 Brigitte Reimann stirbt am 20. Februar in Berlin-Buch. Ihr Urnen-Grab befindet sich in Oranienbaum bei Dessau.

1974 »Franziska Linkerhand« (Roman, unvollendet), Verlag Neues Leben, Berlin.

Zu dieser Ausgabe

Die vorliegende Sammlung beruht zum einen auf den Briefen, Postkarten und Telegrammen, die dem Brigitte-Reimann-Archiv von Elisabeth und Willi Reimann übergeben wurden. Zum andern stellten die Geschwister Brigitte Reimanns im Laufe der vergangenen Jahre dem Archiv Originale oder Kopien ihrer Korrespondenz zur Verfügung. Sie befinden sich in folgenden Briefbeständen: Brigitte Reimann an ihren Bruder Ludwig und seine Familie (BRA Sign. 310); Brigitte Reimann an ihre Schwester Dorothea und ihre Familie (BRA Sign. 300); Briefe der Geschwister an Brigitte Reimann (BRA Sign. 308, 309, 312, 314, 321, 323, 330). Außerdem erhielten wir aus dem Privatarchiv der Familie Ulrich Reimann die Briefe Brigitte Reimanns an ihn und seine Familie.

Bis die Geschwister nach und nach das Elternhaus verlassen hatten, schrieben sie in der Regel den Eltern und einander nur, wenn sie auf Reisen waren. Unsere Ausgabe setzt daher im Jahr 1960 ein, als nur noch Dorothea Reimann bei den Eltern lebte und die oft mehrseitigen Briefe ein anschauliches Bild der Lebensumstände Brigitte Reimanns und ihrer Geschwister vermitteln.

Da die Reimanns damals wie die meisten Familien in der DDR kein Telefon besaßen, bat der Vater seine Kinder, regelmäßig nach Hause zu schreiben. Aus den wichtigsten Informationen stellte er ab Januar 1961 den »Familienrundschrieb« zusammen, den er allen Geschwistern schickte, so daß jeder stets darüber informiert war, was die anderen gerade erlebt hatten oder was sie bewegte. Kopien der Familienrundschriebe befinden sich im Privatarchiv von Heide Hampel.

Aus der sehr umfangreichen Korrespondenz musste eine Auswahl getroffen werden. Die ausgewählten Briefe und Postkarten werden im Prinzip vollständig und originalgetreu wiedergegeben bis auf Auslassungen aus Gründen des Persönlichkeitsschutzes, vielfacher Wiederholungen oder Einfügungen der Herausgeberinnen, die durch eckige Klammern kenntlich gemacht sind. Offensichtliche Tippfehler wurden berichtigt; Interpunktionseigenheiten, falsche Namensschreibungen, syntaktische oder grammatische Fehler wurden nicht korrigiert. Unterstrichene oder hervorgehobene Textstellen erscheinen kursiv, Ergänzungen oder Randbemerkungen im Original sind durch geschweifte Klammern gekennzeichnet. Briefanfänge und Grußformeln wurden typographisch vereinheitlicht.

Die Tagebuchpassagen von Brigitte Reimann stammen aus »Ich bedaure nichts. Tagebücher 1955–1963«, Aufbau-Verlag, Berlin 1997, und »Alles schmeckt nach Abschied. Tagebücher 1964–1970«, Aufbau-Verlag, Berlin 1998, die Briefe an die Eltern aus Brigitte Reimann, »Jede Sorte von Glück. Briefe an die Eltern«, Aufbau Verlag, Berlin 2008.

Zuvörderst ist es natürlich Elisabeth und Willi Reimann zu verdanken, dass diese Auswahl erscheinen kann. Sie unterstützten großzügig den Aufbau der Brigitte-Reimann-Sammlung, für die Tom Crepon und Elisabeth Elten-Krause bereits in den siebziger Jahren den Grundstein legten.

Für Beratung und Unterstützung danken wir der Familie Reimann, besonders Ulrich und Sigrid Reimann, die Dokumente und Fotos aus dem Familienarchiv bereitstellten und den Stammbaum zusammentrugen, Ludwig und Margarete Reimann, Uwe Herrmann sowie Christine Schmidt.

Unser Dank gilt der Leiterin des Literaturzentrums Neubrandenburg, Erika Becker, ihrer Mitarbeiterin Heike Hinz sowie den ehrenamtlichen Mitarbeitern.

Zahlreiche Freunde, Bekannte und Zeitgenossen Brigitte Reimanns, Wissenschaftler und Kollegen halfen uns bei der

Recherche. Für fachlichen Rat und freundschaftliche Hilfe danken wir Christine und Christian Stelzer und Gisela Templin; für hilfreiche Auskünfte Christa Damert, Ulf Drechsel und Doris Haupt. Fachauskünfte gaben Jörg-Uwe Fischer vom Deutschen Rundfunkarchiv, Ulrike Müller vom Stadtarchiv Neubrandenburg sowie Undine Grambow und Jutta Tews von der Regionalbibliothek Neubrandenburg. Besonders möchten wir Winfried Braun danken, der die Texte akribisch erfasste.

Diese Ausgabe könnte nicht erscheinen, wenn nicht die darin vorkommenden Familienmitglieder und Personen, die ihnen und Brigitte Reimann nahestanden, großzügig ihr Einverständnis zum Abdruck der sie betreffenden Passagen und Fotos gegeben hätten.

Die Herausgeberinnen

Bildnachweis

Literaturzentrum Neubrandenburg, Brigitte-Reimann-Archiv:
privat: 1, 3, 4, 5, 7, 8, 9, 10, 11, 12, 16, 17, 18, 27, 28
Hans Wotin: 20
ADN-ZB: 19
Privatarchiv Ludwig und Margarete Reimann, Hamburg: 23, 24, 32
Privatarchiv Ulrich Reimann, Oranienbaum: 2, 6, 13, 14, 15, 21, 22, 25, 26, 29, 30, 31, Vorsatz vorn und hinten

Einige Fotografen und Rechtsnachfolger konnten leider nicht ermittelt werden. Etwaige Forderungen bitten wir an den Verlag zu richten.

Inhalt

Anhang

27. 1. 1975

70

Jubel-Mutti mit ihrem Besten

und Kindeskindern